Als die Welt zusammenbrach

Irmgard A. Hunt

Als die Welt zusammenbrach

Meine Kindheit am Obersalzberg

Aus dem amerikanischen Englisch von Werner Roller

VERLAG PLENK
BERCHTESGADEN

IMPRESSUM

Die Originalausgabe erschien 2005 unter dem Titel »On Hitler's Mountain – Overcoming the Legacy of a Nazi Childhood« bei William Morrow (An Imprint of HarperCollins Publishers, New York). Deutsche Ausgabe 2005 by Deutsche Verlags-Anstalt, München unter dem Titel »Als die Welt in Stücke ging. Eine Kindheit am Obersalzberg«.

Bibliografische Informationen der Deutschen Bibliothek: Die deutsche Bibliothek verzeichnet diese Publikation in der Deutschen Nationalbibliografie; detaillierte bibliografische Daten sind im Internet über http://dnb.ddb.de abrufbar.

Verlag Plenk Berchtesgaden GmbH & Co. KG
D-83471 Berchtesgaden · Koch-Sternfeld-Str. 5
plenk-verlag@t-online.de · www.plenk-verlag.com

Übersetzung aus dem Englischen: VerlagService Dr. Ulrich Mihr, Werner Roller
Lektorat: Stefanie Zweckl, Bischofswiesen
Satz/Layout: Verlag Plenk Berchtesgaden GmbH & Co. KG, Berchtesgaden
Umschlaggestaltung: www.grafikdesign-moegling.de
Druck: Druckerei Plenk GmbH & Co. KG, Berchtesgaden
Printed in Germany
ISBN 978-3-944501-36-9

Titelbild: Berchtesgaden vor dem Zweiten Weltkrieg; darunter Kinder mit Hitlergruß.

Bildnachweis:
Hunt Irmgard: S. 20, 21, 30, 33, 40, 45, 49, 51, 52, 59, 66, 73, 116, 119, 125, 132, 136, 146, 161, 230, 235, 321, 345, 351, 355, 358, 368, 374, 376, 377 und S. 383
Archiv Verlag Plenk Berchtesgaden GmbH & Co. KG: S. 56, 89, 97, 98, 100, 104, 109, 110, 112, 150, 268, 277, 279, 293, 296, 336 und Umschlag

Für meine Kinder
Peter und Ingrid

Inhalt

9 EINLEITUNG
Über das Schreiben von Kindheitserinnerungen

ERSTER TEIL: 1906 – 1934
17 Die Pöhlmanns
Eine Hochzeit

18 *Erstes Kapitel:* Die Wurzeln der Unzufriedenheit
36 *Zweites Kapitel:* Auf der Suche nach einer Zukunft

ZWEITER TEIL: 1934 – 1939
54 Hitlers willige Gefolgsleute
Auf Hitlers Knie

55 *Drittes Kapitel:* Alte und Neue Traditionen
72 *Viertes Kapitel:* »Heil Hitler«
80 *Fünftes Kapitel:* Vorzeichen des Unheils
101 *Sechstes Kapitel:* Eine Begegnung mit Hitler
115 *Siebtes Kapitel:* Wolken ziehen auf

DRITTER TEIL: 1939 – 1945
124 Krieg und Kapitulation
Salzburg

128 *Achtes Kapitel:* Frühes Opfer
157 *Neuntes Kapitel:* Die Schule hassen lernen
180 *Zehntes Kapitel:* Lehren aus einer Freundschaft in Kriegszeiten
192 *Elftes Kapitel:* Zwischenspiel in Selb
227 *Zwölftes Kapitel:* Not und Zerstörung
265 *Dreizehntes Kapitel:* Der Krieg kommt nach Berchtesgaden
285 *Vierzehntes Kapitel:* Das Ende

VIERTER TEIL: 1945 – 1948
300 Bittere Gerechtigkeit oder
Wird die Gerechtigkeit siegen?
Eine Exekution in Nürnberg

302 *Fünfzehntes Kapitel:* Überleben unter dem Sternenbanner
325 *Sechzehntes Kapitel:* Der Fluch der Vergangenheit
343 *Siebzehntes Kapitel:* Der Finsternis entrinnen

363 NEUER ANFANG

379 DANK

EINLEITUNG

Über das Schreiben von Kindheitserinnerungen

Jahrelang hatte ich die Niederschrift dieser Lebenserinnerungen vor mir hergeschoben, doch schließlich trieb mich ein Gefühl großer Dringlichkeit an den Schreibtisch. Mit dem Tod der Generation meiner Eltern ist bereits ein großer Teil des Wissens über den Alltag unter den Nationalsozialisten und über die Gefühle, die die Deutschen mit der Erfahrung des Nationalsozialismus verbinden, unwiederbringlich verloren gegangen. Es gibt kaum noch Augenzeugenberichte von unauffälligen, durchschnittlichen und gesetzestreuen Angehörigen der deutschen Mittelschicht, die Hitler mit zur Macht verhalfen und ihn bis zu seinem Ende unterstützten. Doch die scheinbar unbedeutenden Episoden aus dem Leben dieser Leute sind oft von hohem Symbolwert und aufschlussreich dazu. Sie berichten uns vom sozialen Wandel, von den Übergängen aus der pränazistischen in die Nazi- und weiter in die postnazistische Gesellschaft. Sie erzählen auch vom Wandel des gesellschaftlichen Bewusstseins von der Zeit nach dem Ersten Weltkrieg bis in die Epoche nach dem Zweiten Weltkrieg. Im fortdauernden Ringen um ein Verständnis dieser Vergangenheit, das sich einerseits auf der persönlichen Ebene abspielt, andererseits für Lehren aus der Geschichte unentbehrlich ist, bleiben diese Episoden so wichtig, dass sie aufgeschrieben und bewahrt werden sollten.

Natürlich gibt es bereits unzählige Bücher von Historikern, die über Hitler und das Dritte Reich berichten und Analysen dieser Epoche liefern. Biografen, Überlebende, Täter, heimliche Tagebuchschreiber und Romanautoren haben über Naziverbrecher und die Mächtigen des Regimes erzählt; Berichte von berühmten Wissenschaftlern und Künstlern, die entweder »mitmachten«, umgebracht wurden oder ins Exil gingen; über führende Politiker und Militärs jener Epoche; tief beeindruckende Berichte von Opfern des Holocausts und ihren Leidensgefährten, die die Schrecken der Konzentrationslager durchlitten. Doch sogar heute, wo man mit einigem Abstand über die Nazi-Ära und den Krieg aus deutscher Perspektive reden könnte, gibt es nur wenige Beiträge zum Alltagsleben deutscher Familien, die sich selbst für moralisch handelnde, ehrbare und hart arbeitende Menschen hielten, und deren erwachsene Mitglieder mit dem Nazisystem die Erwartung eines anständigen, rechtschaffenen Lebens verbanden. Es waren jene Erwachsenen, jene Durchschnittsbürger, die nach dem Ende der Nazizeit das stärkste Bedürfnis zeigten, die Vergangenheit zu vergessen und nicht mehr an ihren persönlichen Anteil am Dritten Reich erinnert werden wollten.

Es wurde der nächsten – also meiner – Generation überlassen, herauszufinden, was die Menschen damals dachten und wussten, zu welchen Handlungen sie sich entschlossen und wie es Hitler gelungen war, sich ihrer schweigenden Mitarbeit und oft auch ihrer begeisterten Zustimmung zu versichern. Eine endgültige Antwort wird es wahrscheinlich niemals geben, aber vielleicht kann ein genauerer Blick auf eine Familie, auf meine Familie, etwas zur Klärung der Frage beitragen, was Hitler zunächst den Weg zum Erfolg bahnte und später dann zur Katastrophe führte.

Ich wuchs in den wunderschönen Bergen und Ortschaften von Berchtesgaden auf – einem breiten, weitverzweigten Tal im Südosten Bayerns, das wie ein Daumen ins Salzburger Land hineinragt. Dort wurde ich 1934 geboren, ein Jahr nachdem meine Eltern für Hitler gestimmt hatten, der dann auch an die Macht gekommen war. Hitler hatte den Obersalzberg, ein kleines Bergdorf oberhalb von Berchtesgaden, zu seinem Wohnort und Hauptquartier gewählt. Seine Gegenwart auf jenem Berg verlieh meinen frühen Lebensjahren etwas Einzigartiges, das andere Kinder aus der Mittelschicht an einem beliebigen Ort Deutschlands so nicht erleben konnten. Der Berg spielte eine bedeutende Rolle in allen Bereichen meiner Kindheit, die ich an diesem damals weltbekannten Ort verbrachte, im Schatten des »Adlernests« und in der Nähe jenes Zufluchtsorts einer Gruppe von Männern, die die Welt später als Ungeheuer erkannte.

Wie erinnert man sich an Ereignisse aus der frühen Kindheit? Schon bald nachdem ich mit der Erinnerungsarbeit begonnen hatte, erkannte ich, dass meine Kindheitserinnerungen zu großen Teilen lebhaft und unauslöschlich in meinem Gedächtnis hafteten. Ich war ein sehr neugieriges, in gewisser Weise auch kritisches Kind, und nach den Worten meiner Tante hatte ich eine frühreife Begabung für heimliches Lauschen und Spionieren. In Berchtesgaden gab es weder besonders viel Unterhaltung noch ein breites Spektrum von Medienangeboten oder andere Zerstreuungen, also vertrieben sich die Leute die Zeit mit Klatsch und Tratsch, mit Neuigkeiten, die von Mund zu Mund weitergegeben wurden, und mit immer wieder erzählten Geschichten. Die Erwachsenen unterhielten sich, und ich hörte ihnen zu. So entwickelte sich ein Repertoire von

Geschichten, die mir in Erinnerung blieben, eine Sammlung von Gerüchten und Kommentaren zu allem, was in den Jahren der Naziherrschaft in meinem Heimatort vor sich ging. Der Bericht von meiner Begegnung mit Hitler war – bis er 1945 dann stillschweigend abgelegt wurde – ein so bedeutender Teil der Familiengeschichte, dass ich jede kleine Einzelheit im Gedächtnis behielt, obwohl ich zum Zeitpunkt des tatsächlichen Ereignisses erst dreieinhalb Jahre alt war. Dies ist kein historischer Bericht, sondern eine Lebenserinnerung, deshalb ist die Beschreibung der Geschehnisse natürlich durch meine persönliche Perspektive und nachträgliche Einsicht gefärbt. Dennoch liefern diese subjektiven Eindrücke und Wahrnehmungen, die unweigerlich die Erinnerung beeinflussen, ein präzises Bild des Wesentlichen, der Grundstimmung und der Auswirkungen jedes beliebigen Ereignisses aus jener Zeit.

Dieser Lebensbericht ist ebenso die Geschichte meiner Eltern und Großeltern, die mittlerweile alle verstorben sind, wie meine eigene. Viele Einzelheiten aus dem Leben der Vorgängergenerationen und auch aus meiner frühesten Kindheit erfuhr ich von Tante Emilie, die auch noch im Alter von vierundneunzig Jahren stets fröhlich, bei klarem Verstand und voller Erinnerungen war. Bei meinen letzten Besuchen in Berchtesgaden, das für meine beiden Schwestern nach wie vor Heimat und Sommerwohnsitz ist, halfen mir die langen und offenen Gespräche mit den beiden sehr. Und dann waren da noch ihre Familien und meine Freundinnen und Freunde aus Kindheit und Jugend, die vieles bestätigten und eine Fülle weiterer Details beisteuerten. Ich spazierte mit alten Freunden auf den vertrauten Wegen und der Obersalzbergstraße. Wir kamen an Häusern und Hütten vorbei, in denen wir gelebt und gespielt oder in denen einst –

was heute nicht mehr zu erkennen ist – die Nazielite und die SS geherrscht hatten.

Dank meiner Schwestern und der Cousins in Selb – zwei wurden erst nach dem Krieg geboren – konnte ich auf Familiendokumente zurückgreifen, auf Familienstammbücher, genealogische Informationen, die die Nazis verlangt hatten, auf die Militärunterlagen meines Vaters und auf Briefe meiner Pöhlmann-Großmutter an ihren Mann, der im Ersten Weltkrieg als Soldat diente. Diese Briefe waren in einer akkuraten, steilen und spitzen deutschen Schrift geschrieben, die sie in der Grundschule gelernt und danach nicht mehr sehr oft geübt hatte. Wenn ich diese Seiten betrachtete, hörte ich förmlich ihre Stahlfeder über den linierten weißen Schreibblock kratzen. Dort, wo die Schrift dunkler wurde, hatte sie innegehalten, um die Feder in das schwarze Tintenfass zu tauchen, das auf dem wackligen Küchentisch stand. Ich empfand ihre Schreibpausen ebenso nach wie die Eile, rasch zu Ende zu kommen, um wieder der niemals endenden Hausarbeit nachgehen zu können. Außerdem kamen Familienfotos und Dokumente aus den Schrankschubladen meiner Mutter ans Tageslicht. Dazu gehörte auch das Tagebuch, das sie während des Zweiten Weltkriegs führte und das bei aller Knappheit und Kargheit die Gefühle und täglichen Sorgen einer durchschnittlichen deutschen Frau schildert – einer Soldatenwitwe, die ihre Kinder allein erziehen muss – und auch die wichtigen Ereignisse jener Jahre kurz streift. Das kleine Haushaltsbuch, das sie acht Jahre lang, von 1930 bis 1937 führte, zeichnet ein prägnantes Bild eines äußerst sparsamen Lebens, in dem jeder Pfennig gezählt und verbucht wurde.

Hitler bewahrte sich die Vorliebe für Berchtesgaden, solange er an der Macht war, und traf einige seiner wichtigsten Entscheidungen auf dem Obersalzberg, im Jahr 1939 zum Beispiel die zum Pakt mit Stalin. Hier empfing er Chamberlain, Mussolini und sogar den Herzog von Windsor mit seiner amerikanischen Frau Wallis Warfield Simpson. Die Eroberung des Obersalzbergs und das Hissen der amerikanischen Flagge durch die 101. US-Luftlandedivision waren ein passendes, symbolisches Ende für den Krieg wie auch für das Dritte Reich.

Sobald der Krieg zu Ende war und wir uns von den Ängsten und Entbehrungen jener Zeit zu erholen begannen, begriffen wir nach und nach, wie sehr die Nazis unser Denken und jedes Detail unseres Alltagslebens bestimmt hatten. Und wir begriffen das enorme Ausmaß der deutschen Schuld. Allmählich schätzte ich auch jene Menschen, die, wie mein Großvater, Zweifel geäußert und Kritik gewagt hatten und die, obwohl sie eigentlich keinerlei Macht besaßen, tapfer versucht hatten, Widerstand zu leisten. Diese Gedanken machten es mir sehr viel leichter, das Ende von Hitlers Herrschaft zu begrüßen, trotz der Trauer über unsere vielen Opfer und über all das, was wir verloren hatten. Schon damals beschloss ich, dass ich stets ein wachsames Auge auf die ersten Anzeichen einer sich entwickelnden Diktatur haben würde, so heimtückisch und scheinbar harmlos sie auch daherkommen mochte. Ich wollte mich einer Politik widersetzen, die einen Absolutheitsanspruch erhob, intolerant war oder sich auf ideologisch motiviertem Fanatismus gründete und bedingungslosen Glauben an einen Anführer und eine Fahne verlangte. Ich hoffe, dass junge Menschen in aller Welt lernen, solche Gefahren rechtzeitig zu erkennen. Der gemeinsame Auftrag lautet: Eines der tragischsten Kapitel der menschlichen Geschichte darf sich niemals wiederholen.

Die Bibliothek des Nationalparkhauses in Berchtesgaden bietet eine große Zahl von Dokumenten zur örtlichen Geschichte und zu Ereignissen während des Dritten Reiches und der Folgejahre. Weitere ortsbezogene Informationen kamen von der »Dokumentation Obersalzberg«, die ganz in der Nähe von Hitlers ehemaligem Wohnhaus eingerichtet wurde.

In den Vereinigten Staaten lieferten das German Historical Institute und das Holocaust Museum in Washington D.C. weitere Informationen, die für meine Geschichte von Bedeutung waren.

ERSTER TEIL: 1906 – 1934

Die Pöhlmanns

Eine Hochzeit

7. Januar 1933

»Heute heiratet das schönste Mädchen von ganz Selb«, sagten die Bewohner jener Stadt über Albine Pöhlmann, meine Mutter, an ihrem Hochzeitstag im Januar 1933. Meine Mutter war wirklich sehr schön, auf eine sehr deutsche Art, die sich von den Flappers der zwanziger Jahre inspirieren ließ. Sie hatte ein ovales Gesicht mit einem kleinen, spitzen Mund, einer schön geformten, geraden Nase, durchdringenden blauen Augen und einem ausgeprägt v-förmigen Haaransatz, den sie selbst als aristokratisch bezeichnete. Ihr langes, dunkelblondes Haar war zu geflochtenen Schleifen gesteckt, die in den Nacken hingen. Sie hatte sich selbst ein kurzes weißes Chiffonkleid geschneidert, mit schwarzem Punktemuster und einer modischen, tiefen Taille. Dazu trug sie ein eng sitzendes, pfiffiges Hütchen. Meine Mutter heiratete in der Überzeugung, dass eine gemeinsame Zukunft mit Max Paul, ihrem Ehemann, und mit Hitler, der schon bald Reichskanzler werden sollte, ihr ein glückliches Leben bereiten würde, ein Leben, das sich sehr von dem ihrer Mutter unterscheiden sollte, die so lange zu leiden hatte. Die Straßen würden wieder sicher werden, und es würde reichlich Arbeit für alle geben. Man würde wieder Geld für die Zukunft zurücklegen können, und die Frauen würden in ihrer Rolle als Hausfrauen und Mütter ein wichtiger Teil der neuen Ordnung werden.

Erstes Kapitel

Die Wurzeln der Unzufriedenheit

Meine beiden Eltern stimmten 1933, in ihrem Hochzeitsjahr, für Hitler. Es war die Wahl, die ihn im Amt des Reichskanzlers bestätigte und seine Machtergreifung vollendete. Wenn ich verstehen wollte, warum meine Mutter und mein Vater an Adolf Hitler glaubten, und außerdem ein Verständnis der eigenen Kindheit entwickeln wollte, musste ich mir die Kindheit und Jugend meiner Eltern vor Augen führen. Sie waren beide in den Hungerjahren nach dem Ersten Weltkrieg aufgewachsen, im Anschluss an die Niederlage Deutschlands und in der wirtschaftlichen Krisenzeit der zwanziger Jahre. Das war eine ganz andere Welt gewesen, die sich sehr von den Erwartungen unterschied, die sie nach ihrer Heirat mit dem sich entwickelnden Hitlerregime verbanden.

In meiner Kindheit las mir meine Mutter im Bett keine Märchen vor, sondern erzählte immer wieder von jenen schwierigen Jahren. Aus diesen Geschichten, die durch die eher sporadischen Erzählungen meines Vaters, später dann auch durch Emilie, Mutters Freundin aus Kindheitstagen, ergänzt wurden, entstanden meine frühesten Eindrücke vom Leben meiner Eltern in der Zeit vor meiner Geburt.

Mutter verbrachte ihre ersten neun Lebensjahre in einem großen Mietshaus in Wiesbaden am Rhein, wo sich ihre Eltern nach der Hochzeit im Jahr 1910 niedergelassen hatten. »Meine Mutter war zwölf Jahre älter als mein Vater«, erzählte sie mit einem gewissen Widerwillen und gab mir auf diese Weise zu verstehen, dass normalerweise der Ehemann älter ist als seine

Frau. Die beiden hatten sich um 1907 ineinander verliebt, als Mutters Vater auf seiner »Wanderschaft« nach Wiesbaden kam. Mein Großvater Albin Pöhlmann war damals ein wandernder Schreinergeselle. Wie jeder Angehörige seines Handwerks musste er sich nach Abschluss seiner Ausbildung auf die Wanderschaft begeben. Das bedeutete drei Jahre »auf der Walz«, eine Zeit, in der er für verschiedene Meister seines Gewerbes arbeitete, bevor er bei der Innung sein Meisterstück einreichte und selbst den Meistertitel erhielt, der ihn zur Ausbildung von Lehrlingen und zur Eröffnung eines eigenen Betriebes berechtigte.

Albin Pöhlmann war zur Zeit seiner Ankunft in Wiesbaden ein großer, schlaksiger junger Mann mit schmalem Schnurrbart und hellblauen Augen. Keck saß die Gesellenmütze auf seinem Kopf, sein Bündel, das die Kleidung zum Wechseln enthielt und an dem der Trinkbecher baumelte, trug er lässig über der Schulter. Er vertraute auf sein Glück und auf die Berichte seiner wandernden Mitgesellen. Beides zusammen würde ihm schon Arbeit und ein Auskommen verschaffen. Die Wanderschaft hatte einige Monate zuvor in Albin Pöhlmanns Heimatort Selb begonnen, einer kleinen Industriestadt in Oberfranken. Sein Weg hatte ihn nach Wiesbaden geführt, in die elegante uralte Kurstadt, die schon seit der Römerzeit für ihr heilkräftiges Wasser bekannt war. Gärten und Weinberge umgaben diesen Ort, und eine Reihe zerklüfteter, verfallender Burgruinen schmückte das Rheinufer ringsum. Der mächtige Fluss gehörte auch zum vollen Namen der Stadt: Wiesbaden am Rhein.

Albin wusste, dass dieses freie, abenteuerliche Leben auf der Walz nur ein Zwischenspiel war, bevor er sich niederlassen, ein eigenes Schreinergeschäft gründen und sich eine fleißige, sparsame Frau suchen würde. Die schwarzhaarige, kleine Luise Damm muss einfach zu ihm gepasst haben. Sie verlobten sich, und er zog weiter, mit der festen Absicht, Luise in zwei Jahren zu heiraten, sobald seine Wanderschaft beendet war.

Meine ernste und strenge Großmutter kann ich mir nur mit Mühe als die attraktive junge Frau vorstellen, die sie gewesen sein muss, als mein Großvater ihr einen Heiratsantrag machte. Sie war mit Sicherheit eine ungewöhnliche Erscheinung: eine unverheiratete Frau jenseits der Dreißig, die ihre boshaften Stiefeltern verlassen hatte, um sich in der Stadt auf eigene Faust durchzuschlagen. Sie kannte die angesehensten Familien, denn sie bügelte mit großer Akkuratesse die eleganten Seidenkleider,

Mein Großvater Albin Pöhlmann in seiner Zeit als wandernder Handwerksgeselle (2. v. r.) und der Schreinermeister (2. v. l.) in Mainz.

Das Hochzeitsfoto meiner Großeltern Albin Pöhlmann und Luise Damm. Aufgenommen in Wiesbaden, 1910.

die Spitzenunterwäsche, die Damasttischdecken und die Bettwäsche dieser Leute. Albin gefiel ihr sofort, dieser wandernde Kunstschreiner, der so ehrgeizig und fleißig wirkte, der so zuversichtlich war, sie zum Lachen brachte und zum Tanzen ausführte. Sie sah sich als zukünftige Frau des Schreinermeisters, als Angehörige der ehrbaren Mittelschicht, als Ehefrau, die den Haushalt führte und auf das Handwerk ihres Mannes stolz war. Trotz des Altersunterschieds und ihrer sehr verschiedenen Herkunft hatten die beiden allen Grund, auf eine wohlhabende Zukunft in einem friedlichen Land zu vertrauen. Harte Arbeit, Sparsamkeit und eine gottesfürchtige Lebensführung waren die Garanten einer solchen Zukunft. Ein Blick auf das Hochzeitsbild meiner Großeltern hatte mich stets traurig gestimmt. Sie sahen so todernst aus, doch ich hatte das immer dem allgemeinen Lebensgefühl jener Zeit zugeschrieben, nicht einer Vorahnung, die sie mit ihrer Zukunft verbanden.

Familie Pöhlmann in Selb war unterdessen beunruhigt. Ihr missfiel die Tatsache, dass ihr 24-jähriger Sohn sich so rasch für die Ehe mit dieser schon etwas angejahrten Braut entschieden hatte, die sie noch nie gesehen hatte. Doch es gab ein größeres Problem als das Alter meiner Großmutter, ein tiefes, lange gehütetes Familiengeheimnis, von dem ich erst im jugendlichen Alter erfuhr: Meine Mutter, die kleine Albine, war bereits zwei Jahre alt, als ihre Eltern heirateten. Nach der Erinnerung meiner Wiesbadener Großtante waren die beiden bereits verlobt, und Albin hatte seine Wanderschaft schon fortgesetzt, als Luise bemerkte, dass sie schwanger war. Sie war zu stolz, um ihm dies mitzuteilen, weil sie befürchtete, ihn in seinem Fortkommen zu behindern, doch sie ließ das kleine Mädchen in Erinnerung an den Vater auf den Namen Albine taufen. Als der Verlobte nach zwei Jahren zurückkehrte, um sein Eheversprechen einzulösen, traf er seine Zukünftige in Gesellschaft einer kleinen Tochter an und machte sie rasch zu einer ehrbaren Ehefrau. Meine Mutter sprach bis zu ihrem Lebensende niemals über ihre Gefühle, die sich mit einem Ereignis verbanden, das damals als eine unehrenhafte Geburt galt. Ich frage mich oft, ob sie meinen Vater jemals in dieses Geheimnis eingeweiht hat.

Albin fand nach der Hochzeit eine Anstellung als Schreinergeselle in Mainz, auf der anderen Seite des Rheins, nicht weit von Wiesbaden entfernt, und das junge Paar begann mit dem Sparen für die gemeinsame Zukunft. Sie mieteten eine winzige Zweizimmerwohnung in einem großen Mietshaus in der Rheingauerstraße, in der die Familien dicht aufeinander wohnten und sich am Ende des Ganges eine Gemeinschaftstoilette teilen mussten. Im Erdgeschoss, rings um den gepflasterten Innenhof, lagen die kleinen Läden und Werkstätten der Schmiede, Antiquitäten-Restauratoren, Uhrmacher, auch eine Glaserei gab es, und das Hämmern und Klopfen aus den Werkstätten vermischte sich mit den Rufen und Reden von Handel, Handwerk und Geschäft. Aus den Fenstern in den darüber liegenden Wohnetagen rief der Geruch von gebratenen Zwiebeln, Würsten und Sauerkraut zum Mittagessen. Pünktlich um zwölf Uhr sperrten die Männer ihre Läden zu und gingen nach oben, um sich dort an einen fertig gedeckten Tisch zu setzen, auf dem das aufgetragen war, was das Haushaltsgeld der Frauen in jenen Tagen hergab. Die meisten Leute waren arm, und dennoch war dies »eine gute Gegend«, wie meine Mutter stets betonte. Kleine Geschäfte säumten die Rheingauerstraße, und selbst die

Schlüsselkinder waren dort recht sicher, sehr zur Erleichterung ihrer berufstätigen Mütter.

Im August 1914 begann der Erste Weltkrieg, vier Jahre nach der Hochzeit meiner Großeltern. Es kam der Tag, an dem mein Großvater in den Krieg ziehen musste, um für den Kaiser zu kämpfen. Meine Mutter war inzwischen sechs Jahre alt, ihr kleiner Bruder Hans, das Hänschen, war erst zwei, als die Hoffnungen der Eltern auf den Umzug in eine größere, mit massiven Eichenmöbeln eingerichtete Wohnung – die Einrichtung sollte in Albins eigener Werkstatt entstehen – vom Krieg zunichte gemacht wurden.

Es war damals üblich, dass sich Ehepaare, sobald sie Kinder hatten, gegenseitig mit »Vater« und »Mutter« anredeten. Deshalb begann meine Großmutter einen Brief an ihren Mann, den sie am 26. September 1916 an eine Feldpostadresse an der Westfront schickte, folgendermaßen:

»Liebster Vater, Glückwünsche zu Deinem Geburtstag. Unser einziger Wunsch ist, dass Du zu Hause sein mögest und dieser schreckliche Krieg ein Ende hat. Es ist Dein zweiter Geburtstag im Feindesland, und die Zeiten werden schwerer, für Dich und für uns. Ich habe einen Kuchen für Dich gebacken, aber er ist nicht aufgegangen. Die Kinder aßen ihn dennoch, und statt dessen sende ich Dir hier ein kleines Päckchen Tabak für Deine Pfeife.«

Ebenfalls aus dem Jahr 1916 stammt dieser Brief:

»Wir bekommen fünf Sack Kartoffeln für den Winter. Das muss für uns drei bis zum Mai reichen, und wir müssen im voraus bezahlen. Viele Leute wollen keine Kartoffeln kaufen, aus Angst, sie könnten verfaulen, aber was ist, wenn es später keine Marken mehr gibt? Erst gestern erhielt ich Dein Geld und bezahlte die Kartoffeln damit. Vielen Dank. Und ich habe 20 Pfund Pflaumen eingemacht, die ich von Herrn Ruß bekam. Der gute Mann brachte sie mir, anstatt sie auf dem Markt zu verkaufen. Ich habe sie ohne Zucker eingeweckt, weil wir nur ein halbes Pfund im Monat bekommen, und ich habe keinen mehr.«

Solche Ehrlichkeit und solcher Pessimismus waren für die Frau eines deutschen Soldaten im Zweiten Weltkrieg undenkbar, denn »Schwarzseher« wurden hart bestraft, häufig mit dem Tod.

Mit einem Anflug makabren Humors schrieb sie in einem Brief, Hänschen habe ihr gesagt, er wolle, dass sein Vater nach Hause komme und ein paar Hasen fürs Abendessen schieße. An der Front habe er doch sicher gut schießen gelernt.

Die hastig beschriebenen Postkarten meines Großvaters zeigten Bilder aus dem ländlichen Frankreich und zerschossene Ortschaften. Sie begannen stets mit einem »Ich bin nach wie vor gesund« – als ob er jeden Augenblick den verhängnisvollen Schicksalsschlag erwarten würde. Einmal schrieb er meiner Großmutter, er komme gerade von der Beerdigung eines Kameraden, der seinen Verletzungen erlegen sei. Er spricht es nicht offen aus, aber seine im nüchternen Berichtsstil gehaltenen Worte verhehlen nicht ein Gefühl tiefster Traurigkeit. Seinen Kindern schrieb er zu deren Geburtstagen, er wäre jetzt lieber bei ihnen, und zugleich ermahnte er sie, sich gut zu benehmen und ihrer Mutter zu gehorchen. Zwei Jahre nach Kriegsbeginn – und mit zwei weiteren Kriegsjahren vor sich – schrieb er nichts von Siegeshoffnungen, nationalistischen Gefühlen, von Heldentum oder Soldatenehre. Aus seinen Worten sprach nur die Sehnsucht nach einem Ende des Krieges, das die Familie wieder zusammenführen würde.

Die kleine Albine Pöhlmann und die kleine Emilie Graupner – meine spätere »Tante« Emilie – waren in jenen Jahren enge Freundinnen, die im gleichen Haus lebten, nur durch eine schmale Gasse und einige düstere Flure voneinander getrennt. Die Graupners, eine Familie mit vier Kindern, standen wirtschaftlich etwas besser da als die Pöhlmanns. Emilies Vater war zu alt, um noch eingezogen zu werden. Er betrieb unten im Hof eine Werkstatt, in der er Antiquitäten restaurierte. Von den Fenstern ihrer elterlichen Wohnung schaute Emilie in die armselige Küche meiner Großeltern. Dort sah sie einen kleinen, ramponierten Spülstein, in den nur kaltes Wasser floss, einen Gasherd mit zwei Flammen und ein mit einem Vorhang abgedecktes Regal, in dem ein paar Töpfe und Pfannen verstaut waren. Am braunen Tisch, der fürs Essen, Kochen, Briefeschreiben, für Hausaufgaben und alles andere, was eine ebene Oberfläche erforderte, herhalten musste, standen einige unterschiedliche Stühle. Die andere Hälfte der Küche nahmen zwei schäbige Armsessel ein. Sie umgaben einen abgenutzten Lampentisch aus schwarz lackiertem Eichenholz. Und dann war da noch ein hartes, flaches Sofa, das Bett meiner Mutter. Hänschen war im kleinen Schlafzimmer meiner Großmutter untergebracht. Dort gab es zwei hölzerne Betten, eine Kommode, einen Kleiderschrank und einen Stuhl, der als Nachttisch herhalten musste. Eine anstrengende Sechs-Tage-Woche hatte verhindert, dass mein Großvater die Zeit fand, Möbel für die eigene Familie herzustellen, bevor er in den Krieg musste. Die seltsame Kollektion gebrauchter Stücke musste genügen, bis er diese Zeit hatte.

Luise musste abermals den ganzen Tag als Büglerin in wohlhabenden Haushalten arbeiten, um den Sold meines Großvaters aufzubessern. Sie kam erst spät abends zurück, erschöpft und leicht reizbar und mit wenig Geduld für ihre beiden lebhaften Kinder. Ihre schlechte Laune entlud sich oft an meiner Mutter. Albine war klein für ihr Alter, doch voller Energie, sie war lebhaft, neugierig, gewitzt und eigensinnig, und häufig war sie die Anführerin der Kinderbanden, die sich in der Rheingauerstraße herumtrieben. Sie war einfach nicht dazu bestimmt, als Babysitterin für ihren dicken kleinen Bruder zu dienen, den Liebling ihrer Mutter, der nach Tante Emilies Erinnerung eher ein »sehr böser Bub« war.

Tante Emilie wurde Augenzeugin, die mit ansehen musste, wie meine Mutter immer wieder heftige Prügel bezog, wenn Luise nach Hause kam und die Hausarbeit unerledigt fand, während sich Hänschen über seine Schwester beklagte. Es ist eine bestürzende Erinnerung, aber körperliche Bestrafung war in jenen Zeiten nichts Ungewöhnliches. Noch trauriger stimmt allerdings die Tatsache, dass es im Haushalt meiner Mutter weder Spielsachen noch Bücher noch irgendeine andere Form von geistiger Anregung gab. Die Lebensgrundsätze einer deutschen Familie entsprachen denen des gesamten Staatswesens: Zu bestrafen sind jegliches Streben nach Unabhängigkeit, Aufsässigkeit gegenüber Befehlen und das offene Eintreten für die eigene Sache, wenn sich die kleine Albine zum Beispiel über etwas beschwerte, was sie als ungerecht empfand. Gefördert wurden dagegen ein Gehorsam, der keine Fragen stellte, Unterordnung und eine Form von Ordentlichkeit, die sich vor jedwedem Durcheinander geradezu fürchtete, sowie harte Arbeit.

Diskriminierung von Minderheiten und der Antisemitismus wurden im damaligen Deutschland noch nicht von Staats wegen verordnet, aber eine entsprechende gesellschaftliche Neigung war dennoch bereits im Verhalten der Kinder wahrnehmbar. In der Mietskaserne meiner Großeltern lebte auch ein streng religiöses jüdisches Ehepaar. Wann immer diese Leute mit ihrem kleinen Sohn zu einem Einkauf oder Spaziergang aus dem Haus gingen, folgte ihnen eine ganze Kinderbande, darunter auch Mutter, Hänschen, Emilie und ihre Brüder, und schrie ihnen irgendwelche Unanständigkeiten oder wüste Reime hinterher. Die kleinen Quälgeister wichen erst zurück, wenn sich der jüdische Vater mit seinem großen breitkrempigen Hut zu ihnen umdrehte und mit seinem Spazierstock drohte. Noch viele Jahre nach dem Zweiten Weltkrieg erinnerte sich die mittlerweile sehr alt gewordene Emilie Graupner an den kleinen jüdischen Jungen mit den dunklen Locken und den dunklen mandelförmigen ernsten Augen, und schweren Herzens und voller Schuldgefühle fragte sie sich, was in der Nazizeit wohl mit ihm geschehen war. Eines Tages beobachtete Emilies Vater, wie die Kinderbande die jüdische Familie drangsalierte, und verbot ihr und ihrem Bruder, dabei mitzumachen. Später dann, im Jahr 1932, halfen die beiden Geschwister einem jüdischen Geschäftsinhaber in der Rheingauerstraße, die Scherben seines Schaufensters aufzulesen, das Hitlers Gefolgsleute auf einer ihrer Krawalltouren zerschlagen hatten. Herr Graupner war ein Mann, der sich von moralischen Grundsätzen leiten ließ. Er und seine Familie stimmten gegen Hitler, trotz eines SA-Postens, der die Menschen im Wahllokal beobachtete und einschüchterte. Doch auch Emilies Vater orientierte sich am typischen Verhalten der deutschen Mittelschicht, und dazu gehörten politische Passivität, die Furcht vor dem vermeintlichen Chaos und ein fehlgeleitetes Vertrauen gegenüber den Grundsätzen von Recht und Ordnung. Außerdem hatten diese Menschen keinerlei Erfahrungen mit der Demokratie. Herr Graupner wollte seine Kinder vor der bösen Welt der Politik beschützen, auch vor Informationen über vergängliche Bündnisse und Feindseligkeiten in Europa, die schließlich zum Krieg geführt hatten. Nicht einmal seinen älteren Söhnen gestattete er die Zeitungslektüre, aus Furcht, dass das ihre Gedanken vergiften könnte. Damals erkannte er nicht die Ironie, die in diesem Verhalten lag, und nur wenige Jahre später sollte die Nazipropaganda genau das fertigbringen, was er mit aller Kraft zu verhindern suchte.

Im Sommer 1917 endete der Wiesbadener Abschnitt in der Kindheit meiner Mutter, zu dem frühe Entbehrungen, intensive Freundschaften und zweifellos auch ein erzieherisch wirksames und fröhliches Straßenleben gehört hatten, mit einem Schlag. Mein Urgroßvater väterlicherseits war unerwartet gestorben, und Albin schrieb meiner Großmutter von der Front, sie solle ihre Sachen packen und zu seiner Familie nach Selb umziehen. Das Haus der Familie hatte er durch den Verzicht seiner Geschwister geerbt, die allesamt das alte Gemäuer nicht haben wollten. Traurig, aber pflichtbewusst und ohne Murren sagte meine Großmutter ihrer sonnigen Kurstadt am Rhein Lebewohl und zog mit ihren Kindern und ihren wenigen Habseligkeiten ins kalte, windige Selb um. Albine blieb nicht einmal genug Zeit, um sich von ihrer geliebten Freundin Emilie zu verabschieden. Als diese aus dem Sommerlager einer Wohltätigkeitsorganisation zurückkehrte, war Familie Pöhlmann bereits

Meine Großmutter Luise Pöhlmann mit ihren Kindern Albine und Hans.
Wiesbaden, um 1916.

fort. Ein herzlicher Abschied von Emilie war den dreien nicht vergönnt, und bei ihrer Ankunft empfing sie die schroffe Ablehnung der Pöhlmann-Verwandtschaft. Dabei tat sich besonders Albins Mutter hervor, die die drei Neuankömmlinge nach Kräften schikanierte, sie unter einem Treppenaufgang schlafen ließ und ihnen nur eingeschränkten Zugang zur Küche gestattete, ohne das Essen mit ihnen zu teilen.

Nach dem Waffenstillstand 1918 verließ mein Großvater die Front. Er war aus dem besiegten deutschen Heer entlassen worden und schaffte es bis nach Selb, wo er den von einer Revolution begleiteten Untergang des Kaiserreiches erlebte. Anschließend las und hörte er dann von der Unterzeichnung des Versailler Vertrags.

Dieser Vertrag sah Reparationen vor, Entschädigungszahlungen, die Deutschland seinen Kriegsgegnern schuldete, er begrenzte die Anzahl der deutschen Soldaten und schränkte deren Bewaffnung ein, und die deutsche Aggression sollte mit Gebietsabtretungen bestraft werden. Albine, ihr Bruder, ihr künftiger Ehemann und all ihre Freunde wuchsen mit der unzählige Male wiederholten, alles andere überlagernden Botschaft auf, dass das Ziel des Versailler Vertrags die Zerstörung Deutschlands sei. Dieser Vertrag sei die Hauptursache für den Niedergang und die Unordnung der Weimarer Republik – und für das Elend und die Hoffnungslosigkeit ihrer Jugendzeit.

Nach seiner Heimkehr baute mein Großvater zuallererst einen Anbau an das überfüllte Haus seines Vaters, um Frau und Kinder von seiner Mutter zu trennen und seine neue Schreinerei unterzubringen. Unmittelbar nach der Verleihung des Meisterbriefes eröffnete er seinen Betrieb, in dem Möbel sowie Tür- und Fensterrahmen für Bauunternehmen gefertigt werden sollten.

Auf einer Seite des Hauses verkündete ein großes weißes Schild mit schwarzen Buchstaben den Namen des Inhabers und dessen Gewerbe: Bau- und Möbelschreinerei – Albin Pöhlmann.

Der Zeitpunkt für Albins Unternehmensgründung hätte nicht ungünstiger sein können. Er besaß keinerlei Ersparnisse und verhandelte hartnäckig mit den Banken vor Ort und mit Geldverleihern, um das Kapital für die Hauserweiterung und die großen modernen Maschinen zusammenzubekommen. Und er brauchte einen Lagerhof voller Holz. Jeden Pfennig und all seine langen Arbeitstage investierte er in sein junges Unternehmen und in die Rückzahlung seiner Schulden, doch zugleich schwamm er gegen den Strom der schweren Wirtschaftskrise, die Deutschland nach dem Krieg heimsuchte. Das Geschäft, auf das er seine Hoffnungen gesetzt hatte, kam nicht voran. Nur wenige Neubauten entstanden, und immer weniger junge Ehepaare konnten es sich leisten, dem geheiligten alten Brauch zu folgen und für die ersten eigenen vier Wände maßgefertigte Schlafzimmer- und Küchenmöbel zu bestellen. Die Optimisten unter diesen Paaren kamen vorbei, um die Möbelkataloge meines Großvaters zu studieren, und bestellten anschließend, was ihnen am besten gefiel. Doch allzu oft konnten sie nicht bezahlen, wenn die fertigen Möbel abgeholt werden sollten. Eine besonders scheußliche Schlafzimmergarnitur mit einem Sternchenmuster auf den Glastüren und Kopfbrettern blieb ihm. Mein Großvater hatte diese Möbel äußerst sorgfältig und mit tadellosem Strich mit einer nachgeahmten Holzmaserung in einem leuchtend orangebraunen Farbton bemalt. Diese Garnitur stand lange im Lager herum, bis er sie Max, seinem zukünftigen Schwiegersohn, zur Hochzeit billig überließ. Ich mochte diese Möbel nicht, bis dann Jahrzehnte später die in den zwanziger Jahren so beliebte falsche Holzmaserung abgelaugt wurde und die blasse Schönheit des naturbelassenen Holzes zum Vorschein kam.

Meinem Großvater machte die Stille in seiner neu eingerichteten Werkstatt schwer zu schaffen. Die Holzhändler bedrängten ihn schon nach kurzer Zeit wegen der fälligen Zahlungen für das im Hof gestapelte Holz. Sie brachten ihn beinahe so weit, sich bankrott zu erklären, was seiner Familie Schande bereitet hätte. Doch Albin war ebenso stur wie einfallsreich und kam auf eine Idee: Er spezialisierte sich auf Särge in allen Größen und Preisklassen. »Es sterben immer Leute«, sagte er, ohne sich der traurigen Ironie bewusst zu sein, dass er in einem dem Untergang geweihten Deutschland seinen Lebensunterhalt nur mit der Sargproduktion bestreiten konnte. Mit den Särgen verdiente er tatsächlich so viel, dass er mit Hilfe seiner Frau und

Das Haus der Pöhlmanns in Selb nach der Fertigstellung des Anbaus durch meinen Großvater, um 1920.

seiner heranwachsenden Tochter in den kurzen Zeiten des Aufschwungs und den langen, tiefen Krisen der kommenden dreizehn Jahre durchhalten konnte.

Die gesamte Familie hatte mit dem bloßen Überleben alle Hände voll zu tun und fand deshalb kaum die Zeit, sich mit den bizarren Ereignissen im Reichstag zu beschäftigen, der gewählten Volksvertretung, die während der Weimarer Republik von 1919 bis 1933 in Berlin tagte.

Mein Großvater wusste auch nicht um die Schwachpunkte und die Unfähigkeit der Sozialdemokraten, der Partei, die er unterstützte, in jenen letzten Tagen der Republik. Aber meine Mutter erzählte, dass die Familie über die Zeitungsschlagzeilen zur täglichen Gewalt und zum Chaos auf den Straßen der Großstädte tief beunruhigt war, über Schlagzeilen, dass eine weitere bolschewistische Revolution oder, schlimmer noch, ein Bürgerkrieg bevorstehen könnte, der das ganze Land erfassen würde.

Meine Großmutter zahlte für den Umzug nach Selb und das Ringen ums wirtschaftliche Überleben einen hohen Preis. Sie gewöhnte sich niemals an das trübselige Industriestädtchen mit seinem rauen Klima und den verschlossenen Menschen, die, nach ihrem Empfinden, einen groben fränkischen Dialekt sprachen. Wenn sie die bedeutungsschweren Worte »Nach de Griesch« gebrauchte, dann hieß das bei den Einheimischen »No'm Graich«, und beides bedeutete »Nach dem Krieg«. All ihre Hoffnungen auf ein besseres Leben für sich selbst und die beiden schnell heranwachsenden Kinder hatten sich mit der Aussicht auf den künftigen geschäftlichen Erfolg ihres Mannes verbunden. Anstatt jedoch das gutbürgerliche Leben zu genießen, von dem sie geträumt hatte, bügelte sie erneut für wohlhabende Familien und musste um diese untergeordnete Tätigkeit auch noch mit anderen Frauen konkurrieren. Luise Philippine Damm-Pöhlmann und ihre Familie waren hungriger und ärmer als jemals zuvor.

Arbeitslosigkeit und Inflation: diese Zwillings-Dämonen wurden für meine Großmutter und die Mehrheit der deutschen Mittelschicht während der Weimarer Republik zur alltäglichen Bedrohung. Und an dieser eiternden Wunde der deutschen Nation war, das glaubten damals fast alle, der berüchtigte Versailler Vertrag schuld.

Zweites Kapitel

Auf der Suche nach einer Zukunft

Mutter war dreizehn Jahre alt, als die Inflation über das Land hereinbrach. Sie hatte ihre sieben Pflichtschuljahre absolviert und war von ihren Lehrern ermuntert worden, aufs Gymnasium überzuwechseln. Sie war sehr klug und wollte ihre Schulausbildung auch fortsetzen, doch blieb ihr keine Wahl: Sie musste sich eine Arbeit suchen, um die Familie finanziell zu entlasten. Groll und ein beschämendes Gefühl wegen ihrer unzulänglichen Schulbildung sollten sie ein Leben lang begleiten. So wie die Dinge nun einmal lagen, versuchte sie sich mit geringem finanziellem Aufwand autodidaktisch fortzubilden. Einige Jahre lang lernte sie in Abendkursen Englisch. Für jeden Kursabend waren 80 Pfennige zu entrichten. Sie lernte auch Esperanto, eine Kunstsprache, die ihrer Ansicht nach zur Weltsprache werden sollte. Die Esperantisten glaubten, dass diese gemeinsame Sprache die Völkerverständigung fördern und ein Gegengewicht zur überragenden Stellung und zur – von ihnen so empfundenen – Arroganz der englischsprachigen Länder bilden würde.

Unmittelbar nach dem Abschluss der Volksschule fing Mutter in einer kleinen Fabrik für Bett- und Tischwäsche an zu arbeiten, sechs Tage in der Woche. Sie war gerade groß genug, um die Nähmaschinen bedienen zu können. Die Inflation verschlimmerte sich mit jedem Tag, jeder Stunde. Wenn Mutter morgens ihren Wochenlohn erhielt, musste sie bis zur Mittagspause warten, um dann mit einem Bündel von Geldscheinen zur nächsten Bäckerei zu rennen. Mittlerweile aber war der Wert der Reichsmark so stark gesunken, dass sie für ihren Wochenlohn nicht einmal einen Laib Brot bekam. Die großen, rechteckigen Banknoten waren mit einer verwirrenden Zahl von Nullen bedruckt. Mutter konnte nicht einmal den Wert dieser Scheine entziffern: Waren das Millionen, Milliarden oder gar noch mehr? Die Geldentwertung erreichte am 15. November 1923 ihren Höhepunkt: ein US-Dollar entsprach 4.200.000.000.000 Reichsmark.

An den Tagen, an denen Mutter nicht einmal mehr Brot kaufen konnte, stöberte sie in den Mülltonnen vor den Häusern der Reichen nach Kartoffelschalen und anderen Abfällen. In den allerschlimmsten Zeiten band sich meine Großmutter einen kleinen, blau-weiß gepunkteten Emailletopf um den Leib. Dieses unter ihrem langen, dunklen Rock versteckte Gefäß füllte sie mit Essensresten, die von den Esszimmern der Reichen, für die sie bügelte, zurückkamen, und mit Speiseabfällen aus der Küche. Die Familie wartete ungeduldig auf ihre Rückkehr, bei der dann die mageren Mitbringsel auf den Tisch kamen. Beide Frauen sollten die Erniedrigungen in jener Zeit niemals vergessen. Meine Großmutter sprach zwar nie darüber, doch viel von ihrer Bitterkeit musste mit diesen Erlebnissen verbunden gewesen sein.

Nicht alle Menschen litten stillschweigend. Täglich gab es öffentliche Kundgebungen, bei denen die Redner politische Lösungen versprachen, aus denen nie etwas wurde. Immer häufiger drangen Nachrichten von öffentlichen Unruhen und Todesopfern in den Großstädten bis nach Selb – Nachrichten von Opfern, für die mal die eine und dann wieder die andere politische Richtung verantwortlich gemacht wurde. Sogar in der Kleinstadt Selb kam es wegen politischer Streitigkeiten zu Schlägereien und Schießereien.

An einem warmen Tag beschloss Mutter, während ihrer Mittagspause zu einer Kundgebung der Gewerkschaft zu gehen. Sie hörte einem Redner zu und kam zu dem Schluss, dass der Mann recht hatte: Die Arbeiter sollten sich gegen die Ausbeutung wehren und gemeinsam einen Generalstreik ausrufen. Sie ging in die Fabrik zurück, sah die sorgenvollen Gesichter der über ihre Nähmaschinen gebeugten Frauen und dachte sich: Warum rufen wir nicht gleich hier und jetzt einen Streik aus? Mutter kletterte auf einen Stuhl, zog an der Kette des Hauptschalters und legte damit alle Maschinen still. Mit einem Schlag war es ruhig in der Fabrikhalle. Mutter fasste sich ein Herz und rief, so laut sie konnte, alle Arbeiterinnen und Arbeiter müssten streiken, um gegen ihre Hungerlöhne zu protestieren. Kein Laut war zu hören. Alle erwarteten angespannt, dass der Besitzer erscheinen und Mutter auf der Stelle entlassen würde. Dieser Mann stand jedoch selbst am Rande des Bankrotts. Er kam mit seiner Frau und teilte bei seinem kurzen Auftritt nur mit, dass der Betrieb ab sofort geschlossen sei. Alle Beschäftigten wurden nach Hause geschickt. Mutter war sechzehn, hatte drei Jahre gearbeitet und war jetzt arbeitslos.

Die nächsten drei Jahre verbrachte sie mit kurzen Beschäftigungen in Büros und Haushalten. In den Zeiten, in denen sie keine Arbeit hatten, trieben Mutter und ihre Freunde Sport, sie wanderten und sangen in Vereinen. All dies verschaffte ihnen eine vorübergehende Abwechslung von ihrem öden Alltag, und es gab ihnen eine Vorstellung von ihrer deutschen Identität.

»Wir brauchen einen starken Führer!«, war in jener Zeit eine viel zitierte Parole.

Ende 1927 antwortete Mutter, die verzweifelt eine feste Anstellung suchte, auf eine Stellenanzeige, mit der eine Dame auf einem Landgut im fernen Pommern eine Gesellschafterin suchte. Sie erhielt eine Zusage, so unwahrscheinlich das zunächst auch zu sein schien. Meine Großmutter lieh ihr das Geld für die Hinfahrt, die sie nach Mehrenthin führte. Dieser winzige Bahnhof in Pommern lag einige Kilometer von dem Rittergut entfernt, auf dem sie ihre Stelle antreten sollte. Ein Kutscher holte sie mit seinem Gefährt ab. Auf einer langen, sandigen Landstraße fuhren sie bis zu dem beeindruckenden, eleganten Herrenhaus, wo die künftigen Arbeitgeber, Freiherr und Freifrau von Waldow, ihre neue Angestellte erwarteten. Mutter war – wie alle Deutschen – vom Wörtchen »von« beeindruckt, doch sie wusste noch nichts über die strenge, von Alter und gesellschaftlicher Bedeutung geprägte Hierarchie innerhalb des Adels, und sie hatte keine Ahnung, wo in dieser Hierarchie eine Freifrau ihren Platz hatte.

Der ostelbische Adel fühlte sich zutiefst bedroht, auf der einen Seite durch den Kommunismus, auf der anderen Seite durch die Demokratie. Auch die demokratischen Bestrebungen der Parteien der bürgerlichen Mitte ließen den Adel auf der rechten Seite des politischen Spektrums nach Schutz für ihre Interessen suchen. Doch die unmittelbare Bedrohung, mit der die Familie von Waldow zu tun hatte, war die Schwangerschaft der Freifrau. Nur wenige Monate nach der Ankunft meiner Mutter starb diese liebenswürdige Frau im Kindbett und hinterließ das Neugeborene und die erst zwei Jahre alten Zwillin-

Meine Mutter, um 1928.

ge. Dem Freiherrn war die fröhlich-zupackende Art meiner Mutter nicht entgangen. Er bat sie, zu bleiben und sich um die Zwillinge zu kümmern. Ohne zu zögern und nicht zuletzt, weil sie zum ersten Mal in ihrem Leben genug zu essen hatte, legte Mutter die Kleidung eines Kindermädchens an und wurde zur Pflegemutter der beiden Söhne des Herrn von Waldow.

In Pommern war die Zeit stehen geblieben. Dort ritt der Freiherr nach wie vor in Breeches und mit blankpolierten Stiefeln aufrecht und stolz, die Peitsche in der Hand, über seinen ausgedehnten Besitz und führte auf diesem von den Vorfahren ererbten Gut ein strenges Regiment über seine Knechte und Diener.

Seine Autorität und seine bisweilen bizarr anmutenden Privilegien waren unbestritten, doch Albine, von Neugier und einem gewaltigen Appetit getrieben, brach mit einer der überkommenen Verhaltensregeln. Sie zeigte den übrigen Dienern, dass sie ihren eigenen Verstand gebrauchen konnten und nicht nur ängstlich zu gehorchen hatten, und sie kam damit durch.

Das wichtigste herbstliche Ereignis auf dem Gut war der Schlachttag, der Tag, an dem die Mastschweine geschlachtet und verarbeitet wurden. Dabei mussten alle auf dem Gut beschäftigten Personen mithelfen, vom Schweinehirten über den Metzger bis zum Küchenpersonal mit den weißen Mützen und gestreiften Schürzen, die im Lauf des Tages immer blutiger und schmutziger wurden. Das Quieken der sterbenden Schweine und der Blutgeruch erfüllten die herbstliche Luft. Einige Helfer reinigten die Gedärme, die als Wursthäute dienten, und füllten sie mit dem Wurstteig, der nach Knoblauch und Majoran duftete. Weitere fleißige Hände schnitten die Schinkenstücke für die Räucherkammer zurecht.

An jenem Abend richtete das Küchenpersonal aus den besten und einigen eher dekorativen Stücken sowie aus Würsten vom frisch geschlachteten Schwein eine Schlachttafel her, die der Familie von Waldow traditionell zum Abendessen serviert wurde. Albine entdeckte auf einem Gang durch die riesige Herrenhausküche ein Paar frisch geröstete, knusprig braune Schweinsohren, mit denen die üppig beladene, köstlich duftende Schlachttafel dekoriert worden war. Sie nahm sich eines der Ohren, legte es auf einen Teller und setzte sich an einen Bedienstetentisch, um die Delikatesse in Ruhe zu genießen. Sie dachte sich nicht viel dabei, denn es musste mindestens ein Dutzend Schweinsohren in der Küche herumgelegen haben. Plötzlich war das Küchenpersonal in heller Aufregung. Man hatte entdeckt, dass ein Schweinsohr von der Schlachttafel fehlte! Mutter zeigte auf ihren Teller, gestand dem verzweifelten Koch den Diebstahl, worauf der ihr sagte, dass der Freiherr das absolute Vorrecht habe, die gerösteten Ohren des ersten geschlachteten Schweines zu verspeisen. Zu guter Letzt überzeugte meine Mutter den Koch, dass der Freiherr im Zweifelsfall wohl nicht feststellen könne, welche Ohren von welchem Schwein stammten. Dem Koch leuchtete das ein, und schnell röstete er noch ein Ohr. Er grinste und blinzelte Mutter heimlich zu, als der Tischdiener dem nichtsahnenden Freiherrn die wiederhergestellte Platte brachte. Die großen Räucherschinken wurden allerdings gezählt und streng unter Verschluss gehalten. Ansonsten hätte Mutter – das gab sie freimütig zu – wohl einen der Schinken entwendet und ihrem hungrigen Vater nach Selb geschickt.

Die übrigen Bediensteten auf dem Waldowschen Gut nannten Albine »den Bayern«, als ob sie ein seltsames Wesen aus einem weit entfernten Land wäre. Doch diesen männlichen Spitznamen erhielt sie nicht ohne Grund. Hatte sie nicht die anderen dazu angestiftet, am Karfreitag in einen noch vereisten Teich zu springen, wie es in ihrem Schwimmverein in Selb üblich gewesen war? Hatte sie nicht mit offenem Mund und in ungläubigem Staunen zugesehen, als den Gänsen wochenlang mit Gewalt ein übelriechendes Gebräu verabreicht wurde, um sie für den Herbsttag zu mästen, an dem sie geschlachtet wurden? Und hatte sie nicht das für den Freiherrn reservierte Schweinsohr verspeist?

Nach zwei Jahren als Kindermädchen hatte Mutter genug vom preußisch-pommerschen Umgang zwischen Herrn und Knecht (beziehungsweise Magd), vom Jasagen und Knicksen vor dem Freiherrn. Nachdem sie gekündigt hatte, beschloss sie, vor ihrer Rückkehr in die Heimat noch eine Wanderung durch Finnland zu machen. Sie zog mit ihrem Rucksack ganz alleine los, nahm wahrscheinlich eine Fähre über die Ostsee und erreichte mit Bussen und Zug die Seenplatte. Sie übernachtete in finnischen Dörfern oder schlief einfach im Wald und hatte auf dieser Reise nur wenig Kontakt zur einheimischen Bevölkerung. Wann immer ich sie nach ihren Erlebnissen in Finnland fragte, bekam ich zur Antwort, sie habe sich als Wanderer gefühlt, der auf der Suche nach der sagenhaften »Blauen Blume« war, die das Leben des Suchenden gründlich veränderte und ihm zu einem tieferen Verständnis des Einsseins von Mensch und Natur verhalf.

Mutter dachte nicht weiter darüber nach, dass sie ein weiblicher Wanderer und in einer wilden, fremden Landschaft ganz allein unterwegs war. Furchtlos durchquerte sie die ausgedehnten, gelbbraunen Feuchtgebiete, wo der Boden unter jedem Tritt nachgab. Sie kam an unzähligen tiefschwarzen Seen vorbei und sah riesige, silbern schimmernde Birkenwälder, wo das Laub schon beim leisesten Wind sanft zu rascheln begann. Manchmal wanderte sie bei Mondlicht durch diese magische Landschaft. Mitunter erschreckte sie ein Elch oder ein Hase, und die Tiere erschraken ebenso über ihr Erscheinen.

Mutter kannte keine andere Frau, die so mutig eine vergleichbare Herausforderung gesucht hatte. Eines Tages wurde mir klar, dass sie bei ihrer Wanderung auf der Suche nach der »Blauen Blume« nicht die von der deutschen Romantik inspirierte philosophische oder intellektuelle Erleuchtung im Kopf hatte. Sie träumte eher von einer Zukunft als Ehefrau und Mutter an der Seite eines starken, gut aussehenden Mannes, der eine feste Arbeit hatte, in einem Land, in dem Ruhe und Frieden herrschten. Sie wünschte sich viele Kinder, am liebsten sechs Söhne. Die beiden kleinen Söhne der Familie von Waldow hatte sie sehr geliebt, und sie hatte auch stets ihren Bruder beneidet, der, obwohl jünger als sie, die bevorzugte Rolle des männlichen Kindes einnahm. Das Wichtigste war jedoch: Sie würde all ihre Zeit ihren Kindern widmen, anders als die eigene Mutter, die sie und Hans zu Hause allein lassen musste, um sich Tag für Tag mit einer ungeliebten Arbeit abzumühen.

Im Februar 1930 kehrte Albine schließlich nach Selb zurück. Die Pöhlmanns waren nach einer kurzen Atempause wieder in die Wirren einer Weltwirtschaftskrise geraten, die vom Börsenkrach an der Wall Street eingeläutet worden war. Dieser erneute Niedergang gab der Nazi-Bewegung neuen Schwung und brachte Adolf Hitler, der im Gefängnis gesessen hatte und danach – auf dem Obersalzberg – untergetaucht war, ins Rampenlicht der Öffentlichkeit zurück. Mutter verfolgte das politische Geschehen genau, und vieles von dem, was sie dazu von sich gab, schien sich auf ihre eigenen bitteren Erfahrungen zu beziehen – und auf ihre Hoffnungen.

Albine war erst 23 Jahre alt, und mitten in einer fortdauernden Wirtschaftskrise, die von politischen Unruhen begleitet war, verliebte sie sich. Bei einem Ausflug mit ihrer Wandergruppe, den Wandervögeln, begegnete sie Max Paul. Er war groß und schlank, hatte blaue Augen, eine hohe Stirn, und die blonden Haare trug er zurückgekämmt. Seine prominente Nase sollte meine Schwester Ingrid ebenso erben wie die sehr helle, für Sonnenbrände anfällige Haut. Er besaß das intelligente Gesicht eines Bücherlesers, hatte Lieblingsdichter, liebte die Berge, Volkslieder und, natürlich, Mozart. Er und Mutter begannen

Meine Mutter mit Emilie, ihrer Freundin aus Kindheitstagen. Selb, 1930.

eine Brieffreundschaft, schließlich tauschten sie heimlich Liebesbriefe aus, denn Max zog schon bald nach Berchtesgaden um. In Südbayern hatte er etwas ebenso schwer zu Fassendes wie heiß Begehrtes gefunden: eine feste Anstellung.

Auch Max war in Armut und Not aufgewachsen. Er war erst ein Jahr alt, als seine Mutter an Tuberkulose starb. Deshalb musste seine tschechische Kohout-Großmutter, die auf der anderen Seite der Grenze in der Tschechoslowakei lebte, für ihn sorgen, bis sein Vater wieder heiratete. Max' neue Stiefmutter Marie Paul holte ihn nach Hause zurück und gab ihm und seiner einige Jahre jüngeren Halbschwester Frieda, die bei seiner Heimkehr noch ein Baby war, ein liebevolles Zuhause.

Die meisten Menschen in Selb arbeiteten in einer der Porzellanfabriken ihrer Heimatstadt. Die Betriebe waren nach der Entdeckung von Kaolin, der Tonerde, aus der Porzellan hergestellt wird, in jener Region entstanden. Die größten Unternehmen am Ort, die zugleich den Großteil der Arbeitsplätze boten, waren Rosenthal, Heinrich, Krautheim und Hutschenreuther, die älteste, bereits 1814 gegründete Fabrik.

Die Familie Paul arbeitete traditionell bei Heinrich. Mein Vater war die Ausnahme: Dank seines Talents wurde er in der kunsthandwerklichen Abteilung von Rosenthal zum Porzellanmaler ausgebildet, der die teuersten Produkte des Hauses in Handarbeit mit Blumen, Vögeln und den neuesten Mustern schmückte. Bei Pauls kam dagegen nur Heinrich-Porzellan auf den Tisch, und die Familie verschenkte stets nur bei Heinrich hergestellte Stücke: Statuetten, Vasen und Schüsseln. Die Fabriksirene von Heinrich regelte auch den Tagesablauf der Familie, und die Lungen der Pauls wurden von dem feinen, scharfen Staub, den sie Tag für Tag im Betrieb einatmeten, zerfressen. In den häufig wiederkehrenden Zeiten der Arbeitslosigkeit standen sie für das Arbeitslosengeld Schlange, für das sie im Laden nichts mehr bekamen, wenn sie es nicht dorthin schafften, bevor das Geld seinen Wert verlor. Sie konnten sich jedoch zumindest auf diese regelmäßige Unterstützung verlassen. Mein Pöhlmann-Großvater war mit seinem unrentablen Betrieb und seinen Schulden noch schlimmer dran. Dennoch sahen die Hausbesitzer und Inhaber kleiner Geschäfte auf die Fabrikarbeiter herab, und es würde in Mutters Familie mit Sicherheit einen Aufstand geben, wenn sie von der Verbindung mit Max erfuhr.

Max nahm 1930 eine Arbeit in Berchtesgaden an, einem aufstrebenden Touristenort in den Bayerischen Alpen. Dort sollte er sich fortan einer Gruppe von Porzellanmalern anschließen, die in der neu eröffneten Porzellanmalerei Adler arbeiteten. Deren Inhaber Woldemar Adler war ein ebenfalls in Selb ausgebildeter Porzellanmaler, der das Kapital zur Eröffnung eines Betriebes zusammengebracht hatte. (Manche Leute raunten, das sei ihm gelungen, weil er eine reiche Frau geheiratet habe.) Das Geschäftsziel war der Verkauf schöner, weißer, mit handgemalten Alpenblumen verzierter Porzellanwaren an die wachsende Zahl von Touristen. Die schreckliche Armut der einheimischen Bevölkerung wurde ab Mitte des 19. Jahrhunderts allmählich gelindert, ab einer Zeit, in der das Bergwandern und Klettern und der Erwerb von Sommerhäusern in den Alpen unter reichen Leuten zu einer Modeerscheinung wurde. Aller Welt schien bekannt zu sein, dass der Naturforscher und Weltreisende Alexander von Humboldt das Berchtesgadener Tal als den schönsten Ort auf Erden bezeichnet hatte, doch niemand wusste, dass ein gewisser Dr. Sigmund Freud an vielen

Sommerwochenenden von Salzburg herübergekommen war, um sich hier bei Spaziergängen und Bergwanderungen zu erholen. Einige Sommerhäuser, elegante Hotels, pittoreske Frühstückspensionen, Cafés, Speiselokale, all das, was sonst noch zu einem »Luftkurort« gehörte – diese ganze Struktur hatte sich schon längst entwickelt, bevor Hitler das Tal entdeckte und den Obersalzberg zu seiner Wahlheimat machte.

Max, Albine, ihr Bruder Hans, der kein Hänschen mehr war, und viele ihrer ungeduldigen jungen Freunde waren für Hitler eine leichte Beute. Nach so vielen Jahren, in denen man ihnen das Gefühl gegeben hatte, Bettler und Abschaum zu sein, hörten sie begierig die Reden eines Mannes, der ihnen erzählte, Deutschland sei nicht nur eine ehrbare, sondern eine überlegene Nation. Jeder andere, der wirtschaftliche Stabilität versprach, fand ebenfalls die breite Zustimmung der Nation. Hitler allerdings war der einzige Politiker der Weimarer Zeit, der in vollem Umfang erkannte, dass ihm das Aufputschen patriotischer Gefühle, ergänzt durch falsche Versprechungen an die Adressen sämtlicher Interessengruppen, eine breite Anhängerschaft sichern würde. Der vermutlich wichtigste Punkt war jedoch seine Erkenntnis, dass das Erzeugen von Furcht vor einem nur vage umrissenen Feind – bei ihm war das die »Verschwörung des Weltjudentums« – ein misstrauisches und traumatisiertes Volk, dem auch meine Mutter und mein Vater angehörten, unweigerlich auf seine Seite ziehen musste.

Mutter dokumentierte ihre winzigen Beiträge zugunsten der NSDAP in dem kleinen, braunen, in Pappe gebundenen Haushaltsbüchlein, in dem sie jede Ausgabe in ihrem unglaublich sparsamen Leben verzeichnete. Im Dezember 1930 notierte sie zum Beispiel eine Eintrittskarte zu 50 Pfennig für die Weihnachtsfeier der Nazipartei und einen Beitrag in Form eines Porzellankrügleins (vielleicht für eine Versteigerung), für den sie weitere 50 Pfennige ausgab. An unregelmäßigen Beiträgen in die NSDAP-Kasse kamen im Lauf der nächsten zwei Jahre insgesamt 9,15 Reichsmark zusammen. Darunter war eine Hitler persönlich gewidmete Spende von einer Reichsmark, die möglicherweise bei einer Kundgebung erfolgte. Mutter und ihr Freundeskreis waren ein Teil der jubelnden Menschenmassen, wenn der Selbstdarsteller Hitler seine SA-Truppen aufmarschieren ließ, umrahmt von unzähligen Hakenkreuzfahnen,

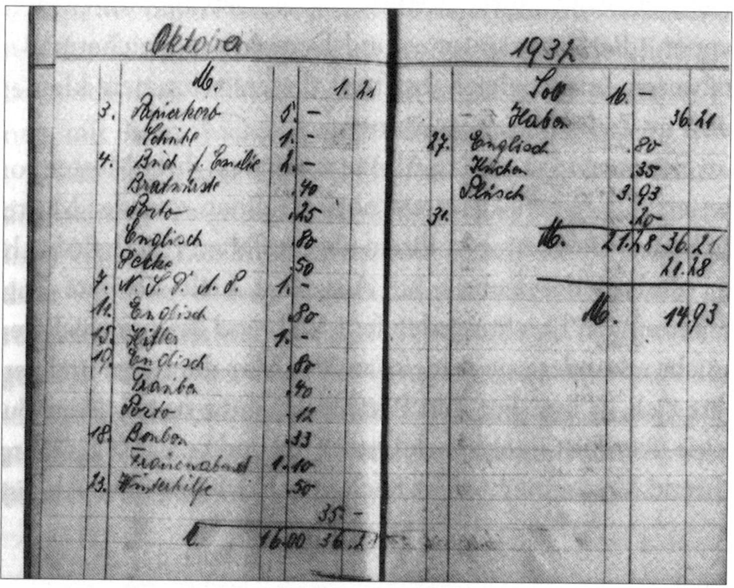
Oktober 1932
M. Soll 16.–
Haben 36.21
3. Papierkorb 5.–
Schnitte 1.–
4. Brief f. Emilie 2.–
Bratwurst .40
Porto .25
Englisch .80
Pekko .50
7. N.S.D.A.P. 1.–
11. Englisch .80
15. Hitler 1.–
17. Englisch .80
Trauben .40
Porto .12
18. Bonbon .33
Frauenabend 1.10
23. Winterhilfe .50
27. Englisch .80
Kuchen .35
Plüsch 3.93
31. .20
M. 21.28 36.21
21.28
M. 14.93

Das Haushaltsbuch meiner Mutter vom Oktober 1932. Für den 7. Oktober ist ein Betrag zugunsten der NSDAP verzeichnet, für den 15. Oktober ein Hitler persönlich gewidmeter Betrag.

doch diese Menschen waren ganz gewiss nicht die Quelle der riesigen Geldbeträge, die für die Absicherung der Diktatur gebraucht wurden. Jenes Geld und die damit verbundene Unterstützung kamen von wohlhabenden Interessengruppen, die den Kommunismus und die Demokratie gleichermaßen fürchteten und zugleich hofften, diesen seltsamen kleinen Mann im Zaum halten zu können.

Im Sommer 1932 musste Mutter zumindest ihrer Mutter von Max erzählt haben, denn sie notierte einen von der Mutter geliehenen Geldbetrag in ihrem abgegriffenen Haushaltsbüchlein, und in der Rubrik für Ausgaben hielt sie eine Zugfahrkarte nach Berchtesgaden fest. Während des zweiwöchigen Besuchs erkundete sie gemeinsam mit Max die Berge und verliebte sich auch in diese Landschaft. Für drei Reichsmark fuhr sie mit dem Bus alleine über die Grenze nach Österreich und besuchte die alte Stadt Salzburg, während Max seiner Arbeit nachging. Noch vor ihrer Abreise machte er ihr bei einem Abendspaziergang im Hochsommer einen Heiratsantrag. Auf der Rückreise zahlte sie einen Zuschlag für den Eilzug von Bayreuth nach Selb, als ob sie nicht früh genug mit den Hochzeitsvorbereitungen beginnen konnte.

»Nun aber bleibt Glaube, Hoffnung, Liebe, diese drei; aber die Liebe ist die größte unter ihnen.«

Der Pfarrer der evangelisch-lutherischen Kirche von Selb sprach am 7. Januar 1933 diese Worte aus dem 13. Kapitel des 1. Korintherbriefes. Er überreichte meinen Eltern, die diese Bibelstelle für ihre Trauzeremonie ausgewählt hatten, zum Abschluss des Gottesdienstes ein Neues Testament. Bei der standesamtlichen Trauung im alten Rathaus erhielten die beiden

Die evangelische Kirche in Selb. Hier gingen meine Großeltern zum Gottesdienst, und hier heiratete meine Mutter.

ein »Deutsches Einheits-Familienstammbuch mit Familienregister«. Dieses kleine, in Leinen gebundene, rotbraune Büchlein enthielt fertig gestaltete und schwarz umrahmte Seiten, auf denen die Familiengeschichte, Hochzeiten, Geburten, Taufdaten und Todesfälle dokumentiert werden sollten.

Die Einführung des Stammbuches ermutigte das junge Paar zu Nachforschungen in der Familiengeschichte. Besondere Begabungen, schulische Leistungen und typische Eigenschaften von Familienmitgliedern sollten festgehalten werden, um so viele Informationen wie möglich zu sammeln, »zur Freude und

Meine Mutter und mein Vater Max Paul am 7. Januar 1933, ihrem Hochzeitstag.

zum Nutzen künftiger Generationen«. Das Stammbuch enthielt auch einen kurzen Abriss der – katholischen und evangelischen – kirchenrechtlichen Bestimmungen zur Ehe, außerdem eine Zusammenfassung der staatlichen Gesetze, die die Rechte und Pflichten von Mann und Frau in der Ehe regelten: »In der Ehegemeinschaft ist der Mann das Haupt. Die Frau trägt den Namen des Mannes. Ihm überlässt das Gesetz die Bestimmung von Wohnort und Wohnung und die Entscheidung in allen das gemeinschaftliche Eheleben betreffenden Angelegenheiten.«

Von Rasse oder ethnischer Zugehörigkeit war nicht die Rede, und in der »Liste gebräuchlicher Vornamen« für Mädchen waren auch jüdische Namen – wie etwa Ruth – zu finden. Das sollte sich schon bald ändern.

Es war keine Überraschung, dass meine Großeltern mütterlicherseits ganz entschieden gegen die Hochzeit ihrer Tochter mit meinem Vater waren, dem Sohn gewöhnlicher Fabrikarbeiter. Dass er obendrein noch ein in der Entwicklung befindlicher Kunsthandwerker war, machte ihn für sie keineswegs sympathischer. Sie hatten sich als Schwiegersohn einen Lehrer oder einen sonstigen Angehörigen des öffentlichen Dienstes gewünscht, einen Mann mit einem sicheren Arbeitsplatz und ebensolchen Pensionsansprüchen, doch meine eigenwillige Mutter setzte sich durch. Sie folgte meinem Vater nach Berchtesgaden, wo das junge Paar – keineswegs mit Absicht – eine Wohnung auf ebendem Berg fand, den Hitler als Zufluchtsort und künftiges Hauptquartier ausgewählt hatte und von dem aus er seinen Wahnsinn auf die Welt losließ.

Ein Jahr später wurde ich in das Dritte Reich hineingeboren.

ZWEITER TEIL: 1934 – 1939

Hitlers willige Gefolgsleute

Auf Hitlers Knie

Oktober 1937

Ein Ruf ertönte, und die Menge drängte nach vorn. Ich griff nach der Hand meiner Mutter, stand wie erstarrt, wartete. Dann sagte sie: »Dort ist Adolf Hitler!« Tatsächlich, dort war er, vor seinem großen Landhaus, dem Berghof, er bewegte sich unter uns, schüttelte Hände und sah fröhlich und entspannt aus. Er ging auf uns zu, und als er mich sah, das perfekte Ebenbild eines kleinen deutschen Mädchens mit blonden Zöpfen und blauen Augen, das passend zum warmen Herbsttag ein blaues Dirndlkleid mit weißem Herzmuster, dazu einen weißen Schurz trug, da beugte er sich herunter, winkte mir zu und sagte: »Komm nur her, mein Boppele.« Plötzlich war ich ganz schreckhaft und schüchtern. Ich versteckte mich hinter dem Rock meiner Mutter, bis sie mich dazu aufforderte, auf ihn zuzugehen. Er zog mich auf sein Knie, und sein Hoffotograf machte die Kamera schussbereit. Der seltsame Mann mit den stechenden, hypnotisierend wirkenden Augen und dem dunklen Schnurrbart hielt mich mit starrem Griff, ganz und gar nicht wie mein Vater, und ich wollte weinen und weglaufen. Doch meine Eltern winkten mir zu und riefen, ich solle still sitzen und lächeln. Adolf Hitler, der große Mann, den sie so bewunderten, hatte mich ausgewählt, und in ihren Augen war ich jetzt etwas ganz Besonderes. Als die Menge Beifall klatschte, sah ich, wie mein Großvater sich abwandte und dabei ärgerlich mit seinem Gehstock fuchtelte.

Drittes Kapitel

Alte und Neue Traditionen

Ich wurde am 28. Mai 1934 geboren. Am Abend vor meiner Geburt ließ sich eine Eulenfamilie auf den Zaunpfählen dicht bei unserem Haus nieder. Meine Mutter wollte die Eulenrufe unbedingt als gutes Omen deuten, als Zeichen, dass Hitler ihr und ihrer Familie Wohlstand und Frieden bringen würde. Es war eine Art von hoffnungsvollem Glauben, den sie fast noch nie gespürt hatte. Aber in diesem Mai, in ihrer gemütlichen kleinen Wohnung im Landhaus Linden am Salzberg erwarteten sie und mein Vater mit Freude und Zuversicht ihr erstes Kind. Meine Mutter war 26 und mein Vater 29 Jahre alt. Ohne besondere Komplikationen schlüpfte ich am nächsten Morgen aus dem Schoß meiner Mutter auf das schneeweiße, sorgfältig gebügelte Leintuch, das durch ebenso weiße Frotteetücher vor Verschmutzung geschützt war. Mutters Freundin Emilie, die schon bald zu meiner Tante ehrenhalber wurde, war aus Wiesbaden angereist, um der örtlichen Hebamme in Mutters »schwerer Stunde« zur Hand zu gehen.

»Es ist ein Mädchen!«, verkündete Tante Emilie stolz, als ob es ihr eigenes Kind wäre. Selbst meine Mutter, die sich doch so sehr einen Jungen gewünscht hatte, freute sich, weil ich laut schrie und offensichtlich kräftig und gesund war.

Mein Vater war aus dem Geburtszimmer verbannt worden – so erging es den meisten Vätern damals. Schließlich hatte er vom ruhelosen Umhergehen genug und schaute hinein, um seine junge Frau und seine neugeborene Tochter zu sehen. Er war glücklich und erleichtert, weil alles so gut gegangen war. Ein erstgeborener Sohn war Max zwar nicht vergönnt, doch ich war ein kräftiges, gesundes Kind, und er schloss mich schnell ins Herz. Frau Reitlechner, unsere Nachbarin im ersten Stock, wurde sofort von Tante Emilie von meiner unkomplizierten Ankunft informiert und meine nagelneue Tante Susi – so durfte ich sie später immer anreden – kam sofort mit ihrer Tochter Trudi, ein Teenager, herunter, um mich zu bewundern. Ich war beruhigt, frisch gewaschen und fest in ein dickes, weiches, weißes Flanelltuch mit einem hellblauen, gehäkelten Rand gewickelt. Trudi wollte das Baby unbedingt gleich ausfahren, denn ein modischer gebrauchter Kinderwagen, ein Geschenk der Familie von Professor Linde, die etwas oberhalb in der Villa Schiedköpfl wohnte, stand schon lange bereit. Mein Va-

Blick auf Berchtesgaden und den Watzmann.

ter machte sich bald auf den Weg hinunter ins Tal und auf der anderen Seite hinauf zum Rathaus, um meinen Namen in das Geburtsregister eintragen zu lassen. Noch weiter oben besuchte er den evangelischen Pastor neben der kleinen Evangelischen Kirche, um ein Taufdatum festzulegen. Sobald er heimkam, sagte er meiner Mutter, dass er meinen Vornamen im letzten Moment nicht wie geplant als Helga, sondern als Irmgard eintragen ließ. Also wurde ich Irmgard Albine Luise, was anscheinend meiner Mutter nicht zu viel ausmachte, da ich immerhin ihren Namen und den Namen ihrer Mutter behalten hatte.

Zum Zeitpunkt meiner Geburt war am wichtigsten, dass beide Namen, Helga und Irmgard, germanischen Ursprungs waren. Als ich 1934 in unsere paradiesische Berglandschaft hineingeboren wurde, herrschten die Nazis bereits uneingeschränkt über alle Ebenen von Regierung und Verwaltung, über das Militär und die Medien. Und sie waren bereits dabei, jeden Winkel des Alltagslebens zu durchdringen und ihre Diktatur zu vervollkommnen. Dieses erstreckte sich auch auf die alltäglichen, kleinen Entscheidungen der Familie, auf unsere Ausbildung, die Bücher und die Nachrichten, die wir lesen und anhören durften, die Art unseres Grußes, und besonders die Namen, die man den Eltern für ihre Kinder als einzig richtig empfahl. Sie sollten keinesfalls jüdisch sein. Durchwegs betonte die nazistische Propagandamaschine die Überlegenheit und Bedeutung alles Germanischen, Nordischen und Keltischen. Da Namen zu den wichtigsten Trägern dieser Identität gehörten, sollten Mädchen von jetzt an Gudrun, Gertraud, Hildegard, Brunhilde, Sigrid, Ingrid oder Edeltraud heißen. Auch etwas ausgefallenere Namen wie Gotelinde, Gerlinde, Ortrun oder Heidrun wurden als korrekt anerkannt. Aber die alteingesessenen, tief in der katholischen Tradition verwurzelten Berchtesgadener Familien gaben ihren Töchtern nach wie vor die Namen von Heiligen. Die Mädchen hießen Maria, Katharina, Anna oder Elisabeth, und der »Namenstag« ihrer Heiligen war wichtiger als der eigene Geburtstag. Dieser Brauch verlor aber auch in katholischen Familien an Bedeutung, denn eine ganze Nation strich alle potentiell nicht germanischen Namen aus den Empfehlungslisten, um den Vorschriften des Nazistaates zu entsprechen – als erstes natürlich jüdische Namen.

Am Tag meiner Taufe, zwei Wochen nach meiner Geburt, zogen mir meine Mutter, Tante Emilie und meine Patin Frieda, die Halbschwester meines Vaters, ein weißes Taufkleid an. Auf einem spitzenbesetzten weißen Taufkissen trugen sie mich zur evangelischen Kirche. Nur sehr reiche Leute besaßen ein Auto, und die steinigen, sandigen Straßen waren für einen Kinderwagen viel zu holprig. Man ging zu Fuß, egal wie weit der Weg war. Der evangelische Pfarrer Krafft hielt einen – nach den Berichten der Beteiligten – eher oberflächlichen Gottesdienst ab, und nach der Zeremonie trug mein Vater sein Töchterchen Irmgard Albine Luise nach Hause. Meine Mutter war immer noch etwas wacklig auf den Beinen und hatte Mühe, Schritt zu halten. Familie Reitlechner erwartete die Taufgesellschaft mit frisch gebrühtem Kaffee, einem feuchten, gelben Königskuchen und einer prächtigen Apfeltorte. Mich legte man in einen geflochtenen Weidenkorb, der als weißes Bettchen ausgestattet war und der auf einem hölzernen Fahrgestell mit kleinen Holzrädern ruhte. Die Erwachsenen setzten sich an den festlich gedeckten Tisch, auf dem das beste Porzellan meiner Mutter stand. Das gestärkte, weiße Tischtuch hatte sie als junges Mädchen selbst mit einem hell- und dunkelblauen Kreuzstichmuster bestickt. Die Taufe war mein erster, und bis zum Alter von zwölf Jahren einziger Kirchgang.

Auf den Armen des Vaters, ich bin zehn Monate alt.

Mein Geburtstag und die Geburtstage von Familienmitgliedern waren außer Weihnachten die wichtigsten und freudvollsten Tage im Jahreslauf eines Kindes. Wenn man in Bayern aufwuchs, war der Kalender außerdem mit vielen anderen Feiertagen gespickt. Es gab St. Peter und Paul, Michaelitag, Mariä Verkündigung, Mariä Himmelfahrt, Christi Himmelfahrt, Allerheiligen, Fronleichnam und andere. Neben diesen und den neuen Nazi-Feiertagen gab es alle paar Wochen einen Aufmarsch oder eine Prozession. Es sah so aus, als seien das Marschieren und das Gehen in langen, ordentlichen Reihen aus irgendeinem merkwürdigen Grund ein bevorzugter Zeitvertreib in meinem Heimatland.

Viele der Traditionen des Berchtesgadener Tales hatten ihren Ursprung in uralten Bräuchen und Legenden. Im Lauf der Jahrhunderte waren sie durch christliche Umdeutungen und Glaubensregeln verändert, überlagert und ergänzt worden. Aber die Nazis machten sich daran, ihre radikale Ausdeutung unseres germanischen, arischen Erbes und unserer rein deutschen Vorausbestimmung zu predigen und durchzusetzen. Sie änderten demnach auch die vertraute, meist altdeutsche und christliche Festtagssymbolik und die damit verbundenen Bräuche. Wir nahmen diese neuen Sichtweisen und Abläufe mehr oder weniger in unseren Alltag auf, so wie das vor vielen Generationen vor uns geschah, um den heidnischen Glauben abzuschaffen. Ich wuchs mit diesen Veränderungen auf, und deshalb erschienen sie mir als etwas Normales. Meist lebten wir nach alten und neuen Vorgaben und empfanden viele Wechsel als wichtigen Bestandteil eines besseren Deutschlands. Wenn das, was jetzt von den Nazis verlangt wurde, meinen Eltern allzu lästig oder gar absurd erschien, ignorierten wir es, aber nur im privaten Bereich. Die Nazis wussten natürlich um die tiefe Bedeutung, die die Traditionen und Gebräuche der Advents- und Weihnachtszeit für Kinder und Erwachsene hatten, und versuchten dies auf allen Ebenen zu beeinflussen. Wenn wir Anfang Dezember unseren Adventskranz banden und mit vier roten Kerzen schmückten, wusste ich, dass Weihnachten nahe war. An den vier Sonntagen vor Heiligabend wurde jeweils eine weitere Kerze angezündet und wir sangen die ersten Weihnachtslieder. Kinder und Erwachsene bastelten, strickten und arbeiteten heimlich an ihren Weihnachtsgeschenken und sobald ich auf einem Schemel stehend über die Tischkante sehen konnte, durfte ich meiner Mutter beim Backen ihrer vielen verschiedenen Plätzchen helfen. »Es riecht nach Weihnachten«, sagte Vater, wenn er an einem Backtag nach Hause kam. Manchmal ließ uns Mutter ein paar von den harten, knusprigen Pfefferkuchen versuchen und legte den Rest in eine große, silbern glänzende Blechschachtel, wo sie ausreiften und weicher wurden. Inzwischen drängten die Nazis die Frauen dazu, aus ihrem Weihnachtsteig nordische Lebensbäume oder keltische Runen zu stechen. Meine Mutter versuchte es ein paarmal – sie hatte sogar ein Muster für die vorgeschlagenen Formen –, doch die missgestalteten Würstchen, die dabei aus dem Ofen kamen, brachten ihr nur den Spott meines Vaters und der Familie Reitlechner ein. Deshalb kehrte sie wieder zu unseren althergebrachten Formen zurück und stach Sterne aus, Halbmonde, Ringe und Herzen. Ein Dresdner Stollen kam immer als Letztes dran. Butter, Zucker, Eier, Vanillezucker, Rum- und Zitronenaroma, Arak und Mandeln, die man zum Backen brauchte, gab es mit dem Ende der Inflation und der Arbeitslosigkeit der ganzen Mittelklasse endlich wieder. Sie dankten dem Führer für dieses von ihm geschaffene Wohlergehen und dem kaum zu glaubenden Reichtum.

Das Weihnachtsfest allein zu Ehren von Christi Geburt zu feiern, lag den Nazis nicht nahe. Sie wollten die christlichen Bräuche schwächen und die nordisch germanische Idee des Julfestes, der Raunacht und der Wiederkehr der Sonne und des Lichtes, die Wintersonnenwende, zum Mittelpunkt machen. Sie wollten auch das Erscheinungsbild von St. Nikolaus ändern. Der alte Heilige zeigte sich den Kindern in Berchtesgaden am Abend des 6. Dezember als Bischof in weiß-goldenem Gewand und mit einer hohen Mitra und dem Krummstab. Dem Brauch gemäß begleitete ihn hier in den Bergen eine Horde wilder Teufel (junge Männer), die sich in Stroh hüllten, geschnitzte Holzmasken mit Hörnern trugen und mit Glocken und Ketten durch die Nacht liefen. Während meiner ganzen Kindheit hatte ich heillose Angst, wenn sich eine dieser lärmenden Horden unserem Haus näherte. Vater aber öffnete die Tür nur für St. Nikolaus allein. Der wollte von uns ein frommes kleines Weihnachtslied hören – und die Versicherung, dass ich und später meine kleine Schwester Ingrid das ganze Jahr über brav gewesen waren. Er segnete uns, schenkte uns einen kleinen Rupfensack mit Äpfeln, Nüssen, Plätzchen und goldenen Schokolademünzen und versprach, er werde dem Christkind berichten, dass wir am Heiligen Abend Geschenke verdient hatten. Für alle Fälle ließ er meinen Eltern aber eine Weidenrute da.

Die Nazis versuchten, den heiligen Bischof, den Botschafter des Christkinds, durch den Weihnachtsmann zu ersetzen, einen weißbärtigen, rot gekleideten Mann, der vom eisigen

Nordmeer herkam. Für ihn sangen wir: »Der Weihnachtsmann, wo kommt er her, über Berge und Felder, durch Wiesen und Wälder, vom kalten Meer.« Schließlich ließen wir einen Knecht Ruprecht ein. Er war ein grauhaariger alter Mann, der auf einem Esel aus dem Wald angeritten kam. (Natürlich versteckte er den Esel draußen in der Dunkelheit.) Ihn begrüßten wir mit einer einfältigen kleinen Stakkatomelodie und simplen Text: »Knecht Ruprecht aus dem Walde, kommt zu uns nun balde. Bringt uns gute Sachen mit nach gutem Brauch und alter Sitt, ria ria ria rullala.« Diese verschiedenen Vorboten des Weihnachtsfests verwirrten mich im Lauf der Jahre, aber ich war mir immer sicher, dass einer von ihnen am 6. Dezember erscheinen, mich vor Aufregung zittern lassen und meine frohe Erwartung des Allerwichtigsten steigern würde: Heiligabend. Julfest gewann nie die Oberhand.

Ein paar Tage vor dem 24. Dezember verstaute mein Vater eine Handsäge in seinem graugrünen Rucksack und ging hinaus in die Abenddämmerung, um einen jungen Fichtenbaum zu holen. Mutter und er hatten ihn während des Sommers im Gemeindewald oder im privaten Wald eines Bauern insgeheim vorgemerkt. Er zog das Bäumchen durch den Schnee hinter sich her und versteckte es irgendwo hinter dem Haus. Ich muss gestehen, dass es allgemein üblich war, den Weihnachtsbaum eher zu stehlen als vom knappen Haushaltsgeld etwas dafür auszugeben. Kein Nazibürokrat versuchte jemals, ernsthaft etwas dagegen zu unternehmen. Der relativ neue Brauch, einen immergrünen Tannenbaum aufzustellen, die grünen Zweige, die Girlanden und die Kränze passten natürlich ganz gut zum nordischen Symbolismus und zu heidnischem Ideengut.

An Heiligabend war es immer kalt, und häufig schneite es. Vater heizte den gusseisernen Ofen im großen Schlafzimmer ein, bis das Rohr förmlich glühte. Wir durften die Wohnstube jetzt nicht mehr betreten, um das Christkind beim Bringen der Gaben nicht zu stören. Um drei Uhr nachmittags zog sich die Familie warm an und ging ins Freie, um zu hören, wie die Kirchenglocken im ganzen Tal das Christkind »einläuteten« und die Weihnachtsschützen mit ihren großen alten hölzernen Böllern, die vom Vater an den Sohn vererbt wurden, einen gewaltigen Lärm veranstalteten. Die meisten deutschen Vereine waren zwangsweise in Nazi-Organisationen eingegliedert oder verboten worden, doch der Weihnachtsschützenverein kämpfte hartnäckig um sein Weiterbestehen und die Erfüllung seiner Aufgabe: die Bewahrung der heimischen Tradition. Die Vereine – jeder Ort im Tal hatte seine eigene Schützenabteilung – waren Martin Bormann und den örtlichen Nazis ein Dorn im Auge. Sie waren der Ansicht, dass auch die Schützen der Hitlerjugend angehören oder zumindest unter der Leitung von Menschen stehen sollten, die sie in der Nazidoktrin unterwiesen. Die Weihnachtsschützenvereine standen der stets verdächtigen katholischen Kirche nahe und boten die Möglichkeit, sich zu versammeln, unbelauscht zu unterhalten. Außerdem verfügten sie über Schießpulver und konnten eine echte Gefahr werden. Da aber Hitler persönlich Ehrenmitglied bei den Weihnachtsschützen war, wagte es keiner, diesen Verein aufzulösen.

Wir Kinder gingen ins warme Schlafzimmer zurück, bis uns das Klingeln eines kleinen Glöckchens zur offenen Tür der Wohnstube rief, die nur von den brennenden Kerzen am Weihnachtsbaum erleuchtet wurde. Für mich war das viele Jahre lang ein magischer Moment. Unser Weihnachtsbaum war nach dem Geschmack meines Vaters immer ganz einfach geschmückt. Silberne Kugeln verschiedener Größe, etwas Lametta und Schokoladenstückchen in bunter Folie verpackt glänzten festlich und spiegelten sich in unseren erstaunten Augen.

Die Frauen im Haus Linden, meine kleine Schwester und ich sangen das ganze Jahr über gemeinsam, aber das Singen an Heiligabend vor dem Weihnachtsbaum war eine Pflicht, die nach meinem Geschmack viel zu lange dauerte. Wir sangen die alten christlichen und die neuen Nazilieder, die sich nicht mit Jesu Geburt und Maria sondern mit deutscher Mutterschaft, Wiederkehr der Sonne und winterlicher Natur befassten. Vor den halb abgebrannten Kerzen stimmte Mutter schließlich das letzte Lied an – Stille Nacht, heilige Nacht. Dieses Lied führte uns zur Christlichen Religion zurück, die tausend Jahre lang die tragende Säule der deutschen Kultur gewesen war, und es bedeutete für mich Weihnachten, mehr als alles Andere. Das Lied war in einem österreichischen Dorf entstanden, das nicht weit entfernt von uns lag. Stille Nacht sangen wir nur am Heiligabend.

Unsere Geschenke waren nicht verpackt – wer hätte selbst in diesen wirtschaftlich besseren Zeiten an eine solche Verschwendung gedacht? – und sie fielen äußerst bescheiden aus und waren außerordentlich praktisch. Mutters Ausgabenbuch bestätigte das. Es gab die obligatorische warme Unterwäsche, die von den Großmüttern kam, und die gestrickten Handschuhe und Mützen. Die elf Monate lang eingelagerte Puppenküche tauchte wieder auf. Sie bestand aus zwei offenen Räumen mit Wandpapier und Fenstern, die meistens neue Vorhänge bekamen. Die Einrichtung hatte mein Großvater nach den Möbeln

Meine Eltern beim Skilaufen in der Nähe von Haus Linden. Die Holzskier stammten aus der Werkstatt eines Berchtesgadener Skiherstellers.

in der großelterlichen Wohnung geschreinert. Jedes Jahr waren die Möbel neu angeordnet und zuweilen gab es ein neues, winziges Porzellanservice, ein Körbchen, einen kleinen Topf. Auch meine auf rätselhafte Art und Weise verschwundene Puppe saß unter dem Weihnachtsbaum. Sie trug neue Kleider, Mäntel und Hüte – natürlich von meiner Mutter in aller Heimlichkeit genäht. An Heiligabend durften wir so lange aufbleiben, wie wir wollten. Vor Mitternacht hörten wir die Glöckchen an den Schlitten der Bergbauern, die auf ihrem Weg zur Christmette in der Stiftskirche an unserem Haus vorbeikamen. Man erzählte mir, dass das Kirchenschiff von tausend Kerzen erhellt sei, und trotz der Nachbarschaft zu Hitler auf dem Berg würden nur christliche Lieder erklingen. Das neue Jahr lief an und schnell weiter, die längeren Tage waren sehr willkommen und schon bald ging es auf Ostern zu.

Die Schneedecke fing zu schmelzen an, und kurz vor Palmsonntag brachte ein Nachbarjunge einen Palmbaum. Da in unserer Gegend nun einmal keine Palmen wuchsen, banden die jungen Bauernburschen Salweidenzweige zu Bündeln und schmückten sie mit bunt gefärbten Hobelspanbändern. Diese Buschen, die man auch heute noch »Palmbäume« nennt, wurden in der Palmsonntagsmesse gesegnet. Sie sollten an Jesu Einzug in Jerusalem erinnern, doch Mutter sagte eher die Deutung der Nazis zu, die in dieser Tradition einen Fruchtbarkeitsritus sahen. Anderl Schwab, der Enkel unserer Hausfrau, brachte uns für etwas Trinkgeld einen gesegneten Palmbaum, den wir in Vaters Steingarten aufstellten. Die Bauern steckten ihren Palmbaum auf die Felder, oder sie befestigten ihn im Herrgottswinkel ihrer Stuben hinter dem Kruzifix. Draußen flatterten die Bänder im Frühlingswind und bleichten unter den kräftiger werdenden Sonnenstrahlen schließlich aus.

Auf Palmsonntag folgte der Karfreitag, der höchste evangelische Feiertag, von düsteren Gottesdiensten und Bachchorälen geprägt. Nach dem Brauch meiner Großeltern kam an Freitagen auch bei uns kein Fleisch auf den Tisch und am Karfreitag schon gar nicht.

Das Osterfest hingegen inspirierte so manches neue Nazilied, in dem das frische Grün und das Wiedererwachen der Natur gepriesen wurden. Die Osterbräuche, die Eier und der Osterhase waren heidnisch genug, um Änderungen im Nazisinn weniger dringlich erscheinen zu lassen. Gläubige Katholiken und Protestanten – in unserem Freundeskreis waren das nur wenige – gingen natürlich zum Gottesdienst, doch für meine Familie war Ostern hauptsächlich ein fröhliches Fest, mit dem sich das Ende des Winters verband. Die Kälte und der noch vorhandene Schnee schienen plötzlich erträglicher zu sein. Bald wurden die Schlitten und Skier verstaut, und es wurde allmählich Frühling. Es hat sicher Ostersonntage mit Schnee und Matsch gegeben, doch diejenigen, die mir im Gedächtnis geblieben sind, waren herrliche Frühlingstage, an denen man den Schnee schmelzen sah und gleich daneben die Schneerosen blühten. Bald zeigten sich der winzige, dunkelblaue Frühlingsenzian (Schusternagerl genannt), Schlüsselblumen, Soldanellen und all die Frühlingsblumen unserer Berge, die mein Vater so schön malen konnte. Unter Trudis Anleitung bauten ich und meine drei Jahre jüngere Schwester runde, weiche Osternester aus Moos unter den großen Tannenbäumen im Stadlerpark. Hastig angezogen, rannten wir am Ostermorgen in den Park und schauten, ob der

Osterhase die gefärbten Hühnereier, Schokoladeneier und andere Süßigkeiten in die Moosnester oder andere Verstecke gelegt hatte. Natürlich wurden wir nicht enttäuscht.

Die Nazis führten mehrere politische Feiertage ein und erklärten den Ersten Mai zum offiziellen Feiertag, an dem sie allerdings nur die Produktivität und den Fleiß der deutschen Arbeiterschaft gewürdigt wissen wollten – und keinesfalls die Gewerkschaften, die sie im Anschluss an die Maifeiern 1933 brutal ausgeschaltet hatten. Der Tag hieß fortan Nationaler Feiertag des deutschen Volkes, doch die gebräuchliche Bezeichnung blieb weiterhin Tag der Arbeit. In Berchtesgaden war der Erste Mai trotz aller offiziellen Feierlichkeiten und Aufmärsche ein herrlicher Tag zum Skifahren in den Hochlagen oder für Familienausflüge.

Der 9. November war dagegen ein düsterer und politisch bedeutungsschwerer Feiertag, an dem es kein Entrinnen gab. Noch bevor ich zur Schule ging, wusste ich, dass dies der Gedenktag für den gemeinsamen Marsch von Hitlers SA, der Sturmabteilung, und einem »Deutschen Kampfbund« auf die Münchner Feldherrnhalle war. Am Vorabend hatte Hitler im Rahmen eines Putschversuchs im Bürgerbräukeller die bayerische Staatsregierung und die Reichsregierung in Berlin für abgesetzt erklärt. Die Polizei löste den Zug gewaltsam auf und sechzehn Putschisten und drei Polizisten starben im Kugelhagel, während Hitler das allgemeine Durcheinander zur Flucht nutzte.

Er wurde bald danach festgenommen, vor Gericht gestellt und zu einer Haftstrafe verurteilt. Die Nazipropaganda nutzte das Ereignis für ihre Zwecke aus. Sie machte die getöteten SA-Leute zu Märtyrern und Hitler zu einem unverstandenen

Helden, der für sein Volk gelitten hatte. Das damals sehr populäre Horst-Wessel-Lied verkündete: »Kameraden, die Rotfront und Reaktion erschossen, marschiern im Geist in unsern Reihen mit.« Jahrelang hatte ich keine Ahnung, was diese Worte bedeuteten, traute mich aber nicht zu fragen, weil ich dachte, ich müsste das wissen. Das Lied hatte, wie viele andere Nazilieder auch, einen anfeuernden militärischen Rhythmus, der in mir den Wunsch weckte, mitzumarschieren, wer immer da unterwegs sein mochte, Menschen oder Gespenster. Die meisten der neuen Lieder, die aus verschiedenen Anlässen zur Herausbildung einer Nazi-Identität geschrieben wurden, waren lausige Kompositionen mit schlechten Texten. Doch sie waren leicht zu singen und wirkten auf eine elementar-primitive Art und Weise überzeugend. Ich war eine leichte Beute für musikalische Propaganda, denn wie alle Deutschen liebte ich die Musik als ein Medium, das eine überzeugende Geschichte erzählen, tief empfundene Gefühle ausdrücken und große Leidenschaften wecken konnte.

Selbst das kleinste Kind wusste, wann Hitler Geburtstag hatte: am 20. April. An diesem Tag wurden überall die roten Fahnen mit dem schwarzen Hakenkreuz im weißen Kreis gehisst. Sie hingen aus den Fenstern und von den Balkonen, an der Hauptstraße, am Rathaus, am Postamt, an den Schulen und in den Gärten von Gasthäusern und Restaurants. Meine Familie besaß allerdings keine Hakenkreuzfahne und hisste auch kein geliehenes Fahnentuch. Als ich älter wurde, dachte ich mir, dass der Nazismus meiner Eltern eine zwiespältige Angelegenheit war. Einerseits zeigten sie sich begeistert, andererseits entzogen sie sich den unangenehmsten und absurdesten Verordnungen und neuen Bräuchen, wann immer möglich. Außerdem mochte mein Vater keine Menschenmengen, Aufmärsche und Uniformen. Trudi hatte von einer dieser Führergeburtstagsparaden eine winzige Hakenkreuzfahne mitgebracht. Das Fähnchen war noch da, als wir im folgenden Winter eine Schneeburg bauten, und mit Vaters Erlaubnis steckten wir es über den Eingang. Hitler verbrachte seinen Geburtstag normalerweise auf dem Obersalzberg, was die Lokalzeitung stets zu ausführlicher Bildberichterstattung veranlasste. Sie brachte Fotos von einheimischen Ehrenbürgern, die als Redner auftraten, und präsentierten einen väterlich lächelnden Hitler, der sich gratulieren ließ und aus Kinderhand Alpenblumensträuße entgegennahm. In einem der Kriegsjahre notierte Mutter in ihrem Tagebuch am 20. April nur diese Worte: »Heute ist Hitlers Geburtstag.« Die Manipulation unter der Leitung von Goebbels kannte keine Grenzen. Sie wurde äußerst vorsichtig kalkuliert und erreichte Kinder sowie Erwachsene.

Viertes Kapitel

»Heil Hitler«

Mein Vater arbeitete sechs Tage in der Woche in der Adlerschen Werkstatt, nur sonntags hatte er frei. Mutter widmete all ihre Zeit ihren Aufgaben als Hausfrau und Mutter, sie war sparsam wie immer und sehr zufrieden. So hatte sie sich das erträumt, als sie durch die finnische Moorlandschaft wanderte. Jeden Morgen winkte ich Vater zu, bis er auf dem Fußpfad durch den Wald aus meinem Blickfeld verschwand. Zum Mittagessen, der täglichen Hauptmahlzeit, kam er dann nach Hause. Ich erwartete ihn bei seiner Heimkehr ein Stück weit bergab. Herr Adler, Vaters Chef, war, so drückte es meine Mutter voller Verachtung aus, ein »fanatischer Nazi«.

Seltsamerweise war mir ziemlich klar, was meine Mutter zwischen diesem Mann und all den anderen Menschen unterscheiden ließ, die gemäßigte Nazis oder einfach nur Mitläufer waren, die dem allgemeinen Druck nachgegeben hatten. Ich lernte die feinen Unterschiede in den Unterhaltungen der Erwachsenen wahrzunehmen. Sie äußerten sich auch in Gesten und Begrüßungsformeln, etwa in der ehrerbietigen Rede von »unserem Führer« im Gegensatz zu dem allzu vertraulichen und deshalb respektlosen »Adolf«, von dem Tante Susi und Onkel Peppi sprachen. Sehr wahrscheinlich hatte Herrn Adlers fanatische und bereits sehr früh zur Schau gestellte Verehrung für Hitler ihm einen Auftrag vom Berghof eingebracht: Seine Firma bemalte das Essgeschirr mit Alpenblumen für den eben erst ausgebauten Berghof. Dieser Vertrag machte Hitler persönlich zu einem Teil der Arbeit meines Vaters, und ich war deshalb außerordentlich stolz auf ihn. Allen Leuten, die mich nach ihm fragten, erzählte ich, er male Blumen für den Führer. Dass der Führer schlichte Blumen auf weißem Porzellan den kunstvollen Mustern in Kobaltblau und Gold vorzog, nach denen die meisten Staatsoberhäupter verlangten, nahm die Menschen und auch mich sehr für ihn ein, schließlich liebte ich auch selbst Blumen. Schon bald wollten alle Leute Souvenirs und Porzellanartikel kaufen, die mit handgemalten Edelweißen verziert waren, mit Enzian, Alpenschlüsselblumen und Anemonen. Der Adlerschen Werkstatt ging es prächtig.

Unglücklicherweise schlugen sich Vaters lange Arbeitstage nicht in einem entsprechend hohen Einkommen nieder. Mutters wöchentliches Haushaltsgeld reichte gerade aus, um unsere einfachen und bescheidenen Bedürfnisse abzudecken. Ihre

Von meinem Vater mit Alpenblumen bemalte Porzellanschalen.

Sparsamkeit war eine notwendige Tugend. Mein Spielzeug und ein paar Bücher, der jährliche Besuch bei den Großeltern und eine kleine Rücklage für das Haus, das wir eines Tages kaufen würden – all das gab ihr knappes Haushaltsgeld eigentlich nicht her. Wir konnten uns solche Dinge nur leisten, weil Mutter mein Zimmer trotz Vaters Einwänden – er mochte keine Fremden im Haus – an Sommergäste vermietete. Die drängten in immer größerer Zahl nach Berchtesgaden, um dieselbe Luft zu atmen wie Hitler und vielleicht einmal einen Blick auf ihn zu erhaschen.

Also saßen in den Sommermonaten die Fremden (man nannte die Gäste in diesem bayerischen Tal so, obwohl sie fast alle aus Deutschland kamen) in unserer Küche beim Frühstück oder sie saßen draußen vor dem Küchenfenster. Von dort sah man einen Teil des Watzmanns, des zweithöchsten Berges in Deutschland. Die Gäste fragten mich, wie man vom Untersalzberg, unserem Wohnort, zum Obersalzberg komme, Hitlers Zuhause. Sobald ich meine Schüchternheit überwundern hatte, gab ich altkluge Antworten, über die sich unsere Gäste amüsierten. Sie luden mich oft zu ihren Wanderungen ein oder zur Besichtigungstour im Salzbergwerk, die tief in das Innere unseres Wohnberges führte. Zu meinem Erstaunen erfuhr ich dabei, dass der Salzberg nicht aus weißem Salz bestand – wie ich mir das vorgestellt hatte –, sondern aus hartem Gestein, das von Bergleuten in mühevoller Arbeit mit Maschinen abgebaut werden musste, bevor es zu Mutters Kochsalz wurde. Der Bergknappe, der die Besucher durch die Salzstollen führte, bezeichnete das wertvolle Mineral als »weißes Gold«, und das schien mir ein passenderer Begriff für Hitlers Berg zu sein, als einfach nur »Salz«.

Das Beste an der Vermietung meines Zimmers war, dass ich für kurze Zeit ins Schlafzimmer meiner Eltern zurückkehrte und – obwohl ich mich mit meinen drei Jahren schon für ein großes Mädchen hielt – wieder in dem großen, weißen Kinderbett schlafen durfte. Mein Pöhlmann-Großvater hatte es für mich geschreinert und zu meiner Geburt aus Selb geschickt.

Mit den Schwalben gingen auch die letzten Gäste, die Wiesen färbten sich braun und die Geranien wurden vom Balkon genommen oder erfroren beim ersten, frühen Nachtfrost. Die Herbstferien begannen am 9. November, und das Marschieren und Trommeln ging weiter.

Zu den Buben und Mädchen, die zum Spielen zu mir kamen, gehörte auch Ruth Angerer. Eigentlich sollte ich zuerst auf die Welt kommen, doch sie war eine Woche vor mir geboren worden, in einem etwas weiter oben an unserer Straße gelegenen Haus. Die beiden jungen Mütter standen beim Vergleich der Entwicklung ihrer Kinder in heftiger Konkurrenz zueinander. Der Wettstreit bezog sich auf das erste Lächeln, das erste Wort, die ersten eigenen Schritte und die Fortschritte beim Aufs-Töpfchen-Gehen. Ruthchen kam bereits mit einem richtigen Haarschopf auf die Welt, während ich, sehr zur Besorgnis meiner Mutter, bis zu meinem ersten Geburtstag überhaupt keine Haare hatte. Ruthchen war in meiner frühen Kindheit stets präsent, und deshalb staunte ich sehr, als mir meine Mutter eines Tages erzählte, Ruthchen heiße jetzt nicht mehr Ruth, sondern Ingrid – das war einer der beliebtesten germanischen Namen. »Ruth ist ein jüdischer Name«, erklärte mir Mutter ohne jeden Arg in der Stimme, »und wenn ihr Vater jetzt zur Grenzpolizei geht, ist es besser, wenn sie keinen jüdischen Namen trägt.« (Der Mann war zuvor Friseur gewesen.) Ich hatte keine Ahnung, was das Wort »jüdisch« bedeutete, aber es konnte nichts Gutes sein, wenn man deswegen seinen Namen aufgeben musste. Familie Angerer zog schon bald darauf nach Österreich um, deshalb blieb mir meine Spielgefährtin bis zu unserem Wiedersehen als Rutschen in Erinnerung.

Onkel Hans, Mutters Bruder, hatte uns im Winter 1935/36 aus Selb geschrieben: »Ich habe in Lettin bei Halle an der Saale eine Arbeitsstelle gefunden, und Emma und ich wollen so bald wie möglich heiraten.«

Mutter und Vater freuten sich sehr. Onkel Hans und Emma Fischer waren schon seit dem späten Teenageralter zusammen und hatten voll Ungeduld auf den Tag gewartet, an dem Hans eine feste Anstellung fand, sodass sie heiraten und eine Familie gründen konnten. Hans war, wie so viele andere ungeduldige junge Männer, zu einem leidenschaftlichen Anhänger Hitlers geworden. Zu Großvaters Enttäuschung war er auch nicht Schreiner, sondern Kaufmann geworden, würde also den väterlichen Betrieb nicht übernehmen. Hans hatte das Leben gesehen, das ein kleiner Handwerksbetrieb mit sich brachte, und lieber einen Büroberuf erlernt, der auch die Aussicht auf eine Rente einschloss. Ein Ruhestand mit garantierter Rente war zu einer fixen Idee der deutschen Mittelschicht geworden, selbst unter jungen Leuten, die mehrmals miterlebt hatten, wie alle privaten Ersparnisse wertlos wurden.

Mutter und Vater reisten zu dieser Hochzeit nicht nach Selb. Bald darauf traf das Hochzeitsbild ein, und ich dachte, dass meine neue Tante Emma und Onkel Hans ein sehr schönes Brautpaar abgaben. Emmas Brautkleid war – anders als das von Mutter – nicht gepunktet, sie trug ein langes Kleid, was gut zur Frau eines Kaufmanns und künftigen stellvertretenden Firmenchefs passte. Ein mit Stickereien verzierter, locker aufgelegter Schleier hing ihr nach der Mode der Zeit über eine Stirnhälfte und bedeckte ihre sorgfältig frisierten Haare. Auch eine Dreijährige empfand sie als außergewöhnlich schön, und ich sagte zu Mutter, ich wolle genauso aussehen, wenn ich Vater einst heiraten würde.

Hans und Emma erhielten nach der Trauzeremonie im Rathaus das neue, offizielle Familienstammbuch. Der Vergleich mit dem Buch meiner Eltern zeigte, dass es die Nazis komplett überarbeitet hatten. Ihre Version enthielt auch den folgenden Satz nicht mehr: »Schwer lastet auf dem deutschen Volk die Not der Zeit« – das offizielle Eingeständnis der Regierung in der Weimarer Zeit, dass die Menschen mit unglaublichen Schwierigkeiten zu kämpfen hatten.

An der dokumentarischen Funktion des Familienstammbuchs hatte sich nichts geändert, doch jetzt war es für jede deutsche Familie zugleich zu einem Kontroll- und Überwachungsinstrument geworden. Junge Paare mussten, so lautete die Vorschrift, rückwirkend über mehrere Generationen ihre »arische Abstammung« nachweisen. Zwei einleitende Aufsätze beschäftigten sich mit Rassenhygiene und der Notwendigkeit rassischer Reinheit. Ein gewisser Dr. Achim Gercke, Sachverständiger für Rassenforschung beim Reichsministerium des Innern, schrieb: »So ist die klare Forderung für jeden gegeben, die Art zu erhalten, sich mit gleichwertigem deutschem Blut zu verbinden und ein an Gesundheit, aber auch an Zahl starkes Geschlecht heraufzuführen. Dieses Geschlecht wird ein in der Sauberkeit seines Blutes und der Kraft seiner Rasse unüberwindbares Deutschland zur Erfüllung seiner großen Aufgaben in der Welt darstellen.« Prof. Dr. F. Lenz wiederum nahm einen

Teil der Bürde, die mit der Bewahrung rassischer Reinheit verbunden war, von den Individuen. Er schrieb den Jungvermählten ins Stammbuch: »Die rassenhygienischen Maßnahmen, die zur Erhaltung und Gesundung unseres Volkes nötig sind, sind zum großen Teil Aufgabe des Staates, worauf hier nicht eingegangen werden kann.«

Das neue Stammbuch hielt außerdem fest, dass alle Deutschen, die einen Menschen nichtarischer Herkunft heirateten, ihre Rechte als deutsche Staatsbürger aufs Spiel setzten. Die deutschen Durchschnittsbürger aus der Mittelschicht waren es nicht gewohnt, die Bekanntmachungen höherrangiger Personen in Frage zu stellen, schon gar nicht die von Amtsinhabern und Inhabern akademischer Titel. Es kann deshalb nicht überraschen, dass die Menschen diese Verfügungen nicht in Frage stellten, sondern für sich selbst beschlossen, dass sie mit so etwas leben konnten – wenn sie diese Texte überhaupt lasen. Onkel Hans trug die verlangten Angaben, die bis zur Generation der Urgroßeltern zurückreichten, gewissenhaft ein. Das Einzige, was ihn dabei vielleicht bedrückte, könnte die Tatsache gewesen sein, dass diese Vorfahren – obwohl reinrassige Deutsche – alle so bettelarm gewesen waren.

Im Frühsommer 1937, kurz nach meinem dritten Geburtstag, brachte mir mein Vater bei, wie man kerzengerade steht, den rechten Arm hebt und dazu mit »Heil Hitler« grüßt. Dabei standen wir vor dem Porträt des Führers, einem kleinen Relief aus rotem Wachs in einem antiquiert wirkenden Goldrahmen. Es war ein Hochzeitsgeschenk von Schego, einem Freund meines Vaters. Zuerst lachte ich, weil ich dachte, dies sei so eine Art Spiel, aber ich begriff schnell, dass Vater es sehr ernst meinte.

Er bestand darauf, dass ich meinen Arm genau auf die vorgeschriebene Art hochriss. Dies sollte schließlich mein ständiger Gruß sein, unten im Ort, bei einer Begegnung mit fremden Leuten und ganz besonders, wenn eine Hakenkreuzfahne an mir vorbeigetragen wurde. Im alltäglichen Umgang mit den Reitlechners und anderen guten Freunden der Familie, auch mit Nachbarn, konnte ich nach wie vor die Hand geben, knicksen und ein »Grüß Gott« sagen

Ich hörte Vater zu, aber mittlerweile interessierte mich das Spielen im Freien mehr, wo mein neuer Sandkasten stand. Vater hatte eine hölzerne Seifenschachtel mit weißem Sand von den Ufern des Larosbachs gefüllt, einem rasch dahinfließenden Bergbach, der in seinem felsigen Bett von Hitlers Obersalzberg herunterrauschte. Dieses schöne neue Spielzeug war mir wichtiger als die lästige Frage, an was nun genau erkennbar war, wen ich in Gottes Namen anreden konnte und bei wem der Hitlergruß besser passte.

Fünftes Kapitel

Vorzeichen des Unheils

Einige Wochen nach der Sommersonnenwende 1937 – nach dem Johannistag, wie er bei den Katholiken heißt – sagte mir Mutter, ein Storch mit einem kräftigen orangenen Schnabel werde mir schon bald ein kleines Brüderchen oder Schwesterchen bringen. In jener Zeit lebten schwangere Frauen in außerordentlicher Zurückhaltung und Bescheidenheit. Meist versetzten sie an ihrem Dirndlkleid nur ein paar Knöpfe und verhüllten ihren Bauch so gut es ging mit dem Schurz. Niemand hätte auch nur im Traum daran gedacht, einer Dreijährigen den Stand der Dinge zu erklären. Meine tatkräftige, dunkelhaarige und ziemlich kleine Tante Emilie war einige Tage vor dem errechneten Geburtsdatum des neuen Kindes eingetroffen. Wieder wollte sie meiner Mutter helfen und sich nach der Geburt dann noch einige Wochen um mich kümmern. Ich grüßte sie freudig und stolz mit einem eben erst erlernten »Heil Hitler!«. Sie hielt beim Eintreten inne, sah mich an und antwortete ohne zu zögern, dass ich meinen Gruß sehr gut kann, doch ihr gefalle das alte Grüß Gott oder Guten Tag besser. Ich war verblüfft und enttäuscht zugleich, denn als Antwort hatte ich nur ein Heil Hitler erwartet. Doch ich entschied mich spontan und rannte zu ihr hin und umarmte sie.

Tante Emilie war nicht verheiratet – sie erklärte das mit dem Tod so vieler junger Männer im Ersten Weltkrieg –, doch sie war eine ausgebildete Hauswirtschafterin. Sie gab Unterricht in diesem Fach oder leitete die Hauswirtschaft in einem Krankenhaus oder einem Jugendzentrum. Sie fand immer und überall etwas zu tun, und mit ihren rigorosen Vorstellungen von Hygiene stieß sie auch im tadellosen Haushalt meiner Mutter auf Schwachstellen. Sofort nach Ankunft begann das Ordnen, Umstellen und Putzen. Sie war eine Optimistin – eine Seltenheit in unserem Land –, die jeder Lebenslage auch etwas Gutes abgewinnen konnte, ein kleines Lachen oder einen Grund zum Lustigsein. Die beiden Frauen kicherten über so manche Dinge, die ich nicht verstand, während sie zugleich für den Neuankömmling meine abgelegten Kindersachen zurechtmachten. Beide waren gute Schneiderinnen, die sich in den zwanziger Jahren ihre modischen Flapper-Kleider selbst genäht hatten. Die beiden konnten den Korbwagen fachgerecht und hübsch herrichten, aber auch die neueste Kleidermode kopieren, wie sie die Frauen der Nazioberen trugen – oder, bis sie Deutschland endgültig verließ, Marlene Dietrich.

Ein unsichtbarer Storch brachte am 12. Juli 1937 meine Schwester. Sie erhielt die Vornamen Ingrid Emma – offensichtlich war »Ingrid« nicht mehr zu umgehen –, und ich begriff schnell, dass es lange dauern würde, bis sie für mich eine Spielgefährtin abgab. Sie verschlief ihre Zeit oder wurde von Mutter gestillt. Ich wusste, wie sehr sich meine Mutter einen Sohn gewünscht hatte, deshalb hoffte ich, allem Augenschein zum Trotz, dass sich ihr Wunsch erfüllen würde – wenn ich nur daran glaubte. Einige Tage lang behauptete ich stur, ich hätte jetzt einen Bruder. Erst als eine Nachbarin sagte, Ingrid sei ein seltsamer Name für einen Jungen, akzeptierte ich die Tatsache, dass sie nur ein Mädchen war, so wie ich selbst.

Vater ging wie bei meiner Geburt zum Standesamt nach Berchtesgaden, um Ingrid ins Geburtsregister eintragen zu lassen. Dann machte er sich auf den Weg zur evangelischen

Pfarrei, die oben am Berg auf der anderen Talseite lag. Und wieder kehrte er mit einer wichtigen Neuigkeit zurück: Für Ingrid würde es keine Taufe geben, weil er offiziell aus der evangelisch-lutherischen Kirche ausgetreten und sich zu den fünf Prozent der deutschen Bevölkerung gesellt hatte, die »gottgläubig« geworden waren. Die Nazis und Hitler hatten sich diese neue »Religion« ausgedacht und zusammengestückelt. Ich schmollte und diskutierte tapfer mit meinem Vater, indem ich darauf bestand, er hätte mich fragen müssen, bevor er einen solchen Schritt unternahm. Ich hatte mich nämlich darauf gefreut, das Baby auf dem weißen, spitzenbesetzten Kissen zur Kirche zu tragen und hinterher dann mit einer Kaffee-und-Kuchen-Taufgesellschaft zu feiern. Da war nun leider nur ein winziges Baby, mit dem ich nicht spielen konnte, und auch in Sachen Taufe war ich enttäuscht worden. Zum Trost erhielt ich das Versprechen, es werde auch ohne Taufe ein Begrüßungsfest für Ingrid Emma geben. Wir waren jetzt zwar »gottgläubig«, doch während des ganzen Dritten Reiches erfuhr ich nicht das geringste Detail über unseren neuen Glauben, seine Überzeugungen oder Geschichte, und bekam auch keine Antwort auf die Frage, ob wir nun an Gott glaubten oder nicht. Das lag höchstwahrscheinlich daran, dass niemand etwas Genaues wusste oder viel darüber nachdachte. Vielleicht fühlte sich Vater mit der nebulösen »Gottgläubigkeit« einfach wohler. Er war nie ein Anhänger der Kirche gewesen und hatte in jüngeren Jahren aktiv gegen sie rebelliert. Hitler seinerseits wollte sich die neue Religion nach dem Krieg ausdenken.

Die Entscheidung, das Neugeborene nicht zu taufen, irritierte meine Pöhlmann-Großmutter sehr. Sie war eine gläubige

Lutheranerin und schalt meine Mutter, weil sie den neumodischen Ideen meines Vaters nachgegeben habe. Mutter erwiderte, sie selbst habe ebenfalls genug von Kirchen, die uns in Gefangenschaft hielten, und sei mit Vaters Entscheidung völlig einverstanden. Ich erfuhr von dieser innerfamiliären Debatte nur vom Hörensagen, auf jeden Fall hatte ich in dieser Angelegenheit kein Mitspracherecht. Ingrid hatte einen weißblonden Haarflaum, und alle Besucher sagten, sie sehe meinem Vater ähnlich. Sie war ein dickes, glückliches Baby, und die ausgefallene Taufe schien ihr offensichtlich in keiner Weise geschadet zu haben.

Trudi, mein großes Vorbild, versuchte ihre Zuneigung gleichmäßig auf uns beide zu verteilen, doch ich war überhaupt nicht glücklich darüber, dass jetzt Ingrid Emma in meinem Kinderwagen die Bergstraße hinauf- und hinuntergefahren wurde. Außerdem sah Vater jetzt nach der Heimkehr von der Arbeit erst einmal nach dem Baby, bevor er mir von seinem Arbeitstag berichtete und mir die Blumen beschrieb, die er gemalt hatte. Ich ärgerte mich, weil Mutter so viel Zeit mit dem Baby verbrachte. Den ganzen Tag lang stillte sie, kochte Brei oder wusch endlos lange und hängte die Wäsche auf: Windeln, Babykleider und Lätzchen.

Bei diesem zweiten Kind schaute meine Mutter nur selten in ihr zerlesenes Babybuch. Sie rieb weniger Karotten für den frischen, vitaminreichen Saft, der mir einen fast orangen Teint verliehen hatte. Ich wiederum war vom Anblick jenes dünnen, hellgrünen Buches mit dem Pappeinband äußerst fasziniert, und mit ehrfürchtigem Staunen betrachtete ich die allzu realistischen, schrecklichen Bilder von unterernährten und kranken Kindern, die an Pocken und Rachitis litten. Ich schlug Mutter vor, Ingrids kleinen Körper gemeinsam auf Anzeichen für diese furchterregenden Krankheiten zu untersuchen, doch sie versicherte mir, dass es Ingrid nach allen Aufzeichnungen und den Messergebnissen mit der gemieteten Babywaage sehr gut gehe. Das Buch mit dem grünen Pappeinband war Ende der zwanziger Jahre geschrieben worden und richtete sich an den ärmsten Teil der lesenden Mittelschicht. Es war voller Hinweise auf die Bewältigung täglicher Schwierigkeiten in winzigen, fensterlosen Stadtwohnungen, in denen es weder Heizung noch frische Luft gab. Andere Themen waren die fehlende Gelegenheit für Spaziergänge mit dem Baby an der frischen Luft, und auch das Problem eines Mangels an Möglichkeiten, die von Hand gewaschenen Windeln draußen zu trocknen, wurde angesprochen. Mutter wirkte traurig, wenn sie die Bilder sah, und sagte: »Es ist gut, dass unsere Kinder hier in den Bergen geboren wurden, wo es so viel frische Luft und Sonnenschein gibt.« Es belustigte sie, dass die Autoren des grünen Buches davor warnten, Kleinkinder durch eiskaltes Wasser abzuhärten. »Das muss ein preußischer Brauch gewesen sein, wer sonst würde auf so etwas kommen«, sagte sie und schüttelte den Kopf dabei. Der Mangel an frühkindlicher Abhärtung war dann auch kein Hinderungsgrund, als sie mir das Schwimmen in unseren eiskalten Gebirgsseen beibrachte.

An einem warmen, sonnigen Tag ging ich mit Tante Emilie spazieren, während meine Mutter und Ingrid schliefen. Es war die Zeit der hohen Gräser, der Glockenblumen, des dottergelben Hahnenfußes und des großen, rosafarbenen Wiesenklees, und wir pflückten einen großen Strauß für meine Mutter. Plötzliche Rufe auf der Straße zum Obersalzberg störten die friedvolle Atmosphäre an diesem Sommertag, an dem die Natur so herrlich duftete. Ich erklärte in nüchtern-sachlichem Ton: »Das ist vielleicht der Führer, der zum Berghof hinauffährt, oder Hermann Göring oder Dr. Goebbels.« Ich wiederholte die Worte, die ich von den Erwachsenen gehört hatte, als wir die schwarzen Wagen den Berg heraufkommen sahen, und ich dachte, dass ich eine sehr kluge Führerin für meine Tante sei. Tante Emilie zeigte sich plötzlich sehr neugierig, und wir rannten zur Hauptstraße. Hitlers Fahrt zum Berghof hinauf musste überall angekündigt worden sein, denn wir trafen auf eine begeisterte Zuschauermenge, die jubelnd und winkend die Straße säumte. Hitler stand aufrecht in seinem offenen, schwarzen Mercedes mit den roten Ledersitzen, wie immer, wenn ihn eine große Menschenmenge erwartete. Sein Arm war ausgestreckt, und ich fragte Tante Emilie im Flüsterton, ob er sich selbst grüße. Sie antwortete, er zeige damit seine Anerkennung für die große Verehrung durch uns. Hitlers Tross folgte ihm in schwarzen Staatskarossen.

Tante Emilie hatte offensichtlich beschlossen, dass sie nicht den Arm heben würde, um den Führer oder die Hakenkreuzfahne zu grüßen, die neben dem Mercedesstern an seinem Wagen zu sehen war. Ich hob natürlich freudig den Arm und rief mit der Menge »Heil Hitler!«. Ich konnte sogar das Gesicht des Führers sehen, als die große schwarze Limousine vorbeifuhr. Tante Emilie hielt den rechten Arm zunächst fest an ihrer Seite, doch dann – vielleicht, weil sie begriff, dass sie eine Verhaftung oder Schlimmeres riskierte – hob sie langsam den Arm, ohne zu rufen. Die Menge löste sich dann auf im Glücksgefühl, den Führer gesehen zu haben, doch auf dem Heimweg hörte ich, wie Tante Emilie mit sich selbst haderte. Sie grummelte: »Wie konnte ich nur so schwach sein und so etwas tun?« Viele Jahre später sagte sie mir, Hitlers schwarze Augen hätten sich auf sie gerichtet, als sein Wagen langsam an uns vorüberfuhr. Er habe sie so lange angestarrt, bis sie schließlich wie in Hypnose den Arm zu dem Gruß erhoben habe, den sie so sehr hasste. Niemals vergaß Tante Emilie diesen Sieg von Hitlers Willen über den ihren.

Daheim im Haus Linden schlief meine kleine Schwester friedlich in ihrem Stubenwagen. Es war dasselbe, mit Wolken schönen, weißen Organzas verhängte Babygefährt mit Holzrädern, in dem auch ich einst gelegen hatte. Die Kleine zuckte im Schlaf zusammen, und meine Mutter und Tante Emilie lachten über ihre lustige, runzlige Nase. Als mein Vater am Abend nach Hause kam, erzählten wir ihm von unserer Begegnung mit Hitler. Tante Emilie verschwieg allerdings, dass sie ihn eigentlich nicht hatte grüßen wollen. Mir fiel auf, dass Vater auf Tante Emilies mangelnde Begeisterung mit Kritik reagierte. Ich war verwirrt, weil zwei Menschen, die ich liebte, so unterschiedlicher Meinung sein konnten, und suchte nach Anhaltspunkten, wem ich nun zuhören, glauben und nacheifern sollte.

Tante Emilie und meine Eltern hatten sich in verschiedene Richtungen entwickelt. Emilie war nie eine Nationalsozialistin gewesen und sollte nie eine werden. Sie versuchte, auf Distanz zu bleiben und dabei ihre Verachtung für das Naziregime zu zeigen, doch diese Haltung wurde immer gefährlicher. Sie weigerte sich, an den von der Partei unterstützten Frauengruppen teilzunehmen, doch mitten im Krieg sagte man ihr, sie würde ihre Arbeit verlieren, wenn sie nicht an den wöchentlichen Versammlungen der Frauengruppen teilnehme und eine Nazizeitung abonniere. Mutter sagte zu ihr: »Du stehst auf der falschen

Seite.« Das Ergebnis dieses Zwistes war, dass die drei Erwachsenen politische Debatten künftig mieden, vor allem, wenn mein Vater zu Hause war. Die Ansichten meiner Eltern und Tante Emilies lagen zu weit auseinander. Sie mochten keinen Disput mehr riskieren, bei dem nichts Gutes herauskommen konnte. Das Risiko lag nicht in einem möglichen Verrat, sondern im Zerbrechen der Freundschaft. Und die beiden jungen Frauen wollten eigentlich nur einen Ausgleich für ihre verlorene Jugendzeit, sie wollten all das genießen, was sie inzwischen erreicht hatten.

»Der gute Mann Hitler« gewann die Herzen unzähliger Frauen aus der Mittelschicht, indem er erklärte, deutsche Mütter mit vielen Kindern seien das Rückgrat einer starken, gesunden Nation. Die Programme zur Kinderaufzucht, die ihm vorschwebten, hatten noch keine feste Gestalt angenommen, und ihm sollte – anders als bei seinen Plänen zur Judenvernichtung und zum Massenmord – nicht die Zeit bleiben, diese Dinge im großen Maßstab zu verwirklichen. Die Nazis unterstützten jedoch die Mutterschaft und ein Leben als hingebungsvolle Hausfrau, und das entsprach einem tiefen Herzenswunsch meiner Mutter: Sie träumte nach wie vor von einem Haufen Buben. Sie war dankbar, weil sie sich, anders als ihre eigene Mutter, den Luxus erlauben konnte, zu Hause bei ihren Kindern zu bleiben, und freute sich über die Tatsache, dass wir gut genährt waren und einen kleinen, aber angemessenen Vorrat an Windeln, Baumwolltüchern, Mützen und Stiefelchen hatten. Wollte sie die Buben ihrer Träume für den Führer großziehen, für seine Armee, und an der Aufzucht der überlegenen Rasse mitwirken? Das werde ich nie erfahren, weil wir nie darüber sprachen.

Die Partei veranstaltete Feiern, bei denen Mütter mit sechs oder mehr Kindern geehrt wurden. An einem grauen Winterabend nahm mich Mutter zu einer dieser Veranstaltungen mit. Ich hörte eine endlose Folge langer Reden, eine Reihe neuer Lieder, und schließlich sah ich, wie das Mutterkreuz verliehen wurde. Die Geehrte war eine kräftige Frau in einem dunkelblauen, langärmligen Dirndlkleid, an dem die silberne Medaille leuchtete. Die berühmteste Empfängerin des Mutterkreuzes war Magda Goebbels, die Frau des Propagandaministers welche sechs Kinder hatte. Die meisten Frauen in Berchtesgaden, die diese Ehrung erfuhren, waren jedoch katholische Bäuerinnen. Auch in früheren Generationen hatten die Bauersfrauen schon immer sehr viele Kinder zur Welt gebracht, im Gegensatz zur Mehrheit der gebildeten, emanzipierten Frauen der zwanziger Jahre und im Unterschied zu den meisten Frauen der höherrangigen Nazis. Hitler selbst erklärte, die Amtspflichten ließen ihm keine Zeit für eine Ehe und für Kinder. Die mit dem Mutterkreuz geehrten Hausfrauen wussten nicht, dass Hitler diejenigen Frauen am meisten respektierte, die in ihrem Beruf Herausragendes leisteten, Frauen wie die Filmregisseurin Leni Riefenstahl oder die berühmte Testpilotin Hanna Reitsch, die sich in Hitlers letzten Tagen im Berliner Führerbunker aufhielt, bot an, Hitler oder andere Fluchtbereite, sogar die Goebbelskinder, per Flugzeug zu retten.

Mutters ausführliche Beschäftigung mit Ingrid hatte für mich auch einen Vorteil: Ich genoss jetzt sehr viel mehr Freiheiten bei der Erkundung meiner eigenen Welt. Schon bald machte ich die gesamte Umgebung zu meinem Spielplatz. Haus Linden stand an der Grenze zu den Wiesen und Wäldern des Stadlerlehens. Dieses wunderbare, parkähnliche Anwesen gehörte Frau Villnow, einer wohlhabenden, geschiedenen Frau aus Pommern, die den alten Bauernhof vor einigen Jahren gekauft hatte. Das Bauernhaus war zu einer Villa umgebaut worden, aber der Stall und die graue Scheune mit ihrem verwitterten Holz waren unverändert. Unter alten Linden standen Sitzbänke, von denen man den Sonnenuntergang beobachten konnte, und Kiespfade führten durch die Mischwälder und die sanft ansteigenden Wiesen. Herr Dehmel war der ebenfalls aus Pommern stammende Hausmeister, der mit seiner Familie Frau Villnow nach Berchtesgaden begleitet hatte und auf dem Anwesen in einem kleinen Häuschen lebte. Er kümmerte sich auch um die wenigen kräftigen Pferde und die paar Kühe, die Frau Villnow hielt.

Kinder begrüßen Hitler in Berchtesgaden.

Mit meinen Freundinnen und Freunden aus der Nachbarschaft durchstreifte ich gerne dieses Anwesen. Erstaunlicherweise duldete die kräftig gebaute, arrogante Frau Villnow unsere Erkundungsgänge in ihrem Park und den Gebrauch der Gymnastikgeräte, die sie für ihren mittlerweile erwachsenen Sohn installiert hatte. Drei der vier Dehmel-Mädchen gehörten stets zu der nachbarschaftlichen Kindergruppe, die im Park miteinander spielte. Das vierte Mädchen litt an einer Krankheit, über die wir nichts wussten, und kam nie zum Spielen ins Freie. Albert, der ältere Bruder, stand über unseren kindlichen Spielen und hatte sich bereits bei der Hitlerjugend angemeldet. Wir sahen voll Bewunderung zu ihm auf. Die weißblonde Hildegard war die jüngste der drei Dehmel-Schwestern in unserer Gruppe. Sie war ein etwas merkwürdig aussehendes, langsames Kind mit sehr kleinen Augen und bekam offensichtlich vom Geschehen in ihrer Umgebung nicht sehr viel mit. Else und Gisela, ihre beiden älteren Schwestern, bewiesen im Umgang mit Hildegard eine unglaubliche Geduld. Sie halfen ihr umsichtig durch einen Zaun und setzten sie behutsam auf ein Stück Gras oder Moos, von wo sie uns beobachten konnte, während sie mit dem Oberkörper wippte, vor und zurück, vor und zurück.

Eines Nachmittags fiel mir auf, dass sich meine Mutter und Tante Susi mit leiser Stimme unterhielten und dabei ernste, sorgenvolle Gesichter machten. Es muss ein Montag gewesen sein, ein Waschtag, denn die beiden hängten ihre Betttücher auf die Wäscheleinen, die über die kleine, abschüssige Wiese vor unserem Haus gespannt waren. Ich belauschte gerne die Gespräche der Erwachsenen und ging näher heran, um zu hören, was die beiden Frauen sagten. »Eines der Dehmel-Kinder, das mongoloide, das nie aus dem Haus kam, wurde vor ein paar Wochen vom Gesundheitsdienst abgeholt, und jetzt haben sie gesagt, es sei an einer Erkältung gestorben«, sagte meine Mutter. Tanti Susi schüttelte ihren hübsch frisierten Bubikopf. »Das Kind war noch weiter zurückgeblieben als Hildegard«, sinnierte sie, und einen Augenblick später fügte sie hinzu: »Na ja, vielleicht stimmt es ja – dass es an einer Erkältung gestorben ist, meine ich.« Mutter bückte sich, um ein weiteres, blendend weißes Leintuch aus der Zinkwanne zu nehmen, und seufzte. Ich fing an, einen Strauß Gänseblümchen mit weißen, rosa geränderten Blütenblättern zu pflücken, und dachte über das Gehörte nach. Erst an diesem Morgen hatte ich wieder mit Else, Gisela und Hildegard gespielt und wusste, es ging ihnen gut. Ich dachte über ihre kleine Schwester nach, die nie draußen gespielt hatte. Was bedeutete das: Sie wurde abgeholt? Sie starb an einer Erkältung? Würden sie mich auch abholen, wenn ich erkältet war, und würde ich dann auch sterben? Das Unbehagen, das ich in der Unterhaltung der beiden Frauen gespürt hatte, erfasste auch mich selbst, doch wie die beiden Erwachsenen redete ich mir selbst ein, es gebe nichts zu befürchten. Vater und Mutter würden ganz gewiss niemals zulassen, dass mich jemand von ihnen wegnähme.

Hitlers Euthanasieprogramm war bereits in vollem Gang, allerdings im Geheimen und so gut wie möglich vor der breiten Öffentlichkeit abgeschirmt. Das wusste ich nicht, und die Erwachsenen wollten es weder glauben noch den Tatsachen ins Auge sehen. Selbst wenn Mutter die Gerüchte gekannt oder ein Unrecht vermutet hätte, das dem Dehmel-Kind widerfahren war, hätte sie sich selbst eingeredet, Hitler würde solche Mordtaten niemals billigen. Auch Herr und Frau Dehmel stellten den Behörden keine Fragen zum Tod ihres kleines Mädchens, doch sie hegten ganz bestimmt zumindest den Verdacht, dass das Kind in der Einrichtung, in die es gebracht worden war, nicht korrekt behandelt wurde. In tiefer Verschwiegenheit, mit Schläue und Entschlusskraft versteckten und retteten sie Hildegard, jetzt ihr jüngstes Mädchen, das so offensichtlich ebenfalls behindert war, über die gesamte Nazizeit hinweg. Und das gelang ihnen an diesem ganz besonderen Ort, auf Hitlers Berg. Sie schickten Hildegard nicht in die Schule und nahmen auch keinerlei Leistungen des öffentlichen Gesundheitswesens für sie in Anspruch, um die Behörden nicht auf sie aufmerksam zu machen. Das Risiko, das sie eingingen, wenn sie Hildegard nicht impfen ließen und auf jede ärztliche Hilfe für sie verzichteten, fürchteten sie längst nicht so wie den Gedanken, dass die Nazis auch dieses Kind wegen seiner Behinderungen umbringen würden. Else, Gisela und Albert, die drei gesunden Kinder, erhielten die Anweisung, alle Fragen zu Hildegard mit einem schlichten »Ich weiß es nicht« zu beantworten. Das funktionierte, vielleicht weil Hildegards Eltern einfach Glück hatten und auch niemand aus der Nachbarschaft, wo man um den Gesundheitszustand des Mädchens wusste, die Behörden informierte.

Und doch brachte niemand die Zivilcourage auf, das Thema offen anzusprechen und sich dadurch den Zorn der Nazis zuzuziehen. Ironischerweise war Herr Dehmel einer der drei Männer, von denen ich wusste, dass sie bei bestimmten Anlässen die braune Uniform der SA anlegten. Die anderen beiden waren Herr Adler, der Chef meines Vaters, und der Maler Hans Schuster. Else erzählte uns immer wieder von den blankpolierten Stiefeln und dem hell glänzenden Gürtel ihres Vaters. Mit allem Respekt, den wir jeder Art von Uniform entgegenbrachten, sah ich selbst, wie sehr sich Herr Dehmel veränderte, wenn er die Feld- und Stallkleidung abgelegt hatte.

Etwa zu jener Zeit, als mir die Geschichte von dem kranken kleinen Mädchen so viel Angst eingejagt hatte, kam Tante Susis Bruder Ferdl zu Besuch. Wir wussten, dass er erst kurz zuvor aus Buchenwald entlassen worden war, einer neuen Art von Gefängnis, das KZ, Konzentrationslager, genannt wurde. Tante Susi war sichtlich erschüttert, als sie sah, wie alt und geschwächt er jetzt wirkte. Die beiden sprachen über ihre Schwestern und Brüder, über das Wetter, über alles mögliche, aber nicht über das Konzentrationslager. Vielleicht warteten sie darauf, dass ich den Raum verließ. Onkel Ferdl, wie Trudi ihn nannte, war wegen eines kleinen Beitrags zugunsten der Kommunistischen Partei angeklagt und zu zwei Jahren Haft verurteilt worden. Bei der Entlassung aus dem Lager wies man ihn an, mit niemandem über seine Lagererfahrungen und über das, was er dort gesehen und erlebt hatte, zu sprechen – auch nicht mit der eigenen Familie. Tante Susi sagte meinen Eltern, Ferdl habe ihr nichts erzählt, aus Furcht, er würde wieder dort eingesperrt. Das könnte für ihn den Tod bedeuten. Ich weiß nicht, was sich meine Eltern bei dieser Auskunft dachten. Ignorierten sie das, begruben sie es ganz tief in ihrem Gedächtnis, weil sie keine andere Wahl hatten? Sie sagten nichts Besonderes zu Ferdls Besuch, und ich überlegte, warum ein so sanfter, freundlicher Mann in Lebensgefahr geraten konnte. Für mich waren diese leisen Gespräche beängstigend und warfen einen Schatten über meine sonst sonnige Kindheit. Bisher war die alte Kathi der einzige Mensch gewesen, von dessen Tod ich etwas mitbekommen hatte. Sie war eine sehr alte Verwandte unserer Hausfrau und lebte in einem Zimmer im Erdgeschoss des geräumigen, großen Haus Linden, das etwas höher oben am Weg stand. Als sie starb, fiel niemand in tiefe Trauer. »Es war zu erwarten«, sagte Mutter, und zog für die Beerdigung ihren schwarzen Rock und die schwarze Jacke an.

Doch mit Onkel Ferdl war das etwas ganz anderes. So viel wusste ich, auch wenn Mutter und Vater bei meinen kindlichen Fragen zu diesem Mann immer kurz angebunden waren. Ich begriff, dass das Konzentrationslager das Schlimmste war, was einem Menschen widerfahren konnte, und beschloss, jeder Art von Ärger aus dem Weg zu gehen, die mich dorthin bringen konnte.

Ich wusste nicht, dass die meisten Menschen, die ins KZ gesperrt wurden, Juden waren, und natürlich gaben mir mein Ausweis und die behördlich geprüfte arische Herkunft die Sicherheit, dass mir ein solches Schicksal erspart bleiben würde. Die Hetzkampagne gegen die Juden hatte das Tal bereits im Jahr 1933 erreicht. Damals erschien in der Lokalzeitung eine schwarz umrahmte Anzeige, mit der zum Boykott jüdischer Geschäfte und Druckerzeugnisse aufgerufen wurde. Meine Eltern mussten von der Kristallnacht gehört haben, der Nacht vom 9. auf den 10. November 1938, in der SA-Männer unter Mithilfe der Bevölkerung in ganz Deutschland und Österreich fast tausend Synagogen sowie Wohn- und Geschäftshäuser in jüdischem Besitz zerstört hatten, darunter auch einige Gebäude in unserer Nachbarstadt Bad Reichenhall.

Doch in meiner Familie erzählte man sich keine Geschichten – weder freundliche noch von Feindseligkeit geprägte – über Begegnungen mit Juden.

Im Berchtesgadener Tal lebten im Jahr 1933 vermutlich nur zwei jüdische Familien. Vielleicht waren sie alle fortgegangen, so wie die Familie Eichengrün, die 1932 ihr Sommerhaus auf dem Obersalzberg mit allen Zeichen des Abscheus verkaufte, als Hitler und seine SA-Schläger sich in der Nachbarschaft niederließen und die Familie zu schikanieren begannen. Hitler und seine Gefolgsleute übernahmen 1937 den ganzen oberen Teil des Berges. Das Haus der Eichengrüns und ein benachbartes Bauernhaus wurden abgerissen, die Reste niedergebrannt, um Platz für Martin Bormanns Garten zu schaffen. Dr. Arthur Eichengrün, das Oberhaupt der Familie, ein deutscher Staatsbürger jüdischen Glaubens, war ein namhafter Chemiker. Er leitete die Forschungsabteilung der Bayer-Werke, als dort das Aspirin entwickelt wurde. Später baute er ein eigenes Unternehmen auf, die Cellon-Werke, und brachte es auf rund sechzig Patente, darunter die für einige der frühen Kunstfasern, für nichtentflammbaren Film und einige wichtige medizinische Erfindungen. Seine dritte Frau war eine »Arierin«, was ihm für einige Jahre einen gewissen Schutz bot. Er beharrte stur und naiv auf seiner Überzeugung, der Nationalsozialismus sei nur eine Krankheit, die letztlich vorübergehen würde. Deshalb sah er auch keine Notwendigkeit, Deutschland zu verlassen. Die Nazis raubten ihm schließlich sein ganzes Vermögen und nahmen ihm seinen Betrieb, die Patente und seine akademischen Titel. weg. 1943 wurde er nach Theresienstadt deportiert. Dort überlebte er und wurde 1945 im Alter von 78 Jahren befreit.

Wir hatten die Eichengrüns nicht gekannt und auch nichts über ihr Schicksal gehört. Ich las erst viele Jahre später davon. Die fehlende Gelegenheit zur direkten Begegnung mit Deutschen jüdischen Glaubens bedeutete jedoch nicht, dass ich nichts von der allgemeinen antisemitischen Stimmung und der Verachtung miterlebte, die den Juden entgegenschlug, ganz unabhängig davon, wie sehr sie selbst sich als Deutsche empfanden. Das dumpfe (unterschwellige) Gefühl, alles, was von Juden geschaffen wurde oder mit ihnen zu tun hatte, sei minderwertig, dekadent und gefährlich, erwarb ich eher durch Osmose als durch gezielte, formelle Unterweisung. In den elf Lebensjahren, die ich unter der Naziherrschaft verbrachte, kannte ich niemand, der je versuchte, diese negativen Behauptungen zu widerlegen. Hätte das jemand getan, hätten sie vielleicht keinen so festen Bestand gehabt. Die meisten fürchteten sich wahrscheinlich vor den Folgen derartiger Versuche oder sie glaubten die Gerüchte und Behauptungen.

An bestimmten Wochentagen unterbrach ich meine Spiele im Stadlerpark, um Mutter beim Einkaufen im Markt Berchtesgaden zu begleiten. Seit frühen Zeiten machten sich die Menschen, die in den umliegenden Dörfern und Weilern lebten, auf den oft beschwerlichen Weg durch die Täler und von den Höhen, um im Markt einzukaufen was sie brauchten. Die Dinge wurden dann im Rucksack, in Strohkörben und Taschen oder auf Ochsenkarren heimgebracht. Allmählich wurden die außerhalb liegenden Gemeinden groß genug, einen kleinen Lebensmittelladen rentabel zu machen, einem Metzger oder Bäcker den Lebensunterhalt zu sichern. Aber, sie mussten nach wie vor den anstrengenden Weg zum Markt antreten, wenn sie Stoffe, Kerzen, Eisen- und Haushaltswaren, Töpfe und Pfannen oder gar Kohle und Kartoffel kaufen wollten. Auch die Dienste eines Friseurs, einer Druckerei, oder, was häufig vorkam, eines Schneiders verlangte einen Gang in den Markt. Ich kannte keine Familie, die einen Kühlschrank besaß, obwohl Professor Linde, der die Kühltechnik erfunden hatte, auf dem Obersalzberg eine große Villa, genannt Schiedköpfl, besaß. Ihm zu Ehren trägt ein wunderschöner Spazierweg am Obersalzberg seinen Namen.

Wir kauften alle paar Tage verderbliche Lebensmittel in kleinen Mengen im Markt, trugen sie heim im Zecker, einer typischen Berchtesgadener Strohtasche, oder im Einkaufsnetz und lagerten sie im duftenden, dunklen Kartoffel- und Apfelkeller

Hakenkreuzfahnen in den Straßen von Berchtesgaden.

unter dem Haus oder im Speiseschrank im kühlen Gang neben der Küchentür. Vater brachte am Samstagabend die schwersten Dinge, die gebraucht wurden, in seinem großen Rucksack nach Hause, wenn er von der Arbeit kam. Das Wissen, welche Lebensmittel wo und unter welchen Bedingungen frisch blieben,

Ein nachdenklicher Hitler beim Spaziergang auf dem Obersalzberg.

war eine Kunst für sich. Mutter, Tante Susi und ihre Freundinnen beherrschten sie meisterlich.

Bevor wir in den Markt gingen, musste ich mir die oft aufgeschlagenen Knie säubern lassen und einen frischen Spielanzug anziehen. Mutter schlüpfte in eine saubere weiße Bluse und zog einen frisch gebügelten, in hellen Farben gehaltenen Dirndlrock an – man wusste ja vorher nie, wem man unterwegs begegnete. Die weißen Schürzenbänder band sie hinten zu einer Schleife. Sie trug Ingrid zu Tante Susi hinauf, am anderen Arm hatte sie den gelb und schwarz gemusterten Zecker. Wir gingen hintereinander die steile, rutschige Abkürzung hinab, die durch den Wald zur Ache hinunterführte. Nach etwa zwanzig Minuten überquerten wir die stabile, erst vor kurzem erneuerte Brücke. Dort drängte ich Mutter zu einer kleinen Pause, sodass ich das tosende Wasser des tiefgrünen Gletscherflusses betrachten konnte, der in seinem steinigen Bett in Richtung Österreich rauschte.

Am anderen Ende der Brücke stand ein kleines, solides Wachhäuschen. Dort kontrollierten zwei SS-Posten das Kommen und Gehen auf der Brücke. Sie waren die erste Schutzwache auf dem Weg zur Obersalzbergstraße und zu Hitlers Wohnsitz. Die diensthabenden SS-Posten kannten die Leute, die hier wohnten, und winkten uns lässig durch, anstatt nach dem Ausweis zu fragen. Wir entboten im Vorübergehen ein »Heil Hitler«. Ich wusste, dass diese Wachtposten so etwas ähnliches wie Polizisten waren und die Polizei stets nach Leuten Ausschau hielt, die sich schlecht benahmen. Ich hörte mit dem Hüpfen und Springen auf und benahm mich mustergültig, wenn wir an den Posten vorbeikamen, und sicherheitshalber hielt ich auch

SS-Soldaten auf dem Obersalzberg.

noch die Hand meiner Mutter ganz fest. Was würde geschehen, wenn ich plötzlich etwas tat, was das Wohlwollen der Wachen in Zorn verwandelte? Nahezu unbemerkt hatte sich eine leise Beklemmung, eine grundlegende Furcht vor der Autorität in mein sorgloses Kindergemüt gedrängt. Ein kaum wahrnehmbares Unbehagen dämpfte die Freude über den Einkaufsgang zumindest eine kurze Zeit lang. Auf dem Heimweg kamen wir wieder an den Wachtposten vorbei. Mutter sagte – ohne sich des Zynismus, der in dieser Aussage lag, bewusst zu sein –, dass auch wir unter dem Schutz dieser Männer ständen, die Hitler bewachten, und dass wir auf einem Berg lebten, auf dem es keine Verbrechen gebe. Das gab mir das Gefühl, wieder vor dem Bösen geschützt zu sein, und die SS Männer erschienen weniger drohend.

Sechstes Kapitel

Eine Begegnung mit Hitler

Meine Pöhlmann-Großeltern kamen im Herbst 1937 zu Besuch, um Ingrid Emma, ihre neue Enkelin, kennenzulernen. Die beiden bewunderten das gesunde, stets lächelnde Baby, wie sich das gehörte, und Großvater amüsierte sich zu meiner Freude auch über meine Kapriolen und lachte von Herzen, wenn ich ihm all die Kartoffeln und den Spinat auf meinem Teller im Tausch für seine Wurst anbot. Doch die Unterschiede in den Ansichten über Hitler und seine Politik, die zwischen meinen Eltern und Großeltern bestanden, hatten eine neue Stufe erreicht. Die meisten Diskussionen dieser Art, die wohl von Hitlers Präsenz auf dem Berg ausgelöst wurden, endeten in heftigen Wortgefechten, die schließlich in feindseliges Schweigen übergingen. Großvater nannte Hitler einen hergelaufenen Lumpen und nichtsnutzigen Fanatiker, der das deutsche Volk verführte und ihm den politischen Verstand geraubt habe – und der dieses Volk am Ende verraten würde.

Hitlers Weg auf den Obersalzberg war mit dem Auf und Ab seines politischen Werdeganges eng verknüpft gewesen. Als er von der bayerischen Polizei per Haftbefehl gesucht wurde, fand er in einer kleinen Holzhütte auf diesem Berg eine Zuflucht. Später dann, als er immer noch am Aufbau seiner Machtbasis arbeitete, beendete er die Niederschrift von »Mein Kampf« in einem Sommerhaus ebendort, das ihm wohlhabende Freunde für eine geringe Miete überließen. (Das Buch fand 1925 bei seiner Erstveröffentlichung aus der Sicht des Autors nur enttäuschend wenige Käufer.) Schließlich herrschte er über Deutschland und schmiedete in seiner völlig umgebauten, eher klobig wirkenden Residenz auf dem Obersalzberg, die er jetzt »Berghof« nannte, Welteroberungspläne.

Am letzten Tag des Besuches meiner Großeltern überredete Mutter die zögernden Gäste zu einem Spaziergang, der auf den Obersalzberg führen sollte. Dort wollten sie Hitlers neuen Berghof sehen, der jetzt den Mittelpunkt eines ausgedehnten, stärker als je zuvor gesicherten Führergebietes bildete. Dieser Spaziergang wurde zu einem historischen Ereignis für die ganze Familie, doch die Erzählungen dazu und meine Erinnerung daran – ich war noch sehr jung – variieren je nach Berichterstatter. An seltsame, auf den ersten Blick unwichtige und triviale Dinge kann ich mich lebhaft erinnern, zum Beispiel an die helllila Herbstzeitlosen, die auf den schon herbstlichen Wiesen wuchsen. An unseren genauen Weg erinnere ich mich nicht mehr, auch nicht an die Stelle, wo wir am hohen, mit Stacheldraht versehenen Sperrzaun, der Außenstehenden schon bald den Zugang zum Berg verwehren sollte, Einlass fanden. (Ich erinnere mich aber noch an einen verächtlichen Kommentar meines Großvaters zu diesem Zaun.) Der Stand der Baumaßnahmen bei den Gebäuden, an denen wir vorüberkamen, ja sogar das genaue Datum des Ereignisses ist mir entfallen. All dies nahm von Anfang an in der Erinnerung eine untergeordnete Rolle ein. Sie wurde vom Hauptereignis dominiert, unserer Begegnung mit Hitler selbst.

Ich weiß noch, dass es ein wunderbar warmer Herbsttag war, an dem das gefallene Laub bei jedem Schritt unter den Füßen raschelte. Während des Aufstiegs stritten sich die Erwachsenen genauso wie zu Hause auch. Mutter und Vater lobten Hitler, der Deutschland ihrer Ansicht nach gerettet hatte, und Großvater ließ kein gutes Haar an den Taten des Führers. Ich verstand den Inhalt der Gespräche nicht, doch die Vehemenz, mit der hier gestritten wurde, ängstigte mich und machte mich zugleich hilflos. Ich überlegte, wer hier wohl recht und wer unrecht hatte, denn schließlich waren beide Seiten für mich auch Autoritäten. Das Wandern hatte mich durstig gemacht, ich bat um eine Pause mit heißer Schokolade und Apfelstrudel und wollte damit zugleich auch die Gespräche der Erwachsenen über Hitler unterbrechen. Unglückerweise verschlimmerte meine Bitte den Streit nur, was diesen sonnigen Herbstnachmittag, an dem es so intensive Farben zu bestaunen gab, vollkommen verdarb. »Nein, wir können keine Pause machen«, sagte Großvater. »Hier am Obersalzberg gibt es für uns keine Gasthäuser und Restaurants mehr. Hitler und sein Freund Martin Bormann haben dafür gesorgt.« Tante Susi bekam alles mit, was man sich im Ort so erzählte. Sie hatte Großvater von Bormanns brutalen und rücksichtslosen Methoden berichtet, mit denen er die früheren Bewohner des Obersalzbergs vertrieben hatte. Ihre Worte hatten mir Angst eingejagt, denn ich dachte, Bormann könnte auch uns das Haus wegnehmen und uns auf diese Weise obdachlos machen. Die Tante bemerkte meine Aufregung wegen dieser möglichen Gefahr und versicherte mir, Hitler habe jetzt genug Land für sein Hauptquartier, das er nicht bis zu uns herunter ausdehnen werde.

Sobald die Entscheidung gefallen war, die alten Wohnstätten zu beseitigen, um ein arrondiertes und stark gesichertes »Führergebiet« für Hitler zu schaffen, vertrieb Martin Bormann rasch die bisherigen Bewohner. Die Häuser wurden abgerissen, die Reste niedergebrannt, um Platz für die Nazi-Führungs-

Bormann ließ die Dächer noch bewohnter Häuser auf dem Obersalzberg abreißen, um den Auszug der Besitzer zu beschleunigen.

schicht zu schaffen. Achtzehn alte Bauernhöfe, drei Gasthäuser, sechs Frühstückspensionen, ein großes Kindersanatorium, mehrere Hotels und mindestens fünfunddreißig Privathäuser, Villen, Geschäfte und kleine Handwerksbetriebe wurden unter Zwang aufgekauft, meist für lächerlich geringe Beträge. Bauernfamilien, die schon seit vielen Generationen auf dem alten Obersalzberg gelebt und gearbeitet hatten, wurden sogar mitten im Winter vertrieben, die Dächer ihrer Häuser wurden abgedeckt und die Straßen blockiert, wenn sie sich gegen die Vertreibung sträubten oder es wagten, eine höhere Entschädigung zu verlangen als das Trinkgeld, das Bormann bot. Erst Jahre nach diesen Ereignissen erfuhr ich, dass der Onkel von Trauderl Koller, einer meiner Klassenkameradinnen in der Grundschule, zwei Jahre lang im Konzentrationslager Dachau eingesperrt worden war. Er hatte Hitler ein schriftliches Gesuch übergeben, in dem er um die Erlaubnis bat, sein Fotogeschäft auf dem Obersalzberg fortführen zu dürfen. Weder Trauderl noch Dorothea Lochner, eine andere Klassenkameradin, deren Familie ihren ererbten Besitz auf dem Obersalzberg verlor, sprachen jemals über diese Vorfälle, nicht einmal nach dem Zusammenbruch des Dritten Reiches. Als die Enteignungen im Gange waren, veröffentlichte die Lokalzeitung ein Dekret der Nazibehörden. Darin hieß es, alle Personen, die Gerüchte über das Geschehen auf dem Obersalzberg verbreiteten, würden zu Staatsfeinden erklärt und mit Konzentrationslagerhaft bestraft. Großvater war fuchsteufelswild wegen der lässigen, zustimmenden Einstellung seines Schwiegersohns gegenüber einem Regime, das er selbst als bösartige Bedrohung empfand.

Die Einheimischen, von denen 46,8 Prozent 1933 für Hitler gestimmt hatten, waren hin- und hergerissen. Einerseits waren sie stolz darauf, dass Hitler sich gerade hier, auf dem Hochplateau des Obersalzberges, seiner alten Zufluchtsstätte, niedergelassen hatte, doch andererseits waren sie auch wütend wegen der Gewalt, die man der alten Siedlung und ihren Bewohnern angetan hatte. Meine Eltern waren sich einig, dass unser Führer einen beeindruckenden Wohnsitz verdiente, mit dem er Deutschland auch bei Begegnungen mit anderen Staatsoberhäuptern beeindrucken konnte. Außerdem fanden sie seine Liebe zu den Bergen sympathisch.

Großvater sah die rücksichtslose Landnahme und die Veränderungen auf dem Berg als Symbole für die scheinbar grenzenlose, gefährliche Macht der Nazis. Vater hielt dagegen, dies sei das größte Bauvorhaben in ganz Deutschland, neben dem neuen Bahnhof von Berchtesgaden, einer Erweiterung der

Reichskanzlei und dem Straßenbauprojekt von München in die Berge. Allein auf dem Obersalzberg entstanden dadurch über 3000 Arbeitsplätze (später waren es dann über 6000) für einheimische und eine wachsende Zahl ausländischer Arbeiter. Letztere waren zu dem Punkt zwar keine Zwangsarbeiter, aber sie erhielten schlechtes Essen und wohnten in grob gezimmerten, hässlichen Baracken unterhalb der neuen, großen Kinohalle, die zur Zeit unseres Spaziergangs noch im Bau war. Mutter schürte das Feuer, als sie ihren Vater mit spitzem Tonfall fragte, warum er Hitler nicht dankbar sei, dem Mann, der dem Niedergang der zwanziger Jahre ein Ende gesetzt habe. Schließlich habe dies auch ihm und seiner Schreinerei wieder einen rentablen Betrieb ermöglicht.

Ich überließ die Erwachsenen ihrem Streit und hüpfte davon, über die Riesenpfützen hinweg, die sich zwischen den gewaltigen Bauschutthaufen gebildet hatten. Der Anblick einer riesigen Baumaschine, die auf mich zukam, ließ mich stillstehen. Die Räder waren so groß wie mein Vater. Das Ungeheuer hielt an, und ich dachte, der Führer müsse wirklich ein sehr reicher und mächtiger Mann sein, wenn er solche Maschinen besaß. Hier entstand eine richtige kleine Stadt: eine Kaserne für die SS mit einem Exerzierplatz, mehrere Verwaltungsgebäude, ein Postamt, das künftige Hotel Platterhof, das Kino, ein steriler, hässlicher Gebäudekomplex, der von Parkplätzen aufgelockert wurde.

Großvater fand mit seinen Argumenten kein Gehör, er sah verärgert und traurig aus. Im schmutzigen Gras neben der Straße suchte ich nach ein paar Herbstblumen, um ihn wieder zum Lächeln zu bringen. Doch die Stiefel der Bauarbeiter, ihre Maschinen und die Füße der hier versammelten Menschenmengen hatten alles zertrampelt und zerstört, was an diesem Ort vielleicht einmal gewachsen war.

Wir näherten uns dem Berghof von oben, und von einer Bergkuppe aus gewannen wir einen ersten Eindruck von dem neuen, gebieterisch wirkenden weißen Gebäude, dem Berghof. Es hatte keinerlei Ähnlichkeit mehr mit dem bescheidenen, eher bäuerlich geprägten Haus Wachenfeld, das meine Eltern gekannt hatten. Mutter mag uns die anderen Villen und Häuser gezeigt haben, die an die Stelle der alten Bauernhäuser getreten waren und jetzt von der Nazi-Führungsspitze bewohnt wurden. Gegenüber, auf der anderen Seite des Tales erhob sich die steile Südwand des Untersbergs. Dieser gedrungene, lang gestreckte Berg gehört halb zu Deutschland und halb zu Österreich. Der Sage nach schläft der Stauferkaiser Friedrich I., genannt Barbarossa, mit seinen Rittern tief im Innern des Untersbergs an einem Marmortisch. Eines Tages, wenn die Raben aufhören, den Berg zu umkreisen, wird Barbarossa erwachen, seine Fanfare ertönen lassen und herauskommen, um seine letzte, siegreiche Schlacht zu schlagen. So berichtet es die Legende. Ich hatte keine Ahnung, warum und gegen wen er kämpfen würde, aber mir gefiel die Vorstellung vom großen Kaiser aus alten Zeiten mit der wunderschönen Krone und dem langen roten Bart, der aus den Tiefen des Berges geritten kommt, gefolgt von seinen stattlichen Rittern auf ihren Rössern. Man erzählte sich, Hitler liebe den Untersberg, weil er spüre, dass jetzt die Zeit für seine eigene gewaltige und siegreiche Schlacht um ein großes Reich gekommen sei.

Meine Großmutter hatte während des ganzen Spaziergangs nur wenig gesagt. Mit ihrem langen, schwarzen Rock, der schwarzen Bluse und dem pechschwarzen Haar war sie das genaue Gegenteil meiner sonnengebräunten, blonden Mutter, die ihr schönes Dirndlkleid trug. Vater hatte es noch bewundert, bevor wir uns zum Spaziergang aufmachten. Großmutter, die zwölf Jahre älter als mein Großvater war, musste sich sehr bemühen, mit uns anderen Schritt zu halten, doch vor allem bergauf atmete sie schwer.

Wir näherten uns dem Berghof und stießen auf eine unruhige, wartende Menschenmenge, die dort an einem Zaun entlang stand. Selbst so spät im Herbst kamen noch zahlreiche Touristen nach Berchtesgaden, und die meisten von ihnen pilgerten auch den Obersalzberg hinauf, in der Hoffnung, Hitler persönlich zu sehen. Sie drängelten sich um die besten Standorte für Fotos von diesem Haus mit dem berühmten großen Panoramafenster und der dazugehörigen Gebirgslandschaft. In allen Himmelsrichtungen bot sich eine Aussicht auf hohe, zerklüftete oder gedrungene Berge, die das Tal umschlossen. Ein erwartungsvolles Murmeln lag in der Luft, eine Art Vorahnung, und alle Umstehenden waren bereit, im nächsten Augenblick den Arm zu heben und »Heil, mein Führer!« zu rufen.

Dann war es soweit. Hitler kam heraus, und ich saß wenig später auf seinem Schoß, ein historischer Augenblick in der Familiengeschichte. Nach meiner Erinnerung fühlte ich mich dabei überhaupt nicht wohl in meiner Haut, ich war auf Hitlers Knie, betrachtete misstrauisch seinen Schnurrbart, die öligen, angeklatschten Haare und den erstaunlich akkuraten Seitenscheitel. Zugleich war mir jedoch sehr bewusst, dass dieser Augenblick und dieser Mann sehr wichtig waren. Die applaudierende Menge beunruhigte mich, doch ich lächelte tapfer, vergewisserte mich dabei aber immer wieder, ob meine Familie

Der Berghof, Hitlers Haus auf dem Obersalzberg. Im Hintergrund der Hohe Göll.

in der Nähe war. Ein Fotograf machte ein Bild. Einen Augenblick lang sah ich, wie sich mein Großvater brüsk abwandte, seinen Stock ärgerlich in die Luft stieß und versuchte, sich aus dieser Menschenmenge zu lösen. Offensichtlich hatte er genug von diesem Spektakel, und höchstwahrscheinlich spürte er, dass seine Enkelin von einem Mann, für den er nur Verachtung hatte, für Propagandazwecke benutzt wurde.

Ich war sehr erleichtert, als Hitler mich losließ, aufstand und steifbeinig zum Berghof zurückging. Die Audienz beim Führer war beendet, und alle gingen jetzt heim und prahlten dort von dieser Begegnung. Mutter strahlte mich an, Vater stupste mich an der Schulter, und das hieß »gut gemacht«.

Nach der Begegnung mit dem Mann, den ich eines Tages als einen Verbrecher und Massenmörder erkennen würde, wurde mir in meinem Sommerkleid allmählich kalt. Dunkle, graue

Hitler begrüßt auf dem Obersalzberg eine Schar von Bewunderern.

Wolken zogen im Tal auf, ein Zeichen, dass es bald regnen würde. Auf den Bergen würde es schneien, und das bedeutete das Ende des Altweibersommers, den wir alle genossen hatten.

Bei unserer Rückkehr ins Haus Linden holten wir die kleine Ingrid bei den Reitlechners ab. Voll Freude registrierte ich, dass ihr niemand irgendwelche Beachtung schenkte, bis Mutter die ganze aufregende Geschichte von der Begegnung mit Hitler zu Ende erzählt hatte. Tante Susi scherzte, ich sei jetzt eine bedeutende Persönlichkeit. Ich genoss die Bewunderung, die mir dieser kurze, unvermutete Augenblick auf Hitlers Schoß eintrug, und schätzte mich glücklich, weil ich so nahe beim Führer lebte. So wurde ich, ganz im Sinne der Nazis und dem großväterlichen Zorn zum Trotz zu einem richtigen fast vierjährigen kleinen Nazikind.

Zur Schlafenszeit fragte ich Mutter, warum Großvater Hitler nicht mochte und sich ärgerte, als ich auf seinem Knie saß. Sie überlegte einen Augenblick lang und sagte dann, ihr Vater habe Unrecht mit seiner Meinung über den Führer, doch weil er ihr Vater sei, müssten wir ihn gewähren lassen.

Das Bild von Hitler und mir wurde unseres Wissens nie veröffentlicht, doch das spielte keine Rolle. Die Geschichte allein war aufregend genug und sorgte jedes Mal, wenn sie erzählt wurde – was häufig geschah –, im Freundes- und Bekanntenkreis, bei Lehrern und Besuchern für bewundernde Aufmerksamkeit und Neid. Mein Großvater schnaubte allerdings nur zornig, wenn die Geschichte wieder aufgetischt wurde. Im Mai 1945 wurde sie, wie so vieles andere auch, in aller Stille beerdigt. Als die Greueltaten des Hitlerregimes bekannt wurden, fühlte ich mich durch meine Begegnung mit dem größten Verbrecher aller Zeiten beschmutzt und vergiftet.

Etwa zu der Zeit, als ich Hitler begegnete, hatte ich zum ersten Mal den Alptraum, in dem ein schreckliches schwarzes Ungeheuer erschien und sich auf meine Brust setzte. Die Augen dieses Wesens glühten wie Kohlen, eine gespaltene Teufelszunge zuckte in Richtung meines Gesichts, und die Zähne drohten meine Bettdecke zu zerreißen. Ich wusste, dass ich die Decke um jeden Preis glatt halten musste, aber ich war kraftlos und konnte mich unter des Last des Untiers nicht bewegen, bis ich schließlich weinend aufwachte. Dieser Alptraum kehrte immer häufiger wieder, während unser geordnetes, gänzlich unauffälliges Leben im Zweiten Weltkrieg auseinanderfiel.

Hitler posiert mit Kindern, Propagandafoto.

Der Besuch meiner Großeltern endete am nächsten Morgen. Vater hatte sich bereits rasch verabschiedet und war zur Arbeit gegangen, als Mutter und ich die beiden zum Bahnhof brachten, dem prächtigen neuen Gebäude, das zugleich der Endpunkt der Bahnlinie war, die aus München hierher führte. Als wir das Haus verließen, fiel ein kalter, unangenehmer Sprühregen, ein Regen von der Art, bei der man sich nicht recht entschließen kann, ob man lieber den Schirm aufspannen oder sich ungeschützt der Feuchtigkeit aussetzen soll. Meine Großeltern zogen zum ersten Mal ihre Mäntel an, und ich trug meinen grauen Lodenmantel, den Mutter aus der Kommode mit den Wintersachen geangelt hatte. Er roch, das dachte ich jedenfalls, angenehm nach Mottenkugeln. Tante Susi stand auf dem Balkon, hielt Ingrid auf dem Arm, winkte und wünschte meinen Großeltern eine gute Reise, und Mutter hob die abgenutzten Koffer aus Lederimitat auf unseren kleinen, hölzernen Handkarren. Ich half Großvater beim Bremsen des Leiterwagens, bis die steile Obersalzbergstraße flacher wurde und wir die Brücke über die Ache überquerten. Auf dem ebenen Stück bis zum Bahnhof sprachen Mutter und ihre Eltern über die Bahnverbindung und die verschiedenen Umsteigeorte auf dem Rückweg nach Selb und schmiedeten Pläne für unseren Gegenbesuch im nächsten Sommer. Ich fragte, warum man ein Loch in die Felsen gesprengt hatte, auf denen ein Teil des Ortes stand. Mutter sagte, das sei das erste Stück von Hitlers direkter Bahnverbindung nach Salzburg und in den Süden. Mein Großvater kommentierte umgehend und wenig überraschend mit der Bemerkung, dass dies eine wahnsinnige Geldverschwendung sei, denn der Bus und die Straße an der Ache entlang sowie eine Zugverbindung, bei der man nach Salzburg nur einmal umsteigen musste, genügten vollkommen. Das war seine letzte boshafte Bemerkung vor dem Abschied, doch Mutter reagierte nur mit einem Schulterzucken.

Der Schaffner forderte die letzten Reisenden, die noch auf dem Bahnsteig herumstanden, zum Einsteigen auf. Ich sagte nicht »Heil Hitler«, sondern »Auf Wiedersehen«, gab meinen Großeltern die Hand und knickste. Mein großer, schlanker Großvater ermahnte mich noch ein letztes Mal, ein braves Mädchen zu sein, und dabei umarmte er mich. Mutter half ihrer Mutter in den Zug und hievte die Koffer die eisernen Stufen hinauf. Die Pfeife ertönte, und der Zug setzte sich in Bewegung und beschleunigte rasch. Als die weißen Taschentücher der Großeltern aus meinem Blickfeld verschwunden waren, hatte ich den Zwist, der ihren Besuch getrübt hatte, fast schon vergessen. Jedenfalls waren wir jetzt wieder eine normale, einträchtige kleine Familie, in der alle mit dem übereinstimmten, was aus dem Volksempfänger kam.

Mutter setzte mich in den Handkarren und rannte anschließend den ganzen Weg bis zur Brücke. Endlich konnte sie sich ganz unbeschwert darüber freuen, dass Adolf Hitler persönlich ihr kleines Mädchen auserwählt hatte und niemand mehr in ihrer Umgebung die Ehre, die dieser Augenblick mit sich brachte, in Zweifel zog. An der Brücke wechselten wir ein paar Worte mit den SS-Wachtposten, dann gingen wir wieder den Berg hinauf, ein weiteres Mal in Richtung von Hitlers Wohnsitz. In den kommenden Jahren sah ich den Führer einige Male den Obersalzberg hinauf- und hinunterfahren, doch niemals mehr sollte ich ihm so nahe kommen.

Siebtes Kapitel

Wolken ziehen auf

Im Jahr 1938 klangen die Gespräche der Erwachsenen für mich zunehmend erregter. In jenem Jahr zeigte mir Vater Fotos von deutschen Soldaten. Sie wurden in Salzburg von jubelnden Österreichern begrüßt, die ihre Heimkehr ins Deutsche Reich feierten. Auf Salzburgs historischem Domplatz wimmelte es nur so von Hakenkreuzfahnen. Der Grenzübergang in Schellenberg bei Berchtesgaden war wieder geöffnet, und Vater versprach uns allen für die nächste Zukunft einen Besuch in Salzburg, für den wir keinen Pass mehr benötigen würden. Die Familien Pöhlmann und Paul waren beide über die Abtretung des Sudetenlandes an Hitler erleichtert. Selb lag direkt an der Grenze, und die Stadt hätte sehr schnell zum Schauplatz eines bewaffneten Konflikts werden können. Die Kohouts, der tschechische Zweig der Familie meines Vaters, hatten den Kontakt stets aufrechterhalten, und jetzt waren gegenseitige Besuche weiter erleichtert worden.

An Samstagabenden kamen nach dem Abendessen manchmal Freunde zu Besuch. Die lärmenden Diskussionen der Männer – die Runde bestand aus Onkel Peppi, Hans Schuster, Schego und Vater – waren meiner Ansicht nach äußerst ermüdend. Ich wünschte mir oft, sie würden damit aufhören und sich statt dessen über Dinge unterhalten, die sie zum Lachen brachten und mich glücklich machten. Doch die Männer stritten sich immer wieder über ein Gerücht, über die neuesten Nachrichten oder das Für und Wider von Adolf Hitlers Strategie im Angesicht unserer Feinde in West und Ost. Sie sprachen über die Notwendigkeit von Lebensraum für das deutsche Volk, eine von Hitler verbreitete Vorstellung, mit der er die Ausdehnung des Reiches rechtfertigen wollte, und sie spekulierten über die vermeintlichen Pläne, die Russland und die anderen europäischen Länder hegten. Mutter liebte dieses Konzept vom Lebensraum wegen der Abenteuer, die es versprach, und erklärte, sie würde gerne die Heimat verlassen und sich auf einem Bauernhof irgendwo im Osten niederlassen. Aus Gründen, die mir niemals klar wurden, fand sie auch Gefallen an Madagaskar, das allerdings ganz woanders lag, als möglicher neuer Heimat. Ich hatte keine Ahnung, woher dieser Wunsch zum Weiterziehen kam, und sagte ihr, dass Vater und ich im Haus Linden bleiben würden, wenn sie wegginge.

Meine Schwester Ingrid und ich beim Spiel mit unserem Sandkasten. Die Holzkiste stammte von einem Ladenbesitzer, der Sand aus einem Bergbach.

Wenn Nachbarn oder Arbeitskollegen, die nicht zum engen Freundeskreis zählten, abends zu Besuch kamen, blieb die Unterhaltung ruhig und freundlich. Im kleinen Kreis jedoch ging es immer wieder hoch her. Oft saßen die Männer bis tief in die Nacht zusammen, und zur Schlafenszeit zog ich mir die Decke über den Kopf, weil mich die erregten Stimmen nicht einschlafen ließen. Onkel Peppi, ein Mann mit einem sehr heftigen Temperament, schlug bei einem Wutanfall ein Loch in die dünne Wand, die das Wohnzimmer vom benachbarten Schlafzimmer trennte. Der Vermieter schloss die Lücke mit einer Fasergipsplatte, und die Frauen unterhielten sich im Flüsterton über diesen Ausbruch und den Disput, der ihn ausgelöst hatte. Mutter deutete an, dass Onkel Peppi Adolf – das war die respektlose Bezeichnung der Reitlechners für Hitler – als Kriegstreiber bezeichnet und sein Argument mit einem Faustschlag unterstützt hatte. Ich hoffte, dass dieser Ausbruch das Ende des Geschreis bedeuten würde, denn es machte mir angst, aber die Hoffnung trog. Allerdings wusste ich schon, dass es nicht nur zwischen meinen Eltern und ihren Freunden grundsätzliche Meinungsunterschiede gab. Das kam auch in unserer Familie vor, zwischen meinen Eltern und Großeltern.

Die Natur kümmerte sich nicht um den Streit der Menschen. Sie lud uns vier das ganze Jahr über zu Sonntagsausflügen ein, doch Nazistimmen drängten sich auch hierbei zwischen uns. Einmal beendeten wir einen wunderschönen Tagesausflug im Garten eines Gasthauses. Wir waren auf dem Heimweg von einer Bootsfahrt auf dem Königssee. Die Kastanienbäume über unseren Köpfen waren voller weißer Blütenkerzen. Wir warteten auf Kaffee, Kuchen und heiße Schokolade, da bellte plötzlich eine Stimme aus dem Radio in einem der Fenster des

Gasthauses. Vater stand auf, um der Stimme von Dr. Goebbels zu lauschen – um was es bei dieser Rede ging, weiß ich nicht mehr –, und die friedliche Atmosphäre dieses Nachmittags war zerstört.

Bei diesen zahlreichen Sonntagstouren kamen wir auch immer wieder an einer der vielen wunderschönen (oder einfach nur idyllisch gelegenen) Dorfkirchen oder Wallfahrtskapellen vorbei, die in dieser Landschaft überall zu finden waren. Jeder Weiler in den kleinen Seitentälern oder auf den gerodeten Hochflächen hatte seine eigene Kirche, in deren Nachbarschaft sich stets mindestens ein Gasthaus befand. Wenn es nicht zu spät oder wir nicht zu müde waren, traten wir in diese kühlen Kirchen ein, in Ramsau, Ettenberg, Oberau und Maria Gern, und bewunderten die Deckenfresken, die kunstvoll geschnitzten, vergoldeten Altäre und die Statuen von Maria, den Heiligen und den Aposteln. Nur Vater kannte die Namen der Holzschnitzer und die österreichischen oder bayerischen Werkstätten, in denen sie ausgebildet worden waren. Natürlich bekreuzigten wir uns am Eingang nicht mit dem Weihwasser, doch Vater ließ es nicht zu, dass wir in der Kirche herumrannten oder laut sprachen.

Endete unsere Sonntagswanderung in der Kunterwegkirche oberhalb von Ramsau, so beugten wir uns nach hinten, legten den Kopf in den Nacken und betrachteten das Rokoko-Deckenfresko, das im Jahr 1733 von der Hand Innozenz Warathi aus Burghausen entstand. Es erinnerte an den Sieg der heiligen Jungfrau über die evangelischen Ketzer, die nach dem Ende des Dreißigjährigen Krieges aus Berchtesgaden und den benachbarten österreichischen Dörfern vertrieben wurden. Vater erzählte uns, dass die offenen Feindseligkeiten zwischen Evan-

Ein letztes Picknick vor dem Krieg auf der Ligeretalm. Mit von der Partie (v. l.): Onkel Peppi, Tante Susi, ich, Mutter und Ingrid. Mein Vater war der Fotograf.

gelischen und Katholiken schon lange beendet seien und wir zudem, dank Hitler, keiner dieser beiden Konfessionen angehören müssten.

Gegen Ende dieser oft langen Wanderungen wurde ich meist sehr quengelig, doch wenn der kritische Punkt erreicht war, stimmte Mutter einfach ein Wanderlied an, und ich konnte gar nicht anders und fiel in den Gesang ein. Selbst Vater, der Ingrid auf den Schultern trug und stets behauptete, er könne keine Melodie halten, machte mit. Der Rhythmus dieser Lieder brachte mich wieder in Gang, und meine müden Beine trugen mich bis nach Hause.

Unser häufigstes und beliebtestes Ziel war eine kleine Hütte des Alpenvereins auf der Ligeretalm. Eine Alm ist meist eine Ansammlung von Hütten, oft hoch in den Bergen, wo im Sommer Tiere auf die Weide getrieben werden. Die Ligeret ist nur eine einzelne Hütte, die auf einer Almwiese am Fuß des Kehlsteins liegt. Es war ein idealer Fleck mit einem schönen Blick auf die bei guten Kletterern sehr beliebte Westwand des Hohen Göll, die über dem wunderschönen grünen Tal der Scharitzkehlalm aufragte. Diese Alm, eine beliebte Touristenattraktion, gehörte einem Mann, der sich dem Kaufbegehren Martin Bormanns erfolgreich widersetzt hatte.

Die Ligeret hatte ein überstehendes, schindelgedecktes Dach, das mit großen Steinen beschwert war, und hellbraune Fensterläden. Innen gab es einen Schlafraum mit Matratzenlager und Wolldecken, wo sich die Kletterer ausruhen konnten, eine Kochecke und ein gemütlicher Aufenthaltsraum sorgten für Wärme und Trockenheit bei Schnee und Regen. Auf der zweistündigen Wanderung dorthin trug Mutter einen mit Brotzeit gut gefüllten Rucksack, und mein Vater trug Ingrid und Werkzeuge, falls die Hütte kleine Reparaturen brauchte. Manchmal ersetzte er ein schadhaftes Brett am Weidezaun, und sorgte dafür, dass der Feuerholzstapel hoch blieb für die nächsten Besucher.

An den meisten Wochenenden kam hier eine feste Clique von Alpenvereinsmitgliedern zusammen. Die Frauen wuschen die blau-weiß karierten Vorhänge, nähten karierte Kissenbezüge und Tischtücher und sorgten dafür, dass der Gemeinschaftsraum und die Schlafräume stets sauber und in Ordnung waren. Sobald aus dem Kamin der feine Geruch des Holzfeuers aus dem Küchenherd aufstieg, wussten wir Kinder: jetzt ist es Zeit fürs Mittagessen. Wir gingen beim Wassertragen zur Hand. Ein hölzerner Trog fing das Wasser eines eiskalten kleinen Bergbaches auf, der seinen Lauf dann zwischen den Butterblumen auf der Almwiese fortsetzte. Dann halfen wir beim Decken des Tisches, an dem bei schönem Wetter die Gesellschaft draußen vor der Hütte auf langen Bänken vor Holztischen saß. Ich war froh, dass sich das Gespräch auf das Essen, das Wetter, geplante Wanderungen und auf uns, die Kinder, beschränkte. Hans Richter, ein Kollege meines Vaters, der einen struppigen Bart und zwei Kinder in unserem Alter hatte, schlug bei einem dieser Treffen vor, auf Deutschlands Zukunft zu trinken, und alle Anwesenden, auch die Kinder, griffen nach ihren Getränken und stießen miteinander an.

Im Frühling 1939 hatte sich die Stimmung der Ligeret-Freunde jedoch geändert. Die Hütte und die umgebenden Wiesen waren nicht mehr der allen Sorgen entrückte, fröhliche Ort, den wir eine viel zu kurze Zeit hatten genießen dürfen. Die Hütte stand jetzt unmittelbar außerhalb des hohen Zaunes, den Martin Bormann um den Obersalzberg gezogen hatte und der direkt unterhalb des Kehlsteinhauses verlief, das später auch unter der Bezeichnung Adlerhorst oder Eagle's Nest bekannt wurde. Zu diesem Haus in 1834 m Höhe führte jetzt eine neue Straße, und wir hatten beobachtet, wie sie aus den Felsen gesprengt und gehämmert worden war. In der unmittelbaren Nachbarschaft all dieser Symbole der Nazimacht drehten sich die Gespräche auf der Ligeretalm schon bald um Politik und die Wahrscheinlichkeit eines Krieges. Immer wieder ging es in der Tischrunde jetzt um Polen, Russland, Italien, Großbritannien und Frankreich, und die Männer stimmten trotz großer Zweifel und Bedenken darin überein, dass sie natürlich dem Ruf des Führers folgen und für das Vaterland kämpfen würden. Die meisten von ihnen hatte man bereits vor über einem Jahr zur Musterung einbestellt, und Vater war damals für tauglich erklärt worden.

Mein Pöhlmann-Großvater hatte mir von der Grausamkeit des Ersten Weltkriegs in Frankreich erzählt, und ich hatte beobachtet, wie ihm die Tränen in die Augen stiegen, wenn er mir von Freunden und Kameraden erzählte, die neben ihm im Schmutz und Schlamm gestorben waren. Ich war erst fünf Jahre alt, und doch hatte er mir eine tiefe Furcht vor dem Krieg eingeflößt. Der Krieg war schlimmer als jede Geschichte darüber. Er war Wirklichkeit, tötete Menschen, er war etwas Grauenhaftes. Würden Mutter und Vater zulassen, dass so etwas geschah? Ja, das würden sie, und zu jener Zeit hätte ich die Monate, in denen wir noch in Friedenszeiten zusammensein würden, an den Fingern beider Hände abzählen können.

Tante Susi entdeckte Chamberlain und dann, an einem anderen Tag, Mussolini, als sie den Obersalzberg hinauffuhren. »Erzähl keinen Unsinn«, sagte Onkel Peppi eines Abends, »Adolf wird kein Abkommen mit Stalin unterschreiben. Er hasst die

Bolschewiken.« Sie waren so nah dran am Sitz der Macht, doch sie hatten keine Ahnung von dem, was dort oben vor sich ging. Niemand hielt im geschäftigen eigenen Alltag inne, im Gegenteil: Alle wollten sich in ihrer knappen Freizeit so intensiv wie möglich vergnügen. Verwandte und andere Besucher kamen und gingen, und meine Mutter kochte, backte und putzte. Bis auf Vater, der keinen Alkohol anrührte, ertränkten die Erwachsenen häufig jede dunkle Vorahnung und jedes sorgenvolle Gefühl mit ein paar Flaschen Rhein- oder Moselwein. Sie sangen die alten Volkslieder im Wechsel mit patriotischen Gesängen. Die Wacht am Rhein erinnerte sie zum Beispiel an die Besetzung des Rheinlandes durch Frankreich und Hitlers Widerstand dagegen.

DRITTER TEIL: 1939 – 1945

Krieg und Kapitulation
Salzburg

Vater hielt sein Versprechen, das er für meinen Geburtstag im Mai 1939 gemacht hatte. Wir gaben Ingrid einen Tag lang in die Obhut von Tante Susi und Trudi und fuhren nach Salzburg, in unsere wunderschöne, uralte Nachbarstadt.

Der Grenzübergang war einfach, denn Österreich gehörte jetzt zu Deutschland. Vater sagte, Hitler würde eine neue Bahnlinie durch die Berge bauen, um die Reise nach Niederösterreich und Italien zu erleichtern. Der kurze, in die Felsen unterhalb von Berchtesgaden gesprengte Tunnel war der Auftakt zu diesem Projekt, das Großvater sehr kritisiert hatte. Doch vorläufig reisten wir noch mit dem Bus, und wir brauchten nicht einmal eine Stunde bis nach Salzburg. Dort stiegen wir beim Mozarteum aus, einem düster aussehenden Gebäude, das, so erzählte man mir, ein weltbekanntes Konservatorium beherbergte. Auf einer Fußgängerbrücke überquerten wir die Salzach und gelangten so in die Altstadt. Der breite Fluss hatte in seinem Lauf inzwischen auch die Ache aufgenommen, und über dem Fluss leuchtete die herrliche Festung Hohensalzburg.

Auf einem alten Kirchplatz war ein lärmiges Volksfest im Gang. Ich wollte unbedingt das Kasperltheater im Freien anschauen, und Mutter sagte ja. Sie sagte, ich solle ruhig auf meinem Platz sitzen bleiben, solange sie beide eine Kirche besichtigten und einen kleinen Spaziergang machten. Sie würden zurücksein, bevor das Puppentheater zu Ende ging. Arm in

Salzburg mit Blick auf die Festung Hohensalzburg und die Salzach.

Arm gingen die beiden weg, und mir wurde klar: Der fünfte Geburtstag war ein großer Schritt beim Heranwachsen, und die Eltern trauten einem sehr viel mehr zu. Im Chor mit all den anderen Kindern schrie und kreischte ich, wenn Kasperl, dem Helden, Gefahr drohte, die dieser aber stets meisterte. Am Ende des Stücks war ich sehr erleichtert, als Kasperl und seine Frau Gretel sich wieder einmal gegen ihre Feinde behaupteten. Ich sah mich um, doch meine Eltern waren noch nicht zurückgekommen. Der Applaus war verklungen, alle Zuschauer waren bereits gegangen, und ich blieb als einziges Kind zurück, auf dieser harten Bank, die keine Rückenlehne hatte. Ich ließ unschlüssig die Beine baumeln und war – obwohl jetzt ein Jahr älter – den Tränen nahe, weil ich glaubte, die beiden hätten mich vergessen. Doch dann sah ich sie über den inzwischen menschenleeren Platz kommen. Sie sahen glücklich aus, wie sie da auf mich zukamen, und ich war grenzenlos erleichtert. Vater wischte mir die Tränen ab, die beiden entschuldigten sich lächelnd, und wir gingen los, in Richtung der Festung Hohensalzburg, der mächtigen, stark befestigten Burg, die ich vom Fluss aus gesehen hatte. Touristen aus aller Welt durchstreiften die riesige Burganlage und labten sich auf Gartenterrassen und in Gartenrestaurants an Kaffee und Kuchen. Wir bestellten Limonade, und Vater hob mich hoch, sodass ich über die Steinbrüstung hinweg auf die Dächer der Stadt hinunterschauen konnte, auf den Friedhof der Abtei St. Peter und die Türme und Kuppeln der Kirchen dieser Stadt. Sie sahen alle so friedlich aus, so wunderschön, fast wie Spielzeug, und in der Ferne leuchteten die Berge. Mit diesem Bild würde mir Salzburg für immer im Gedächtnis bleiben.

Unten in der Altstadt gingen wir dann in den Dom, die am Hauptplatz der Stadt gelegene barocke Kirche, wo wir dem Organisten beim Üben zuhörten. »Das ist Musik von Wolfgang Amadeus Mozart«, flüsterte mir Mutter zu, »er wurde hier in Salzburg geboren.« Bei der Rückkehr nach Berchtesgaden war ich so müde, dass ich buchstäblich im Gehen auf den Salzberg einschlief. Vater trug mich das letzte Stück und brachte mich sofort ins Bett, wo ich von diesem herrlichen Tag träumte. Am nächsten Morgen war mein erster Gedanke beim Aufwachen: Ich wünsche mir für meinen nächsten Geburtstag wieder einen Ausflug nach Salzburg, und für den übernächsten, vielleicht immer wieder. Damals war ich mir sicher, dass es drei Dinge gab, von denen ich nie genug bekommen würde: unsere Berge, Mozarts Musik und Salzburg.

Doch die dunklen Schatten wurden länger, und der Himmel verdüsterte sich sich. Die Nazis hatten sich unserer Berge bemächtigt, und schon bald würden die meisten alten Städte Europas in Schutt und Asche liegen. Auf den großartigen Dom von Salzburg würden Bomben fallen, und Mozarts Musik bricht mir das Herz, noch heute.

Achtes Kapitel

Frühes Opfer

Drei Monate nach meinem Geburtstagsausflug nach Salzburg, am 1. September 1939, ließ Hitler fünfzig Divisionen in Polen einmarschieren, und Stalin griff das Land von Osten an. Etliche Nächte zuvor hatten wir das wilde, helle Schauspiel des Nordlichts über dem Untersberg gesehen, ein Naturphänomen, das in unseren Breiten kaum je zu beobachten ist. Mit einer kleinen Schar von Nachbarn standen wir schweigend am Rand einer Kuhweide und staunten über die rasch wechselnden Farbvorhänge am Himmel. Das Spektrum reichte von blassem Rosa bis zu dunklem Violett, die Farbflächen stiegen hoch, leuchteten auf und verblassten wieder. »Das bedeutet Krieg«, murmelte unser betagter Hausherr, der all die Legenden dieser Gegend kannte, durch seinen buschigen Schnurrbart, in dem Schnupftabakkrümel hingen. Ich zog seine Frau am Ärmel ihres schwarzen Wollpullovers und fragte, ob sie glaube, dass er recht habe, doch sie antwortete nur, ich sollte nicht auf ihn hören. Ich wusste nicht, dass Hitler mit seinen Gästen dasselbe unheilvolle himmlische Schauspiel von der Terrasse des Berghofs aus betrachtete. Nach dem späteren Bericht Albert Speers sagte Hitler: »Das sieht nach viel Blut aus. Dieses Mal wird es nicht ohne Gewalt abgehen.«

Der Führer verließ den Obersalzberg am nächsten Morgen in seinem Wagen und begann mit der Invasion Polens. Von den Debatten, Intrigen und Tricksereien auf dem Berg, die diesem historisch äußerst bedeutsamen Schritt vorausgingen, hatten wir nichts mitbekommen, weder durch die Presse noch durch

Hörensagen. Erst sehr viel später sollten wir von der intensiven Rivalität erfahren, die zwischen Hitlers wichtigstem Gefolgsmann Hermann Göring und Joachim von Ribbentrop dem auf Krieg drängenden Außenminister herrschte. Jetzt aber dröhnten aus dem Radio schrille Kriegsberichte, Propagandareden und Rechtfertigungen der Invasion. Mutter und Vater klammerten sich an jedes Wort und gründeten ihre düsteren, resignierten Diskussionen über Hitlers Vorstoß auf das, was ihnen erzählt wurde. An öffentliche Proteste oder offene Debatten war überhaupt nicht zu denken, das war viel zu gefährlich. Die Hakenkreuzfahne hochhalten und mit Fackeln marschieren – was konnte man sonst tun?

Hitler sprach von persönlichen Opfern, die alle Deutschen zu erbringen hätten, und es war keine Überraschung, dass die Mehrzahl der zwölf Porzellanmaler aus der Adlerschen Werkstatt zu den ersten jungen Männern gehörte, die eingezogen wurden. Ihre Frauen und Kinder blieben allein zurück, und wieder begann das unruhige Warten auf Post von den Männern, so wie das meine Großmutter im Jahr 1914 erlebt hatte.

Acht Monate nach der Invasion in Polen sah ich, wie Mutters Miene sich verfinsterte, als sie den amtlichen Brief las, der meinen inzwischen 34 Jahre alten Vater zu den Fahnen rief. Die Wirklichkeit des Krieges und die Erkenntnis, dass auch unsere Familie unausweichlich davon betroffen sein würde, hatte sie jetzt erreicht, auf eine zuvor nicht gekannte Art. Leise sagte sie: »Vater muss bald in den Krieg ziehen, und wir müssen sehr tapfer sein.« Wie tapfer, sagte sie nicht. Meine zwei Jahre alte Schwester Ingrid fragte in Babysprache, ob er bald aus dem Krieg zurückkommen und ihr ein Geschenk mitbringen würde. Ich wollte, dass er gar nicht wegging, doch ich verstand bereits, dass er das tun musste, was der Führer wollte. Ich kannte ja das Lied, in dem es hieß „Führer befiel wir folgen dir". In Mutters Stimme lag große Gewissheit, als sie uns versprach, dass er nicht lange fort sein würde und dass das Leben nach seiner Rückkehr genauso sein würde wie zuvor.

Trudi, die meinen Vater sehr gern hatte, sagte mir immer wieder, wie sehr sie es bedauere, dass er fort musste. Natürlich hatte er keine andere Wahl, als die graue Uniform eines Infanteristen anzuziehen, das Schiffchen auf den Kopf zu setzen – die Mütze, an der sich ablesen ließ, dass er ein Gefreiter der Deutschen Wehrmacht war – und sich zur Abreise bereitzumachen. Er war einem Nachrichten-Ersatzkorps zugeteilt, das noch einige Monate lang in Deutschland ausgebildet werden sollte, bevor es an die Front geschickt wurde.

Mit meinen fünf Jahren dachte ich, dass ich ein Recht darauf hatte, Vater im überdimensionierten Hauptbahnhof von Berchtesgaden zu verabschieden, den Hitler erst einige Jahre zuvor hatte bauen lassen. Wir hatten wenig Zeit, wenig Lust und auch kaum Platz genug, um die riesigen Gemälde in der großen Bahnhofshalle zu betrachten. Die Halle und der ganze übrige Bahnhof waren überfüllt von hunderten von uniformierten jungen Männern mit frisch gewaschenen und gut rasierten rosigen Gesichtern umgeben, von ihren Familien, Bräuten und Freunden. Gute Wünsche und zuversichtliche Rufe wie »Wir sehen euch alle bald wieder«, lagen in der Luft. Die jungen Männer sahen erwartungsvoll aus. Wenn sie Angst verspürten, verbargen sie diese gut hinter dem Qualm ihrer Zigaretten und durch die lässige Art, in der sie die Asche wegschnippten und einander auf die Schulter klopften. Die meisten von ihnen waren Gebirgsjäger, die das silberne Edelweiß auf den Schulterstücken und an den Mützen trugen. Hinter die Mützenränder waren die Zigaretten geklemmt, die sie zum Abschied geschenkt bekommen hatten.

Mutter und ich standen auf dem Bahnsteig vor dem Dritte-Klasse-Waggon und suchten nach passenden Abschiedsworten. Ich sah, wie der Minutenzeiger der großen Bahnhofsuhr von einer Zahl zur nächsten vorrückte, doch nach der Zehn konnte ich nicht mehr mitlesen. Plötzlich dröhnte eine Stimme: »Alles einsteigen.« Vater umarmte Mutter sehr lange, wie mir schien, und dann war ich an der Reihe. Er hob mich hoch und küsste mich auf beide Wangen. Mit einer raschen, entschlossenen Bewegung setzte Vater mich wieder ab, und als der Zug sich nahezu unmerklich in Bewegung setzte, sprang er auf die metallenen Stufen und stieg ein. Unmittelbar hinter ihm schlug der Schaffner die Waggontür zu. Alle Zurückgebliebenen drängten sich so nahe wie möglich an die Bahnsteigkante, und aus den Zugfenstern flatterten unzählige weiße Taschentücher. Ich stellte mich auf die Zehenspitzen und winkte mit meinem, verlor aber rasch das Tuch, das meinem Vater gehörte, aus den Augen. Sein Bild verschmolz mit den Umrissen der vielen anderen Soldaten, die in den Krieg zogen. Fünf Jahre später sollten die meisten dieser jungen Männer tot, verwundet oder in Gefangenschaft sein. Die Gefangenen waren über die halbe Welt verstreut, von Sibirien – das schrecklichste Schicksal – über Marokko bis nach Großbritannien und die USA, wenn sie Glück gehabt hatten.

Im Aufschauen sah ich Tränen über Mutters junges Gesicht laufen – gerade hatten wir ihren zweiunddreißigsten Geburtstag gefeiert –, und mit ihrem weißen, bestickten Taschentuch

Mein Vater (2. v. l.) mit seiner Infanterieeinheit an der Loire, 1940.

winkte sie jetzt nicht mehr, sondern wischte sich die Tränen ab. Mit einem langen, misstönenden Pfiff entschwand der Zug in den Kurven entlang der Ache. Es hatte keinen Jubel gegeben, weder bei den Abreisenden noch bei den Zurückbleibenden. Eine schweigende Menge verließ den Bahnhof. Die Menschen hatten für Freunde und Bekannte kaum ein Kopfnicken übrig. Mit gesenktem Blick machte ich mich mit Mutter auf den Heimweg, und wir beide waren dabei ganz in Gedanken. Das einzig Beruhigende war zunächst das Rauschen der Ache, dann das vertraute Gefühl in den Beinen beim steilen Anstieg auf unseren Berg.

Berchtesgaden wurde rasch zu einem Ort der Frauen. Geblieben waren nur die für den Kriegsdienst längst nicht mehr in Frage kommenden älteren Männer, Invaliden, kleine Jungen, ausgewählte Parteigestalten und andere Personen, denen es gelang, den Militärdienst zu umgehen, und natürlich die auf dem Obersalzberg stationierten SS-Männer. Jetzt, wo wir nur noch zu dritt waren, wirkte unser Zuhause plötzlich einsam und leer. Vaters Schuhe standen unbenutzt im Schuhregal im Gang, sein Jackett und seine Tweedmütze hingen nutzlos an den Kleiderhaken. Mutter übernahm natürlich nahtlos und mit gewohnter Tüchtigkeit die Rolle des Haushaltsvorstands, wie Millionen andere Frauen in all den Ländern, die sich im Krieg befanden. Doch sie vermisste meinen Vater, und »Wenn Vater doch nur zu Hause wäre«" wurde zum täglichen Refrain, den sie mit der Versicherung begleitete, er werde natürlich bald nach Hause kommen. Sie berief sich auf sein Bild und seinen Namen, wenn sie uns disziplinieren musste, und das tat sie jetzt häufiger und strenger, weil sie glaubte die abwesende männliche Autorität ersetzen zu müssen. Doch davon abgesehen, änderte sich anfangs in unserem Zuhause und im alltäglichen Leben nicht viel. Selbst Zweifler wie die Reitlechners staunten über die schnellen deutschen Siege im Westen. Ende Juni 1940, knapp zwei Monate, nachdem Hitler die Offensive im Westen begonnen und Belgien, die Niederlande, Luxemburg und Frankreich überrannt hatte und seine Truppen vor Dünkirchen anhalten ließ, sah es so aus, als ob dies tatsächlich ein kurzer, siegreicher Krieg werden würde.

Unsere Zuversicht stieg, als Vater nach sechs Monaten Kriegsdienst in Frankreich im Oktober 1940 zu einem einwöchigen Heimaturlaub nach Hause kam. Mutter hatte den Tag seiner Heimkehr in dem dicken Kalender notiert, der in der Küche hing. Wir durften jeden Tag ein Blatt abreißen und so die Tage zählen, bis er heim kam. Mein Gesicht lief feuerrot an, als er zur Tür hereinkam, und Ingrid weinte dicke Freudentränen. Ich hielt meine kleine Schwester für eine Heulsuse und war etwas verärgert, weil sie ihn nicht loslassen wollte und so verhinderte, dass er mich in seine starken Arme schloss. Die ganze Woche lang wetteiferten wir beide um seine Gunst, und ich ärgerte mich über die Freunde, die zu Besuch kamen, um die militärische Lage mit ihm zu erörtern und ihm alles Gute zu wünschen. Auf mich wirkte er ernsthafter und besorgter, als ich ihn in Erinnerung hatte. Er sagte zu Mutter, dass er einfach nicht für das Soldatenleben geschaffen sei. Außerdem verschlimmerte sich durch das Kantinenessen sein chronisches Magenleiden. »Wenn ich nur für dich kochen könnte«, sagte Mutter traurig.

Ich ging inzwischen in die erste Klasse, und Vaters Besuch war die erste Gelegenheit, ihm meine frisch erworbenen Lese- und Schreibkünste vorzuführen. Jeder Erstklässler hatte einen Setzkasten bekommen, der etwa die Größe einer Zigarrenkiste hatte und kleine, rechteckige Pappstücke enthielt, auf denen große und kleine Buchstaben gedruckt waren. Wir wählten einen der Buchstaben und steckten ihn in Ritzen im aufstellbaren Deckel des Kastens fest. So bildeten wir Silben, dann Wörter und schließlich ganze Sätze. Ich hatte meinen Setzkasten von einem älteren Kind übernommen und war immer wieder enttäuscht, weil es an bestimmten wichtigen Buchstaben mangelte oder weil manche Buchstaben einfach ganz fehlten. Vater erkannte das Problem sofort, setzte sich an den Tisch und lieferte mir mit seiner sicheren, geübten Hand einen ganzen Vorrat von wunderschönen, passenden schwarzen Buchstaben Sie waren genauso schön wie die gedruckten Exemplare. In der zweiten Klasse ersetzte eine schwarze Schiefertafel mit einem Holzrahmen den Setzkasten, aber ein paar von Vaters Buchstaben behielt ich für mich, bevor ich den Kasten an ein anderes Kind weitergab. Die kleinen Papierstücke waren nach einiger Zeit schmutzig und zerknittert, und irgendwann verschwanden sie dann ganz. Doch ich brauchte sie nicht mehr, um mich an Vaters einzige Hausaufgaben-Hilfsaktion zu erinnern, die für eine ganze Kindheit reichen musste.

Jeder kleine Augenblick dieses zauberhaften einwöchigen Heimaturlaubs wurde bedeutsam, weit über die eigentlichen Ereignisse hinaus. Ingrid und ich standen abwechselnd auf Vaters Füßen, wenn er mit uns im Wohnzimmer Walzer, Foxtrott, Tango oder Polka tanzte. Die Melodien kamen, auf dem gleichen Weg wie Hitlers Reden, auf wundersame Weise über die Berge zu uns, von den Radiosendern München oder Salzburg. Wir besaßen ein großes Siemens-Radio mit einem hölzernen Gehäuse, das wie eine polierte, fast elegante Kiste aussah. Die Vorderseite war mit einem Stoff bespannt, in den glitzernde Metallfäden eingewirkt waren. Ein Knopf regelte die Lautstärke, und mit einem anderen Knopf drehte man einen Zeigestab über ein beleuchtetes Sichtfenster und kam an Dutzenden von Namen vorbei, die Städte mit Radiosendern markierten, von den meisten wir jedoch nur ein Rauschen empfingen. Doch Vater hatte mir beigebracht, wie man diesen Stab genau in der Mitte von München oder Salzburg platzierte, und dann hörten wir plötzlich und ohne jede Störung gesprochene Worte oder Musik. Viele Jahre lang waren das die einzigen Sender, die uns hier in den Bergen erreichten. Zuerst lieferten sie uns Nachrichten, die von den Nazis zensiert wurden, und dann, nach dem Krieg, und nach einer Übergangszeit des völligen Stillschweigens, hörten wir die siegreichen Alliierten.

Wir spielten nicht die ganze Zeit. Vater wollte, wie alle anderen Soldaten auf Heimaturlaub, sichergehen, dass in unserem Holzschuppen auch genug Feuerholz lagerte. Mit seiner kleinen, scharfen Axt – während seiner Abwesenheit war das Mutters Axt gewesen – verarbeitete er Tag für Tag große Holzstücke zu kleinen, ofengerechten Scheiten und lobte uns, wenn wir ihm halfen, sie zu stabilen Reihen aufzuschichten. Sobald dies erledigt war, begann er, meist spät am Nachmittag, mit Kindern aus der Nachbarschaft und mit Onkel Peppi, Tante Susi, Mutter und Trudi ein lautes, schnelles Fußballspiel. Bei einem dieser Spiele schlängelte sich vor meinen Füßen plötzlich eine lange, dunkelbraune Schlange über die Straße. Ich schrie in meiner

Ein Familienbild vor Haus Linden während des Fronturlaubs meines Vaters, 1940.

Angst laut auf. Ohne zu zögern griff sich Vater die Axt von seinem Hackklotz, und während mich Trudi und Mutter zu beruhigen versuchten, suchte er im Gebüsch nach der Schlange. Einerseits hoffte ich, dass er sie nicht finden und töten würde, doch andererseits wünschte ich mir meinen Vater als Schlangentöter. Das Tier hatte aber inzwischen wohl ein Versteck gefunden, und schließlich musste Vater die Suche aufgeben, nicht ohne mir zu versichern, es sei für immer verschwunden. Für diese Schlangenjagd bewunderte ich ihn umso mehr und fühlte mich in der Vermutung bestätigt, dass seine Vaterliebe für mich etwas ganz Besonderes war.

An einem der letzten Tage dieses Heimaturlaubs blieb ich mit Ingrid in Tante Susis Obhut zurück, während Mutter und Vater zu einer Tageswanderung über den Hohen Göll und das Hohe Brett aufbrachen. Mutter war bei ihrer Rückkehr braungebrannt, doch Vaters helle Haut war krebsrot. So sehr wir den drohenden Abschied verdrängten: Mit jedem Blatt, das wir vom Kalender abrissen, rückte er näher. Ich fragte, ob Vater von Hitler bald einen weiteren Urlaub bekommen würde, denn ich wusste: Nach seiner Abreise würde meine Mutter wieder nicht genug Zeit oder nicht die Kraft haben, mit uns so zu spielen und zu lachen, wie sie das tat, wenn er bei uns war. Es war ein Gefühl, als ob ich jetzt, nachdem ich für wenige Tage beide Eltern zurückbekommen hatte, mindestens eineinhalb Eltern verlieren sollte. Zur Schlafenszeit baute ich mir aus meinem bauschigen weißen Federbett ein rundes Nest und setzte mich ans Fenster, um dem letzten Gesang der Amsel zuzuhören, die sich jeden Abend hoch oben auf einer Fichte niederließ. Das beruhigte mich in meinen sorgenvollen und traurigen Gedanken. Beim Einschlafen hörte ich Vaters gedämpfte Stimme aus dem Wohnzimmer.

Allzu bald zog Vater die Uniform wieder an, sagte auf Wiedersehen und ging mit Mutter den Waldweg hinunter, um wieder in den Zug zu steigen. Nach wenigen Minuten kam er durch den Blumengarten zurückgerannt – ich hatte mit Ingrid auf Tante Susis Balkon gerade zu spielen angefangen –, und einen kleinen Augenblick lang hoffte ich, dass er seine Meinung geändert hätte und jetzt doch bei uns bleiben würde. Doch es stellte sich heraus, dass er nur seine Gasmaske vergessen hatte, einen grünen Behälter, der an der Garderobe im Flur hing. Wir winkten ihm durch die ausgeschnittenen Herzen im Balkongeländer nach, und er winkte zurück, bevor er abermals im Wald verschwand. Kurze Zeit später trug der Wind das lange, beunruhigende Pfeifsignal des abfahrenden Zuges zu uns herauf, und Tante Susi sagte: »Das ist der Zug eures Vaters.«

Mutter erhielt im Frühjahr 1941 die Nachricht, Vater sei mit Magengeschwüren in ein Lazarett in Ingolstadt eingeliefert worden. Sie fuhr alleine hin, um ihn zu besuchen, und ich war sehr zornig, weil ich nicht mitdurfte. Die Begründung, das ich die Schule nicht versäumen konnte schien mir dürftig, denn einige meiner Mitschüler waren den ganzen Sommer lang von der Schule befreit, nur damit sie auf den Almen Kühe hüten konnten. Einen kleinen Trost boten mir Tante Susis Dampfnudeln mit Zwetschgenmus die sie eigens für Ingrid und mich kochte. Mutter, die an die fränkische Küche gewohnt war, versuchte sich nicht einmal daran.

Mutter verschloss sich nach ihrer Rückkehr aus dem Lazarett ganz in ihrer traurigen Stimmung und sprach kaum über ihre Erlebnisse. Ich bin mir im Rückblick sicher, dass sie mir keinen Kuss und keine Umarmung meines Vaters mitbrachte – und ebenso sicher, dass ich eine solche Geste weder erwartete noch wollte. Sobald ich dem Kleinkindalter entwachsen war, hatten Mutter und ich eine gegenseitige Zurückhaltung entwickelt. Ich hielt Umarmungen und Küsse für Babykram, das war die Domäne meiner niedlichen, ach so entzückenden kleinen Schwester. Wir liebten uns, doch Mutter zeigte das in erster Linie durch Fürsorge, Hingabe, durch Kochkunst, Behüten und Beschützen und dadurch, dass sie immer für uns da war. Ich wiederum gab mir alle Mühe, unsere zahlreichen Vasen zu ihrem Geburtstag und zum Muttertag – einem Tag, auf den die Nazis großen Wert legten – mit Wiesenblumen zu füllen. Ich wärmte ihre Hausschuhe am Ofen vor, wenn sie an einem kalten Wintertag eine Besorgung zu machen hatte, und mit Trudis Hilfe fertigte ich als Weihnachtsüberraschung allerlei Handarbeiten an, von Topflappen bis zu Tischdecken. Doch nach und nach gewann ich den Eindruck, dass ihre mütterliche Fürsorge fast immer mit einer Bedingung oder besonderen Anforderung verbunden war. Wurde diese nicht erfüllt, war Liebesentzug oder zumindest ein Tadel die Folge. Sie erwartete, dass ich pünktlich zu den liebevoll zubereiteten Mahlzeiten erschien und das, was auf dem Teller war, auch aufaß, ob es mir nun schmeckte oder nicht. Ein Kleid, das sie in nächtlicher Arbeit nähte, hatte sauber zu bleiben und durfte nicht von Dornen oder Hinfallen zerrissen werden. Ihre gewissenhafte Hausaufgabenbetreuung hatte zu guten Noten zu führen. Bei ihrer Rückkehr vom Besuch im Lazarett wartete ich sehnsüchtig darauf, dass sie mir, vielleicht mit einer Umarmung, einen Gruß von Vater ausrichtete. Doch wir konnten beide die unsichtbare

Schranke zwischen uns nicht überwinden, und es hätte mich nur in Verlegenheit gebracht. Auf lange Sicht erklärte ich mir unsere Reserviertheit mit der einfachen Tatsache, dass die Pöhlmanns – wie vielleicht die meisten Deutschen – ihre Gefühle nur ungern offen zeigten.

Nach seinem Lazarettaufenthalt im Frühjahr 1941 kehrte Vater wieder zu seiner jetzt im Loire Tal stationierten Einheit zurück. Das besetzte Frankreich war keine besonders gefährliche Gegend, doch als Hitler am 22. Juni 1941 der Sowjetunion den Krieg erklärte, lebte Mutter mit der täglichen Sorge, Vaters Einheit könnte an die Ostfront verlegt werden. Mit ihren Ängsten wuchsen, wie immer, auch die meinen, und mit der Nachricht von der Ausweitung des Krieges auf den Osten wurde die Stimmung unter den Frauen Berchtesgadens viel düsterer. Daran änderte auch die Propaganda nichts, die Hitler auf die leichtgläubigen Deutschen niederregnen ließ. Allmählich dämmerte es den Leuten, dass dieser Krieg länger dauern könnte, als sie anfangs gedacht hatten.

Mutters Freundinnen, deren Männer bei der Wehrmacht waren, schlossen sich enger zusammen. Sie gaben diesem Freundesbund keinen Namen, und doch bildeten sie eine zwar informelle, aber äußerst nützliche Selbsthilfegruppe, die während des ganzen Krieges Freud und Leid miteinander teilte. Tante Susi, Marianne, Sophie oder Nanni kamen abends regelmäßig bei uns vorbei. Die Frauen beugten sich über ihre Näh-, Strick- oder Flickarbeiten und sprachen dabei über die Feldpostbriefe, die sie erhielten und in denen, soweit erlaubt, Berichte über künftige Einsatzorte, Beförderungen und das allgemeine Wohlergehen ihrer Männer standen. Sie seufzten und schüttelten den Kopf, wenn sie Hitlers Kriegspläne zu ergründen suchten oder sich fragten, wann ihre Männer wohl wieder nach Hause kommen würden. Auch Onkel Hans war inzwischen schon längst eingezogen worden, und jedes Mal, wenn die Briefträgerin – einen Briefträger gab es nicht mehr – Post von ihm oder von Vater brachte, war meine Mutter den ganzen Tag lang bei guter Laune, was sich natürlich auch auf uns auswirkte.

Die Schulferien hatten noch nicht begonnen, doch endlich war es auch in Berchtesgaden Sommer geworden, und selbst auf den höchsten Bergen schmolz jetzt der Schnee. Eine Invasion von Besucherinnen nutzte das kostenlose Quartier bei uns, und das bedeutete, dass ich mit Ingrid ins elterliche Schlafzimmer umzog, während Tante Emma aus Selb, Cousine Erna Bieser aus Wiesbaden und unsere geliebte Tante Emilie abwechselnd mein kleines Zimmer bewohnten oder auf dem Sofa im Wohnzimmer schliefen. Zahlende Gäste, die unsere Einkünfte aus Vaters Sold aufbesserten, wurden immer seltener, denn die Reiseauflagen für Durchschnittsbürger, die ein solches Zimmer mieten konnten, waren inzwischen sehr streng. Nach einigen Wochen mit ununterbrochener Anwesenheit von Besuchern vermisste ich allmählich das Fenster über meinem prächtigen weißen Erwachsenenbett, das mein Großvater für mich gemacht hatte, zusammen mit einem dazu passenden Wäscheschrank, in dem ich meine eigenen Fächer hatte. Gleichzeitig genoss ich aber auch die Aufregung und Abwechslung, die unsere diversen Besuchergruppen ins Haus brachten, die kleinen Geschenke, die meist aus jetzt seltenen Süßigkeiten bestanden, und auch die Geschichten, die sie zu erzählen wussten.

Tante Emilie war eher eine Spaziergängerin als eine Freundin von Bergwanderungen, also bot sie sich als Babysitterin an, während meine Mutter, Tante Emma und Trudi zu einer Tour über den Hohen Göll und das Hohe Brett aufbrachen, bei der sie unterwegs übernachteten. In Dirndlkleidern und mit Rucksäcken machten sich die drei Frauen frohgemut auf den Weg zum Purtschellerhaus, einer Alpenvereins Hütte am Anfang des Göll-Klettersteiges direkt an der österreichischen Grenze. Am nächsten Tag bewältigten sie gleich zu Beginn mühelos eine exponierte Stelle auf dieser Bergtour und setzten ihren Weg fort über schmale Grate, steile, breite Abhänge und ein paar übriggebliebene rutschige, nasse Schneefelder Sie waren in guter körperlicher Verfassung und bei allerbester Laune, genossen die Schönheit der Berge und vergaßen darüber für kurze Zeit die Sorgen des Krieges und das Leben im Tal. Auf genau dieser Route war Mutter mit Vater während seines Heimaturlaubs gewandert, und sie übernahm jetzt die Führung. Sie erinnerte sich an jede Richtungsänderung bei ihrem Gang mit Vater, berichtete ihren Freundinnen, wo sie Rast gemacht und sich ausgeruht hatten, und sie wusste auch noch die Orte, wo Vater auf seinem kleinen Zeichenblock ein paar Blumen skizziert hatte. »Es war, als ob Max an jenem Tag bei uns gewesen wäre«, sagte Trudi später. »Wir redeten nicht über Politik oder den Krieg, wir sangen und lachten und erinnerten uns gegenseitig an die alten Zeiten.« Natürlich gab es keinen Bus, keinen Sessellift und kein Auto, das den langen Heimweg verkürzte. Die drei Frauen kamen ziemlich spät zurück, sie waren erschöpft und gingen gleich zu Bett.

Am nächsten Tag war wieder herrliches Sommerwetter. Beim Aufwachen hörte ich das uralte Geräusch rhythmisch mähender Sensen, die auf einem Abhang oberhalb von Haus Linden durch das Gras fuhren. Ich atmete tief ein, um den intensiven Duft einer frisch gemähten Wiese zu genießen. Ich wusste, dass es die Bäuerinnen in ihren langen Röcken waren, die jetzt die Heuernte anstatt der Männer übernehmen mussten. Später hörte ich dann die Hammerschläge des alten Rasp Muchei, der die Sensenblätter für den nächsten Tag dengelte und schliff. Das waren die vertrauten, beruhigenden Geräusche und Gerüche eines Sommertages, die uns in der trügerischen Sicherheit wogen, in unseren Bergen sei alles in Ordnung. In der Küche plapperte Mutter mit meiner pummeligen kleinen Schwester in der Kindersprache und heizte rasch den Küchenherd an, um unseren Haferflockenbrei fürs Frühstück zu bereiten. Sie erzählte mir: »Oben auf den Bergen ist es gerade erst Frühling geworden, die Schusternäglein, ein tiefblauer Frühlingsenzian, blühen neben den letzten Schneeresten.« Ich sagte: »Wir sollten Vater ein paar Blumen nach Frankreich schicken.« Meine Mutter meinte, sie würden auf der langen Reise mit der Feldpost wohl nicht frisch bleiben. Für dieses Problem wusste ich keine Lösung.

Wie an jedem anderen Schulmorgen auch packte ich meine Hausaufgabe – hübsche Buchstabenreihen auf der Schiefertafel mit dem Holzrahmen – und meinen Setzkasten in den gebraucht gekauften ledernen Schulranzen. Vater hätte sicher gefallen, dass ich die Buchstaben so sorgfältig aufgereiht hatte. Sie standen da wie Soldaten, denn die spitze deutsche Schrift, die wir noch lernten, verlangte förmlich nach solcher Ordnung. Der feuchte Schwamm, mit dem die Schiefertafel gewischt wurde, und ein gehäkelter Lappen zum Trocknen der Tafel baumelten an Schnüren von meinem Schulpack. Ich wartete, bis Trauderl, Walli und Dori, die weiter oben am Berg wohnten, am Küchenfenster vorbeikamen, um mich abzuholen. Mit leuchtenden Gesichtern, tanzenden Zöpfen und unter lautem

Gelächter hüpften wir in den Wald hinein und machten uns auf den täglichen Weg zur Grundschule Salzberg, der hinunter ins Tal, über die Ache und auf der gegenüberliegenden Seite wieder bergan führte. Einen Augenblick lang hielt ich immer heimlich an, und suchte im lehmigen Holzziehweg, den wir überquerten, nach den vielleicht noch vorhandenen Abdrücken der klobigen Nägel auf Vaters Schuhsohlen. Manchmal formte ich die imaginären Umrisse mit meinen Fingern und empfand eine tiefe Zufriedenheit bei dem Gedanken, dass ich die Einzige war, die um diese Stelle wusste.

Unser Schultag endete um ein Uhr nachmittags, aber an dem Tag, an dem der katholische Religionsunterricht auf die letzte Stunde fiel, durfte ich schon eine Stunde früher zum Mittagessen nach Hause gehen. Auf meinem Weg bergab überquerte ich zunächst ein Bahngleis und den langsam dahinfließenden, tiefen Mühlbach, der die Turbinen des örtlichen E-Werks antrieb. An der Steinbrücke über die Ache winkte ich dem SS-Posten zu, der vor seinem Wachhäuschen stand. Er nickte und winkte mich lässig durch, und ich begann meinen Weg bergauf. Unmittelbar vor mir sah ich Trudi auf dem ersten, steilen Straßenstück gehen. Sie war auf dem Heimweg vom Gymnasium und begleitete Onkel Peppi, ihren Vater, der in der Holzschnitzerwerkstatt Zechmeister arbeitete und zwei Stunden Mittagspause hatte. Ein ernstes Herzleiden hatte bisher verhindert, dass er eingezogen wurde. Er war ein ziemlich griesgrämiger Mensch, der meist wenig sagte, dafür aber finster dreinsah, wenn Ingrid und ich bei einem unserer Besuche im ersten Stock zu laut waren.

»Ich habe einen goldenen Stern im Rechtschreiben bekommen«, begann ich etwas atemlos, als ich die beiden einholte.

»Und meine Lehrerin hat gesagt, dass die Sommerferien in zwei Wochen anfangen. Sie hat Wolfgang Stössl heute mit dem dünnen Rohr gehauen, nicht mit dem dicken. Sie haut ihn immer, weil er seine Hausaufgaben schlampig macht.« Ich stutzte, weil die beiden weder antworteten noch Fragen stellten. Es herrschte betretenes Schweigen, und das verwirrte mich. Die beiden machten besorgte Gesichter und vermieden jeden Blickkontakt mit mir. Ich hörte mit dem Geplapper auf, ging ebenfalls schweigend vor mich hin und beschloss, die ernsten Mienen und das Einander-Zunicken als eine dieser unerklärlichen Launen hinzunehmen, in die Erwachsene gelegentlich verfielen.

Wir gingen schweigend den Berg hinauf, bis das Haus Linden in Sicht kam. Ich sah meine Mutter in der Tür stehen. Sie sah elend aus, wie vernichtet. Und dann sagte sie mit tonloser, kaum hörbarer Stimme: »Vati ist tot.« Das verstand ich nicht. Was meinte sie damit? Nicht meinen Vati, nicht unseren Vati! Tot? Mutter ließ mich stehen und ging in ihr Schlafzimmer, wo sie einige endlos scheinende Tage lang blieb, ununterbrochen weinte und von niemandem zu trösten war. Ich weiß nicht mehr, was ich an jenem Nachmittag tat, aber ich erinnere mich, dass mir Tante Emilie sagte, am Morgen sei ein amtlicher Kurier mit einem schwarzen Motorrad am Haus Linden vorgefahren. Er gab Mutter ein Telegramm, in dem ihr mitgeteilt wurde, dass mein Vater am 5. Juli 1941 in Frankreich für den Führer gefallen sei.

Tante Emilie blieb einige Tage bei uns und half meiner Mutter bei der Auswahl von Trauerkleidern, und Tante Susi und Trudi sorgten für uns. Jedes Mal, wenn eine der beiden mit dem großen Keramikkrug aus Mutters Schlafzimmer kam, um frisches Wasser für die Waschschüssel auf der Kommode zu holen, dachte ich, dass sie mit diesem Gefäß die Tränen forttrugen, die Mutter geweint hatte. So stand es auch in Das Tränenkrüglein, einer Geschichte aus meinem Zweitklässler-Lesebuch. Ich war mir ziemlich sicher, dass Vaters Geist friedvoll und ganz in der Nähe durch die Lüfte schwebte, zwischen den schnee- und eisbedeckten Berggipfeln, wo sich ihm Mutter eines Tages anschließen und wo ich ihn immer finden würde. Ich wünschte mir inbrünstig, dass Mutter jetzt mit dem Weinen aufhören und aus ihrem Schlafzimmer kommen würde.

Als sie dann schließlich wieder zu uns kam, zog sie meine kleine Schwester auf ihren Schoß, hielt sie ganz fest und kämpfte erneut mit den Tränen. Plötzlich begriff ich, dass ich mit sie-

Der Sarg meines Vaters in der Begräbniskapelle, unmittelbar vor der Beisetzung mit militärischen Ehren auf einem Soldatenfriedhof in Frankreich.

ben Jahren ganz plötzlich zur »älteren Tochter« geworden war, die Verantwortung trug und ihrer Mutter künftig eine Stütze sein sollte, ohne Schwäche zu zeigen. Also bemühte ich mich, nicht zu weinen, und schluckte dabei heftig. Meist hatte ich auch Erfolg, doch es gab Ausnahmen, wenn scheinbar bedeutungslose Dinge ganz plötzlich zu hemmungslos fließenden Tränen führten: ein Lied, eine Wolke über einem Berg und vor allem Blumen, die mein Vater gemalt und gezeichnet hatte. An dem Tag, an dem ich von Vaters Tod erfuhr, änderte sich meine Lebenseinstellung ganz und gar. Ich hatte erkannt, dass man niemals darauf bauen konnte, dass ein guter Tag auch ein guter Tag blieb. Jetzt dachte ich: Ein guter Tag führt unvermeidlich in eine Katastrophe, und ich muss stets aufs Schlimmste gefasst sein. Jetzt war das Glas halbleer.

Bis zu diesem Zeitpunkt des Krieges waren im Vergleich zu den kommenden Kriegsjahren noch nicht so viele deutsche Soldaten getötet worden, und es gab ein paar Fragen, wie denn mein Vater sein Leben verloren hatte.

Die offizielle Erklärung lautete, es sei ein – von niemandem beobachteter – Badeunfall in der Loire gewesen, doch immer wieder waren Gerüchte zu hören, die französische Widerstandsbewegung habe ihn getötet. Nach dem Fotoalbum zu urteilen, das seine Kameraden meiner Mutter schickten, erhielt er jedenfalls ein Heldenbegräbnis im fernen Frankreich. Die Menschen in Berchtesgaden reagierten auf zweierlei Art auf seinen Tod: unsere Freunde, Verwandten und Nachbarn mit Trauer und Mitgefühl, die Nazifunktionäre aus unserem Alltagsleben dagegen mit ebenso schwülstigen wie belanglosen Beileidsbezeugungen. Herr Adler, der Chef meines Vaters, der aus unerfindlichen Gründen nicht eingezogen wurde, kam einige Tage nach der Todesnachricht in SA-Uniform zu uns – ganz Funktionär – und sagte in seiner schmierigen Art zu meiner schwer geprüften Mutter: »Kopf hoch, Frau Paul, Kopf hoch. Er starb für den Führer.«

Zweifel an den Nazis und an unserem Führer hatten bereits Tante Emilie, die Reitlechners und mein Großvater genährt, doch wenn ich einen Augenblick benennen müsste, in dem diese Zweifel fest in meinem ziemlich kritischen Kopf verankert wurden, denn wäre das dieser Besuch von Herrn Adler. Er hatte kein Recht und auch keinerlei Grund, meiner Mutter ihre tiefe Verzweiflung auszureden. Und außerdem: Hätte er uns nicht mindestens eines der Porzellanstücke schenken können, die mein Vater bemalt hatte und die zweifellos noch in seinem Atelier lagerten? Von diesem Tag an habe ich Herrn Adler nie mehr gemocht.

Auch ich erhielt eine Lektion in Heroismus, eine Belehrung, wie man ein Opfer zu ertragen und den Kopf hochzuhalten hatte. Fräulein Stöhr, meine Lehrerin, war eine fanatische Nationalsozialistin. Am Tag, nachdem wir die Todesnachricht erhalten hatten, befahl sie mir, vor die versammelte Klasse zu treten und meinen Mitschülern zu sagen, wie stolz ich sei, dass mein Vater sein Leben für den Führer hingegeben hatte. Da stand ich nun vor einhundert Kindern, mein Gesicht brannte, und mein verwundetes Herz klopfte heftig. Ich ballte die Fäuste, schluckte schwer und war entschlossen, nicht zu weinen und meine Gefühle auch nicht auf irgendeine andere Art zu zeigen. Ich verdrängte jegliches Gefühl, als ich sprach, ja ich rang mir sogar ein Lächeln ab und sagte: »Ja, gestern erfuhren wir, dass mein Vater in Frankreich für den Führer gestorben ist. Heil Hitler.«

Mein Gesicht war tiefrot, doch mit einer großen Kraftanstrengung ging ich ruhig zu meinem Platz zurück. Niemand sagte ein Wort zu mir. Trauderl und Else gaben sich alle Mühe, jeden Blickkontakt zu vermeiden, und begegneten meiner vorgetäuschten Gleichgültigkeit mit einem verlegenen Lächeln. Sie waren erleichtert, als ich mich in der Pause an einem ihrer Schulhofspiele beteiligte, und hofften, dass jetzt alles wieder so sei wie zuvor.

Trudi sagte mir, dass Mutter, eine außerordentlich ergebene Ehefrau, noch Jahre später heimlich den Tod von Max beweinte. Er war die Liebe ihres Lebens. Das Tagebuch meiner Mutter bestätigt dies. Doch mit Ausnahme jener ersten Wochen intensiven Schmerzes verbarg sie ihren Kummer tapfer vor uns, im vergeblichen Bemühen, uns vor einem großen Teil der täglichen, allgegenwärtigen Kriegsnachrichten, später auch um uns vor der Verzweiflung über den Krieg zu beschützen.

In anderer Hinsicht wenigstens ging es uns noch gut. Es herrschte kein akuter Mangel und Mutter erhielt noch genug Lebensmittelmarken, um unseren stetig größer werdenden Appetit zu stillen. An den Marktständen gab es immer noch Obst und Gemüse, bei den Metzgern im Markt nach wie vor auch Fleisch für den Sonntagsbraten. Die Schlangen vor der Bäckerei wurden länger, doch im Normalfall bekamen alle, die dort anstanden, für die korrekte Anzahl roter Marken auch einen Laib Brot. Die Marken für Fleisch waren blau, die für Molkereiprodukte weiß. Ein großer Teil meiner Fertigkeiten in den Grundrechenarten ergab sich aus dem Umgang mit den Marken. Ich addierte oder multiplizierte die angegebenen Mengen, bis ich ein Pfund oder ein Kilo von den Dingen beisammenhatte, die auf meiner Einkaufsliste standen. Und ich vergewisserte mich stets, dass der Händler auch nicht eine Marke zu viel abschnitt.

Der Heldengedenktag wurde 1941 wie jedes Jahr am 9. November gefeiert, am gleichen Tag und im gleichen Monat, an dem es 1938 zur Kristallnacht gekommen war. Jetzt war Vater ein im Krieg gefallener Held, und Mutter und ich mussten an der offiziellen Gedenkfeier teilnehmen, die vor dem Kriegerdenkmal auf dem Schlossplatz stattfand. Die Soldatenwitwen, eine größer werdende Gruppe, trugen ein ganzes Jahr lang Trauerkleidung. Zu diesem Anlass war Mutter von Kopf bis Fuß in tiefstes Schwarz gekleidet, und über ihren Hutrand hing ein langer, schwarzer Schleier. Diese düstere Aufmachung schien zu den Gedanken zu passen, die uns an jenem elendiglich kalten und feuchten Herbsttag beschäftigten: Es waren schwarze,

Der Schlossplatz in Berchtesgaden im Fahnenschmuck bei einer Abendveranstaltung der NSDAP.

trostlose Gedanken, denn wir wussten, dass unser Verlust endgültig und unermesslich war. Max Paul lag im Feindesland, in einem Grab, das wir nicht besuchen, an dem wir nicht einmal einen Trauerkranz aus Tannenzweigen niederlegen konnten. Der Mann, den wir beide so zärtlich liebten, war nur noch ein Name auf der immer länger werdenden Liste der Gefallenen. Denn die Deutschen Soldaten kämpften inzwischen auch in Russland.

Ich zog meinen grauen Lodenmantel enger, schlug die Kapuze hoch und betrachtete – eine nach der andern – die Fassaden der Gebäude, die den Schlossplatz bildeten. Der überwältigendste Anblick war die große Zahl sich im Winde blähender roter Fahnen, die im weißen Kreis das schwarze Hakenkreuz zeigten. Mir fiel auf, dass nur die Kirche frei von Hakenkreuzfahnen war. Als mein Blick einen Moment lang auf die Rundbögen des Eingangs und deren spitze Verzierungen fiel, hörte ich sehr deutlich die Stimme meines Vaters: »Merk dir: Gotische Bögen sind immer spitz, romanische Bögen sind rund.« In diesem Augenblick rückten die goldenen Zeiger der großen Uhren auf den beiden Glockentürmen vor, und es schlug zur vollen Stunde. Das war ganz bestimmt Vater, der mir ein Zeichen sandte, dass er bei mir war.

Ich besah mir immer noch den Bogen und war mir nicht ganz sicher, welcher Stil das nun war. Doch die Stimme erklang kein zweites Mal. Enttäuscht sah ich rasch über die schlichte Fassade des L-förmigen Königlichen Schlosses hinweg und betrachtete statt dessen das faszinierende, seltsame Denkmal zum Ersten Weltkrieg. Es zeigte scharf umrissene, aber klobige – und nach meinem Eindruck höchst realistische – Fresken mit Kriegsszenen an der Arkadenmauer. Unter einem großen Kruzifix zogen

Soldaten mit Stahlhelmen und Gewehren in den Krieg, Frauen und Kinder bleiben traurig und gefasst zurück. Genau wie heute, dachte ich.

Vaters Name war auf einer der Marmortafeln eingemeißelt, die das seitlich an der Salzbergschule angebrachte Kriegerdenkmal schmückten. »Ich mag Vaters Namen nicht auf dieser Mauer sehen. Es ist so schlimm, dass er dort steht«, sagte ich jedes Mal zu Mutter, wenn sie einen Augenblick lang davor verharren wollte. Ich wollte sie nicht mit diesem traurigen Gesicht sehen, mit dem Gesicht, das mich ganz krank machte. Und doch nannte ich voller Stolz den Namen meines Vaters vor Klassenkameraden, Verwandten und Freunden, um ihnen zu zeigen, dass meine Familie in diesem Krieg ein Opfer gebracht hatte.

Die Gedenkfeier auf dem Schlossplatz begann mit dem Singen des Deutschlandliedes, auf das sofort das Horst-Wessel-Lied folgte, mit dem abermals der Marsch auf die Münchener Feldherrnhalle am 9. November 1923 verherrlicht wurde. Wir sangen beide Lieder mit Inbrunst und hoben dazu den rechten Arm zum korrekten Hitlergruß. Irgendwann während des zweiten Liedes tat mir der rechte Arm weh und wurde bleischwer. Nur mit einem raschen, von niemand bemerkten Wechsel zum linken Arm hielt ich bis zum Ende durch. Schließlich setzten wir uns, und der Gauleiter und andere Parteigrößen, unter denen (ich erinnere mich nicht mehr genau) vielleicht sogar ein SS-Offizier war, hielten Ansprachen, in denen es von gewichtigen Phrasen nur so wimmelte, von »tapferen deutschen Soldaten«, »deutschen Helden«, »deutschem Vaterland«, »deutschem Blut« und »deutscher Ehre«, von »deutschen Frauen«

war die Rede und von »unserem Führer Adolf Hitler«, von »eurem Opfer« und dem »dankbaren Vaterland«, und auch von »Tod dem Feind«.

Die Namen der Gefallenen wurden laut vorgelesen, doch falls ein Kranz niedergelegt worden ist, ich habe es verpasst. Ich wurde unruhig, und das Weinen und Schneuzen der Frauen um mich herum war mir unangenehm. Zum Abschluss wurde das traurige, gefühlsbeladene Lied gespielt, das meinen Großvater jedes Mal zum Weinen brachte, wenn er es hörte: »Ich hatt einen Kameraden / Einen bessern fandst du nicht.«

Ich wusste: Dieses Lied brachte mich ans Ende meiner Kräfte, und zu meinem großen Kummer fiel ich in das Schluchzen und Weinen der Frauen ein, obwohl ich versuchte, den Gefühlsausbruch zu unterdrücken, indem ich mein Taschentuch auf den Mund presste. Mutter streichelte mir über den Kopf, und nachdem sie noch einigen anderen Frauen und ein paar Politikern die Hand gegeben hatte, machten wir uns auf den Heimweg. Wir gingen den Berg hinauf, von dem aus der Führer nach wie vor das Denken, die Gefühle und das Schicksal von Millionen und Abermillionen Menschen bestimmte und manipulierte. Auch ich gehörte zu diesen Menschen.

An Heiligabend in jenem traurigen Jahr, bevor wir die Tür zum Wohnzimmer öffneten, wo trotz allem der hellerleuchtete Christbaum stand, und bevor die Reitlechners zum gemeinsamen Singen und Bescheren kamen, sagte Mutter: »Jetzt wollen wir erst hinausgehen und an Vati da oben bei den Sternen denken.« Es war eine bitterkalte, sternenklare Nacht, und weicher Pulverschnee hüllte die Landschaft ein und nahm ihr alle Ecken und Kanten. Ich konnte mir Vater nicht dort oben vorstellen, irgendwo zwischen diesen Lichtpunkten am schwarzen Nachthimmel. Ich wusste, dass er uns sehr viel näher war, hier in unseren Bergen. Ich stand nur stocksteif da und dachte: Wenn ich jetzt anfange zu weinen, kann ich nie wieder aufhören. Es war ein unnützer, sentimentaler Auftritt, der mir außerordentlich wehtat, und ich war froh, als wir wieder hineingingen. Inzwischen hasste ich so viele Dinge, selbst diesen Teil des Heiligabends.

Ein großer, rätselhafter, brauner Pappkarton lag unter dem Baum und drängte uns, »Stille Nacht« zu Ende zu singen, damit wir auspacken konnten. Zu unser aller Erstaunen stammte dieses Geschenkpaket ausgerechnet von Emmy Göring, der Frau des Reichsmarschalls Hermann Göring, der mit seiner Familie in der Nähe des Berghofs auf dem Obersalzberg lebte. Behutsam entfernten wir das feine, weiße Seidenpapier, in dem zwei wunderschöne, in Frankreich hergestellte Babypuppen steckten. Sie trugen rosa Kleider, rosa Spitzenhäubchen und seidene Söckchen. Die blauen Augen in diesen süßen Puppengesichtern öffneten und schlossen sich. Die Erwachsenen trauten ihren Augen kaum, und Ingrid und ich quiekten vor Vergnügen und verliebten uns sofort in diese Puppen. Uns interessierte kaum, was sonst noch in der Schachtel war. Mutter sah genauer nach und fand je einen Wintermantel und ein Winterkleid für uns beide. Sie passten wie angegossen, was darauf schließen ließ, dass sich jemand nach unserem Geburtsdatum erkundigt hatte, damit auch die passenden Größen geliefert wurden. Mein Mantel war aus einem unglaublich weichen marineblauen Wollstoff gefertigt und hatte einen breiten Saum, der dann Jahr für Jahr etwas weiter ausgelassen wurde, bis er mir schließlich an allen Enden zu klein war. Dann war da noch ein moosgrünes Bleyle-Strickkleid. Das Oberteil war mit Stickereien verziert, ein

Gürtel betonte die Taille, als ob ich eine erwachsene Frau wäre. Ingrids Kleid war dunkelblau, hatte eine bestickte Schulterpartie und hing lose am Körper herab. Sie sah süß darin aus, und mich überkam der Neid, denn meine Lieblingsfarbe war blau, nicht grün. Mutter erfuhr bei ihren Nachforschungen, Frau Göring habe den Entschluss gefasst, dass alle Kinder, die in dieser ersten Kriegsphase den Vater verloren hatten, ein nachbarliches Geschenk von ihr erhalten sollten. Allerdings erfuhr ich nie, ob sie diese Geschenke aus eigener Tasche bezahlte oder einfach nur als Kriegsbeute aus dem besetzten Frankreich bezog.

Zu Ehren von Frau Göring nannten wir unsere Puppen Emmy und Edda (so hieß ihre kleine Tochter). Die Geschenke bestätigten uns, dass unser Vater tatsächlich für eine bedeutsame Sache gestorben war, und dass dies von sehr bedeutenden Menschen auch anerkannt wurde. Dennoch war das nur eine ganz besondere Art der Bestechung. Mein Vater hatte in der Wehrmacht nur einen untergeordneten Dienstgrad gehabt, und Ingrid und ich waren noch so jung. Es gab also keinen Grund für besondere Anstrengungen zur Sicherung unserer Loyalität. Wir Kinder wurden Tag für Tag ohnehin wie selbstverständlich indoktriniert. Mutter erlaubte uns nur an Sonntagen mit den Göring-Puppen zu spielen. Sie legte sie stets sehr vorsichtig in die Schachtel mit dem weißen Seidenpapier zurück, die anschließend wieder auf dem großen, von Großvater nach damaliger Mode in einem braun und dunkelorange geflammten Stil lackierten Schlafzimmerschrank verstaut wurde. Bis zum heutigen Tag warten die Göring-Puppen auf dem Dachboden des Hauses, in das wir nach dem Krieg zogen, auf neue Spielgefährten. Allerdings hat man mir berichtet, die Augen meiner Puppe Edda seien nach innen gefallen, in den hohlen Zelluloidkopf.

1941 war das Jahr, in dem meine Welt in Stücke ging. Als die Naziherrschaft beendet war, hatten Millionen und Abermillionen Menschen unvorstellbare Qualen erlitten, in den Konzentrationslagern, auf den Schlachtfeldern, in großen und kleinen Städten und in Dörfern. Mindestens 50 Millionen Tote waren am Ende zu beklagen. Wie überlebt man einen solchen Verlust, einen solchen Schmerz? Ich weiß nur, dass die Erwachsenenwelt der Gewaltherrschaft, der Trauer und des Opferns für mich – vielleicht auch für die meisten anderen Kinder – nur einen Teil der Erfahrungen aus jener Zeit ausmachte, denn da war trotz allem unsere kindliche Fähigkeit und unser Drang, ins Spielen und in die Welt der Phantasie zu flüchten und unsere Unschuld zu bewahren. Wie es in der Welt der Erwachsenen aussah, spielte dabei keine Rolle. Ob die Göring-Puppen nun als Anerkennung für ein furchtbares Opfer gedacht oder nur ein Bestechungsversuch waren, mit dem unsere faschistische Überzeugung gefestigt werden sollte in Vorbereitung auf neue Leiden: Für Ingrid und mich waren das einfach nur wunderbare, luxuriöse Geschenke, mit denen wir glückliche, der Welt entrückte Stunden verbrachten.

Viele Jahre später fand ich in Mutters Tagebuch eine Passage, die sich an meinen toten Vater richtete: »Mein lieber Max, ich wünschte, Du könntest deine beiden kleinen Mädchen sehen, wie sie in ihrem geheimen Haus unter dem Nähtisch glücklich miteinander spielen. Sie sind Kinder, selbst in dieser furchtbaren Zeit.«

Neuntes Kapitel

Die Schule hassen lernen

Die Schule war der ernste Teil des Lebens, und sie war nicht dazu da, ein Kind glücklich zu machen. Von dem Tag an, an dem mich Mutter in Fräulein Stöhrs Gewalt gab, war offensichtlich, dass diese Frau eine fanatische Nationalsozialistin war, eine bedingungslose Hitlerverehrerin und auch Sadistin. Sie war mit Sicherheit nicht Lehrerin geworden, weil sie gerne mit Kindern arbeitete, sondern weil sie Kinder tyrannisieren wollte. Die Nazidoktrin, die vorsah, dass Kinder ganz und gar nach den Geboten des Führers erzogen werden sollten, fesselte und begeisterte sie. Ich war an Ostern 1940 eingeschult worden, doch weil Hitler wenig später den Schuljahresanfang auf den Herbst verlegte, wurde mein zweites Schuljahr bis dahin verlängert.

Der Krieg war jedenfalls bereits zu Lasten des Schul- und Materialbudgets gegangen, und es fehlte besonders an Lehrern, denn die meisten waren eingezogen worden. Eine Konsequenz aus dieser Situation war, dass einhundert Kinder aus drei verschiedenen Klassenstufen in die Klauen von Fräulein Stöhr gerieten. Wir wurden in ihrem öden, weiß gestrichenen Klassenzimmer zusammengepfercht und lernten dort in dumpfer Routine das Lesen, Schreiben und Rechnen. Dazu kamen noch etwas Heimatkunde, Erdkunde und Handarbeit für die Mädchen.

Der Lehrplan sah zwar keinerlei »politische Erziehung« vor, doch Fräulein Stöhr nutzte jede Gelegenheit, die sich ihr bot, zur Indoktrination: den Tod meines Vaters, Hitlers Geburtstag, gute oder schlechte Nachrichten von der Front oder den Besuch eines prominenten örtlichen Nazis. Die Naziführer, die auf dem Obersalzberg lebten, kamen nicht in die Schule, um zu uns zu sprechen. Sie verbreiteten ihre Parolen lieber über das Radio oder vor einer Zuhörerschaft, die Millionen zählte, doch wir mussten nur aus dem Fenster schauen, wenn wir uns ihrer Nähe versichern wollten. Auf dem Gipfel des Kehlsteins sahen wir die seltsam eckigen, doch im Gesamteindruck runden Umrisse des Kehlsteinhauses, hellgrau und kahl, wie eine Himmelsburg. Durch die großen Fenster drang Abend für Abend Licht nach außen, und der kalte Schein war auch bei dichtem Nebel zu erkennen. Vater hatte gesagt, es sei schade, dass ich den samtschwarzen Nachthimmel nie ohne dieses Licht erleben würde, doch mittlerweile beachtete kaum noch jemand dieses allzu vertraute, unnatürliche Funkeln. Wenn Hitler anwesend war, flatterte unmittelbar neben dem Kehlsteinhaus die Hakenkreuzfahne im Wind, die wie ein dünner, dunkler Fetzen aussah. Hitler mochte das Kehlsteinhaus, das ein Geburtstagsgeschenk von Bormann darstellte, eigentlich gar nicht und hielt sich nur wenige Male dort auf. In großen Höhen fühlte er sich unwohl. Auch für den Empfang hochrangiger ausländischer Gäste, die man – das war die ursprüngliche Absicht – mit einem Besuch auf dem Kehlsteinhaus beeindrucken wollte, zog er statt dessen den Berghof vor.

Fräulein Stöhr begann jeden Morgen pünktlich um acht Uhr die Arbeit mit einer Klasse, während die anderen beiden Klassenstufen Stillarbeit zu erledigen hatten. Meist widmete ich den Geschichts- und Erdkundestunden der Drittklässler unwillkürlich mehr Aufmerksamkeit als meiner eigenen Arbeit. Sie bestand aus perfekt aneinandergereihten, auf die Schiefertafel zu schreibenden Buchstaben, dem Bilden eines einfachen Satzes mit Hilfe des Setzkastens oder aus einfachen Rechenaufgaben, die in übersichtlichen Fünferblöcken angeordnet sein mussten. Meistens erledigte ich meine Aufgaben ordentlich, sodass die Zeugnisnoten über dem Durchschnitt lagen. Alle sechs Monate musste ich sie meiner Mutter zur Unterschrift vorlegen. Das dünne Heftchen war, so stand es auf der Titelseite, ein lebenslang gültiges, offizielles und unveränderliches Dokument, und es bot Platz für die Zeugnisse von acht Jahren an der Volksschule. Als Religion war bei mir gottgläubig angegeben, die Staatsangehörigkeit war natürlich deutsch, und außerdem war noch vermerkt, dass ich deutschen Blutes war.

Hitler verachtete den Intellektualismus und verherrlichte körperliche Tüchtigkeit. An der Grundschule Salzberg drohte keinerlei Gefahr durch eine Überbetonung des Intellekts, doch auch die Körperertüchtigung wurde nicht besonders gefördert. Wir hatten nur eine Stunde Turnen pro Woche, und davon ging noch die Zeit ab, die wir brauchten, um in der Umkleidekabine der miefigen Gemeindeturnhalle in der Nähe der Schule unsere kurzen schwarzen Hosen an- und auszuziehen. Unsere gebirgige Heimat bot uns allerdings genug Möglichkeiten, unsere Kraft und Ausdauer zu erproben.

Die Notenskala reichte von 1 sehr gut bis 6 ungenügend, bewertet wurden – in dieser Reihenfolge – Betragen, Mitarbeit, Leibesübungen, Deutsch, Heimatkunde, Musik, Handarbeit und Rechnen. Die handschriftlich festgehaltenen Schulnoten mitsamt den dazugehörigen Unterschriften rufen mir heute noch jeden Lehrer, jede Lehrerin, Schulkameraden, Katastrophen und Siege ins Gedächtnis, die mit diesen ersten Schuljahren verbunden sind. Preußischer Gehorsam, Ordnung und

Disziplin sowie die blinde Unterwerfung unter die Ideologie des Nationalsozialismus waren die zweifelhaften Stärken von Fräulein Stöhr. Für ihre Überzeugungsarbeit benutzte sie auch zwei Haselruten, eine dicke und eine dünne. Von beiden machte sie bereits bei kleinen Vergehen großzügigen Gebrauch, und wir führten endlose Diskussionen über die Frage, welche der beiden Ruten mehr schmerzte, wenn sie auf unsere ausgestreckte Hand niederging.

Es sah so aus, als hätte es schon sehr früh eine Trennung in zwei Gruppen von Kindern gegeben. Die kleinere Gruppe bestand aus Neuankömmlingen wie mir, die – obwohl am Ort geboren – nicht als Einheimische galten. Die meisten von uns waren evangelisch und sprachen zunächst einmal Hochdeutsch, der bayerische Dialekt kam erst an zweiter Stelle. Zur anderen, weitaus größeren Gruppe gehörten die Kinder der alteingesessenen katholischen Familien, der Handwerker, Bauern, Ladenbesitzer, Arbeiter und Bergleute, die schon seit Jahrhunderten in diesem Tal lebten. In Fräulein Stöhrs Klassenzimmer sollten wir – wie in allen anderen Klassenzimmern auch – Hochdeutsch sprechen. Das war ein schwieriges Unterfangen für einheimische Kinder, die mit der Berchtesgadener Variante des bayerischen Dialekts aufwuchsen, einer Sprachform, die Fräulein Stöhr verachtete. Hitler gefielen die braunen Augen und die dunkle Haarfarbe nicht, die in diesem Tal vorherrschten, er vermutete einen unerwünschten italienischen, ja sogar slawischen Einfluss. Konsequenterweise schien Fräulein Stöhr die nordisch aussehenden Kinder zu bevorzugen. (Es kursierten Gerüchte, Hitler ermuntere seine großen, blonden SS-Männer, die Berchtesgadener Frauen zu schwängern, um einen eher arisch aussehenden Typus zu schaffen.)

Meine helle Haut- und Haarfarbe, das ziemlich korrekte Hochdeutsch und die Tatsache, dass ich »gottgläubig« war, konnten mich allesamt nicht vor Fräulein Stöhrs Zorn schützen. In den zwei Jahren, die ich in ihrer Obhut verbrachte, sauste die Haselrute mindestens viermal auf meine Hand nieder, allein dreimal, weil ich Kindern, die sie aufgerufen hatte,

Trotz alledem: Ich lerne schreiben.

die Antwort eingeflüstert hatte. Bei jeder Bestrafung musste ich, peinlich berührt und wütend zugleich, von meiner engen Schulbank aufstehen, nach vorne kommen und auf das Podest treten, wo Fräulein Stöhrs Pult stand. Dort erhielt ich mehrere schmerzhafte Hiebe auf die ausgestreckte Hand. Natürlich schwand meine Begeisterung für alles, was mit der Schule zu tun hatte, rasch dahin. Morgens rannte ich mit meinen Freundinnen noch vergnügt den Berg hinunter, doch sobald wir die Ache überquerten und auf der anderen Seite des Flusses den Berg in Richtung Schule hinaufgingen, überkam mich ein Gefühl der Bedrohung. Dann wollte ich nur noch umkehren und nach Hause gehen.

Vier oder fünf Stunden absolut stillsitzen zu müssen, mit nur einer kurzen Pause nach der Hälfte der Zeit, war eine körperliche Qual. Die einzige Ablenkung im Klassenzimmer war das Kruzifix aus dunkelbraunem, poliertem Holz. Es hing an der Stirnseite des Raumes über dem Lehrerpult. Die Nazis hatten versucht, die Kruzifixe zu entfernen, denn sie nahmen stets Anstoß an den Symbolen einer Kirche, die sie kritisierten, aber noch nicht zu beseitigen wagten. Sie hatten nicht mit dem Widerstand einiger ebenso frommen wie furchtlosen Bauersfrauen gerechnet. Die Nachricht von dieser Gegenwehr verbreitete sich wie ein Lauffeuer. Die Nazis fürchteten einen Ansehensverlust, ließen von ihrem Vorhaben ab, und die Kreuze blieben. Mutter und Tante Susi waren beide nicht religiös und hegten gemischte Gefühle über dieses Ergebnis. Sie sagten, ihnen hätte es nichts ausgemacht, wenn die Kreuze entfernt worden wären.

Genauigkeit und Ordnung waren die beiden Haupttugenden, in denen wir unter Fräulein Stöhrs Obhut gedrillt wurden. Die stolzeste Errungenschaft eines Schultages war ein Lob für eine

Zeile mit perfekten Buchstaben, die sich exakt an den drei Linien orientierten, die Oberlänge, Zeilenmitte und Unterlänge definierten. Schönschrift war eine anspruchsvolle Kunst, die rigoroses Training erforderte. Unsere Rechenübungen schrieben wir fein säuberlich in Fünfer- oder Sechserblöcken auf kariertes Papier, wie die Buchhalter. Schließlich lautete die Devise: »Ordnung muss sein.« Das bekamen wir zu hören, wenn Unordnung drohte oder, schlimmer noch, Durcheinander und Chaos auf einem Stück Papier, auf Formularen, Quittungen, Konten und bei jedwedem Umgang mit Bürokraten oder Amtsinhabern aller Art. Ich wusste damals nichts von solchen Dingen, aber dieser elementare Zwang zur Ordnung und die Furcht vor einem Abweichen von der Norm müssen die Grundlage geliefert haben für das sorgfältige und zynische Verbuchen von Goldzähnen und all den anderen Gegenständen, die den Opfern in den Konzentrationslagern weggenommen wurden.

An einem dieser stets gleichförmig verlaufenden Schultage wuchs mein Verlangen, nach draußen zu gehen, mit jeder Viertelstunde, die uns die Kirchenglocken anzeigten. Fräulein Stöhrs Stimme, die uns den Beginn der Morgenpause ansagte, schreckte mich auf. Sie befahl den Drittklässlern, die mit ihr zusammen laut im Chor gelesen hatten, die Lesebücher zuzuklappen. Es war Pause. Fräulein Stöhr trug schlichte schwarze Schuhe mit niedrigen Absätzen und hinkte leicht. Sie öffnete die Klassenzimmertür und befahl uns, aufzustehen. Eine dunkelgrüne Bankreihe nach der anderen leerte sich, und in ordentlichen Zweierreihen gingen wir hinaus auf den Schulhof, wo bereits ein dichtes Gedränge herrschte. Der Lärm, das Geschrei und die allgemeine Bewegung ließen mich mein mit selbst gemachter Marmelade bestrichenes Pausenbrot rasch hinunterschlingen, denn ich wollte mich so bald wie möglich ins Getümmel stürzen. Ich gehörte zu einer großen Gruppe, die sich mit Kreisspielen die Zeit vertrieb. Wir versuchten immer wieder fieberhaft, noch eine Runde unterzubringen, wenn uns die Trillerpfeife bereits ins Klassenzimmer zurückrief, das wir dann stets in Zweierreihen betraten.

An jenem Tag bellte Fräulein Stöhr nach der Pause in ihrem üblichen missmutigen Ton: »Alle aufpassen!« Sie erklärte, dass wir uns in einem großen Krieg gegen die Feinde Deutschlands befänden. Bei künftigen Angriffen müssten wir damit rechnen, dass diese Feinde Giftgas einsetzen würden, um uns zu töten. Deshalb müssten wir lernen, wie man eine Gasmaske anlegte und damit atmete. Uns gefiel diese Abwechslung, so bedrohlich sie auch war. Ein unsichtbares, tödliches Gas in unserer Atemluft – das kam uns unwirklich vor, unvorstellbar. Aber, so dachte ich, vielleicht ähnelte es ja dem weißen, chemisch erzeugten Nebel, den die SS-Männer aus über den ganzen Salzberg verteilten eisernen Fässern hatten aufsteigen lassen, um den Berg – und auch das Haus Linden – vor anfliegenden feindlichen Flugzeugen zu verhüllen. Die Chemikalien in den Fässern standen offensichtlich unter Druck, denn sie verwandelten sich, sobald sie mit Luft in Berührung kamen, in wogende, sich rasch ausbreitende, beißende Nebelschwaden, die alle Menschen, die damit in Berührung kamen, zum Husten brachten und ihnen Tränen in die Augen trieben. Die Chemikalien verbrannten das Gras im weiten Umkreis um die Fässer und verwandelten das Grün der umgebenden Bäume in ein Kohlschwarz.

Fräulein Stöhr wies einige Jungen an, die in militärischem Grün lackierten, zylindrischen Metallbehälter mit den Gasmasken auszugeben. Sie befahl den an den Außenseiten sitzenden Kindern die Masken aufzusetzen, damit einige Male ruhig zu atmen und sie dann in die Behälter zurückzustopfen und weiterzugeben. Das taten wir anschließend der Reihe nach, alle paar Minuten unterbrochen von Fräulein Stöhrs Ruhe!-Befehl, und amüsierten uns dabei mit mühsam unterdrücktem Gelächter und Flüstereien über den Anblick der Gasmaskenträger mit den Insektenaugen und den Schweineschnauzen. Dann wurden wir angewiesen, den Erstklässlern zu helfen, die kaum mit der Blechdose umgehen und schon gar nicht die Gasmaske anlegen konnten. Ich empfand eine gewisse Langeweile, denn Vater hatte mir bei seinem Fronturlaub bereits gezeigt, wie die Gasmaske funktionierte, auch wenn ich mich geweigert hatte, sie aufzusetzen. Jetzt zog ich mir die eng anliegenden schwarzen Gummibänder über den Kopf. Es gab keine andere Wahl: Ich musste versuchen, durch diesen runden Filter zu atmen, der meine Nase und meinen Mund bedeckte. Sofort stellte sich das Gefühl ein, an einem dicht abgeschlossenen, luftleeren Ort festzusitzen. Ich konnte mir kaum vorstellen, mit dieser Maske über dem Gesicht zu rennen oder irgendetwas anderes zu tun. Ich riss sie herunter, sobald ich das für erlaubt hielt, und atmete ein paar Mal tief durch. Plötzlich roch die Luft im Klassenzimmer sehr angenehm und gar nicht mehr nach Schweiß und Kreidestaub.

Am folgenden Tag fuhr Fräulein Stöhr mit unseren Notfallübungen fort. Sie erklärte uns, dass wir ein Taschentuch anfeuchten sollten, falls wir keine Gasmaske zur Hand hätten, und dieses Tuch auf Mund und Nase pressen sollten. Sie sagte, dass wir einfach auf unsere Taschentücher pinkeln sollten, wenn kein Wasser in der Nähe sei. Die Mädchen kicherten und wurden rot. Einen Augenblick lang sah ich mich über meinem Taschentuch kauern, während die Jungen bei dieser Zielübung aufrecht standen. Und dann sollte ich mir das Tuch ins Gesicht drücken! Das schien gegen alle Regeln der Hygiene und des Anstandes zu verstoßen, die ich in meinem zivilisierten und sittenstrengen deutschen Leben bisher gelernt hatte. Ein strenges »Ruhe!« beendete rasch unsere lautstark geäußerten Bekundungen des Ekels. Nach ein paar erläuternden Bemerkungen über den unbarmherzigen, grausamen Feind und unseren großen Führer begann Fräulein Stöhr mit dem Unterricht.

An einem dieser kostbaren Tage, an denen ich früher nach Hause gehen durfte, während die katholischen Kinder bei einem Franziskanermönch Religionsunterricht hatten, sah ich auf dem Nachhauseweg einen Mönch die staubige Straße vom Markt Berchtesgaden herunterkommen. Er war schlank und hatte einen weit ausgreifenden Spazierschritt, der seine wallende braune Mönchskutte wie eine Glocke hin- und herschwingen und die Knoten an den Enden des um seinen Leib gebundenen weißen Stricks tanzen ließ. Eine lange, spitze Kapuze hing ihm über den Rücken hinab, und sein Haar war kreisförmig ausrasiert. Ich war kurz stehen geblieben, um die Marmortafeln an unserem mit Efeu bewachsenen Schulgebäude zu betrachten. Ich wollte die goldene Inschrift MAX PAUL anschauen, den Namen, den ich dort nicht sehen wollte. Der Mönch kam zu mir her und legte mir mit einem freundlichen Lächeln die Hand auf den Kopf. Er fragte mich, ob ich nicht in seine Religionsstunde kommen wolle, sie würde mir vielleicht sehr gefallen. Einen Augenblick lang war ich versucht, mitzugehen, doch die Vorstellung, eine weitere Stunde lang in jenem Klassenzimmer stillsitzen zu müssen, ließ mich erschauern und den Kopf schütteln. So höflich, wie ich konnte, sagte ich dem Mönch, meine Mutter erwarte mich zum Mittagessen zu Hause. Der Mönch lächelte immer noch, murmelte einen Segen und machte auf meiner Stirn das Kreuzeszeichen. Ich schüttelte seine ausgestreckte Hand, knickste und rannte zum SS-Wachhäuschen an der Brücke hinunter.

Der Nazieinfluss und die Eingriffe in das Leben unserer kleinen Familie beschränkten sich nicht auf das Wirken einer einzigen fanatischen Lehrerin im Klassenzimmer. Auf dem Salzberg lebten Frau Penzig und Frau Deil, zwei allseits bekannte Aktivistinnen der Partei und glühende Verehrerinnen Hitlers. Beide Frauen waren finanziell unabhängige Witwen im mittleren Alter, die hierher gezogen waren, um ihrem Führer nahe zu sein. Beide engagierten sich im Dienst der Partei und für die Erziehung der Jugend. Sie kleideten sich ähnlich und trugen hübsche, lange Stadtkleider oder enge Röcke und goldene Halsketten und Medaillons. Wenn sie redeten, klang das stets leidenschaftlich, und ihr Hochdeutsch hatte, das sagte mir meine Mutter, den typischen Akzent der Sachsen. Frau Penzig wohnte weiter oben am Berg, in Richtung des Grafllehens, eines Bergbauernhofes, und Frau Deil hatte zwei komplette Etagen von Haus Pfeilbrand angemietet, einem schönen Haus, das später einmal unser Zuhause werden sollte. Frau Penzig kam auf dem Weg zu ihrem Haus am Haus Linden vorbei, und meist hielt sie bei uns an, weil sie irgendetwas von meiner Mutter wollte. Am Mittwoch lud sie sie zur Versammlung der Frauenschaft ein, am Donnerstag dann zur Ansprache des Gauleiters, für Samstag schließlich zu irgendeiner anderen offiziellen Veranstaltung, und an einem weiteren Wochentag kam auch noch die

Ehrung der Mütter hinzu, die meine Mutter doch sicher nicht versäumen wollte.

Mutter war der Frauenschaft wie Hunderttausende andere Frauen nicht einfach nur beigetreten, weil sie sich weltanschaulich von dieser Organisation angesprochen fühlte. Wichtiger war, so sagte sie es Tante Susi, dass dort Kurse in Kinderpflege angeboten wurden, in Erster Hilfe, zur Gartenarbeit und zu anderen Themen, für die sie sich interessierte. Tante Susi, die selbst nie eintrat, erklärte dazu, es sei für meine Mutter einfach eine gute Sache gewesen, ab und zu aus dem Haus zu kommen. Frau Penzig hielt ständig Ausschau nach klugen, tatkräftigen Frauen, die in der Organisation eventuell Karriere machen könnten, und nahm auch keine Rücksicht darauf, ob sich die Kandidatinnen durch ihre ständigen Begehrlichkeiten vielleicht ausgenutzt fühlten. Mutter verschwand schließlich einfach von der Bildfläche, wenn sie Frau Penzig in unsere Richtung gehen sah. Die Autorität dieser Frau ließ eine schnöde, in der persönlichen Begegnung ausgesprochene Ablehnung einfach nicht zu.

Frau Deil war etwas liebenswürdiger als ihre Gesinnungsgenossin, aber auch sie hatte ein Auge auf meine Mutter geworfen. Eines Tages kam sie zu uns und bat Mutter, ihr bei der Arbeit mit der Kindergruppe zu helfen, denn sie selbst sei, so sagte sie, allmählich zu alt, um die ganze Arbeit allein zu erledigen, in einer Zeit, in der sie eigentlich intensiviert und erweitert werden müsste. Die Kindergruppe war ein freiwilliges, einmal pro Woche am Nachmittag angebotenes Betreuungsprogramm für die Kinder vom Salzberg, die noch zu jung für die Hitlerjugend waren. Zu dieser Altersgruppe gehörten auch Ingrid und ich. Unsere Mutter liebte Kinder, deshalb erklärte sie sich bereit, einen Nachmittag pro Woche in dieser Gruppe mitzuarbeiten. Zuvor besuchte sie noch einige Ausbildungskurse, in denen Kinderbetreuung im Sinne der Partei gelehrt wurde. Zu den Gruppentreffen am Mittwochnachmittag erschienen während des ganzen Schuljahres rund zwanzig bis dreißig Kinder. Mutter beschwerte sich insgeheim, an kalten Tagen gehöre zu ihren Aufgaben auch das morgendliche Anheizen des eisernen Ofens im »Kinderheim«, einer schlichten Holzhütte. Für ein Programm dieser Art hier auf Hitlers Berg war das eine erstaunlich primitive Unterkunft.

Frau Deil eröffnete den Nachmittag stets mit einem kurzen Bericht zur Lage an den Fronten, den sie durch Zitate aus Hitlers jüngsten Bekanntmachungen ergänzte. Wir saßen um einen Tisch und hörten schweigend zu. An der Wand über uns hing ein gerahmtes Foto Hitlers. Frau Deil ermunterte uns nicht, Fragen zu stellen. Dann sangen wir a cappella. Einige dieser Lieder waren neu und schlugen patriotische Töne an, aber wir sangen auch bekannte und beliebte Kinderlieder. Die restliche Zeit verbrachten wir mit Bastelarbeiten und Spielen. Das Material für die Bastelarbeiten wurde immer spärlicher, und so benutzten wir alles, was irgendwie verfügbar war. Tiere und menschliche Gestalten fertigten wir aus Kastanien und Eicheln, aus kleinen Buntpapierblättern entstanden ganze Dörfer.

Als wir keinen Klebstoff mehr bekamen, versuchten wir es mit einem Gemisch aus Mehl und Wasser oder mit Eiweiß, das uns Mutter spendete. Keine der beiden Methoden funktionierte, unsere Papierhäuschen fielen einfach auseinander. Mutter besuchte einen Kurs in der Kunst des Papierfaltens, bei dem alle möglichen Formen vermittelt wurden – zum Beispiel Helme, Boote und Körbe –, und das ermöglichte es uns, einen Teil des Nachmittags mit einer primitiven Spielart des Origami zu verbringen.

Wir Kinder Hitlers waren fasziniert von allen Spielen im Freien. Mein Lieblingsspiel war zugleich auch unsere denkwürdigste Aktivität im Freien. Es war ein Kriegsspiel, und unser Schauplatz war die feuchte Wiese hinter dem Kinderheim. Frau Deil, die kurz zuvor von einem Lehrgang in Traunstein zurückgekehrt war, erklärte uns die Rollen, die wir zu spielen hatten. Else, Trauderl und ich riefen sofort, dass wir Krankenschwestern sein wollten. Die Jungen wollten deutsche oder feindliche Soldaten sein – die Nationalität spielte keine Rolle, solange sie nur miteinander kämpfen konnten. Auch einige Mädchen spielten Soldaten. Sie krochen auf dem Bauch, um ihre hinter Bäumen postierten Feinde zu überraschen. Auch eine schmutzige Betonröhre, die ungenutzt auf dem Gelände herumlag, diente als Kampfstätte, Stöcke und Finger waren die Schusswaffen, Schießgeräusche wurden nachgeahmt. Frau Deil hatte ein altes Leintuch zerschnitten. Sie versorgte uns Krankenschwestern mit weißen Stirnbändern, auf die das Rote Kreuz gemalt war, und die Stoffstreifen dienten auch als Verbandsmaterial, das wir in unsere Schürzentaschen stopften. Es gab einige Regeln, mit denen geklärt wurde, wer tot war und wer gewonnen hatte, doch für mich war das Ganze ein besseres Versteckspiel – es ging dabei nur etwas lauter zu, und es kam auch zu Ringkämpfen. Ich liebte es, die Verwundeten zu verbinden, und nach meiner Erinnerung wurden wir nicht dazu angehalten, unsere Soldaten anders zu behandeln als die Feinde, mit einer Ausnahme: Die Deutschen wurden ins vermeintliche Lazarett geschickt, die Feinde dagegen in ein Kriegsgefangenenlager.

Das wahre Gesicht des Krieges sahen wir dann, als wir echten Verwundeten begegneten. Die Kindergruppe vom Salzberg wurde im Frühling 1943 auf den Obersalzberg eingeladen. Im Hotel Platterhof in Hitlers Sperrgebiet sollten wir für verwundete Offiziere ein Stück aufführen. Uns wurde sogar ein Auftritt vor dem Führer an dessen Geburtstag in Aussicht gestellt. Kurz vor dem 20. April zog der Berghof aber die Einladung zurück, was uns wie auch Frau Deil sehr enttäuschte. Nur Mutter war erleichtert, denn sie glaubte nicht, uns so weit bringen zu können, dass der Gesang gut genug für den Führer war.

Die Lazarette der Wehrmacht waren überfüllt, deshalb hatte man das Hotel Platterhof zu einem Offizierskrankenhaus umgewandelt. Die Männer bedachten unsere engagierte Vorstellung von Dornröschen mit lautem, dankbarem Beifall. Sie hatten auch einige Süßigkeiten für uns aufgespart, und man servierte uns Vanille- und Erdbeereis in schönen Glasschüsseln. Das allein lohnte die Mühe für die Proben und die Herstellung unserer Kostüme aus rosa und hellblauem Krepppapier, die mit Dutzenden gefalteten Papierrosen geschmückt waren.

Mutter war mit unserer Gesamtvorstellung durchaus zufrieden, doch unser Gesang ließ ihrer Ansicht nach noch viel zu wünschen übrig. Ich selbst war mit Sicherheit abgelenkt, als wir die Lieder vortrugen. Ich musste immerzu die jungen Männer anschauen, die dicke, weiße Kopfverbände trugen, sich mühsam an Krücken vorwärtsbewegten, den Arm in der Schlinge trugen, deren Beine in Gips lagen oder denen ganze Gliedmaßen fehlten. Mir wurde etwas übel von diesem Anblick, und ich hoffte inständig, dass diese Männer alle wieder gesund werden würden, doch zugleich fragte ich mich, wie um alles in der Welt sie weiterleben würden, mit nur einem Arm, einem Bein, ohne

Beine. Frau Deil wirkte mit ihrem Silberhaar und dem Parteiabzeichen am weißen Spitzenkragen sehr elegant. Sie hielt eine kleine Ansprache, sagte, sie hoffe, dass die Männer nicht wieder verwundet werden würden, wenn sie an die Front zurückkehrten, um dort für unseren Führer zu kämpfen. Sie dankte ihnen für ihre Opferbereitschaft und dafür, dass sie uns beschützten. Wir wurden noch ein paar Mal an diesen Ort eingeladen, um die Soldaten zu unterhalten, und Mutter war stets unglücklich über unseren Gesang.

In meinem dritten Schuljahr gab es eine gewaltige Veränderung zum Guten. Aus Effizienzgründen wurde unsere dritte Klasse mit dem dritten Jahrgang der Marktschule zusammengelegt, die in der Ortsmitte von Berchtesgaden lag, in der Nähe des Schlossplatzes. Das verlängerte meinen Schulweg, doch zugleich entkam ich auch der Tyrannei von Fräulein Stöhr. Ein allerletztes Mal sollte ich ihr noch begegnen, und sie zeigte sich dabei von ihrer schlimmsten Seite.

Unser neuer Lehrer war der alte Oberlehrer Schramm. Am ersten Schultag rief er uns alle auf und stellte dabei fest, dass er einen Schüler zu viel hatte. Wolfgang Stössl hatte versucht, sich in die dritte Klasse zu schmuggeln, damit er nicht etwas weiter bergab bei Fräulein Stöhr die zweite Klasse wiederholen musste. Der Oberlehrer zeigte auf mich, und zu meinem Entsetzen bat er mich, Wolfgang zu Fräulein Stöhr zurückzubringen. Wir gingen schweigend an dem hohen Holzzaun entlang, der den Garten des Königsschlosses umgab. Wolfgang hatte einen schief geschnittenen, buschigen, blonden Haarschopf. Er ließ den Kopf hängen und hatte sich offensichtlich mit seinem

Schicksal abgefunden. Ein weiteres Jahr würde er unter der Fuchtel einer Lehrerin stehen, die ihn ganz offensichtlich hasste und ihm das Leben Tag für Tag zur Hölle machte.

Als wir das Klassenzimmer betraten, griff Fräulein Stöhr sofort nach ihrem Stock und kam auf uns zu. Sie schlug heftig auf Wolfgang ein, traf ihn an den Armen, an den Schultern und am Kopf, bis seine Nase zu bluten anfing. Daraufhin zerrte sie ihn in die Eingangshalle hinaus, packte ihn im Genick und hielt seinen Kopf unter den Kaltwasserhahn. Dann schubste sie ihn grob ins Klassenzimmer zurück und schloss die Tür. Ich war verängstigt und wütend zugleich. Gleich bei meiner Rückkehr nach Hause erzählte ich Mutter, was ich erlebt hatte. Ich bat sie, Fräulein Stöhr zur Rede zu stellen und die anderen Eltern – vor allem Wolfgangs Eltern – zu einem Protest zu bewegen. Doch ich hoffte vergebens. Niemand, nicht einmal meine Mutter, wagte einen Streit mit Fräulein Stöhr. Sie meinte, die Lehrerin habe das Sagen, und es sei nicht die Sache der Eltern, sich in Schulangelegenheiten einzumischen. Ich war sehr enttäuscht, möglicherweise auch verängstigt, weil meine Mutter eine derart verachtenswerte Feigheit an den Tag legte. Würde sie sich für mich einsetzen, wenn ich sie brauchte? Oder würde sie sich jeder höheren Autorität beugen und auch als Augenzeugin einer amtlichen Ungerechtigkeit untätig verharren? Die einzige denkbare Rache, die mir in den Sinn kam, bestand darin, bei einer zufälligen Begegnung auf der Straße grußlos an Fräulein Stöhr vorüberzugehen.

Oberlehrer Schramm war aus dem Ruhestand zurückgeholt worden. Sein silbergraues Haar hatte die gleiche Farbe wie sein Schnurrbart. Er ging leicht gebeugt und hatte ein runzliges Gesicht, das mir aber keine Angst machte. Er war ein alter Mann, doch bei weitem nicht so streng wie Fräulein Stöhr. Er rief uns nicht mit einem militärisch scharfen »Ruhe!« zur Ordnung – dieser Ton war uns mittlerweile vertraut –, sondern bat freundlich: »Bitte seid jetzt still!« Sein Titel zeigte, dass er es in seiner Lehrerlaufbahn zu etwas gebracht hatte, doch jetzt war er ein alter Mann, der häufig müde wurde. Er klopfte mit seinem Lineal leicht auf unsere Fingerknöchel oder schlug diese sanft gegen den Tisch, wenn wir ihm zu unruhig waren, aber diese Form der Zurechtweisung wirkte nie bösartig.

Mutter war besorgt, weil ich nur so wenige Hausaufgaben zu erledigen hatte, aber endlos viel Zeit mit der Vorbereitung von Sachkundevorträgen verbrachte, und sie fragte sich, ob wir bei dem alten Mann überhaupt irgendetwas lernten. Ich teilte diese Besorgnisse natürlich nicht. In Oberlehrer Schramms Klasse sprachen wir niemals über die heldenhaften Taten des Führers, den Tod unserer Feinde, unsere endlosen Siege oder die Notwendigkeit von Opfern für das Vaterland. Oberlehrer Schramm schien kein fanatischer Nazi zu sein – falls er überhaupt ein Nazi war. Wenn ich ihm nach der Schule auf der Straße begegnete, grüßte ich ihn mit einem Knicks und mit »Grüß Gott, Herr Oberlehrer«, nicht mit »Heil Hitler«. Vielleicht war ihm entgangen, wie sehr sich die Zeiten geändert hatten, oder er bewies einfach nur besonderen Mut. Obwohl in seiner Klasse auch viele Kinder der Nazielite vom Obersalzberg saßen, war in seinem Unterricht kein Platz für Indoktrination.

Das prominenteste Kind eines Naziführers in meiner Klasse war der kleine Albert Speer. Er war der Sohn von Albert Speer, Hitlers mächtigem Minister für Rüstung und Kriegsproduktion, der auch der Architekt pompöser Nazibauwerke in München und Berlin gewesen war. Der kleine Albert war ein netter

Junge mit kantigem Kinn, dichtem, aschblondem Haar und einem akkuraten Seitenscheitel. In seinem Sommersprossengesicht hielt sich nach meinem Eindruck immer noch ein Rest von Babyspeck. Wir hatten ziemliche Ehrfurcht vor Albert, weil wir wussten, dass er aus dem innersten Führungskreis der Nazis stammte. Natürlich hofften wir auch, dass er ein paar echte Geheimnisse des Lebens preisgeben würde, das sich da oben abspielte, jenseits des Zaunes und des großen Tores. Doch seine Sachkundevorträge – mit dieser Methode füllte der Oberlehrer die Unterrichtsstunden in einer Zeit, in der es an geeigneten Unterrichtsmaterialen fehlte und ständig Luftalarm herrschte – klangen genauso wie die unseren. Er sprach über eine Katze oder einen Hund, erzählte, wie man auf einen Baum klettert oder einen Berg besteigt oder bei kleineren Ungezogenheiten ungeschoren davonkam, wenn man zum Beispiel zur Schlafenszeit mit der Taschenlampe unter der Bettdecke las. Mich hätte interessiert, ob er auf den Berghof eingeladen wurde oder ob Hitler zu seinen Geburtstagsfeiern kam. Sprachen diese Leute über uns? Ob er wohl Dinge über den Krieg wusste, die wir nicht wussten?

Es wäre undenkbar und viel zu dreist gewesen, den kleinen Albert Speer mit solch aufdringlichen Fragen zu behelligen, obwohl er nur einige Bankreihen von mir entfernt saß. Er hatte ein schüchternes Lächeln und machte nicht viel Aufhebens um seine Person, und das respektierte ich instinktiv. Die meisten führenden Nazis oben auf dem Berg – einschließlich der Bormanns – schickten ihre Kinder tatsächlich in die Schulen am Ort. Das wirkte auf den ersten Blick sehr egalitär, doch es gab auch Unterschiede: SS-Chauffeure brachten diese Kinder in schwarzen, blitzblanken Mercedes-Limousinen zur Schule, in

Fahrzeugen des Typs, den auch Hitler benutzte, und bei jedem Fliegeralarm wurden sie abgeholt und in die sicheren, luxuriös ausgestatteten Bunker auf dem Berg gebracht.

Gertraud Oberndörfer, meine neue beste Freundin, die Tochter unseres Hausarztes, wurde von einem der vielen Bormann-Kinder einmal zum Spielen in die Villa der Familie eingeladen. Gertraud berichtete mir, Frau Bormann sei eine bescheidene Mutter, doch sie selbst habe nicht gewusst, wie sie die Gruppe von Offizieren begrüßen solle, die mit der Familie zu Mittag aß. Also sei sie um den Tisch gegangen, habe ihren Knicks gemacht und »Grüß Gott« gesagt. Ich stellte mir die etwas ratlosen Offiziere bildhaft vor, die sich fragten, was sie mit einer Zehnjährigen anfangen sollten, die sie, einen nach dem andern, auf die altmodische Art begrüßte.

Im Jahr 1943 erlebten wir eine dramatische Zunahme der Fliegeralarme, die wir im Luftschutzbunker verbrachten. Auslöser waren meist alliierte Bomberverbände, die auf dem Weg zu strategischen Zielen im Süden über uns hinwegflogen. Jeden Morgen um zehn Uhr lauschte ich auf einsetzendes Fußgetrappel im Klassenzimmer über uns – auf das Zeichen, dass dort eine Warnung eingetroffen war. Sobald ich diesen vertrauten Lärm hörte, stieß ich meine Nachbarin mit dem Ellenbogen an und flüsterte, jetzt sei es Zeit, sich für den Gang zum Luftschutzbunker bereitzuhalten. Unauffällig packten wir unsere Ranzen und waren zum Gehen bereit, sobald das Kind, das von Klassenzimmer zu Klassenzimmer lief, sein »Voralarm!« zur Tür hereinrief. Auch auf »Hauptalarm!«, ja sogar auf ein »Akuter Alarm!« waren wir gefasst, was bedeutete, dass die Bomber bereits unmittelbar über uns waren. Das unwirkliche Heulen der Sirenen setzte dann ein, mein Herz fing an zu flattern und klopfte schneller. An der Abfolge der auf- und abschwellenden Heultöne erkannten wir, wie viel Zeit uns blieb, um zum Bunker zu gelangen. Das dreimalige lange Auf und Ab der Sirenen bei »Voralarm« bedeutete, dass wir nach Hause gehen und dort im Keller Schutz suchen konnten, bevor die Flugzeuge über uns waren. Doch im Lauf der Zeit wurde diese Art des Alarms immer seltener, denn die feindlichen Flugzeuge kamen schneller heran, und die Vorwarnzeit verringerte sich.

Meistens versammelten wir uns in aller Eile im Schulhof, und Oberlehrer Schramm, dessen Alltagskleidung aus abgetragenen grauen Lodenknickerbockern und der dazu passenden Jacke bestand, brachte uns zum hölzernen Eingangstor des in den Felsen geschlagenen Luftschutzbunkers. Aus allen Richtungen eilten Kinder mit ihren Lehrern herbei, auch Zivilisten mit Koffern suchten Schutz. Luftschutzwarte überwachten den Zugang zu diesem feuchten, grob behauenen Tunnel, der in den Fels des Locksteins gesprengt worden war, eines kleinen, steilen Berges, der sich am Ortsrand erhob. In besseren Zeiten hatten Touristen die Fußwege auf den Lockstein begangen, sich im Gasthaus an Hausmachertorte gelabt und die wunderbare Aussicht auf die Straßen von Berchtesgaden und das Hochgebirge genossen, die sich von dort oben bot. Mittlerweile waren im heruntergekommenen, längst nicht mehr gastfreundlichen Café Lockstein Kinder aus dem Kinderlandverschickungsprogramm untergebracht.

Tief unter dem Lockstein saßen wir auf grob gezimmerten Holzbänken, die vor den schmutzigen, kahlen Felswänden nebeneinander aufgereiht waren und nicht einmal Rückenlehnen hatten. Der Luftschutzwart wurde ungeduldig, wenn wir mit den Füßen scharrten und Rufe ertönten wie »Ich will neben Marianne und Anneliese sitzen!« oder »Halt mir einen Platz frei, Annemarie!«. Dann kommandierte er mehrmals »Alles setzen!«. Unsere Füße ruhten auf Holzbohlen, die auf dem Boden ausgelegt waren, denn dort bildeten sich aus dem Sickerwasser, das aus dem porösen Fels tropfte, tiefe Pfützen. Alle zehn Meter erleuchtete eine nackte Glühbirne den dunklen Tunnel, doch zum Lesen war es zu dunkel. Ich weiß nicht mehr, womit sich die Jungen die Zeit vertrieben. Wir Mädchen beschäftigten uns mit endlosen Wort- und Fadenspielen. Ich bewunderte Lisi und Linde, die immer neue Fadentricks vorführten, und wir flüsterten, tratschten, kicherten, versuchten, die Plätze zu tauschen, ohne in die Pfützen zu treten. »Lasst uns singen«, sagte irgendjemand und stimmte dabei ein Volkslied an. Wir fielen eine Zeitlang ein, bis Hansi oder ein anderer Junge sagte: »Ich weiß einen Witz.« Und jemand anders wusste ein Rätsel, das wir von Bank zu Bank weitergaben, bis es schließlich im dunklen Tunnel verschwand.

Zu guter Letzt, wenn ich am Ende meiner Geduld war und fast nicht mehr stillsitzen konnte, beendete ein lauter Ruf des Luftschutzwarts einen weiteren der zwei-, drei- oder fünfstündigen Aufenthalte im Bunker. Wir waren auf den Anblick gespannt, der sich uns bieten würde, wenn wir wieder ans Tageslicht kamen. Ich hielt stets den Atem an, wenn ich halbblind ins Freie trat und dank eines unverdienten glücklichen Geschicks – und im Unterschied zu Tausenden anderer europäischer Kinder – weder Feuer noch aufgewirbelten Staub, Rauch oder Ruinen zu sehen bekam. Die uralten Häuser umstanden immer noch die Straßen und Plätze des Ortes, die Kirchtürme ragten immer noch in den Himmel, und es herrschte friedliche Stille. Und wieder ging ich nach Hause, durch eine unzerstörte, vertraute Umgebung, die mich beruhigte und mir mein inneres Gleichgewicht wiedergab. Ich empfand eine nahezu überwältigende Liebe für diese Berglandschaft, und zumindest eine gewisse Zeit lang dachte ich überhaupt nicht an die nächste Angriffswelle feindlicher Flugzeuge, die vielleicht schon in unsere Richtung flogen.

Als das Schuljahr mit Oberlehrer Schramm zu Ende ging, war ich vielleicht nicht viel klüger, doch die Schule war trotz der bedrohlichen Luftangriffe ein etwas sichererer Ort für mich. Wir wussten noch nicht, wer unser nächster Lehrer sein würde, doch Mutter erinnerte mich immer daran, dass dies mein letztes Jahr in der Volksschule sein würde, wenn ich die Aufnahmeprüfung für die Oberschule bestand. Und mit zehn Jahren würde ich auch alt genug sein, um der Hitlerjugend beizutreten.

Zehntes Kapitel

Lehren aus einer Freundschaft in Kriegszeiten

Fast alle meine Freundinnen gingen in die Kindergruppe, die Vorstufe zur Hitlerjugend. Es gab nur zwei Ausnahmen: Wiebke Molsen und ihre jüngere Schwester Bärbel. Von jenem Tag im Jahr 1942 an, als Fräulein Stöhr uns Wiebke als neue Schülerin vorgestellt hatte, die noch in die erste Klasse ging, eine Klassenstufe unter mir, spürte ich, dass an ihr irgend etwas Besonderes war. Den ersten Hinweis erhielt ich, als Fräulein Stöhr sagte, Wiebke sei kein deutscher, sondern ein holländischer Vorname. Außerdem stellte die Lehrerin Neuankömmlinge normalerweise nicht vor. Die meisten Neulinge kamen durch das Evakuierungsprogramm für Kinder aus zerbombten Städten zu uns. Dieses neue Mädchen wirkte schüchtern, und mit ihrem unsicheren Lächeln machte sie mich neugierig. Ich wollte wissen, warum sie jemand Besonderer zu sein schien.

Zunächst einmal sah Wiebke anders aus als wir. Ihr sandfarbenes, gewelltes Haar war kurz geschnitten und auf einer Seite hielt ihr eine Spange, die wie ein Schildkrötenpanzer aussah, die Haare aus dem Gesicht. Dieser kleine Gegenstand gab ihr etwas Feines, etwas, was uns anderen fehlte. Wir trugen die unvermeidlichen langen, sauber geflochtenen Zöpfe, die von einem Stoff- oder Gummiband zusammengehalten wurden und in den Nacken hingen oder über unseren Büchern baumelten. Wiebkes Haut war blass, fast teigfarben, und es war damit zu rechnen, dass sie in der Sonne Sommersprossen bekommen würde, anstatt braun zu werden. Über dem hübschen, hellblauen Kleid trug sie eine schöne, dunkelblaue Strickjacke mit weißen Perlmuttknöpfen, dazu weiße Söckchen und offensichtlich neue braune Lederschuhe. Wir dagegen gingen im Sommer barfuß, um unsere Schuhe zu schonen, und hatten in diesem Alter schon eine Hornhaut entwickelt, die uns so gut schützte wie eine Ledersohle. Erst im Winter, wenn wir uns wieder in die schadhaften Stiefel des vergangenen Jahres quetschen mussten, sollten wir Wiebke um ihre Schuhe beneiden.

Als ich erfuhr, dass die Molsens das ganz in der Nähe unseres Hauses gelegene Sommerhaus beim Stadlerlehen gemietet hatten, beschloss ich, Wiebke als Freundin zu gewinnen. Um ein Uhr nachmittags war endlich die Schule aus. Ich überwand meine Schüchternheit, sagte Wiebke, dass ich gleich nebenan wohnte, und bot mich als Führerin für die steile Abkürzung auf dem Nachhauseweg an. Noch bevor wir zu Hause waren, wollte ich alles Wissenswerte über Wiebke und ihre Familie erfahren. Doch Wiebke hatte nicht die Absicht, mir irgend etwas zu erzählen. Es sah so aus, als habe sie sehr genaue Anweisungen erhalten, was sie erzählen konnte und was nicht. Alles, was ich herausbekam, war, dass sie mit ihrer Mutter, ihrer Großmutter und ihrer jüngeren Schwester Bärbel hierher gezogen war. Ich erfuhr nichts über den Grund dieses Umzugs nach Berchtesgaden und auch nichts über den Wohnort des Vaters, nur so viel, dass er kein Soldat war und in Holland zu leben schien. Wiebke sagte, dass sie Deutsche seien, zugleich aber auch Holländer, und ihre Eltern seien geschieden. Mit diesen Auskünften konnte ich nicht viel anfangen.

Das Sommerhaus beim Stadlerlehen war ein schlicht möbliertes, komfortables, einstöckiges Gästehaus in Holzbauweise, das nicht auf ganzjähriges Bewohnen ausgelegt war. Wiebke und Bärbel – sie war etwa so alt wie Ingrid und wurde ihre Freundin

– teilten sich das Elternschlafzimmer. Frau Molsen und Frau Glauert, ihre Mutter, schliefen in den beiden kleinen Zimmern, die an das holzgetäfelte Wohnzimmer grenzten. Eine Glastür führte aus dem Wohnzimmer auf die Veranda, und daran schlossen sich ein mit Kies ausgelegter Hof und ein Rasen an, ein Stück unterhalb dann die abschüssigen, von weißen Zäunen umgebenen Kuhweiden von Frau Villnows Hof. Küche und Bad lagen auf der schattigen Nordseite des Hauses. Zur Ausstattung des Bades gehörten auch eine wunderbare, große, weiß emaillierte Badewanne und eine Handbrause. (Im Haus Linden badeten wir an den Samstagen noch in einer ovalen Zinkwanne in der Küche.) Aus Frau Molsens Schlafzimmer drang der Duft von Lavendel und feinen Parfums ins Wohnzimmer herüber. Die Molsens hatten in früheren Tagen vielleicht in einer sehr viel luxuriöseren Umgebung gewohnt, doch sie verloren niemals auch nur ein Wort über die bescheidene Einrichtung ihres jetzigen Häuschens.

Die beiden Frauen kamen aus Norddeutschland, und sie umgab eine gewisse Förmlichkeit oder, besser gesagt: die Reserviertheit der Oberschicht. Doch wie alle anderen Bewohner dieser Gegend auch arbeiteten sie in dem ihnen für die Kriegszeit zugewiesenen Stück Garten auf einer steinigen Wiese des Stadlerlehens. Die schlanke und elegante Frau Molsen, die ein hübsches, pastellfarbenes Dirndlkleid mit langem Rock und einen breitkrempigen Strohhut trug, war sich auch nicht zu schade, beim Einbringen des Heus zu helfen, als ein Unwetter das Winterfutter der wenigen Kühe von Frau Villnow zu verderben drohte. Abgesehen von diesen Kühen war der Stall leer, denn die Wehrmacht hatte die beiden kräftigen, stattlichen Pferde Frau Villnows gleich zu Kriegsbeginn requiriert. Die schwarz lackierte Pferdekutsche, mit der sie in Friedenszeiten hinunter in den Markt gefahren war, stand unbenutzt und von Spinnweben überzogen im Holzschuppen, der zugleich als Kutschenstellplatz diente. Sie nützte nur uns, weil sie ein wunderbares Requisit für unsere Spiele war.

Frau Glauert war trotz ihrer sich ständig verschlimmernden Schwerhörigkeit die zugänglichere der beiden Frauen. Sie überwand ihre Behinderung mit einem Hörrohr – wenn sie wollte, muss man dazusagen. Ihr Leiden schien selektiver Natur zu sein, denn Wiebke und ich hatten überzeugende Beweise dafür, dass sie alles, was gesagt wurde, auch ohne ihr Hilfsmittel lückenlos hörte und verstand. Immer wenn wir uns in ihrer Gegenwart über ein großes Geheimnis unterhielten, das unsere Spiele betraf, oder an einem Schmähgedicht über jemand aus der Nachbarschaft arbeiteten, bekam Frau Molsen auf irgendeine Weise Wind davon. Frau Glauert trug lange, dunkle, seidene oder wollene, stets dezent gemusterte Röcke und Kleider, und immer legte sie ihr schwarzes Seidenhalsband mit der perlengeschmückten Silberspange an. Auch Nanni, unsere kräftige, fröhliche Vermieterin, eine Frau mit geringer Schulbildung, aber einem großartigen Sinn für Humor, trug Tag für Tag ein schwarzes Seidenhalsband mit einer Spange, wenn dieses Stück im direkten Vergleich auch deutlich weniger wert war. Die beiden Frauen hatten ansonsten wenig gemeinsam, doch sie waren sich darin einig, dass sie sich nackt fühlten, bis das Halsband wieder ihren Nacken umschloss. Dieses Bekenntnis war die intimste Unterhaltung Frau Glauerts mit einem anderen Menschen, die mir in Erinnerung geblieben ist.

In Kriegszeiten war es unter Besuchern und Kindern üblich geworden, das Haus eines Freundes zu verlassen, bevor eine

Mahlzeit aufgetischt wurde. Das Essen war zu knapp geworden, um mit anderen geteilt zu werden, und niemand wollte die Hausherrin in die Verlegenheit bringen, jemanden zum Essen einladen zu müssen. Einmal, es muss gegen Ende des Krieges gewesen sein, wartete ich auf dem Rasen vor der Veranda, auf der die Molsens aßen, bis Wiebke ihr Mittagessen beendet hatte. Plötzlich ertönte Frau Glauerts laute, zornige Stimme: »Warum hat Zenzi (die Magd und Köchin) die Messerbänkchen nicht mit aufgedeckt, gerade heute, wo wir schon zehn Tage lang kein Fleisch mehr gegessen haben?« Messerbänkchen, so sollte sich herausstellen, waren kleine silberne Ständer, auf die man das Messer legte, nachdem das Fleisch geschnitten war. Das geschah, so nahm ich an, um das Tischtuch nicht zu beschmutzen. Mit einem gewissen Erstaunen bedauerte ich Frau Glauert, der die rare Fleischmahlzeit durch das fehlende Messerbänkchen verdorben worden war. Ein solches Tischzubehör gab es im Haus Linden nicht, doch ich liebte den Klang dieses Wortes, das ich für immer im Gedächtnis behielt.

Die Tatsache, dass Wiebkes Mutter und Großmutter in ihren wohlriechenden Zimmern Tag für Tag ein Mittagsschläfchen hielten, versetzte mich in ehrfürchtiges Staunen. Während dieser Zeit wurden wir zu ruhigem Spielen angehalten. Mutter hatte in ihrem ganzen Leben noch nichts von Mittagsschläfchen gehört. Außerdem berichtete ich ihr, dass Wiebke und Bärbel niemals angebrüllt wurden und dass Frau Molsen sie weder mit einem Holzlöffel vertrimmte noch Ohrfeigen verteilte, wenn die beiden ihre Kleider schmutzig machten oder irgend etwas verloren. Mutter blieb unbeeindruckt. Meine mitfühlende kleine Schwester heulte stets, wenn Mutter zu meinem Nachteil schnell die Hand ausrutschte. Ich wurde dagegen einfach nur wütend, wenn ich die roten Abdrücke sah, die ihre Finger auf meinen Wangen hinterließen.

Wiebkes Leben unterschied sich auf hunderterlei Art von unser aller Alltag. Trudi übte auf ihrer Zither, der sie wundervolle Töne entlockte, und ich sollte das Akkordeonspiel auf einem alten Instrument erlernen, dessen Knöpfe ständig klemmten. Wiebke spielte Klavier, und dafür stand ihr ein eigener Flügel zur Verfügung, den die Molsens mitgebracht hatten. Er nahm fast die Hälfte ihres Wohnzimmers ein. Trudi und ich schleppten unsere Instrumente in ebenso klobigen wie schweren schwarzen Gehäusen zu Tal und nach dem Gruppenunterricht auch wieder nach Hause. Wiebke erhielt häuslichen Einzelunterricht durch Fräulein Werner – eine magere alte Jungfer mit ausgewaschenen, glatten Haaren, die in ein paar dünnen Locken ausliefen –, die den langen Fußweg zum Haus der Molsens auf sich nahm. Natürlich liebten meine Eltern deutsche Kunst und deutsche Künstler, doch bei uns zu Hause gab es keine Regale, die mit großformatigen, wunderbar ausgestatteten und gedruckten Kunstbänden bestückt waren. Wiebke und ich liehen uns Frau Molsens Kunstbücher meist nur aus, um über den kleinen, aber sehr deutlich erkennbaren Penis des kleinen Jesuskindes in einer Darstellung der Geburt Christi oder über ein Bildnis der stillenden Maria zu kichern. Diese aufregenden und ganz gewiss verbotenen Bilder waren aber nicht der einzige Grund dafür, dass ich mir nach dem Krieg nichts so sehnlich wünschte, wie ein richtiges, schönes Kunstbuch. Das würde mir die Gelegenheit geben, die wundervollen Gesichter, Blumen und Landschaften zu betrachten, die Dürer, Grünewald und Cranach, Botticelli und Da Vinci geschaffen hatten, und dies, so lange ich wollte. In meiner Phantasie malte ich mir aus, dass Vater vielleicht eines Tages auch solche Bilder gelungen wären – wenn er überlebt hätte. Vielleicht hätte er ein Porträt von mir gemalt.

Die Molsens pflegten Umgang mit Frau Villnow und deren wenigen Gästen und blieben ansonsten für sich. In ihrem Häuschen sah man weder SS-Offiziere noch irgendwelche andere Mitglieder der Nazi-Führungsschicht. Sie beteiligten sich auch an keiner der zahlreichen Aktivitäten oder Gruppierungen, die die Nazis für Menschen aller gesellschaftlichen Schichten und Altersstufen anboten. Mein Eindruck war vielmehr, dass Frau Molsen und Frau Glauert die Nazis verachteten. Wenn die beiden Frauen zum Beispiel Hans Schuster sahen, den Maler, der ungeachtet seines Alters in SA-Uniform paradierte und uns zum Hitlergruß anhielt, beobachtete ich ein verächtliches Grinsen und ein heimliches Augenrollen. Meine aufgeregten Berichte über diesen oder jenen Naziführer, den ich bergauf oder bergab hatte fahren sehen, ließen sie kalt, und sie schienen sich auch nicht für Berichte über wichtige Schlachten und den Fortgang des Krieges zu interessieren. Es ärgerte mich zu sehen, dass ihnen so viele Dinge gleichgültig waren, die uns interessierten und an die wir glaubten. Sie protestierten nicht in aller Offenheit, sondern zeigten eher eine passiv-negative Haltung, eine Haltung, die uns mitzuteilen schien: »Wir können das aussitzen«, was möglicherweise unter solchen Leuten üblich war, die sich das leisten konnten.

Die meisten Angehörigen der Mittelschicht, die ich kannte, legten zumindest Lippenbekenntnisse zur Unterstützung des Dritten Reiches und des Krieges ab. Viele dieser Leute wurden regelrecht gezwungen, sich für irgendeinen Hilfsdienst zu verpflichten, etwa für Haustürsammlungen zu Gunsten von Nazi-Wohltätigkeitsorganisationen – zum Beispiel für das Winterhilfswerk – oder für den Eintopfsonntag. Letzterer war eine Spende, die vermeintlich erbracht wurde, indem man sonntags einen schlichten Eintopf aß und auf teurere Gerichte verzichtete. Mutter, die sich zum Sammeldienst für das Winterhilfswerk verpflichtet hatte und dafür mehrere Tage lang von Haus zu Haus ging, lehnte eigentlich beides ab: das Sammeln und das Spenden, das sie ihre knappe Zeit kostete und ihre bescheidene Kriegerwitwenrente schmälerte. Und dennoch lebten die Molsens hier an diesem Ort, direkt vor Hitlers Nase, ein ganz zurückgezogenes, privates Leben, ohne sichtbare Einmischung, Warnungen, Forderungen oder Schnüffeleien der Behörden, zu denen auch die Gestapo hätte gehören können. Was war das Geheimnis ihrer Sicherheit? Es gingen Gerüchte und Mutmaßungen um, die Frauen entstammten einer alteingesessenen Bankiersfamilie aus Düsseldorf und hätten die Nazis mit Geldzuwendungen bestochen, oder der holländische Vater oder die Trennung von ihm beschützten sie irgendwie. Es sah ganz so aus, als ob der wahre Sachverhalt niemand bekannt war oder niemand so richtig interessierte.

Zenzi legte jeden Tag ein frisches Tischtuch und die dazu passenden Servietten auf. Ich fragte Mutter, warum wir nicht auch jeden Tag ein schönes Tischtuch und Servietten haben könnten, so wie die Molsens. Mutters gestärkte und von Hand bestickte Tischtücher und Servietten wurden nur für wichtige Besucher und an Feiertagen aus dem Wäscheschrank geholt. Doch eines Abends, nachdem ich wieder einmal unseren Mangel an Stil zur Sprache gebracht hatte, setzte sie sich an ihre Nähmaschine. Aus einem Baumwollrest nähte sie Servietten und bestickte die Ränder mit einem schönen Muster, um mir eine Freude zu machen. Ich freute mich außerordentlich über diese Arbeit und sagte ihr, es sei etwas ganz anderes, wenn man sich zu Tisch setze und dabei auch eine Serviette vorfinde. Dem Wunsch nach dem täglichen Tischtuch entsprach sie allerdings nicht, und wir deckten unsere Teller nach wie vor auf dem getüpfelten, hellbraunen Linoleum, das mein Großvater sorgfältig in die Platte unseres weißen Küchentisches eingearbeitet hatte. Mutter sagte mir, die Molsens hätten Zenzi, eine Frau aus dem Ort, die ihre Wäsche mit nach Hause nehme und sie gewaschen, gestärkt und gebügelt wiederbringe. Sie dagegen müsse unsere Sachen selbst waschen. Das geschah an Montagen im Waschhaus der Mieter von Haus Linden. Und außerdem: Wo sollte sie die Seife für die zusätzliche Wäsche hernehmen?

Normale Seife war in der Tat zu einem Gebrauchsgegenstand geworden, für den es niemals einen richtigen Ersatz gab. Wir hatten Schwimmseife (eine sehr leichte, in Wasser schwimmende Seife, die ein bisschen Schaum entwickelte), Lehmseife (die sich sandig anfühlte und wie ein Stein unterging) und Knochenseife (die von Frauen aus Tierknochen und Lauge in einem Produktionsprozess hergestellt wurde, der zum Himmel stank). Jeden zweiten Montag war Waschtag. Eine unglaubliche Zahl von Arbeitsschritten hielt Mutter den ganzen Tag lang im großen, sauberen Waschhaus fest. Das Sortieren, Bürsten, Kochen, Spülen, schließlich das Aufhängen der Wäsche an den Leinen draußen im Freien ließ ihre Hände rot und rau werden, doch der Gesamtvorgang gab ihr offensichtlich auch das Gefühl, etwas geleistet zu haben. Sie sagte, es sei gut, zwischendurch von all der Näherei für Kunden wegzukommen, die mit Butter, Milch und Eiern zahlten, oder mit Geld – alles war in unserer

Familie knapp. Solange sie in dem Dampf und der Feuchtigkeit des Waschhauses allein war, musste sie zudem vor ihren Kindern keinen Enthusiasmus heucheln. Sie konnte ungeniert weinen, wenn sie die traurigen Lieder sang, die Erinnerungen und Weltschmerz heraufbeschworen. An den montäglichen Waschtagen mussten Ingrid und ich alleine zurechtkommen, mit Ausnahme des Mittagessens. Zu den zahlreichen Beschlüssen, die mein Leben »nach dem Krieg« oder als Erwachsene betrafen, kam ein weiterer hinzu: Ich beschloss, meine eigene Wäsche niemals in einem Gemeinschaftswaschhaus zu waschen und sie auch nicht bei Regen-, Schnee- oder Graupelschauern oder bitterer Kälte im Freien aufzuhängen.

Eines Tages bot Frau Molsen überraschenderweise an, meiner Mutter zu zeigen, wie man ein Smokkleid bestickte, dass dabei schöne Falten und Muster entstanden. Zu meinem neunten Geburtstag fertigte mir Mutter dann – sehr zu ihrem eigenen Vergnügen – ein helles, aquamarinfarbenes Kleid in der Art, wie Wiebke es trug, mit einer großen, im Rücken zu knotenden Schleife. Wiebke und ich trugen diese Kleider in nicht zueinander passenden Blautönen immer am gleichen Tag, was Bärbel und Ingrid dazu veranlasste, uns als »die blauen Weiber« zu bezeichnen. Das blieb unser Spitzname, auch als mein blaues Kleid schon längst zum letzten Mal ausgelassen und, schon etwas ausgebleicht, an Ingrid weitergegeben worden war.

Die Nahrungsmittel wurden immer knapper, ganz besonders das Obst, und so nahmen wir Kinder die Dinge selbst in die Hand. Wir unternahmen geheime Ausflüge in den abschüssigen alten Pflaumengarten des Angererlehens und naschten dort von den Baunken, einer ganz besonderen, runden Pflaumenart, oder von den Äpfeln im kleinen, kargen Obstgarten eines anderen Bauern. Auf dem Bauch krochen wir durch das hohe Gras, in dem wir eigentlich nichts zu suchen hatten und das bald danach gemäht werden sollte, zu dem riesigen Fliederbusch unterhalb von Frau Villnows Terrasse und pflückten dort für den Muttertag einige frische, duftende Blüten, obwohl wir sehr genau wussten, dass dies ein betrügerisches Geschenk war. Das Wissen um den Unterschied zwischen Mein und Dein und andere moralische Gebote verloren an Bedeutung, was teils mit dem allgemeinen Mangel, teils mit wachsenden Begehrlichkeiten zu tun hatte. Wiebke und Bärbel waren zwar unsere Spielkameradinnen, aber an unseren schlimmsten Missetaten und wildesten Streichen waren sie nicht beteiligt. Auch in dieser Hinsicht waren sie anders als wir, und es sah immer so aus, als könnten sie ihre Kleider mühelos sauber halten.

Nach meinem Umzug von der Salzbergschule an die Marktschule, wo ich in Oberlehrer Schramms Klasse kam, wurde es mit dem gemeinsamen Heimweg schwieriger. Wiebke war eine Klasse unter mir und nach wie vor in der Obhut von Fräulein Stöhr, und außerdem traten jetzt neue Freundinnen in unser Leben. Dennoch blieben wir während der ganzen Kriegszeit eng befreundet, wir teilten Geheimnisse, Träume und Phantasien, die meine Entwicklung vom Kind zur Jugendlichen sehr stark beeinflussten. Diese gemeinsamen Gedanken und Gefühle erhielten uns die Hoffnung, dass der Krieg zu Ende gehen und wir beide am Leben bleiben würden. Sie gaben uns auch an einigen der fürchterlichsten und schrecklichsten Tage jener Zeit einen gewissen Sinn für Normalität, ja sie ließen uns sogar lachen und eine kindliche Fröhlichkeit empfinden, an der es in der Welt der Erwachsenen so sehr fehlte.

Über das häusliche Leben von Wiebkes Familie erfuhr ich nicht mehr allzu viel. Dennoch ermöglichte es mir diese Freundschaft, einen Teil der Kriegsjahre im Grenzbereich zu einer anderen Welt zu verbringen, zu einer Welt, in der eine unausgesprochene, subtile, aber offenkundige Verachtung für die Nazis herrschte, außerdem eine entschlossene Abgrenzung von deren Aktivitäten. Der Einfluss der Molsens schärfte meine Aufmerksamkeit für und meine Kritik an den Personen in meiner unmittelbaren Umgebung, die fanatische Nazis waren – Fräulein Stöhr, Herr Adler, Hans Schuster, Frau Deil und Frau Penzig –, und deren völlige, wahnsinnige Hingabe an diese Ideologie am einen oder anderen Punkt mein eigenes Leben beeinflusste. Aus einem Spiel, das ich mit Wiebke wenige Tage, nachdem wir uns kennengelernt hatten, erprobte, lernte ich außerdem, was Verfügungsgewalt über einen Menschen bedeutet. Ihre Verschwiegenheit hatte mich irritiert, deshalb hatte ich auf unserem Heimweg durch den Wald vorgeschlagen, einmal Herr und Hund zu spielen. Wiebke war bereit, den Hund zu spielen, Holzstöckchen für mich zu apportieren und im Wald sitzen zu bleiben, bis ich sie rief. Ich ging sehr weit fort, und sie kauerte derweil gehorsam unter einem Baum, obwohl ihr dieser unbekannte, finstere und moosbewachsene Bergwald mit Sicherheit Angst einjagte. Ich spürte den Kitzel der Macht, aber später fühlte ich mich dann schuldig, sobald ich an dieses Spiel dachte.

Elftes Kapitel

Ein anstrengendes Zwischenspiel in Selb

Jeden Sommer besuchten wir unsere Großeltern. Auch 1943 sagten wir unseren Freunden am Salzberg auf Wiedersehen und machten uns auf die immer schwieriger und gefährlicher werdende Reise nach Selb. Die ständigen Bombardierungen unserer Städte erschütterten Mutter. Es sah so aus, als ob sie die Alliierten nach jedem Angriff noch mehr hasste und daraus neue Kraft schöpfte, die sie die Not ertragen ließ und ihre Hoffnung stärkte, dass unsere Armeen siegen würden. Aus Hamburg wurde berichtet, dass nach einem Luftangriff 800.000 Obdachlose in der zerstörten Stadt nach Nahrung, Kleidung und Unterkunft suchten. Was wäre wohl, so sorgte sich Mutter, wenn unser überfüllter Zug mitten in der Nacht anhalten müsste, um das Ende eines Luftangriffs abzuwarten oder, schlimmer noch, was wäre, wenn der Zug bei einem Bahnhofshalt bombardiert würde?

Doch uns blieb keine andere Wahl, als zu reisen. Tante Emma hatte geschrieben, dass meine schwerkranke Großmutter Mutters Pflege bedürfe, und in vagen Andeutungen hinzugefügt, dass mein Großvater wegen öffentlicher antinazistischer Äußerungen, die er höchstwahrscheinlich bei einer Versammlung seiner Innung gemacht hatte, von der Gestapo verhört worden sei. Er wurde eine Nacht lang festgehalten und dann mit der Warnung entlassen, beim nächsten Mal werde er als Volksfeind betrachtet und müsse mit Konsequenzen rechnen, also mit Lagerhaft. Von diesen Ferien erwartete ich nicht viel Spaß. Zum Glück hatte ich keinerlei Vorahnung zur Dauer der Reise und zu den Anstrengungen, die unser Aufenthalt in Selb mit sich bringen würde. Wir stiegen in den Zug – wie immer nur wenige Sekunden vor der Abfahrt – und begaben uns auf eine Reise, die unter normalen Umständen etwa sechs Stunden dauerte, diesmal aber fast zwei Tage in Anspruch nehmen sollte.

Beim dritten Umsteigen in Landshut erkannte Mutter, dass Kinder in einem derart hoffnungslos überfüllten Zug am besten durch die Fenster ein- und aussteigen konnten. Reisende, die im Zug blieben, reichten Ingrid und mich einfach durchs Fenster in die ausgestreckten Arme von Menschen auf dem Bahnsteig, die dieses Verfahren bereits kannten. Ich schämte mich bei dem Gedanken, dass mein Rock hochrutschen und meine Unterwäsche zu sehen sein könnte, doch niemand interessierte sich dafür, dass ich das war, die da heruntergereicht wurde. Ich war nur ein kleiner Körper unter Dutzenden.

Mutter, die sich bereits durch den Korridor des Waggons kämpfte, hatte noch gerufen: »Passt auf die Koffer auf!«, denn unser Gepäck folgte uns auf demselben Weg und verschwand aus ihrem Blickfeld. Ich zog unsere Sachen auf einem Haufen zusammen und sagte Ingrid, sie solle sich auf Vaters großen braunen Koffer setzen, den Koffer mit dem gelben Holzrahmen. Mutter war nirgends zu sehen, und einen schier endlosen Augenblick lang fragte ich mich, ob ich den Weg wohl mit Ingrid alleine fortsetzen müsste. Ich war neun Jahre alt und dachte, dass ich diese Situation meistern könnte, solange Ingrid mitmachte. Alle Leute in Selb würden staunen, wie mutig und klug ich schon war, wenn ich die Reise ohne Mutter schaffte. Zu meiner großen Erleichterung tauchte sie jedoch wieder auf und glättete ihr Kleid und ihr zerzaustes Haar. In dem kleinen, verrauchten Wartesaal aßen wir drei unsere belegten Brote und tranken Pfefferminztee aus der Thermoskanne dazu. Nebenbei lauschten wir den konfusen Ansagen, damit wir unseren Anschlusszug ja nicht verpassten. Auf einmal wurde die Zeit knapp. Wir rannten die falsche Treppe hinunter, landeten auf dem falschen Bahnsteig und eilten in Panik weiter zum nächsten, in der Hoffnung, dass dies der richtige sei.

Dort standen Frauen, Kinder, alte Menschen, Soldaten in Gruppen, und alle passten auf ihr Gepäck auf. Die wogende Menge drängte bei der Einfahrt des Zuges nach vorn und kämpfte um den Zustieg, die sperrigen Bündel, großen Pakete und Koffer stießen und drückten uns. Wieder hoben hilfreiche Hände Ingrid und mich durchs Fenster, selbst Mutter erhielt diesmal beim Einsteigen einen hilfreichen Schubs. Ingrid und ich hatten Glück. Wir fanden Sitzplätze und quetschten uns zwischen zwei Erwachsenen auf die begehrten, harten Holzbänke eines Dritte-Klasse-Abteils. Die Bänke waren vor Jahren mit einem gelblichen Lack gestrichen worden, der inzwischen abgenutzt und zerkratzt war. Mir gegenüber hing ein zerbrochener Spiegel mit einem Metallrahmen, und an der Schiebetür des Abteils war ein Plakat angebracht, das eine finstere, schattenhafte Spionsgestalt zeigte, ergänzt durch die Parole »Feind hört mit«. Uns war völlig egal, ob dies nun ein Raucher- oder ein Nichtraucherabteil war, solange wir nur einen Sitzplatz hatten und nicht mehr in einer zugigen Bahnhofshalle bei offenen Türen auf unseren Koffern sitzen mussten, an einem Ort, wo Zugräder ratterten und Ketten klirrten.

Eine alte Dame beklagte sich über den Luftzug, der durch das offene Fenster drang, eine andere bestand auf frischer Luft. Die Frischluftfanatikerin setzte sich durch, und ich durfte zwischen den beiden stehen und mein Gesicht in den Luftzug halten, obwohl ich wusste, dass schwarze Rußfetzen aus dem Schornstein der Lokomotive an mir hängen bleiben und in Augen und Nase dringen oder, so warnte mich Mutter, sich unwiderruflich in meiner Lunge festsetzen würden.

Bei Einbruch der Dunkelheit aßen wir Mutters letzte belegte Brote, und der Zug fuhr ohne Beleuchtung in die Nacht hinein. Es war eine Vorsichtsmaßnahme, weil jederzeit feindliche Flugzeuge über uns auftauchen konnten. Einmal wachte ich auf. Der Zug hatte angehalten, bei uns war alles still, doch ich hörte Explosionen, die ziemlich nahe zu sein schienen. Niemand sprach ein Wort, bis wir wieder anfuhren, dann sagte jemand das Naheliegende: dass wir zum Glück nicht getroffen worden waren. Ich dachte, dass Züge, die durch die Nacht fuhren, eine rätselhafte Sache seien, und erinnerte mich an eine angsteinflößende Unterhaltung, die ich erst vor kurzem mitgehört hatte. Sophie, eine Freundin meiner Mutter, hatte uns eines Abends im Haus Linden besucht und ihren Mann mitgebracht, der auf Heimaturlaub war. Mutter und Sophie befragten ihn nach seinen Erlebnissen an der Ostfront. Kein Soldat durfte irgend etwas von seinen Fronterfahrungen weitergeben, doch dieser Mann berichtete schließlich zögernd von Zügen voller Frauen, die durch einen von seiner Einheit bewachten Bahnhof gerollt seien, der vermutlich in Polen lag. Manche Frauen im Zug mussten sich so dringend erleichtern, dass sie dafür schließlich die Zugfenster benutzten, trotz der bewaffneten Zuschauer und der bitteren Kälte. Er sagte, Tausende von Menschen seien in Viehwaggons durch diesen Bahnhof gerollt, doch zumindest dieser eine habe einen Anblick geboten, der die Soldaten zum Lachen brachte. Mehr sagte er nicht über die geheimen Züge, nur noch so viel: Er würde jedes Opfer bringen, um Mutter und

Sophie einen solchen Anblick zu ersparen, ganz zu schweigen von einem Schicksal dieser Art.

Dieser Bericht verwirrte mich so sehr, dass ich alle Vorsicht fahren ließ und Mutter fragte, was der Besucher gemeint hatte: Wer schickte die Züge los? Warum wurden die Frauen auf diese Weise transportiert, und wohin fuhren sie? Auch Mutter war ganz durcheinander, noch unruhiger wurde sie jetzt aber, weil sie nicht verhindert hatte, dass ich mithörte. Sie beantwortete meine Fragen nicht, und das Belauschen von Unterhaltungen der Erwachsenen – mein heimliches Hobby – wurde jetzt noch schwieriger.

An einem herrlichen Sommertag kamen wir schließlich frühmorgens in Regensburg an. Im übelriechenden Wartesaal gab es nichts zu essen, deshalb beschloss Mutter, mit uns in die Stadt zu gehen. Sie wollte den berühmten alten Dom St. Peter sehen, den sie vor vielen Jahren schon einmal bewundert hatte. Die Gepäckaufbewahrung war geöffnet und funktionierte, und so konnten wir ohne Kofferlast losziehen. Doch anstelle schöner, historischer Altstadtstraßen sahen wir nur Verwüstung. Ich traute meinen Augen kaum, als ich einen ganzen Straßenzug sah, der zu einem Schutthaufen zerbombt war. Frühere Wohnräume ragten jetzt als Ruinen in den fahlen Morgenhimmel. Ich fühlte mich wie in einem Alptraum und begriff dabei, wie sicher wir in unseren Bergen vor all diesen Dingen waren. Als wir schließlich vor dem mächtigen, hoch aufragenden gotischen Dom standen, war die Zeit knapp geworden. Wir mussten umkehren, ohne auch nur einen Fuß dort hineingesetzt zu haben. Mutter drängte mich, schneller zu gehen. Meine Angst, den Zug zu verpassen, wuchs von Minute zu Minute, und Ingrid fing aus demselben Grund zu weinen an. Es war der einzige Zug, der uns an diesem Tag nach Selb bringen würde.

Beide Großelternpaare, meine Patentante Frieda, Tante Emma und meine kleine Cousine Uschi erwarteten uns bereits ungeduldig im alten, aus rostfarbenen Ziegeln errichteten Hauptbahnhof von Selb. Wir schüttelten uns die Hände und sagten »Grüß Gott« im fränkischen Tonfall, was meinem Pöhlmann-Großvater das irritierende »Heil Hitler« ersparte. Ingrid und ich knicksten vor den Älteren, doch weil wir eine Familie waren, die ihre Gefühle nicht in aller Öffentlichkeit zeigte, gab es weder Küsse noch Umarmungen – mit Ausnahme der etwas verlegenen Frieda, die Ingrid und mich zur Begrüßung sanft umarmte und feucht auf die Wange küsste. Die beiden Großväter lüfteten zur Begrüßung den Hut. Beide trugen ihre alten, grauen, von den Großmüttern tadellos gereinigten und gebügelten Sommeranzüge, und beide hatten einen polierten braunen Spazierstock.

Das Gepäck wurde auf einen hölzernen Leiterwagen verfrachtet, wie wir ihn auch zu Hause benutzten, was der todmüden Ingrid einen bequemen Ritt auf den Koffern verschaffte. Unsere kleine Gesellschaft ging die Bahnhofstraße hinunter, wo Tante Emma auf ein altes, schlichtes Backsteingebäude wies, in dem jetzt die »polnischen Frauen« wohnten. Sie waren offensichtlich gewaltsam hierher gebracht worden, um Fabrikarbeit zu leisten. Diese Frauen waren ein fester Bestandteil des Lebens in Selb zu Kriegszeiten. Ich begegnete ihnen auch einige Male, doch dabei erfuhr ich nichts über sie und hörte nur, dass sie keine Deutschen seien, sondern in unseren Diensten ständen. Die Erwachsenen tauschten Reiseberichte aus und sprachen zwischendurch auch über unsere Soldaten und die Bombardements, zum Glück gab es dabei keinen Streit. Die Paul-Großeltern trennten sich auf der Adolf-Hitler-Straße, an dem Haus, in dem ihre Mietwohnung lag, vom Rest der Gruppe. Die Pöhlmann-Gruppe ging anschließend die mit Kopfsteinen gepflasterte Hutschenreutherstraße hinauf bis zur Abzweigung in die Birkengasse, eine von Birken gesäumte Schotterstraße. Das Haus meines Großvaters in der Birkengasse 7 war eines der ältesten Häuser von ganz Selb. Zusammen mit ein paar anderen frei stehenden Häusern hatte es den großen Brand von Selb in 1856 überstanden. Dieses berüchtigte Datum lernte jedes Kind der Stadt schon sehr früh.

Das Haus meines Großvaters hatte zwar ein ehrwürdiges Alter, doch leider konnte von einer besonders bequemen oder wenigstens schönen Ausstattung, die ein zwar bescheidenes, aber dem Stand der Zeit entsprechendes Leben ermöglichte, keine Rede sein. Von außen betrachtet wirkte das Haus auf mich wie nackt. Es hatte ein steiles Schieferdach und schlichte Flügelfenster, keine grünen Fensterläden oder Balkone lockerten die gelben Wände auf, die im Lauf der Generationen die Farbe des Rußes aus den Porzellanfabriken angenommen hatten. Doch unter dem Giebel hing zur Straßenseite hin ein großes, weißes Schild, auf dem in großen Buchstaben zu lesen war: BAU- UND MÖBELSCHREINEREI ALBIN PÖHLMANN. Das Schild machte mich stolz auf meinen Großvater. Er war ein Schreinermeister und hatte einen eigenen, offensichtlich bedeutenden Betrieb.

Aus dem Werkstattbereich begrüßte uns der typische, intensive Geruch von Leim, Lack und frisch gesägtem Holz, und gegenüber führten ein paar Stufen zum Lager für die Särge und die abholbereiten fertigen Möbelstücke. Ich liebte die Särge mit dem polierten Holzfurnier und den reichen Goldverzierungen. Manchmal fuhr ich nachdenklich mit dem Finger über die ebenmäßigen Oberflächen und fragte mich, wer wohl einmal in diesen Särgen liegen würde. Ich nahm mir vor, bei nächster Gelegenheit einen von ihnen auszuprobieren – wenn ich jemanden fand, der mir beim Heben des Deckels helfen würde. Hinter dem Lagerraum lag das Waschhaus mit dem Kaltwasserhahn und den Waschzubern aus Zink und Holz. Auf der Rückseite des Hauses war ein feuchter, dunkler Keller in den Fels geschlagen. Dort lagerten Fässer mit selbst gemachtem Sauerkraut, und in den Regalen standen mehr leere als volle Gläser mit Eingemachtem, Kompott, Marmelade und Gelees. In einer Ecke standen die seit langem unbenutzten Gerätschaften, die mein Onkel Hans für seine Weinherstellung benötigte. Vor seiner Einberufung hatte er stets die roten Johannisbeeren aus Großvaters Garten zu Wein verarbeitet, den er nach dem alten Namen für diese Gegend Finkenstich-Riesling nannte. Bei einer besonderen Gelegenheit hatte er einmal eine Flasche des verführerisch süßen, hochgradig alkoholischen, rubinroten Saftes geöffnet und uns Kindern einen winzigen Schluck in unsere eigenen Gläschen eingeschenkt.

Im Zweiten Stock kamen wir in die geräumige Wohnküche, in der ein großer gusseiserner Herd stand. Großvater hatte die schlichten, stabilen Eichenmöbel natürlich selbst gemacht. An der Wand stand eine niedrige, harte Ottomane, vor die der Esstisch geschoben wurde, und auf den breiten, blitzblanken, weißen Fensterbrettern hatten die üppigen, rosafarbenen und roten Geranien meiner Großmutter ihren Platz gefunden. Zusammen mit den schneeweißen gehäkelten Vorhängen gaben sie dem Raum ein freundliches und frisches Aussehen. Meine Großmutter musste Eigenschaften haben, von denen ich nichts wusste, wie sonst hätte bei ihr eine solche Blumenpracht gedeihen können? Aus den Küchenfenstern blickte man auf den abschüssigen Hang mit dem Beerengarten und den hohen schlanken Birken. Wenn der Wind die Äste bewegte, sah man das glitzernde Wasser des kleinen Selbachs, der von der Fabrik kam und sich durch die Wiese schlängelte.

In unserem Schlafzimmer suchte ich immer zuerst nach dem gelben, holzigen Pilz zwischen den Bodenbrettern. Ich rief, dass ich den gelben Pilz gefunden hätte, und Mutter kam und entfernte ihn angewidert. Die Fenster zum Hinterhof schienen dieses Jahr niedriger – natürlich war ich gewachsen – und sollten mir als praktischer zweiter Ausgang dienen, wenn ich dem prüfenden Blick meiner Großmutter, die meist im Wohnzimmer saß, entgehen wollte.

Jetzt war sie allerdings vom Gang zum Bahnhof und dem Rückweg erschöpft. Mutters Besorgnis um ihre Mutter war offensichtlich, als wir daheim ankamen. Großmutter war immer zierlich gewesen, doch in diesem Jahr wirkte sie noch kleiner. Das ernste, runzlige Gesicht zeigte Spuren von Schmerz um Augen und Mund. Sie nahm ihr Gebiss heraus, weil es ihr weh tat. Ohne den Halt durch die Prothese sank ihre spitze Nase nach unten und zeigte auf das scharfe Kinn, sodass mich Großmutter plötzlich an eine echte Hexe erinnerte. Ohne ein Wort zu sagen saß sie auf ihrem harten Stuhl mit der hohen Lehne und gab sich keinerlei Mühe, ihre Unzufriedenheit mit den beiden lärmenden Kindern zu verbergen, die in ihr Haus eingefallen waren. Selbst Ingrid, die mit nahezu jedem Menschen gut zurechtkam, gab den Versuch auf, Großmutter für sich einzunehmen. Mutter sagte traurig, ihre Mutter sei von dem harten Leben, das sie gehabt habe, erschöpft und jetzt sei sie sehr krank. Geduldig und ohne zu fragen übernahm sie die Rolle der gehorsamen Tochter und Pflegerin.

Tante Emma warnte uns, dass Großmutter sich weigerte, bei Fliegeralarm in den feuchten Keller hinunterzugehen. Sie blieb einfach in ihrem Bett liegen. Nur wenige Tage nach unserer Ankunft in Selb weckte mich das Heulen der Sirenen aus tiefem Schlaf: Luftalarm!. Ich geriet in Panik, als ich sah, dass Mutter nicht in ihrem Bett war, und wollte durchs offene Fenster steigen, um im Hof Schutz zu suchen. In der Dunkelheit verschätzte ich die Abstände und kam Großmutters großem Weihnachtskaktus, der auf einer Seite auf dem Fensterbrett stand, zu nahe. Er krachte auf den Boden und zerbrach. Jetzt hatte ich mit zwei Schrecknissen zu kämpfen: mit dem Luftangriff in Abwesenheit meiner Mutter und mit Großmutters Zorn wegen des zerbrochenen Blumentopfes. Wenige Minuten später kam Mutter atemlos nach Hause. Sie war bei einer Freundin gewesen und sofort losgerannt, als der Alarm ertönte. Jetzt hielt sie mir einen Vortrag, weil ich so dumm gewesen war und versucht hatte, in den Hof hinauszusteigen, anstatt meine Großeltern oder Tante Emma zu wecken, die alle auf dem gleichen Stockwerk schliefen. Auch nach dem Sirenenton, der Entwarnung meldete, dauerte es einige Zeit, bis ich wieder einschlafen konnte. Am nächsten Morgen merkte ich, dass meine Angst vor der Großmutter unbegründet war, doch das Entsetzen, das mich in dem fremden Schlafzimmer überkommen hatte, als die Sirenen ihren gespenstischen Warnruf in die Nacht hinausschickten, war in meinen Gedanken immer noch allzu gegenwärtig. Ingrid hatte die ganze Aufregung verschlafen, doch am nächsten

Morgen konnte sie sich die Bemerkung nicht verkneifen, es tue ihr leid, dass ich Großmutters Kaktustopf zerbrochen hätte, was ihr einen vernichtenden Blick von mir einbrachte.

Das Abenteuer in jener Nacht löste den ersten Streit dieses Besuches zwischen Großvater und meiner Mutter aus. Am folgenden Morgen sagte sie zu ihm, es sei furchtbar, wenn der Feind selbst kleine Städte wie Selb bedrohe und wenn »er« die deutsche Zivilbevölkerung wie Tiere jage und quäle. Großvater antwortete ihr wie schon viele Male zuvor: »Was erwartest du? An allem ist nur Hitler schuld. Ich habe dir schon vor langer Zeit gesagt, dass dieser Krieg Wahnsinn ist. Merk dir meine Worte: Es wird noch schlimmer kommen.« Sie wurden lauter, doch dann beendete Mutter den Streit, weil sie Angst hatte, jemand könnte sie hören. Ich hatte Regensburg gesehen und dachte, dass Mutter recht hatte mit ihren Bemerkungen über die Verbrechen des Feindes. Und ich grübelte über der Frage, was ich mit den Ansichten meines ansonsten vertrauenswürdigen Großvaters anfangen sollte. Es war wie damals, als ich noch sehr klein war und meine Begegnung mit Hitler hatte. Gab es vielleicht einen Zusammenhang zwischen der wirkungslosen, schweigenden Verachtung der Molsens und Großvaters lauter, gefährlicher, aber genauso wirkungsloser Kritik?

Auf dem Treppenabsatz zwischen den Räumlichkeiten meiner Großeltern und Tante Emmas Wohnung befanden sich zwei übelriechende, fliegenverseuchte Plumpsklos. Für eine gründliche Modernisierung des alten Gebäudes hatte stets das Geld gefehlt, deshalb waren ein Wasserhahn und ein angeschlagener Emailleausguss auf dem Treppenabsatz die einzige Wasserquelle im ganzen Haus. Im Vergleich zu diesen Zuständen herrschte in unserer Wohnung im Haus Linden der reinste Luxus. Dort hatten wir eine Toilette mit Wasserspülung und fließendes Wasser in der Küche. In Tante Emmas Küche stand jedoch neben dem mit Holz beheizten alten Herd auch ein Gasherd, und sobald die Gasflamme aufflackerte, holte sie aus einer kleinen Porzellanschüssel ein Fünfmarkstück, das sie so schnell wie möglich in den Gaszähler steckte.

Wenn es der Gesundheitszustand meiner Großmutter erlaubte, bestanden meine Großeltern auf dem gemeinsamen Kirchgang am Sonntag. Das war eines der Ärgernisse, die mit einem Sommer in Selb verbunden waren. Wir hatten doch die Nazireligion der »Gottgläubigkeit« angenommen, und ich verstand nicht, warum sich Mutter dem Wunsch meiner Großeltern beugte. In der schlichten, neugotischen Pfarrkirche von Selb gab es, anders als in den katholischen Kirchen von Berchtesgaden, keine Heiligenbilder oder bunten Glasfenster, keine Maria mit dem Kind, die einen zum Nachdenken veranlasste. Es war mir fast unmöglich, während der langen Predigt stillzusitzen. Nach einer Weile fing ich an, auf der harten Bank hin- und herzurutschen, spielte mit dem Gesangbuch, sah mich um, versuchte Ingrid mit Worten oder Gesten anzusprechen und, schlimmer noch, sie zum Kichern zu bringen. Die Großeltern verstanden schlicht und einfach nicht, was mit uns los war, und mein Großvater bezeichnete uns halb im Scherz als »die Wilden aus Bayern«. Sie waren der festen Ansicht, dass unser Benehmen nur durch noch mehr Gottesdienstbesuche zu ändern war. Um das wöchentliche Gezänk zu beenden, wurde letztlich beschlossen, dass wir nur noch an hohen Feiertagen zur Kirche gehen mussten. Und kirchliche Feiertage waren im Sommer sehr rar.

Die Toiletten (beziehungsweise der Mangel an solchen) und der Kirchgang am Sonntag waren das Schlimmste bei unserem Aufenthalt in Selb. Das Beste war, dass es mehr zu essen gab. Die Hühner, Hasen, Enten und Gänse, die den Hof meines Großvaters bevölkerten, lieferten immer mal wieder einen Sonntagsbraten. Die Lebensbedingungen in Berchtesgaden und im Haus Linden waren für die Haltung von essbaren Tieren sehr viel ungünstiger. Getreide gedieh in den Bergen nicht, und unser kleiner Holzschuppen neben dem Haus Linden war noch nicht so umgebaut, dass er als Hühner- und Hasenstall dienen konnte. In Selb kam das Fleisch eines fetten Hasen am Sonntag und Montag auf den Tisch, und die Bratensoße würzte dann am Dienstag und Mittwoch die fränkischen Kartoffelgerichte. In Großvaters und Tante Emmas Küchengarten wuchsen große rote oder weiße Kohlköpfe heran, während unsere Kohlpflanzen in Berchtesgaden kaum einmal ein paar Blätter entwickelten. Die Karotten, die auf dem Salzberg nur so dünn wie Kinderfinger waren, wurden hier lang und dick. Doch das Allerschönste war, dass die Tomaten am Strauch reiften. Unsere Tomaten waren beim ersten Frost immer noch grün. Wir nahmen sie ab und versuchten sie in Papiertüten auf dem Fensterbrett nachreifen zu lassen, doch bevor sie eine rote Farbe bekamen, wurden sie stets schwarz. Die Enten und Gänse in Selb lieferten neben ihrem Fleisch auch noch Federn für Kissen und Bettdecken. Die Hennen legten Eier und steuerten Bratenfett bei, und aus dem Hasenfell entstanden Pelzbesätze für Mantelkragen, Hausschuhe und Muffe. Ich wusste, dass es ein törichter Luxus war, sich in ein kleines Häschen oder ein flauschiges gelbes Küken zu verlieben. Eines Tages, wenn die Zeit gekommen war, das Tier zu schlachten und zu verspeisen, würde mich das nur traurig machen oder sogar zum Weinen bringen. Nach einigen Wochen in Selb bemerkte Mutter zu ihrer Freude, dass ich ein bisschen Gewicht zugelegt hatte, wo zuvor nur Haut und Knochen zu sehen waren. Das schrieb sie zum einen dem Essen zu, andererseits aber auch der Tatsache, dass wir auf dem Schulweg und bei den täglichen Besorgungen nicht mehr dauernd bergauf und bergab gehen mussten.

In Selb gefiel es mir vor allem wegen Tante Emma. Sie war meine Vertrauensperson, eine Art Ersatz für Trudi und Tante Susi, und sie ersparte mir so manchen Tadel meiner Mutter, weil sie ein Paar schmutzige Socken schnell auswusch oder einen Saum richtete, den ich zerrissen hatte. Sie machte sich große Sorgen, wenn die Postbotin keinen Brief von Onkel Hans brachte. Großmutter musste sie daran erinnern, dass gar kein Brief immer noch besser war als eine Todesnachricht oder das Allerschlimmste, eine Mitteilung, ihr Mann werde im Felde vermisst. Die junge, hochschwangere Tochter des Bäckers, die vor einem Jahr eine Kriegshochzeit gefeiert hatte, war erst vor kurzem vom Tod ihres Mannes unterrichtet worden. In Trauerkleidung, mit bleichem Gesicht und rotgeweinten Augen verkaufte sie jeden Morgen ihr Brot, solange sie welches hatte. Ich wartete in der Schlange, bis ich an die Reihe kam, und fragte mich, was es wohl für das Baby bedeuten würde, niemals einen Vater gehabt zu haben. Der Tod der jungen Männer, die er alle kannte, machte meinen Großvater zornig. Mutter und Tante Emma hielten die Fenster geschlossen, sagten so wenig wie möglich und grübelten resigniert über den Blutzoll nach. Dennoch teilten sie die Ansichten meines Großvaters nicht.

Onkel Hans kannte ich in erster Linie von einem Foto, das im Wohnzimmer von Tante Emma an der Wand hing und ihn in seiner Infanterieuniform mit den Rangabzeichen eines Feldwebels zeigte. Sein langersehnter Brief traf schließlich ein, und er kam von der Insel Spitzbergen im besetzten Norwegen, einem Ort, der am kalten Ende der Welt zu liegen schien. Einige Wochen später wurde Tante Emma ein mittelgroßes Holzfass zugestellt, das bis zum Rand mit norwegischen Salzheringen gefüllt war. Onkel Hans hatte es irgendwie auf den Weg gebracht. Die silbern glänzenden Fische in der Lake waren für uns der reinste Schatz. Die Frauen weichten sofort einige der Fische ein, und dann labten wir uns daran: Für die Erwachsenen gab es jeweils einen halben Fisch, für die Kinder etwas weniger. Dann wurde das Fass in den Keller gerollt, und ab und zu – unserer Meinung nach nicht oft genug – fragte Tante Emma, ob wir einen Hering wollten. Sie wusste genau, dass auf das anfängliche höfliche »Ach nein, danke« stets ein eindeutiges Ja folgte. Meine Mutter legte die Heringe in Milch und Essig ein, mein Großvater wickelte sie in Zeitungspapier, zog einen Haken durch die Köpfe, hängte sie im Dachboden an einen Draht und zündete das Zeitungspapier an, um den Fisch zu räuchern. Jedes Mal, wenn er das tat, rechnete ich damit, dass er ganz Selb in Brand stecken würde, doch er lachte nur und sagte, ich solle mir keine Sorgen machen, denn er mache so etwas nicht zum ersten Mal. Wir wussten noch nichts von krebserregenden Stoffen und genossen zum Mittagessen unseren Anteil an dieser wunderbaren, fettigen, geräucherten Delikatesse. Ein Hering reichte für fünf Portionen. Meine Großmutter sagte immer: »Das Kopfstück ist für Großvater, er braucht es am dringendsten«, und sie bestand für sich selbst auf dem Schwanzstück. Mein Großvater vertilgte restlos alles, einschließlich der Augen. Ingrid und ich verdrehten angewidert die Augen, doch wir verstanden, warum er so hungrig war, und sagten nichts.

In jenem Sommer herrschte eine düstere Stimmung. Wir versuchten uns auf die einfachsten, gewöhnlichsten täglichen Arbeiten zu konzentrieren, während die allgemeine Katastrophe, die uns umgab, immer schneller voranschritt und unser Leben auf tausenderlei Art beeinträchtigte. Die beiden jungen Lehrlinge meines Großvaters waren vor kurzem eingezogen worden, und er blieb traurig und wütend zurück. Da er sich beharrlich weigerte, der Nazipartei beizutreten, um sich Beziehungen und Aufträge zu verschaffen, waren ihm nur noch ganz wenige Kunden geblieben. Dennoch sah er uns gerne neben sich in der Werkstatt spielen. Wir suchten nach Holzresten, fegten duftende Späne und Sägemehl zusammen, hämmerten und sahen Großvater zu, der mit ruhiger, geübter Hand seine Sägen, Hobel, Stechbeitel, Zangen, Hämmer, Wasserwaagen, Winkelmaße und Lineale zu gebrauchen wusste. Er zeigte mir, wie man einen Nagel gerade einschlug und ein Stück Holz abmaß. Im Hintergrund ächzten die furchteinflößenden, monströsen Maschinen mit den riesigen, horizontal und vertikal angeordneten ledernen Triebriemen, die die Sägeblätter durch das Holz jagten. Albin Pöhlmann verwandelte vor unseren Augen durch eine Vielzahl mit großer Geduld ausgeführter Arbeitsschritte die rohen Bretter aus dem Hof in einen prächtigen Kleiderschrank, in eine Kommode und, natürlich, in Särge. Nur während des Lackierens wurden wir aus der Schreinerei verbannt, denn der Staub, den wir aufwirbeln könnten, würde den glänzenden Auftrag ruinieren, der so ebenmäßig war wie Japanlack. Anfang August erholten sich die Erwachsenen bei der Beerenernte von den politischen Anspannungen jener Tage. Es herrschte ein reges Treiben, denn es war sehr wichtig, die Johannis- und Stachelbeeren allesamt dann zu pflücken, wenn sie am süßesten schmeckten. Mutter und Tante Emma saßen viele Tage lang im Garten unter den riesigen alten Johannisbeerbüschen und füllten eine Schüssel nach der anderen mit Zweiglein voller glänzender roter Beeren mit schwarzen, stecknadelkopfgroßen Häubchen. Ingrid, unsere Cousine Uschi und ich halfen ab und zu mit, doch meist verspeisten wir die Beeren einfach, bis unsere Gesichter und Hände eine tiefrote Farbe angenommen hatten. Die Beeren wurden mitsamt den Stängeln in einem riesigen Topf kurz gekocht, dann wurde die karmesinrote Masse auf ein Leinentuch gegossen, das wie ein rotes Euter zwischen umgedrehten Küchenstühlen hing. Der rote Sirup tropfte in die untergestellten Schüsseln, und ein köstlich süßer und leicht beißender Duft erfüllte die Küche und drang auf den Gang hinaus. Die zuckrige, zähe Masse füllten wir schließlich in sterile Marmeladengläser, die mit Wachs versiegelt und dann im Keller eingelagert wurden. Ich fürchtete mich davor, einen Korb mit diesen Gläsern auf dem Heimweg nach Berchtesgaden durch die Züge schleppen zu müssen. Allerdings konnte ich auch den Wert selbstgemachten Johannisbeergelees nicht bestreiten, das im Winter auf unseren Schulbroten landete.

Als die Schulferien zu Ende gingen, wussten wir, dass meine Großmutter sterben würde. Emphyseme hatten ihre Beine anschwellen lassen und in bläulich-weiße, mit Flüssigkeit gefüllte Säcke verwandelt. Sie trugen ihre Besitzerin nicht mehr, und der Arzt sagte, sie werde sterben, wenn die Flüssigkeit zu ihrem Herzen aufsteige. Dieser Gedanke entsetzte mich zutiefst, und ich versuchte, nicht mehr auf ihre Knöchel zu schauen, wenn sie dasaß und den Kopf mit den sauber gekämmten Haaren auf die gefalteten Hände zu stützen versuchte. Sie tadelte uns nicht mehr, denn die stechenden Herzbeschwerden und die Atemnot plagten sie zu sehr. Und sie machte ihren Frieden mit Gott. Eine Diakonieschwester kam jeden Tag, half ihr beim Baden, betete mit ihr und las aus dem Neuen Testament vor.

Mutter musste jetzt ihrer Mutter beistehen. Sie fuhr alleine nach Berchtesgaden, um unsere Herbst- und Winterkleider zu holen, und einigte sich mit dem Vermieter, der die Wohnung für uns freihalten würde. Er war besorgt, weil die Behörden möglicherweise nicht gestatten würden, dass eine Wohnung leer stand, doch er versprach Mutter, sein Bestes zu tun. Ingrid und ich vermissten unsere Freunde, unser Zuhause, die Berge, ja sogar das Gefühl der Wichtigkeit, das sich aus einem Leben auf dem Salzberg ergab, in direkter Nachbarschaft der Nazielite. Doch als im Herbst 1943 das Schuljahr begann, ging die inzwischen sechs Jahre alte Ingrid frohgemut in die erste Klasse, und ich, die Neunjährige, kam in Fräulein Hofmanns vierte Klasse in der einschüchternd großen Luitpoldschule, einer Stadtschule, die von der Birkengasse aus bequem zu Fuß zu erreichen war. Ingrid trug stolz ihre Schultüte, die Mutter mit Äpfeln, ein paar Süßigkeiten und einer Buntstiftschachtel gefüllt hatte, um der Erstklässlerin am ersten Schultag eine Freude zu machen. Ihr Lehrer war ein älterer Mann, der die Mütter sogleich hinausbat und seine Schützlinge – viele von ihnen weinten und schluchzten – an ihre Plätze geleitete. Der Ernst des Lebens begann ohne Umschweife.

Ich ging schüchtern in mein Klassenzimmer und sah mich nach einem vertrauten Gesicht um. Fräulein Hofmann, meine neue Lehrerin, eine schlanke, kleine Frau unbestimmten Alters, begrüßte mich und wies mir einen Platz zu. Nach dem ersten Schultag wusste ich, dass sie kein Scheusal wie Fräulein Stöhr war. Doch auch sie war eine fanatische Nationalsozialistin, und sie war, wie sich noch herausstellen sollte, gefährlicher als Fräulein Stöhr. Am ersten Tag übten wir, als ob wir das nicht schon könnten, noch einmal ein lautes und deutliches »Heil Hitler«. Meine Banknachbarin hörte meinen ungeduldigen Seufzer und sagte, diese Übung würde mich vor dem Zorn von Herrn Hetz bewahren, dem Schulleiter, der es hasste, den geheiligten deutschen Gruß nur gemurmelt zu hören. Schon allzu bald sollte ich ihn kennenlernen, als mich Fräulein Hofmann bat, ihm einige Papiere zu bringen. Ich ging durch die spärlich beleuchteten, stillen und kahlen Korridore, vorbei an endlosen Reihen geschlossener Klassenzimmertüren und eine steinerne Treppe hinauf, bis ich mit klopfendem Herzen und feuchten Handflächen vor dem Büro des Schulleiters stand. Ich klopfte zaghaft, hob beim Eintreten meinen Arm und rief: »Heil Hitler!« Herr Hetz sah mich an und sagte, ich solle wieder hinausgehen, es noch einmal versuchen und den Namen unseres Führers ordentlich aussprechen. Das ließ er mich dreimal tun, und ich war den Tränen nahe, als er mich schließlich angewidert fortschickte. Ich fand niemals heraus, was ich falsch gemacht hatte und warum Schulleiter Hetz von diesem Gruß so besessen war. Allmählich hasste ich es, ihn aufzusagen, denn er klang immer falsch und zunehmend dümmer.

Die Menschen waren fasziniert, wenn sie hörten, dass ich aus Berchtesgaden kam und auf Hitlers Berg lebte. Sie zeigten ein nahezu fieberhaftes Interesse an allem, was ich eventuell über den Führer wusste. Fräulein Hofmann fragte sofort, ob ich den

Führer gesehen hätte. Als ich ihr von meiner persönlichen Begegnung mit ihm in der Zeit vor dem Krieg erzählte, war sie tiefer beeindruckt als ein guter Katholik, dem man von einer Audienz beim Papst berichtete. Sie schenkte mir künftig besondere Beachtung, erkundigte sich nach meiner Familie und fragte eines Tages auch, worüber meine Großmutter mit der Diakonisse spreche, die nach ihr schaute. Ich war verwirrt und antwortete wahrheitsgemäß, dass die beiden Frauen beteten und gemeinsam in der Bibel läsen. Fräulein Hofmann schien das nicht zu glauben, und ich fragte mich, was sie wohl von mir erwartet hatte. Dennoch machte sie mich zu ihrem widerstrebenden Liebling. Mein sehnlichster Wunsch war, Anschluss an eine Clique von Mädchen aus der Nachbarschaft zu finden. Fräulein Hofmann verhinderte das nicht, doch meiner Ansicht nach war sie hinderlich. Sie hatte mir ein ungünstiges Geschenk gemacht, ein kleines, schwarzes Käppchen mit einem bestickten Rand und einer seitlich angebrachten Quaste. Ich fürchtete den Spott meiner Klassenkameradinnen und trug das Käppchen nur auf den letzten Schritten ins Klassenzimmer. Dann kam der erste winterliche Frost, und ich war ungeheuer erleichtert, als meine Mutter darauf bestand, dass ich jetzt meine Wollmütze trug.

Am Montag mussten alle Schülerinnen und Schüler mindestens ein Kilo Altpapier und ein Stück geglätteter Aluminiumfolie mitbringen, um die Kriegswirtschaft zu unterstützen. Mit Ingrid konkurrierte ich hart um die wenigen Folien- und Papierschnipsel, die es in beiden großelterlichen Haushalten zu sammeln gab, deshalb hatten wir Schwierigkeiten, die Quote zu erfüllen. Mutter benutzte jede Papiertüte so lange, bis sie buchstäblich zerfetzt war. Die dünnen Zeitungen wurden zu Toilettenpapier umgewidmet, und die Ladenbesitzer legten uns alle Besorgungen unverpackt in das Einkaufsnetz. An einem Regentag kam mir plötzlich eine Idee. Wir spielten auf dem großen, staubigen Dachboden unseres Großvaters und sahen uns die Fachzeitschriften an, die er im Lauf der Jahre gesammelt hatte. Plötzlich begriff ich, dass hier, direkt vor unserer Nase, eine große Menge Papier herumlag, die nur nutzlos verstaubte. Großvater brauchte jetzt, im Jahr 1943, ganz bestimmt keine Zeitschriften mehr, die über Werkzeuge, Maschinen und moderne Möbel der zwanziger und dreißiger Jahre berichteten. Ich sagte Ingrid, dass ich die Lösung für unser Problem gefunden hätte, und sie verstand sofort.

Ich zweifelte nicht daran, dass Großvater »ja« sagen würde, wenn ich ihn fragte, und eilte die drei Treppen zu seiner Werkstatt hinunter, so schnell ich konnte. Dort stand er, vornübergebeugt und ganz auf seine Arbeit an der großen Kreissäge konzentriert, mit der er gerade ein langes, dickes Brett zerlegte. Er sah erst auf, als der Arbeitsgang beendet war, und bat mich, ein paar Späne für Großmutters Küche einzusammeln. Ich bejahte den Auftrag, wollte aber zuerst seine Erlaubnis für mein Anliegen haben und sagte ihm, dass ich die alten Fachzeitschriften in die Schule mitnehmen und dort in die Altpapiersammlung geben wolle. Großvater sah mich an, als ob er meine Bitte nicht so recht verstanden hätte. Dann sagte er in einem ruhigen, eisigen Tonfall, dass nicht ein Schnipsel aus irgendeiner seiner Zeitschriften den Krieg dieses Halunken namens Hitler unterstützen werde. Auf meinem Gesicht muss Enttäuschung und auch so etwas ähnliches wie Hass zu lesen gewesen sein. Wie konnte er es wagen, den Krieg nicht zu unterstützen, wo uns doch jeden Tag erzählt wurde, dass das deutsche Volk in einem

Kampf auf Leben und Tod stand? War die Unterstützung für unsere Soldaten nicht wichtiger als seine alten Zeitschriften? Ich verließ die Werkstatt ohne Späne, aber mit einem Gefühl dauerhafter Abneigung gegen meinen Großvater. So empfand ich es jedenfalls in jenem Augenblick.

Fräulein Hofmann widmete mir nach wie vor besondere Aufmerksamkeit. »Heil Hitler, Irmgard, komm doch herein«, sagte sie an dem Tag, an dem ich die Einladung zu heißer Schokolade und Keksen bei ihr zu Hause angenommen hatte. Sie trug ihren üblichen, glatten Rock, eine Bluse in einem stumpfen Beige und keinerlei Schmuck. Ich wusste keinen Grund für diese Einladung. Nach ein paar einleitenden Höflichkeiten fragte sie ganz direkt nach der Einstellung meines Großvaters zu Hitler und nach seinen Ansichten über den Krieg. Ich war immer noch zornig auf meinen Großvater, hielt mich aber dennoch zurück. In dem moosgrünen Polstersessel in Fräulein Hofmanns Wohnzimmer fühlte ich mich unwohl und prüfte meine Gefühle, bevor ich antwortete. Einerseits hielt Großvater Papier zurück, das für den Krieg wichtig war, und Mutter und Tante Emma mussten immer wieder die Fenster schließen und achtgeben, ob nicht ein Lauscher vor der Tür stand, wenn er wieder mit seinen lauten Tiraden gegen Hitler anfing. Vielleicht sollte ich das Fräulein Hofmann erzählen. Doch andererseits war er mein Großvater. Da war das vertraute Augenzwinkern, wenn er gute Laune hatte, und ich hatte ihn auch weinen sehen, als nacheinander die Todesmeldungen eintrafen: Seine beiden Lehrlinge waren an der Ostfront ums Leben gekommen. An jenen schrecklichen Tagen hatte er keinen Wutausbruch gehabt, er war nur ganz ruhig in seine Werkstatt gegangen und hatte sich dort, in seinem eigenen Betrieb, wie verloren umgesehen.

Nach einer viel zu langen Denkpause beschloss ich, dass ich die neugierige Lehrerin nicht so sehr mochte wie meinen Großvater. Sie wurde etwas ungeduldig, bot mir noch ein Keks an und fragte: »Nun, ist er auf der Seite des Führers und des Kampfes um Deutschlands Zukunft oder nicht? Du musst es mir sagen. Du bist ganz bestimmt auf der Seite des Führers.«

Mein Herz klopfte so laut, dass sie es gehört haben musste, und jetzt antwortete ich, dass ich nicht wisse, was mein Großvater denke, und dass er sowieso nicht viel sage. Das gab mir den Mut zu weiteren Lügen, und ich versicherte ihr, dass er nichts über den Führer sage. Ich gab mir keine Mühe mit noch mehr Lügen, als ich erkannte, dass sie mir kein Wort glaubte, spürte, wie ich rot wurde, und wusste nicht, was ich sagen sollte, wenn sie mich weiter bedrängte. Doch nach einer kurzen Pause gab sie auf und sagte, wir würden uns noch einmal unterhalten, wenn ich meinem Großvater besser zugehört hätte. Erschüttert und erleichtert zugleich trank ich meine Schokolade aus, und sie brachte mich zur Tür.

Die frische Luft tat mir gut. Auf dem Nachhauseweg fragte ich mich, was in jenem Raum dort vor sich gegangen war. Hatte ich das Richtige getan, als ich meine Lehrerin belogen hatte? Ich war mir nicht ganz sicher. Schließlich war ich ein gutes deutsches Mädchen, das ganz und gar unter dem Einfluss des Naziregimes stand. Natürlich war an meinen Lügen nichts Riskantes, doch in meiner Verwirrung hätte ich ohne weiteres auch alles ausplaudern können, was ich zu Hause so mitbekam. Fräulein Hofmann war – was ich an jenem Tag noch nicht wusste – ein Spitzel der Nazis, und wenn ich die Wahrheit gesagt hätte, wäre Großvater in ein Konzentrationslager gesperrt worden. Irgend etwas hatte mich meinen Großvater beschützen lassen, doch es sollte noch lange dauern, bis ich begriff, wie viel Glück ich (und er) mit dieser Entscheidung gehabt hatte. An jenem Tag jedoch hatte ich die Nase gründlich voll von den Konflikten, die mir von Erwachsenen aufgezwungen wurden. Ich beschloss, dass es wohl das Beste sei, wenn ich niemandem von dieser Unterhaltung erzählte. Das würde nur noch mehr Streitereien auslösen. Deshalb versuchte ich die ganze Sache zu vergessen und hoffte, dass mich Fräulein Hofmann nicht noch einmal ausfragen würde. Das tat sie auch nicht, doch sie versuchte, mein Leben auf eine andere, nachhaltige Art und Weise zu beeinflussen.

Nach meinem Versagen in der Spitzelrolle hatte sich Fräulein Hofmann zum Ziel gesetzt, mich an eine Adolf-Hitler-Schule zu delegieren, obwohl ich noch keine zehn Jahre alt war. Diese Schulen waren in spartanischer Zucht geführte Ausbildungsstätten für die künftigen Führungspersönlichkeiten und die Parteielite des Nazistaates. Zu mir sagte Mutter nie ein Wort über Fräulein Hofmanns Anwerbungsversuche, doch ihrem Tagebuch vertraute sie an, dass diese Entscheidung sie in schwere Konflikte stürze. Schließlich teilte sie Fräulein Hofmann in klaren Worten mit, die Adolf-Hitler-Schule komme nicht in Frage, weil sie mich noch einige Jahre im Haus haben wolle. Ich weiß nicht, ob diese Entscheidung auf wachsenden Zweifeln am Regime beruhte, oder ob sie ihre älteste Tochter einfach nur an ihrer Seite wissen wollte. Der Kampf um meine geistige Zukunft war immerhin nicht völlig einseitig. Mutter wurde, so ist es dem Tagebuch zu entnehmen, auch von der evangelischen Religionslehrerin angesprochen. Diese Frau wollte sie dazu überreden, mich an dem zunehmend eingeschränkten Religionsunterricht teilnehmen zu lassen, den sie für meine Altersgruppe anbot. Mutter diskutierte dieses Ansinnen heftig mit ihr, gab aber nicht nach und ließ mich nicht teilnehmen.

In Selb wohnten wir zwar stets in der Birkengasse 7, aber natürlich waren da auch noch die anderen Großeltern, Heinrich und Maria Paul. Die Pauls lebten in der Stadtmitte, in einem renovierten Mietshaus in der Adolf-Hitler-Straße. Unten im Erdgeschoss gab es immer noch das verqualmte alte Gasthaus, in dem es nach Bier und Zigarren roch. Praktischerweise war dies auch der Ort für den wöchentlichen Stammtisch meines Paul-Großvaters. Manchmal ging ich dorthin, um ihm und dem Wirt guten Tag zu sagen. Großvater stellte mich seinen Freunden, die in dem Qualm kaum zu erkennen waren, voller Stolz als Tochter seines gefallenen Sohnes vor, um mich gleich darauf nach oben zu schicken, weil dort die Paul-Großmutter bereits auf mich wartete.

Zu meiner freudigen Überraschung konnte meine Großmutter vom zweiten Stock aus den automatischen Türöffner betätigen, wenn ich auf die Klingel von »Heinrich Paul« drückte. Zwei mit Teppichen ausgelegte Treppen führten nach oben, und dort stand sie, grüßte mich mit ihrem freundlichen, offenen Lächeln und hielt dabei die schmucke Milchglastür zu ihrer Wohnung mit der Ferse offen. Mir gefielen die modernen Möbel in dieser Dreizimmerwohnung, obwohl mir mein Pöhlmann-Großvater erklärt hatte, die Einrichtung der Pauls stamme aus einer Möbelfabrik, und der Unterschied sei deutlich erkennbar. Meiner Mutter hatte ich anvertraut, dass mir diese Möbel genauso gefielen wie die von Großvater Pöhlmann, doch sie sagte, ich solle still sein und fügte mit Bestimmtheit hinzu: »Sie sind nicht von Hand hergestellt.« Das war einer der wenigen Punkte, bei denen sie ihrem Vater zustimmte. Beide waren der Ansicht, dass für eine Familie, die etwas auf sich hielt, nur Handwerker-Möbel in Frage kämen.

Doch die Pauls hatten immerhin fließendes kaltes Wasser, ein Waschbecken in der Küche und – wie Tante Emma – einen Gasherd. Duschen oder schöne Badewannen mit fließendem warmem Wasser waren in jenen Zeiten ein unvorstellbarer Luxus, den sich die meisten Angehörigen der deutschen Mittelschicht erst einige Jahre nach dem Krieg leisten konnten.

Das große Ereignis jenes Herbstes war das fünfzigjährige Betriebsjubiläum meines Paul-Großvaters in der Porzellanwarenfabrik Heinrich. Mutter hatte eigens für diese Feier unsere weißen Haarbänder und die Sonntagskleider gebügelt, und als die ganze Familie sich in der Fabrik einfand, gratulierten die Kollegen und Vorgesetzten meinem etwas verlegenen Großvater, dessen kahler Schädel bei dieser Gelegenheit noch etwas heller zu glänzen schien als sonst. Hakenkreuzfahnen schmückten den Versammlungssaal und gaben einen passenden Rahmen ab für die Reden bedeutend aussehender Herren, die ihrem Publikum versicherten, das besondere Interesse des Führers gelte der deutschen Arbeiterschaft, und er vertraue darauf, dass sie ihm helfen werde, den Endsieg zu erringen. Dann erklangen die Nationalhymne und feierliche »Heil Hitler!«-Rufe. Mein Großvater erhielt ein gerahmtes Dokument, das von seinen treuen Diensten Zeugnis ablegte. Nach den Reden ließ er die Schachtel mit edlen Zigarren herumgehen, die er erhalten hatte. Die Champagnergläser wurden gefüllt, aber Essen, das einzige, was diesen Tag für mich hätte retten können, war Mangelware, und ebenso fehlte es im Publikum auch an jungen männlichen Gesichtern.

Mutters Zweifel am günstigen Ausgang des Krieges wuchsen, deshalb klammerte sie sich umso mehr an die öffentlichen Versicherungen und Erklärungen, dass Deutschland die Oberhand gewinnen werde. Auf dem Weg zum Jubiläumsfest in der Paulschen Wohnung vertraute sie ihren wiedergewonnenen Optimismus Tante Emma an, die ihr zustimmte. Es war vorhersehbar, dass Großvater Pöhlmann mit einer neuerlichen Schimpfkanonade gegen das Regime beginnen würde. Mit hörbarem Sarkasmus begann er zu summen: »Wir wollen weiter marschieren, wenn alles in Scherben fällt, denn heute gehört uns Deutschland und morgen die ganze Welt.« Kein anderes Lied formulierte die Ziele der Nazis so deutlich. Wir alle kannten es und sangen es bei vielen Gelegenheiten mit großer Begeisterung, während rings um uns her tatsächlich alles in Scherben fiel. Ingrid und ich gingen nervös hinter den Erwachsenen her und waren erleichtert, als Mutter die Debatte beendete, weil sie Angst hatte, ein Passant könnte hören, was ihr Vater sagte. Meine Pöhlmann-Großmutter war zu krank, um an der Feier teilzunehmen. Mutter hatte die Mieterin im dritten Stock der Birkengasse 7 gebeten, ab und zu nach ihr zu sehen, bis wir wieder nach Hause kamen.

Die Paul-Großmutter war auf irgendeine Weise an echten Kaffee und an die Zutaten für einen leckeren Kuchen gekommen. Zwei Tische waren mit ihren besten, von Hand bestickten Tischtüchern und natürlich auch mit dem besten Heinrich-Porzellan gedeckt, was Ingrid und mich zu allerbestem Betragen veranlasste. Die Unterhaltung plätscherte vor sich hin, bis meine Großmutter meiner Mutter ein Zeichen gab, auf Ingrid zu achten. Meine jüngere Schwester schob mit ihrer kleinen Kinderhand seelenruhig der Großmutter ihren fast leeren

Kuchenteller hin und mit der anderen Hand zog sie vorsichtig Großmutters Teller mit einem sehr viel größeren Stück Apfelkuchen zu sich herüber. Das beschäftigte sie so sehr, dass sie gar nicht bemerkte, wie es am ganzen Tisch still wurde, alle zu ihr hinsahen und ihr Lachen kaum zurückhalten konnten. Als sie Großmutters Kuchen vor sich hatte, sah sie auf und war mit sich zufrieden. Jetzt brach große Heiterkeit aus, doch Ingrid war dieses Ertappt werden so peinlich, dass sie den Kopf im Schoß ihrer Mutter barg und weinte. Mir tat es leid, dass sie erwischt worden war, doch sie erholte sich rasch, sonnte sich in der allgemeinen Aufmerksamkeit und bekam ein großes Kuchenstück dazu. Mein Magen war halbleer, und beim Anblick dieser unrechtmäßig erworbenen Speise plagte mich heftiger Neid.

Mutter hatte sich 1943 in ihrem dünnen, hellgrünen Kalender erstmals knappe tägliche Notizen gemacht. Sie erzählten zumeist von endlosen Alltagspflichten: vom Schlangestehen und von Gartenarbeit, vom Kartoffelklauben auf abgeernteten Feldern, Gänserupfen und Ofenrohrreinigen, es geht ums Waschen, Bügeln, Flicken und Kochen und erstaunlich oft ums Putzen, eine Leidenschaft deutscher Hausfrauen in Krieg und Frieden. Doch am 9. September 1943 schrieb sie: »Italien hat wieder Verrat geübt. Unsere Truppen müssen gegen Italiener kämpfen.«

Am folgenden Tag hielt Hitler aus seinem Hauptquartier in Berlin eine seiner immer seltener werdenden Radioansprachen. Für mich klang diese lange Rede wie ein einziges Gebrüll, doch die Erwachsenen waren gefesselt. Mutter fasste das Gehörte in drei Worten zusammen: »Eine harte Kampfansage.«

Luise Pöhlmann, meine strenge und aufrechte Großmutter, starb mitten in einer klaren Oktobernacht. Mutter war bei ihr, als ihr Herz stillstand und ihre Leidenszeit beendete. Sie wurde neunundsechzig Jahre alt. Mutter sagte mit erstickter Stimme: »Nach so viel Mühe und Arbeit hat eure Großmutter endlich Frieden gefunden.« Onkel Hans hatte Urlaub bekommen, kam aber erst einen Tag nach dem Tod seiner Mutter nach Hause. Ingrid weinte bei der Beerdigung bitterlich, als der Sarg im Feuerofen verschwand. Einen Augenblick lang, als sich die Ofentür öffnete und hinter dem Sarg wieder schloss, sah man die roten Flammen. Ich weinte nicht, weil ich auch diesmal wieder befürchtete, dass ich nicht mehr aufhören könnte, wenn ich erst einmal zu weinen anfing. Beim Leichenschmaus hatte ich Schuldgefühle und ärgerte mich zugleich, als eine entfernte Verwandte meine Schwester für ihr weiches Herz lobte. An jenem Tag dachte ich auch mehrmals an Vater und daran, wie auch er Frieden gefunden hatte. Doch was für ein Frieden war das, den ihm andere aufgezwungen hatten und bei dem wir ausgesperrt blieben?

Vom Wohnzimmerfenster der Pauls aus konnten wir die polnischen Frauen nach getaner Arbeit die Adolf-Hitler-Straße hinauf- und hinuntergehen sehen. Wir erkannten sie an dem purpurroten und gelben, diamantförmigen P, das sie auf ihrer dünnen Kleidung tragen mussten. Tagsüber arbeiteten Hunderte von ihnen in den Fabriken, und am Abend gingen sie in Dreier- und Vierergruppen nach Hause, eng beieinander und mit untergehakten Armen, in der körperlichen Berührung Trost suchend. Eine Kinderbande, zu der auch ich gehörte, machte sich einen Spaß daraus, auf einen Holzzaun neben der schwarzen Schlackenstraße zu steigen, die die Arbeiterinnen auf dem Heimweg von der Fabrik in die Stadt entlanggingen. Von dort aus riefen wir »Polacken!« und andere Schimpfwörter. Eines Tages sah Mutter, wie wir die Frauen verhöhnten, und sagte, wir sollten damit aufhören. Wir liefen auseinander, und von da an machte ich bei diesen Quälereien nicht mehr mit. Mir war die Sache etwas peinlich, aber ich machte mir auch keine großen Gedanken darüber. Diese Leute waren schließlich keine Deutschen, und ihr Schicksal hier in dieser deutschen Fabrik war bedeutungslos. Einmal hörte ich einen Nachbarn sagen, es sei eine Schande, dass wir diese Frauen durchfüttern und so unsere eigenen Lebensmittelrationen schmälern müssten. Diese Klage leuchtete mir vollkommen ein. Die Gefühllosigkeit, das vollkommene Schweigen über die Leiden anderer, war ein fester Bestandteil der Welt, in der ich aufwuchs.

»Was für ein Buch hast du denn da?«, fragte mich Mutter, als sie mich in einem großen Bilderbuch lesen sah, das mir Ute geliehen hatte, eine Freundin aus der Nachbarschaft. Es war ein Kinderbuch, das Seite für Seite mit grotesken Zeichnungen »jüdischer« Nasen, Lippen und Augen körperliche Unterschiede zwischen Juden und Deutschen vorführte. Das Buch ermunterte jedes Kind, auf diese Unterschiede zu achten und die eigenen Eltern oder Lehrer auf jeden Menschen aufmerksam zu machen, der die jüdischen Merkmale aufwies. Mit Entsetzen las ich, welcher Verbrechen die Juden beschuldigt wurden. Es war die Rede von Kindermord, Zinswucher, grundsätzlicher Unehrlichkeit und einer Verschwörung zur Zerstörung Deutschlands und zur Erlangung der Weltherrschaft. Die Beschreibung des jüdischen Volkes würde jedes Kind davon überzeugen, dass es sich hier um Ungeheuer handelte, nicht um Menschen mit den gleichen Freuden und Sorgen wie wir. Doch Mutter verlangte, dass ich das Buch sofort zurückgab und ihm keinen Glauben schenkte, und ich weiß nicht, warum mich das überraschte. Das Schicksal der Juden oder ihre Sünden waren in unserer Familie im Jahr 1943 kein Gesprächsthema. Großvaters Gedanken kreisten ausschließlich um Hitlers Krieg und dessen Konsequenzen für Deutschland, Mutters Hass richtete sich vor allem auf die Alliierten, unsere Erzfeinde, und deren Bombenangriffe.

Das Buch über die Juden war ekelhaft, doch ich sah es nur als eine bloße Zusatzinformation zur grundsätzlich negativen Einstellung gegenüber allem Jüdischen, die meinen kindlichen Verstand durchdrungen hatte. Mutters Antisemitismus kannte offensichtlich Grenzen. Die Bilder in dem Buch hafteten mir eine Zeitlang im Gedächtnis, und dann vergaß ich sie, bis nach dem Krieg schließlich die Abrechnung begann.

Falls Großvater der Tod seiner Frau sehr zu Herzen ging, zeigte er nicht viel davon. Er wirkte in dieser Zeit jedoch sehr dünn, und am Mittagstisch bat er Mutter meist um mehr Kartoffeln, als sie gekocht hatte. Eines Tages erhielt er als Lohn für irgendeine Arbeit zwei Sack Weizen, die er auf einen Handkarren lud und zu einem Müller brachte, den er kannte, um die Körner dort zu Mehl verarbeiten zu lassen. Ich ging gerne mit und half ihm, den Wagen auf hartgefrorenen, grasigen Fußwegen durch die hügelige Landschaft zu ziehen. Nach einer Stunde erreichten wir die Mühle. Mein Großvater stellte sich vor und fragte den Müller, ob er ihm diese beiden Säcke mit Weizen mahlen könne. Er versprach, gut zu zahlen, und wollte dem Müller auch einen Teil des Mehls abtreten. Dieser sah mürrisch drein und antwortete: »Ich darf nur meine tägliche Zuteilung mahlen, und all meine Aufzeichnungen werden strengstens kontrolliert. Es tut mir leid, aber ich kann Ihnen nicht helfen.« Großvater versuchte noch mehrmals, den Mann davon zu überzeugen, dass sich die Sache für ihn lohnen würde, doch er hatte keinen Erfolg. Schließlich gab er auf und sagte dem Müller, er könne ihn verstehen. Zum Abschied lüftete er seinen Hut, und wir drehten um und zogen unsere beiden Weizensäcke wieder nach Hause. Für mich war es peinlich und erniedrigend, mitansehen zu müssen, wie mein Großvater, der Schreinermeister Albin Pöhlmann, auf einmal nur noch so etwas wie ein erfolgloser Bettler war. Er teilte dieses Gefühl der Erniedrigung allerdings nicht und machte statt dessen Witze über die fetten Hühner, die wir zu essen bekommen würden, denn bei denen würde der Weizen jetzt landen. Mein Großvater zeigte Gleichmut und ein uneingeschränktes Selbstwertgefühl, Eigenschaften, die im Krieg sehr selten waren. Deshalb sah ich ihn jetzt wieder in einem anderen Licht. Ich konnte ihm nicht auf ewig böse sein, nur weil er mir seine Zeitschriften verweigert hatte, und als ich mich an das Verhör bei Fräulein Hofmann erinnerte, war ich zufrieden mit mir, weil ich ihn nicht verraten hatte.

Onkel Hans munterte uns im Spätherbst mit einem Brief aus Norwegen auf, in dem er ankündigte, er könne für ganz wenig Geld Silberfuchsstolen kaufen und schicken. Die drei Frauen, die er mit diesem Angebot ansprach, waren Tante Emma, ihre beste Freundin Erna Schöffel und meine Mutter. Die drei debattierten ausführlich, ob sie sich von ihrem wenigen Haushaltsgeld oder von ihren Ersparnissen einen solchen Luxus leisten konnten. Schließlich gewann das Verlangen nach einem solch eleganten Umhang die Oberhand, und sie erteilten den Auftrag: »Bitte schick uns die drei schönsten Silberfüchse, die Du auftreiben kannst.« Die Pelze kamen in einer großen Schachtel, die wir mit großer Vorfreude in Tante Emmas Küche auspackten. Die Frauen schüttelten ihre mit eleganter grauer Seide gesäumten Stolen aus, und ich strich über die dichten schwarzen Pelze mit den wunderschönen silbernen Spitzen. Ich staunte über die vier Beinchen mit den Klauen, die an dem langen Tierkörper baumelten, der in einen dichten, buschigen Schwanz mit schneeweißer Spitze auslief. Am Kopf sah ich ein pechschwarzes Augenpaar, das wie Perlen glänzte, kleine, spitze Ohren und eine zu einem Verschluss umgearbeitete Schnauze, die sich um den Schwanz schloss, nachdem die Stola um die Schultern der Trägerin gelegt worden war. Der zweckmäßige Umgang mit Nutztieren war uns so vertraut, dass uns dieser bizarre Modeeinfall überhaupt nicht zum Nachdenken veranlasste. Mutter sagte, der Pelz, der so nahe an ihrem Gesicht sei, gebe ihr Wärme und Geborgenheit, und sie verstehe jetzt, warum reiche Leute sich in Pelze hüllten. Die drei hatten für ihre Stolen bezahlt und betrachteten sie deshalb auch niemals als unrechtmäßigen Besitz oder Kriegsbeute.

Den Heiligabend verbrachten wir ohne große Begeisterung, für Abwechslung sorgten nur die Göring-Puppen, die Mutter mit unseren Winterkleidern nach Selb gebracht hatte. Die Puppen tauchten unter dem Christbaum auf, und wir durften bis lange nach Mitternacht mit ihnen spielen. Mutter schrieb am 1. Januar 1944 in ihr neues Tagebuch: »Mit großen Sorgen um unser Deutschland gehts ins neue Jahr. Wie wird es enden?«

Die Familie rechnete ganz fest damit, dass meine Mutter nach Selb zurückkehren und ihrem Vater den Haushalt führen würde. Dies hätte allerdings auch den endgültigen Abschied von allem bedeutet, was sie und Max mit Berchtesgaden und dem Haus

Linden verbunden hatten, und sie verschob die endgültige Entscheidung Woche für Woche und Monat für Monat. Schließlich beendete unser Vermieter die Bedenkzeit. Er schrieb, dass er die Wohnung einer ausgebombten Familie geben müsse, wenn meine Mutter nicht spätestens bis Anfang März zurückkehre. Mutter war hin- und hergerissen, fragte sich, ob sie ihren Vater und Tante Emma mit ihren beiden kleinen Kindern – mit Uschi und dem kleinen Gerhard, ihrem Patenkind – allein lassen konnte, doch schließlich entschied sie sich für die Rückkehr in die Berge. Ingrid und ich waren überglücklich. Allzu oft hatten wir uns in den letzten Monaten auf den düsteren Dachboden zurückgezogen, auf dem immer noch die alten Zeitschriften lagerten, und dort vor lauter Heimweh geweint.

In dem Gefolge, das uns zum Abschied zum Bahnhof geleitete, fehlte nur meine Großmutter. Wir lehnten uns aus dem Fenster des anfahrenden Zuges, und ich sah, wie mein stattlicher Pöhlmann-Großvater den Hut schwenkte. Er ahnte nicht, dass ihn seine eigene Enkelin um ein Haar verraten hätte.

In jener Nacht verzögerte sich unsere Abfahrt aus Marktredwitz wegen eines Bombenangriffs auf Berlin und Essen um viele Stunden. Bis in die frühen Morgenstunden saßen wir hungrig und zitternd auf unseren Koffern. Mutter beteuerte, dass wir sicherer sein würden, sobald wir näher an die Berge herankommen, auch wenn wir tief fliegende Flugzeuge hörten, die direkt über uns waren. Ingrid und ich suchten, wie so oft in dieser schrecklichen Zeit, Trost in ihren Zusicherungen.

Ich erwachte, als der Schaffner den nächsten Halt ankündigte, das Dorf Bischofswiesen. Ab hier kann man den Watzmann sehen, den Hohen Göll, das Hohe Brett, den Kehlstein mit dem Kehlsteinhaus. Ein vages, rosiges Morgenlicht dämmerte über den schneebedeckten Berggipfeln. Ingrid und ich sagten ihre Namen auf und staunten von neuem über ihre steilen, weißen Flanken. Es lag so viel Schnee, dass wir unser Gepäck zurücklassen mussten. Wir würden es am nächsten Tag mit einem Schlitten holen. Wundersamerweise hatten wir alle fünf Gepäckstücke bis ans Ziel gebracht, auch den Korb mit den Marmeladengläsern. Die Hauptstraßen sahen wie Schluchten aus, die Schneehaufen zu beiden Seiten waren dreimal so groß wie Ingrid. Auf den Bürgersteigen waren die riesigen Fußabdrücke der Erwachsenen zu Eis gefroren, und wir rutschten herum wie wild gewordene Puppen.

Wir weinten fast vor Freude, als endlich das schneebedeckte Dach des kleinen Haus Linden zwischen den weißen Fichten auftauchte. Erschöpft, wie wir nach dieser Fahrt waren, mussten wir zuerst den Schnee von der Schwelle schaufeln, bevor wir das Haus betreten konnten. Die Wohnung war eiskalt, es roch abgestanden und nicht nach Menschen. Schon bald jedoch wärmte das Herdfeuer, das Mutter so geschickt wie immer legte und anzündete, den ganzen Raum, und der alte, vertraute Duft unseres Zuhauses, unser Duft, stellte sich wieder ein. Die Wände meines Zimmers, das am Ende des Ganges lag, waren von Reifkristallen bedeckt. Mutter stellte die heiße Wärmflasche auf die Matratze, noch bevor ich unter die Bettdecke kroch. Als ich in einen tiefen und traumlosen Schlaf fiel, war Selb – mit all seinen Freuden und Prüfungen – bereits Vergangenheit.

Zwölftes Kapitel

Not und Zerstörung

In Berchtesgaden schneite es im März 1944 ununterbrochen. Mutter zog auf Skiern los, um unsere Rückkehr bei der Polizei zu melden, und einen Teil des Weges stapfte sie durch den frischen Pulverschnee. Erneut beantragte sie Lebensmittelmarken, sie versuchte an Kohlen zu kommen und schleppte einen Rucksack mit Kartoffeln in den Keller hinunter. Ihre Spur war bereits wieder zugeweht, als sie vom Schiedlehen zurückkam, dem Hof, von dem wir unsere Milch bezogen hatten. Mutter war irritiert, weil ihr die Frau des Bauern gesagt hatte, sie solle sich anderswo nach Milch umsehen. Einige der Kühe gaben keine Milch mehr, deshalb reichte die Gesamtmenge nicht mehr zum Verkauf. Für uns war das ein schwerer Schlag, denn wir mussten im Markt lange um Milch anstehen.

Meine alten Freundinnen, auch Wiebke, holten mich wie früher zum gemeinsamen Schulweg ab. Jeden Morgen legten wir auf dem Weg bergab einen neuen Trampelpfad an und kamen schweißnass und erhitzt in ein kaltes Klassenzimmer. Fräulein Röhrle, meine neue Lehrerin, war eine ruhige, völlig unpolitische Frau. Zumindest einige ihrer 110 Schützlinge musste sie auf die Aufnahmeprüfung für die Oberschule vorbereiten, die zum Schuljahresende abgehalten wurde. Eine von Mutters ersten Taten nach unserer Rückkehr war der Gang zum Schulleiter, den sie um ein Stipendium bat, falls ich die Prüfung bestehen sollte. Das monatliche Schulgeld von fünfundzwanzig Reichsmark hätte einen großen Teil der vierzig Mark Waisenrente verschlungen, die sie für mich bekam, doch sie war fest entschlossen, mich auf diese Schule zu schicken. Der Schulleiter bewilligte ihren Antrag, und ich versprach, mich intensiv auf die gefürchtete Prüfung am Ende der vierten Klasse vorzubereiten.

Tante Susi berichtete uns von den großen Veränderungen, die es in ihrer Familie gegeben hatte. Onkel Peppi war trotz seiner Herzbeschwerden und seiner ständigen Atemnot eingezogen worden. Er war in Fürstenfeldbruck bei München stationiert, wo er Kampfflugzeuge reparierte. Auch Trudi hatte Berchtesgaden verlassen und verbrachte ihr Pflichtjahr im Arbeitsdienst bei einer Bauernfamilie im Rheinland. Tante Susi war jetzt allein und erfüllte ihre Kriegspflicht als Hauswirtschafterin im Hotel Platterhof, das mit verwundeten Offizieren völlig überfüllt war. Trudi fehlte mir sehr. Bei meinem Besuch im ersten Stock sah ich eine Schnitzereiarbeit, eine Madonna, die aus einem Eichenklotz entstand. Er steckte im Schraubstock von Onkel Peppis Werkbank am Fenster, und jetzt begriff ich, dass mir auch Trudis mürrischer Vater fehlte.

Der Bildhauer Schego, der gute Freund meines Vaters und Schöpfer des Hitler-Wachsreliefs, das in unserem Wohnzimmer hing, kam eines Abends mit einer Flasche französischen Weines vorbei. Auch er war mittlerweile eingezogen worden, trotz seines Buckels – dieser ging auf eine Wirbelsäulenverletzung zurück, die er als Kind bei einem Sturz von einer Leiter erlitten hatte –, und musste jetzt Reparaturarbeiten ausführen. Tante Susi kam herunter. Ich tat so, als würde ich lesen, lauschte aber in Wirklichkeit ihrem ziemlich respektlosen Bericht aus der Gerüchteküche auf dem Platterhof. Sie sagte, wir seien Narren, wenn wir glaubten, dass die Nazi-Führungsschicht oben auf dem Berg unsere Entbehrungen teilte. Es sei vielmehr so, dass die meisten dieser Leute in großem Luxus lebten, allen voran Hermann Göring. Sie feierten aufwendige Feste, bei denen es reichlich zu essen gebe, zum Teil extravagante Delikatessen, die wir noch nie zu Gesicht bekommen hätten. Es gebe auch Gerüchte über Luxusgüter, die in den immer noch im Bau befindlichen, großzügig ausgestatteten unterirdischen Bunkern unterhalb der Nazivillen eingelagert würden. Hochrangige Nazifunktionäre würden bei diesem außerordentlich teuren Bauvorhaben, diesen Aspekt hob sie besonders hervor, eine direkte Verbindung zum Berghof erhalten, was unter Hitlers Günstlingen für erhebliche Rivalitäten sorge. Tanti Susi hatte auch gehört – und das war streng geheim –, dass auf dem Obersalzberg Waffen für eine große Gegenoffensive stationiert werden sollten. Bei diesem Gedanken lief es uns kalt den Rücken hinunter, doch Schego blieb optimistisch, was den Ausgang des Krieges betraf. Er sagte, dass es ganz sicher eine Geheimwaffe gebe, aber niemand könne wissen, von wo aus sie abgefeuert werden würde. Auf jeden Fall war dies der erste Hinweis für uns, dass Hitler hier in Berchtesgaden einen letzten Versuch unternehmen wollte, das Kriegsglück noch zu wenden.

Die Menschen des Berchtesgadener Tals, die in weit verstreuten, entlegenen Weilern lebten, mussten zu Fuß gehen, um mit der Außenwelt zu kommunizieren, oder sie mussten den nächsten Briefkasten aufsuchen, was ebenfalls weite Wege mit sich brachte. Niemand besaß ein Telefon, nicht einmal die Molsens. Besucher kamen deshalb meist unangemeldet. Eines Tages stand ein hübscher blonder Soldat, der einen verbundenen Arm in der Schlinge trug, vor unserer Tür. Mutter war völlig überrascht. Ossi Eidmann, so erzählte sie mir später, war der

Ingrid und ich vor Haus Linden im bitterkalten und schneereichen Kriegswinter 1943/44. Ingrid trägt einen Schal aus Hasenfell.

Rivale meines Vaters gewesen, als es darum ging, wen sie heiraten sollte. Ich war erstaunt zu hören, dass sie überhaupt einen anderen Mann als meinen Vater in Erwägung gezogen hatte. Ossi erholte sich in einer medizinischen Einrichtung in der Strub, einem Nachbarort von Berchtesgaden, von einer Schussverletzung. Die beiden tranken Tee miteinander, sprachen über ihre Jugendzeit in Selb, über die Menschen, die sie dort gekannt hatten, und zwangsläufig auch über den Krieg. Ossi räumte ein, dass niemand sagen könne, wie lange er noch dauern würde, doch im Endeffekt gehe es nur um Sieg oder Untergang. Die Vorstellung des eigenen Untergangs gefiel mir nicht, deshalb wünschte ich mir ganz spontan nur, dass unsere Soldaten den Endsieg erringen sollten. Beim Abschied lud uns Ossi zu einem Tag der offenen Tür in die Strub ein. In der dortigen Kaserne könnten wir Gebirgsjäger bei ihren Übungen beobachten.

Am darauffolgenden Sonntag machten wir uns auf den langen, anstrengenden Fußmarsch dorthin, der nur auf den abschüssigen Teilstrecken durch Schlittenfahrten etwas erleichtert wurde. Ossi freute sich sehr über den Besuch und empfing uns in seinem kahlen, sauberen Zimmer mit einem Teller voller Kekse und heißer Schokolade. Dann gingen wir mit einer großen Menschenmenge aus Soldaten und Zivilisten zu einer riesigen Halle, wo es Schießübungen zu sehen gab. Auf dem Stroh, mit dem Schlamm und Pfützen abgedeckt worden waren, fanden wir noch Stehplätze und warteten ungeduldig auf den Beginn der Vorführung. Der plötzliche, ohrenbetäubende Lärm des Gewehrfeuers versetzte mich in heillose Panik. Ich fing an zu schreien und hielt mir die Ohren zu, während das Schießen einfach weiterging. Mutter und Ossi waren von dieser Reaktion ziemlich verblüfft. Sie nahmen Ingrid und mich rasch an die Hand, um uns aus der Halle zu bringen, weg von dem Lärm und aus dem Blickfeld der schockierten Umstehenden, die sich fragten, was denn hier passiert war. Nichts war passiert, aber der plötzliche, scharfe Knall der Schüsse, den ich sofort mit Krieg und Tod verband, hatte, wie meine Mutter sagte, einen hysterischen Anfall ausgelöst. Ossi verstand, dass sie mich nach Hause bringen wollte, und ich schluchzte immer noch heftig, als wir uns verabschiedeten. Einige Tage später schickte er Mutter eine Postkarte mit der Nachricht, dass er zurück an die Front müsse. Für mich war unvorstellbar, wie er abermals dieses schreckliche Gewehrfeuer ertragen konnte.

Der Abschied von der Familie in Selb, besonders der von ihrem Vater, und die Tatsache, dass sie jetzt wieder ganz auf sich allein gestellt war, waren für Mutter sehr viel schmerzhafter, als sie selbst erwartet hatte. Auch mir fehlten Tante Emma, meine kleinen Cousins, meine Paul-Großeltern und meine Schulfreunde. Abends schrieben wir deshalb lange Briefe und verschafften unseren Enttäuschungen auf ähnliche Weise Luft, wie Großmutter das während des Ersten Weltkriegs getan hatte. An einem besonders elenden Tag war Mutter zweimal in den Markt hinuntergegangen, um etwas Fisch zu kaufen. Beide Male bemühte sie sich vergebens, denn sie konkurrierte mit zweihundert anderen Hausfrauen, die dort in der Schlange warteten. Ich wusste, dass sie noch am selben Abend an Tante Emma schreiben würde, wie leicht es im Vergleich zu dieser Nervenprobe doch sei, sich aus einem Fischteich in Selb einen Karpfen zu besorgen.

Ich fragte mich, ob Mutter Tante Emma wohl auch berichten würde, wie ich einmal auf dem Heimweg einen halben Laib Brot gegessen hatte, für den ich vorher lange hatte anstehen müssen. Als mir klar wurde, was ich getan hatte, packte mich kaltes Entsetzen. Ich erwartete eine kräftige Tracht Prügel, verbunden mit unauslöschlicher Schande. Mutter würde mir niemals glauben, was mich so weit gebracht hatte: Es war der bloße Geruch des Brotes, nicht die reine selbstsüchtige Gier, der mich dazu verführt hatte, die Brotkruste aufzureißen und die weiche Krume Stück für Stück mit den Fingern herauszuholen. Dabei dachte ich jedes Mal, dass ich jetzt dann aufhören würde, bis ich schließlich unsere komplette Ration für drei Tage vertilgt hatte. »Bring es schnell hinter dich«, dachte ich, als ich die Wohnungstür öffnete. Ich legte die halb zusammengeknüllte braune Tüte auf den Tisch, schob sie zu Mutter hinüber und wartete ab. Sie begriff sofort, dachte einen Augenblick lang nach und sagte dann mit trauriger Miene: »Du musst sehr hungrig gewesen sein.« Ich nickte und weinte vor Erleichterung.

Mutter vermied jedes Zusammentreffen mit Frau Deil und Frau Penzig, die sie wieder zu irgendwelchen Nazi-Aktivitäten verpflichten wollten. Frau Penzigs Vorschlag, eine führende Rolle bei den kreisweiten nachmittäglichen Kinderprogrammen zu übernehmen, kommentierte Mutter mit einem kurzen Tagebucheintrag: »Sonst fehlt mir nichts.« Sie wimmelte Frau Penzig schließlich ab, mit aller Diplomatie, die ihr zur Verfügung stand. Allerdings stimmte sie einer erneuten Mitarbeit bei der Salzberg-Kindergruppe zu.

Die gängige Einstellung zur Berufstätigkeit von Frauen änderte sich. Man konnte das an den Reden ablesen und an der Tatsache, dass Mutter und ihre Freundinnen sogenannte Kriegsdienstpflicht-Ausweise erhielten. Dennoch sah Hitler die Frauen wohl nach wie vor lieber zu Hause, als Mütter und Haushälterinnen. Mutter ging kein Risiko ein. Sie überlegte, dass sie mit drei Kindern wohl eine bessere Chance hatte, zu Hause bleiben zu können, als mit zweien. Deshalb entschloss sie sich, ein Pflegekind aufzunehmen. Zusammen mit Tante Emma reiste sie nach Berlin und holte den kleinen Hardi Schulz in die Sicherheit unserer Berge. Berlin war durch Bombenangriffe bereits schwer zerstört worden. Hardis Mutter, eine alleinstehende Frau, die als Radiotechnikerin arbeitete, sah mit Erleichterung, wie ihr Sohn in Mutters Obhut Berlin verließ. Ingrid und ich betrachteten Hardi ganz genau und wussten nicht so recht, was wir mit ihm anfangen sollten. Schon bald bemerkten wir, dass er einfach nur bei uns mitmachen wollte und lachte, wenn wir Unsinn trieben. Alles in allem war er keine große Last.

Hardi hatte die längsten braunen Wimpern, die mir jemals untergekommen waren, und blickte einen aus großen, traurigen, dunkelbraunen Augen an. Ich wurde selbst traurig, wenn Hardi morgens Tränen in den Augen standen, denn dies war das Zeichen dafür, dass er wieder ins Bett gemacht hatte. Mutter brachte das jedes Mal in Rage. Sie gab ihm einen Klaps und beklagte lautstark, dass sie mit dem ständigen Waschen und Trocknen der Leintücher und der Matratze unseres alten Kinderbettchens, das jetzt sein Bett war, einfach nicht mehr mitkomme. Mutter versuchte es mit allen möglichen Hausmittelchen, holte sich Rat bei Nachbarn und kaufte Tees in der Apotheke, um das Bettnässen zu beenden, doch nichts half. Hardi war nur ein bisschen jünger als Ingrid, doch ich hielt ihn für eine schreckliche Heulsuse. Wenn uns die Sirenen mit einem neuerlichen Fliegeralarm aus dem Schlaf rissen, wenn wir ins Freie rannten und draußen dann die Stufen zum Kartoffelkeller hinunterstolperten, weinte Hardi verzweifelt und rief nach seiner Mutter.

Meistens half Tante Susi, ihn zu beruhigen, und mit ein paar letzten, tiefen Schluchzern schlief er dann in einem Bettchen an Ingrids Seite wieder ein. Ich schlief an Mutter gelehnt auf einer grob gezimmerten Bank. Sobald die Sirenen Entwarnung gaben, weckten wir die Kleinen und gingen wieder nach oben. Ich wusste, es würde mich erschrecken, aber ich konnte der Versuchung nicht widerstehen und musste einen Blick auf den blutroten Himmel werfen, der über den schwarzen Silhouetten der Bergketten zu sehen war. Mutter sagte, dieses Rot komme von den nördlich von uns gelegenen brennenden Städten des Voralpenlandes: Traunstein, Freilassing, Rosenheim, München. Ich konnte nicht mehr einschlafen und fürchtete mich ebenso sehr wie Hardi, auch wenn ich nicht weinte.

Trudi in der Uniform des Bundes Deutscher Mädel (BDM), der Abteilung der Hitlerjugend für Mädchen von vierzehn bis achtzehn Jahren.

Das waren unsere nächtlichen Sorgen. Tagsüber galt meine ganze Aufmerksamkeit jetzt dem Beitritt zur Hitlerjugend. Im Mai würde ich zehn Jahre alt werden, und nach meinem Empfinden war ich dann viel zu alt für die Kindergruppe. Deshalb lag ich meiner Mutter in den Ohren, sie solle Frau Deil fragen, ob ich den Jungmädeln beitreten könne, der jüngeren Abteilung der weiblichen Hitlerjugend. Von den Jungmädeln würde ich dann mit vierzehn Jahren zum BDM überwechseln, dem Bund Deutscher Mädel, der nächsten Stufe der Ausbildung und Indoktrination im Geist des Nationalsozialismus. Ja, ich wusste, dass ich in meiner Klasse die Jüngste war, und die Bewerbung kam außerdem zu spät, aber wie konnte ich ertragen, dass all meine Freundinnen am Freitagnachmittag in ihren Uniformen herumstolzierten und ich allein außen vor blieb? Mutter sollte eigentlich wissen, wie wichtig es war, einer Jugendgruppe anzugehören. War sie nicht Mitglied im Turnverein gewesen, im Gesangverein, bei den Wandervögeln, ja sogar im Schwimmverein? Waren nicht all diese Gruppen und Vereine von Hitler in der einzigen in Deutschland noch zugelassenen Jugendorganisation zusammengefasst worden, in der Hitlerjugend? Frau Deil sorgte tatsächlich dafür, dass ich Mitglied wurde.

Die neuen HJ-Mitglieder wurden an einem regnerischen Aprilnachmittag »verpflichtet«, und Mutter und Ingrid kamen trotz des Nieselregens als Zuschauerinnen vorbei. Ich war sehr glücklich, weil ich meine komplette Uniform beisammenhatte, mit Ausnahme der Mütze, die nirgendwo aufzutreiben war. Der eng anliegende, dunkelblaue Rock, die weiße Bluse mit den weißen Knöpfen, die den BDM-Schriftzug trugen, und das schwarze, von einem braunen Lederknoten zusammengehaltene Halstuch kamen aus Trudis Beständen.

Bei unserem ersten Appell wurden wir der Größe nach in vier Reihen hintereinander aufgestellt und zur Ordnung gerufen, damit wir erst einmal das ordentliche Marschieren lernten. Hedi, die Leiterin unserer Gruppe, war die Tochter eines örtlichen Kleider- und Stoffhändlers. »Links, rechts, links, rechts« rief sie, so laut sie konnte, und sobald wir das begriffen hatten, reduzierte sie das Kommando zu »links, links, links und links«. Die Jungen marschierten bereits an uns vorbei, ihre Schritte klangen energisch und die Kommandos laut, besser vielleicht, als unsere Wanderschuhe und Mädchenstimmen jemals klingen konnten. Ihr rothaariger Anführer war ein arroganter Kerl, der mir schon aus der Ferne unsympathisch gewesen war. Er ging neben der Truppe her und rief dabei seine Kommandos, und einige Jungen gingen vor der marschierenden Gruppe und schlugen die Trommel im Marschtakt. Schließlich marschierten auch wir quer durch den Ort, unter den alten Torbögen auf dem Schlossplatz hindurch, dann vorbei am Gasthof Neuhaus, am Brunnen mitten auf dem Marktplatz, an der Franziskanerkirche und am ehemaligen Kloster. Im Luitpoldpark gleich hinter dem Hotel Vier Jahreszeiten wendeten wir dann.

Das Marschieren war eine geistlose Übung. Wir sangen und kicherten, ab und zu ließen wir auch einen Schritt aus, um wieder in den Rhythmus – links, links, links – zu kommen, aus dem wir herausgefallen waren. Ich wurde vollständig verführt durch dieses Gefühl der Zugehörigkeit und des Einsseins mit allen jungen Deutschen, die diese Uniform trugen. Die Uniform war auch der sichtbare Ausdruck meines Alters und meiner Autorität, vor allem im Umgang mit meiner kleinen Schwester und Hardi. »Irmgard ist im Appell voll Begeisterung trotz Alarm, der gleich wieder vorbei war«, schrieb Mutter in ihr Tagebuch, zusammen mit den Neuigkeiten, dass sich unsere Soldaten in Russland rasch zurückziehen mussten, aber unter gewaltigen Verlusten einen Ort namens Monte Cassino in Italien gehalten hätten. Sie beendete den Eintrag mit der Bemerkung, die Tommies – die britische Luftwaffe – hätten Nürnberg angegriffen und dabei 134 Flugzeuge verloren. »Wie viele müssen es dann gewesen sein?«, fragte sie. Es war schwer zu sagen, ob sie an jenem Tag hoffnungsvoll oder verzweifelt war.

Einmal pro Woche trafen wir uns nachmittags zum Appell. Meinen Schaft – die kleinste Einheit der Jungmädel – führte Gabi, die hübsche, freundliche Tochter des anderen Kleider- und Stoffhändlers im Ort. Wie Hedi und andere HJ-Anführer eilte sie nach dem Gottesdienst in der Stiftskirche mitunter rasch nach Hause, um dort die HJ-Uniform anzulegen und rechtzeitig zum Appell zu erscheinen. Dieser scheinbare Widerspruch schien niemanden zu beunruhigen und war zugleich auch ein Indiz für die komplizierten, prekären Übereinkünfte, die Hitler und die katholische Kirche miteinander geschlossen hatten. Die Nazis hatten zwar das Franziskanerkloster in Berchtesgaden trotz einiger Proteste 1941 aufgelöst, doch Hitler war klar, dass ein Frontalangriff auf die katholische oder die evangelische Kirche, die tragenden Säulen der deutschen Kultur, noch nicht auf der Tagesordnung stand – jedenfalls nicht vor dem Ende des Krieges. Andererseits hatte die Führung der katholischen Kirche, vom Papst bis in die unteren Hierarchiestufen, sich kaum am Widerstand gegen das Regime beteiligt, denn man fürchtete den Kommunismus mehr als den Nationalsozialismus und zeigte auch keine besondere Neigung, sich für die Juden einzusetzen. Gebete für Hitler waren ein regelmäßiger Bestandteil der Gottesdienste.

Meine Freude über den neugewonnenen Status eines Jungmädels wurde noch erheblich gesteigert, weil ich jetzt an einem Nachmittag der Woche aller Pflichten ledig war: keine Hausaufgaben, kein Holzspalten oder -sammeln, kein Unkrautjäten oder Gießen in unseren beiden steinigen Gärten, kein Milchholen oder, das kam am häufigsten vor, kein Schlangestehen um Lebensmittel, deren Verfügbarkeit nur über Gerüchte zu erfahren war. Mutter, Ingrid und Hardi müssen einfach ohne mich zurechtkommen, dachte ich vergnügt.

Neben dem Marschieren übten wir Jungmädels auch für sportliche Wettkämpfe, wir wanderten, sangen oft und hörten viele Vorträge und Reden leitender Funktionäre. Sie sagten stets, jeder Junge und jedes Mädchen müsse einen Beitrag zum Sieg in diesem Krieg leisten, und wir alle müssten daran glauben, dass der Führer unbesiegbar und Deutschlands einzige Rettung sei. Niemand stellte eine Frage. Das war nicht erwünscht, und wir alle waren viel zu gründlich indoktriniert, um nachzufragen. Mutter hoffte bei jedem Laufwettbewerb, ich würde einen Preis gewinnen, doch ich enttäuschte sie stets. Zumindest für uns Mädchen war die Hitlerjugend bis zu diesem Zeitpunkt nicht mehr als ein Nachmittag, der mit wohlgeordneten, freudvollen Aktivitäten ausgefüllt und deshalb kaum mit militärischer Ausbildung in Verbindung zu bringen war – mit Ausnahme des Marschierens vielleicht.

Die Jungmädel schickten den Soldaten Päckchen an die Front. Wir füllten sie mit Fausthandschuhen und Handgelenkswärmern, die wir aus aufgetrennten Wollsachen in allen Regenbogenfarben gestrickt hatten, und legten noch etwas zu essen und Tabak dazu. Die Päckchen waren klein, denn wir hatten nicht viel, was wir geben konnten, doch man sagte uns, es seien unsere persönlichen Bemerkungen, die sie für die Soldaten zu etwas Besonderem machten. Mir fiel es schwer, an etwas Aufmunterndes zu denken – von bedeutsamen Worten ganz zu schweigen – und dies einem Soldaten zu schreiben, der schon bald sterben konnte. Ich schrieb immer dasselbe: »Grüße aus Berchtesgaden. Ich hoffe, es geht Ihnen gut, und danke Ihnen dafür, dass Sie uns beschützen. Heil Hitler.« Ich konnte nur hoffen, dass die Soldaten die Grüße aus der Heimat niemals miteinander vergleichen und dabei feststellen würden, wie furchtbar ähnlich all diese Worte ausgefallen waren, die überhaupt nichts Persönliches an sich hatten.

Wir schickten die Päckchen an willkürlich zugeteilte Feldpostadressen an einer unserer weit verstreuten, aber rasch näher rückenden Fronten. Meine Freundin Gertraud Oberndörfer hatte eines Tages die Adresse eines Mannes aus Ramsau bekommen, den sie kannte. Sie hatte sich große Mühe mit diesem Päckchen gegeben und einen richtigen Brief beigelegt. Einige Wochen später kam eine Bäuerin zu ihr und wies sie zurecht: »Ich weiß nicht, warum du meinem Sohn ein Päckchen schickst. Wir schicken ihm Essen und alles, was ihm sonst noch fehlen könnte. Deine Hilfe braucht er bestimmt nicht.« Gertraud war schockiert, weil ihr Päckchen Anstoß erregt hatte. Sie grübelte, ob sich die Frau von ihr persönlich beleidigt fühlte oder nur gekränkt war, weil diese Post von der HJ gekommen war, und kam zu dem Ergebnis, dass sie selbst aus irgendeinem unbekannten Grund diese Reaktion bewirkt haben musste.

Für meine Mutter war der Auftritt der großen, mageren Briefträgerin mit dem Pferdegesicht und der über die Schulter gehängten schweren schwarzen Ledertasche zum wichtigsten

Augenblick des gesamten Tages geworden. Er entschied darüber, ob es ein trostloser oder erträglicher Tag wurde. Sie hatte sich angewöhnt, nach dem Blick auf die Post tief zu seufzen und dann »Ach Gott, ach Gott« zu sagen. Jedes Mal, wenn sie das tat, dachte ich, dass etwas Schreckliches geschehen sein musste. Doch dann wurde mir klar, dass ihre Seufzer nur der Ausdruck eines allgemeinen Weltschmerzes und allgemeiner Verzweiflung in diesen furchtbaren Zeiten waren. Tante Susi munterte sie mit ihrem respektlosen Sinn für Humor und ihren bissigen Bemerkungen über die Chefs auf dem Obersalzberg – ob sie nun bedeutend waren oder nicht – zuweilen etwas auf. Einen großen Teil ihrer Zeit war Mutter jedoch einfach nur traurig, in aller Offenheit oder insgeheim. Manchmal beobachtete ich einen abwesenden Gesichtsausdruck an ihr. In solchen Augenblicken dachte sie vielleicht an einen mit Vater verbrachten Frühlingstag, an Touren auf die Ligeretalm und an das entschwundene Versprechen auf gute Zeiten.

An meinem zehnten Geburtstag schrieb Mutter in ihr Tagebuch: »So ist es nun zehn Jahre, dass Irmgard da ist. Was war das eine große Freude damals. Max hatte so viel Freude an unserem Kind.« Ich war mit den Einladungen für mein Geburtstagsfest etwas zu großzügig gewesen, und Mutter traute ihren Augen nicht, als ihr winziger Früchtekuchen in ein Dutzend oder noch mehr Stücke aufgeteilt werden musste. Wir verspeisten ihn auf der Bank vor dem Haus und auf Holzkisten, die wir aufgetrieben hatten. Dann flochten wir uns Kränze aus Gänseblümchen für unser Haar und machten ein richtiges Fest, so bescheiden es nun einmal ausfiel.

Mutter war erschöpft, aber die Arbeit lenkte sie ab und verhinderte möglicherweise eine tiefere Depression, obwohl in der folgenden Woche mehrere Briefe eintrafen, die ihre Stimmung verdüsterten. Ossis Eltern schrieben uns, ihr Sohn sei im Kampf vermisst. Diese Nachricht machte mich missmutig, und mein Verhalten in der Kaserne war mir im Nachhinein umso peinlicher. Die schlimmste Nachricht war, dass mein achtzehnjähriger Cousin Heinz Bieser aus Wiesbaden getötet worden war. Wo das geschah, weiß ich nicht mehr. Es war einfach unbegreiflich, dass dieser hübsche, schwarzhaarige, junge Mann, den ich verehrte und der unsere Berge so bewunderte, nun ebenfalls tot war. Einen Augenblick lang war ich wie teilnahmslos, und im nächsten Augenblick wollte ich vor lauter Zorn zerspringen. War er nicht der Lieblingssohn von Onkel und Tante Bieser? War er nicht zu jung zum Sterben? Es war erst der Anfang einer ganzen Reihe von Nachrichten dieser Art. Walter Höfig, der stattliche, große Maler, ein ehemaliger Kollege unseres Vaters, dessen Töchter unsere Freundinnen waren, wurde im Osten vermisst. Helmut Puff, der einzige Sohn von Herrn Puff, war zuletzt mit einer schweren Verwundung gesehen worden. Man hatte ihn zurückgelassen und damit der Gefangennahme durch die Russen preisgegeben. Ein solches Schicksal galt schlimmer als der Tod. Ich fragte mich, wie lange wir das noch aushalten konnten, dieses Zählen der Toten in unserem Leben.

Im Juni lenkte mich ein vieldiskutiertes HJ-Geländespiel eine Zeitlang ab, ein ausgefeiltes Spiel sich gegenseitig bekämpfender Gruppen. Wenn diese Aktivität auf dem Plan stand, durften wir in normaler Gangart – nicht im Marschschritt – bis in die Hintergern ziehen, einem abgelegenen Tal mit abschüssigem Weide- und Waldland zu Füßen des Untersbergs. Das Spiel war wie eine Schatzsuche angelegt, es ging hierbei allerdings darum, die Mitglieder einer feindlichen Kundschaftergruppe gefangen zu nehmen. Dieser Gruppe folgten wir auf gewundenen, verwirrenden Pfaden, die mit weißen Markierungen und mehrdeutigen Botschaften markiert waren. Als das Spiel beendet war, hatte unser Schaft zu Gabis großer Enttäuschung nicht eine einzige Gefangene gemacht. Wir erhielten einen Tadel wegen mangelndem Mannschaftsgeist und fehlendem Siegeswillen. Auf dem zweistündigen Heimweg blieb mir genug Zeit, über die Frage nachzudenken, ob ich an der Niederlage unserer Mannschaft schuld war. Ich hatte eine Nachricht missdeutet und die ganze Gruppe einige Zeit lang in die falsche Richtung geführt, und ich kam zu dem Ergebnis, dass ich nicht mit dem Herzen beim Spiel und mir das Ergebnis auch ziemlich gleichgültig gewesen war. Zu Hause begutachtete Mutter meine Blasen und sagte, beim Schuhmacher habe es wieder einmal keine Schuhe für mich gegeben.

Während wir spielten und täglich versuchten, unsere Trauer zu bewältigen, kam der Krieg unerbittlich näher, er beschleunigte sich sozusagen in die falsche Richtung. Für den 5. Juni hielt Mutter in ihrem Tagebuch fest, dass unsere Soldaten Rom geräumt hätten. Britische Truppen hätten an Orne und Seine am 6. Juni um 1.30 Uhr in der Nacht die Invasion eingeleitet. »Es war beinahe eine Erleichterung, nach Monaten der Anspannung.«, schrieb sie.

Wieder einmal hingen wir am Radio, als Dr. Goebbels am 20. Juni ankündigte, die »Vergeltung« gegen England habe mit einem ständigen Bombardement der britischen Inseln durch unbemannte, bisher geheime V1-Raketen bereits begonnen. Goebbels versprach, dass die V2-Rakete, eine noch tödlichere Waffe, sowie weitere, bisher streng geheime Waffen bald folgen und unseren Endsieg sichern würden.

Tante Susi, die den Behauptungen des Propagandaministers niemals traute, erzählte an jenem Abend den Witz von der alten Frau, die um einen Globus bat, auf dem man ihr Deutschland zeigen sollte. Dann wollte sie das Vereinigte Königreich sehen, die Sowjetunion, die Vereinigten Staaten und all die anderen Länder, gegen die wir kämpften. Sie besah sich das alles nachdenklich und fragte dann: »Hat irgend jemand Hitler diesen Globus gezeigt?« Mutter hing immer noch dem Traum vom Endsieg an. Sie war ziemlich wütend auf Tante Susi und warf ihr sogar vor, heimlich Feindradio zu hören, was ihre Freundschaft eine Zeitlang zu beeinträchtigen schien. Ich machte mir große Sorgen wegen eines möglichen Bruchs zwischen dem Erdgeschoss und dem ersten Stock von Haus Linden. Deshalb beschloss ich, den Streit einfach zu ignorieren, und wartete Abend für Abend demonstrativ auf den hölzernen Treppenstufen draußen vor der Tür auf Tante Susis Rückkehr vom Obersalzberg.

Eine Gruppe von hohen deutschen Offizieren und zivilen Widerstandskämpfern um Graf von Stauffenberg verübte am Donnerstag, dem 20. Juli 1944, im Führerhauptquartier Wolfschanze bei Rastenburg in Ostpreußen einen Mordanschlag auf Hitler. Wir waren an jenem Tag um sechs Uhr aufgestanden und eine Stunde später zum Sillberg aufgebrochen, einem niedrigen, ziemlich flachen Bergrücken, den wir nach etwa zwei Stunden erreichten. Es war wunderschön auf der Hochfläche, und es gab so viele Walderdbeeren, dass wir schon einen Wintervorrat von Erdbeermarmelade vor Augen hatten. Zur Mittagszeit sahen wir – sehr zu Mutters Ärger und Sorge –, wie die SS auf der anderen Talseite den chemischen Nebel aufsteigen ließ, der den Obersalzberg rasch einhüllte und einen drohenden Luftangriff anzeigte. Sie wusste, dass auf dem Sillberg mehrere Flakeinheiten stationiert waren, die auf anfliegende feindliche Flugzeuge schießen würden. Auf dieser hügeligen Hochfläche gab es so gut wie keine Deckung, deshalb beschloss Mutter, dass wir in dieser Situation nur die Ohren spitzen und uns flach auf den Boden legen sollten, sobald wir Flugzeuge oder das typische Geräusch der Flakgeschütze hörten. Wir sammelten weiter unsere Erdbeeren, und nach einiger Zeit löste sich auch der Nebel über dem Obersalzberg wieder auf, was uns anzeigte, dass wir jetzt wieder vor Flugzeugen und Flakfeuer sicher waren.

An diesem Abend stockte Mutter der Atem, als sie die Nachricht von dem Attentat hörte, und sie wirkte außerordentlich erleichtert, dass der Führer wie durch ein Wunder am Leben geblieben und wohlauf war. Hitler hielt am folgenden Tag eine Radioansprache und kündigte Vergeltung gegen die gescheiterten Attentäter an. Mutter kannte nur wenige Namen der Verschwörer, aber die Tatsache, dass sie aus dem Zentrum der Macht kamen, schockierte sie zutiefst – deutsche Generäle und weitere hohe Offiziere, die gemeinsam mit Zivilisten bereits eine neue Regierung gebildet hatten.

Aus irgendeinem Grund – vielleicht war sie auf der Suche nach einem Omen – schrieb sie in ihr Tagebuch, auch die japanische Regierung habe gewechselt, und fügte die übliche, nicht zu beantwortende Frage an: »Wie das noch alles werden soll?«

Einen Tag später hatten Mutter und der Nazimaler Hans Schuster eine kurze Unterhaltung, die ich nie vergessen werde. Schuster hielt kurz an unserem Wohnzimmerfenster, um die schockierende Nachricht mit Mutter zu besprechen. Ich saß auf der sonnenbeschienenen Holzbank vor dem Haus und machte meine Hausaufgaben. Mutter lehnte sich aus dem Fenster und hörte sich Schusters Tirade gegen die Verräter an. Plötzlich unterbrach sie ihn und sagte: »Weißt du, was ich mir wünsche? Ich wünschte, sie hätten Hitler getötet, dann hätte es vielleicht eine Möglichkeit gegeben, den Krieg zu beenden.« Einen Augenblick lang herrschte Totenstille, dann begann Hans mit seiner hohen, aufgeregten, jetzt aber wütenden Stimme zu schreien: »Du bist auch eine Verräterin! Ich gehe sofort zur Gestapo und zeige dich an!« Seine blankgeputzten schwarzen SA-Stiefel stampften auf dem Kiesweg, als er die Abkürzung in den Ort hinunter ansteuerte. Mutter schloss wortlos das Fenster. Ich sah nicht, was sie dort drinnen tat – wenn sie überhaupt etwas tat.

Wie erstarrt saß ich da. Ich wusste, dass die Gestapo für Staatsfeinde zuständig war, für Verräter und Unruhestifter. Ich wusste, dass sie diese Leute ins Konzentrationslager steckten, in das schlimmste aller Gefängnisse. Und ich war von Mutters Bemerkung verblüfft. Meinte sie das wirklich so, wie sie es gesagt hatte, oder wollte sie Hans Schuster nur wütend machen? Die Angst schnürte mir ganz langsam die Kehle zu, und ich wusste, dass ich noch nie jemanden so gehasst hatte wie jetzt Hans Schuster. Mutter und ich sprachen nie über diesen Vorfall oder über ihre Motive für diesen Gefühlsausbruch, doch in den Tagen unmittelbar danach waren wir beide äußerst nervös. Als nichts geschah, beruhigten wir uns allmählich. Höchst wahrscheinlich hatte Hans auf dem Weg in den Ort seine Meinung geändert. Schließlich war er ein Freund meines Vaters gewesen. Ich erzählte Wiebke von diesem Vorfall, und wir beide erklärten Schuster zu unserem gemeinsamen Feind Nummer eins. Wir nannten ihn heimlich »Nazishasha«, was bedeutete, dass er ein übergeschnappter Nazi war, der den ganzen Tag immer nur »Heil Hitler« sagte. Doch wieder einmal fiel meine moralische Grundsatzentscheidung weder leicht noch war sie mühelos durchzuhalten. Hans Schuster hatte eine sehr nette Frau, die viel älter war als er. Wir nannten sie Schuster Mutter. Wenn wir sie überraschend besuchten, hatte sie immer einen Apfel oder ein paar getrocknete Pflaumen für uns. Jetzt grübelte ich über das Problem, wie ich ihr am besten meine Zuneigung bewies, während ich ihrem Mann zugleich meine Verachtung offen zeigte.

Goebbels verkündete in einer Rede am Abend des 28. Juli 1944, dass der »totale Krieg« noch mehr Opfer und Hingabe von uns verlangen würde.

»Ja, das ist wirklich eine Überraschung«, sagte Tante Susi voller Sarkasmus. »Was hatten wir denn bis jetzt, Spiel und Spaß vielleicht?« Mutter wandte sich mit einem ihrer typischen Seufzer zu Ingrid und mir hin und sagte, sie habe sich so sehr gewünscht, dass wir ein anderes Leben haben sollten. Dann folgte, als Ausdruck der Resignation, ein Schulterzucken. Die Frauen von Berchtesgaden wurden zu einer öffentlichen Versammlung geladen, bei der ein gewisser Herr Seitz über die Kriegspflichten von Frauen referierte. Sie könnten jetzt zu jeder Art von Arbeit verpflichtet werden, die zur Zeit noch von alten oder sehr jungen Männern erledigt werde, die ihrerseits vielleicht einberufen werden, kündigte der Redner an. Als Beispiele nannte er die Textilproduktion und Hilfstätigkeiten in Lazaretten oder Heimen der Kinderlandverschickung. Doch nichts dergleichen geschah. Ich sehnte mich nach einem unbeaufsichtigten Leben, so wie Mutter es damals in der Rheingauerstraße in Wiesbaden geführt hatte, als ihre Mutter arbeitete. Zugleich aber wusste ich, dass es mir nicht recht war, wenn ich nach Hause kam und

Mutter war auch nur für kurze Zeit abwesend. Also hoffte ich mit ihr, dass sie zu keiner Arbeit verpflichtet würde.

Mittlerweile begannen die Sommerferien. Ich hatte die Aufnahmeprüfung für die Oberschule abgelegt und war dabei so nervös gewesen, dass ich kaum meinen Stift halten konnte. Noch vor der Bekanntgabe der Ergebnisse fuhren wir zu einem zweiwöchigen Besuch nach Selb, und Hardis Mutter kam von Berlin, um diese Zeit mit ihm in Berchtesgaden zu verbringen. In Selb half Mutter bei der Johannisbeerernte, flickte Großvaters Hemden und reinigte das ganze Haus. Wie immer putzte sie auch die Werkstattfenster und den Küchenherd. Wir waren beide entsetzt, wie mager Großvater geworden war. Er war abgespannt, und das Augenzwinkern war verschwunden. Er hatte seit einiger Zeit keinerlei Aufträge für Fensterrahmen oder Türen bekommen, die für kriegsbedingte Renovierungs- oder Bauarbeiten gebraucht wurden und für die Holzzuteilungen äußerst wichtig waren. Man hatte ihm gesagt, er komme für solche Aufträge nicht mehr in Frage, weil er kein Parteimitglied sei. Wieder einmal musste er sich Sorgen um den Fortbestand seines Geschäftes und natürlich auch um seinen Lebensunterhalt machen. Tante Emma, die meine Cousine Uschi und meinen Cousin Gerhard allein erziehen und sich auch noch um Großvater, das Haus und den Garten kümmern musste, sah auch bleich und erschöpft aus. Dazu kamen noch die Sorgen um Onkel Hans, wenn sie wieder einmal wochenlang nichts von ihm hörte.

Zu unserer großen Überraschung erschien Schego unangemeldet in Selb und sorgte für eine kleine Abwechslung in unserem monotonen Alltagsleben. Mit enormer Ausdauer und mit seinem Talent hatte Schego seine Körperbehinderung überwunden und war schon vor dem Krieg ein hoch angesehener Bildhauer und Alpinist geworden. Wie die meisten Mitglieder des Berchtesgadener Künstlervereins sympathisierte er mit den Nazis. In Berchtesgaden hatte er uns in letzter Zeit häufiger besucht, und das machte mir schlechte Laune und eifersüchtig. Ich fand Schego sehr nett, sagte aber meiner Mutter, ich wolle nicht, dass sie sich mit einem Buckligen treffe, dessen Kopf wohl zu groß für seinen kleinen Körper sei. Wie ich später sehen sollte, vertraute Mutter ihrem Tagebuch an, dass sie kein Interesse an Schegos Werben hatte. Die Trauerzeit für Vater war für sie noch nicht beendet. Dennoch wurde während Schegos Besuch in Selb reichlich Wein getrunken, und sein Optimismus zum weiteren Verlauf des Krieges hob Mutters Stimmung einige Tage lang.

Kurz vor unserer Abreise hatten Ossis Eltern eine gute Nachricht für Mutter. Endlich hatten sie wieder etwas von ihm gehört. Er hatte ein Bein verloren, war in Gefangenschaft geraten und in die Vereinigten Staaten gebracht worden, in den Bundesstaat Washington. Wir sahen im alten Atlas der Paul-Großeltern nach und waren sehr erstaunt, als wir diesen Staat an der Pazifikküste Nordamerikas entdeckten.

In Selb gab es nur wenige Soldaten, im Unterschied zu Berchtesgaden, wo es von gesunden und verwundeten Männern in Uniform nur so wimmelte. Ich hatte mir große Mühe gegeben, nicht hinzustarren, wenn ich einem verwundeten Soldaten begegnete. Doch manchmal war es einfach unmöglich, den Blick abzuwenden, wenn man einen verstümmelten Mann an Krücken sah oder eine Gruppe von zwei oder drei Männern, die ein Hosenbein oder einen Ärmel hochgebunden hatten und so einen Mangel anzeigten, wo vorher ein Arm oder ein Bein gewesen war. Die ganz jungen Männer trugen ihre Gipsverbände noch wie ein Ehrenzeichen, und wir betrachteten sie mit großem Respekt und Mitgefühl. Manchmal fasste ich mir ein Herz, lächelte und nickte einem dieser Männer einen Gruß zu, und einmal lächelte ein Soldat mit bandagiertem Kopf zurück. Der Mann, der sich an seinen Krücken langsam vorwärtsbewegte, sagte: »Auf Wiedersehen und viel Glück, kleines Mädchen.« Ich antwortete mit einem »Viel Glück« und begriff erst später, dass wir nicht »Heil Hitler« gesagt hatten.

Der Sommer war regnerisch, und es gab nur schlechte Nachrichten. Mutter war oft bedrückt und arbeitete tagein, tagaus über ihre summende Nähmaschine gebeugt. Sie war überzeugt davon, dass sie den größten Teil der Arbeit leistete, und ich dachte, mein Anteil sei der größte. Da sie mich täglich mit weiteren Hilfsdiensten überhäufte, wurde ich schließlich streitsüchtig und fing an zu schmollen. Einmal machte sie ein großes Aufheben um die Tatsache, dass die noch nicht ganz sieben Jahre alte Ingrid in einem Fischgeschäft angestanden und dabei tatsächlich ein Stück Fisch bekommen hatte. Als ob ich nicht schon oft ähnliche Erfolge erzielt hätte.

Mutter war mit dem Holzhacken für unseren Wintervorrat deutlich im Rückstand. Deshalb hielt sie Ausschau nach ein paar Soldaten, die unsere aus großen Klötzen bestehende Holzzuteilung zu ofengerechten Stücken verarbeiten konnten, als Gegenleistung für Tabak. Mutter hatte noch keine einzige Zigarette versucht, denn sie war der Überzeugung, deutsche Frauen sollten nicht rauchen. Dennoch holte sie ihre Tabakrationen ab, um sie für Tauschgeschäfte und Geschenke zu verwenden. Aus einer Laune heraus lud sie ein paar SS-Nebelsoldaten ein, die etwas weiter bergan in einem Privathaus untergebracht waren, und servierte ihnen zum Mittagessen Kartoffelsuppe. Die Hausmannskost schmeckte den Gästen sehr, und Herr Schulz, der größte der Soldaten, fragte, wie viel Holz wir brauchten, um durch den Winter zu kommen. Als er die Mengenangabe hörte, fragte er spontan, ob wir das alles alleine spalten müssten. »Hm, ja«, war nach meiner Erinnerung Mutters Antwort. Dann sah sie mich an und fügte hinzu: »Die Mädchen sind eine große Hilfe«, worauf ich rot wurde und mich abwandte, denn sie lobte so selten. Die Wahrheit sah so aus: Wenn es ans Holzaufstapeln ging, wandte ich mich an Wiebke, Else, Anderl und alle anderen Nachbarskinder, die mir einen Gefallen schuldeten. Um sie als Helfer zu gewinnen, dachte ich mir einige Wettspiele aus, die diese Arbeit zu einem gemeinsamen Vergnügen machen sollten. In diesem Herbst sah es so aus, dass die Nebelsoldaten – und allen voran Herr Schulz – einen ordentlichen Haufen Holz für uns spalteten, als Gegenleistung für Mutters Zigarettenzuteilung. Ich fragte Herrn Schulz, ob er vielleicht Hardis Onkel sei. Er lachte und sagte, Schulz sei ein ebenso geläufiger Name wie Hans; nein, er sei kein Verwandter unseres Hardi Schulz aus Berlin.

In den Gasthäusern eines Ortes, in dem so viele Soldaten und SS-Männer lebten, waren Trinkgelage keine Seltenheit. An einem Montagabend nahm Mutter auf dem Weg zu ihrem wöchentlichen Gymnastikkurs in der alten Turnhalle die Abkürzung. Unmittelbar vor sich sah sie plötzlich drei, vier stockbetrunkene, schlafende SS-Leute quer über dem schmalen, steinigen Pfad liegen, den sie auf diese Weise blockierten. Mutter hielt zunächst an, doch dann beschloss sie, dass sie nicht wie ein Feigling umkehren würde. Sie ging ein paar Schritte zurück, nahm Anlauf und sprang über die Trunkenbolde hinweg. In ihren eigenen Worten klang das später so: »Ich gebe zu, dass ich ziemliches Herzklopfen hatte, als ich auf ein paar Steinen landete, die unter mir nachgaben, aber bevor die Männer begriffen, was da geschah, war ich schon weg.« Sie lachte, als sie uns die Geschichte erzählte. Für kurze Zeit war sie wieder da: die lebhafte, abenteuerlustige, mutige Mutter, wie ich sie gekannt und lange nicht mehr erlebt hatte, doch Tante Susi meinte, Mutter sei ein großes Risiko eingegangen. Der SS-Mann Schulz kam am Nachmittag vorbei, hörte die Geschichte, entschuldigte sich für das Benehmen der Soldaten und bot sich für die montäglichen Wege zur Turnhalle galant als Begleiter an.

Mutter und ich setzten unser Tauziehen über die Frage fort, wer denn nun den Hauptteil der Arbeit leistete. Sie nörgelte ständig an mir herum – so sah es für mich jedenfalls aus –, weil ich in ihren Augen mit Ingrid und Hardi so ungeduldig war, meine Hausaufgaben schlampig erledigte, auf dem Rückweg vom Bauern angeblich Milch verschüttete und, auch das noch, beim Abstauben der eisernen Schnörkel an ihrem Nähmaschinengestell Nachlässigkeit zeigte. Wir schoben uns gegenseitig die Schuld für Missgeschicke zu, die wir in besseren Zeiten gar nicht bemerkt hätten, die aber jetzt von großer Bedeutung waren. Ich wollte ihr beweisen, wie schlau ich vorging, wenn Ingrid und ich in diesen Tagen voller Anspannung in der Schlange um Brot anstanden. Ich sagte Ingrid, sie solle sich weit hinter mir anstellen und ebenfalls einen Laib Brot kaufen, gegen die Vorschrift, die nur einen Laib pro Familie vorsah. Jetzt war Ingrid durch eine große Menge drängelnder Erwachsener von mir getrennt. Sie bekam Angst und schloss in letzter Minute doch wieder zu mir auf. Natürlich erkannte uns die Verkäuferin als die Paul-Schwestern und schimpfte mit Ingrid, weil sie versucht hatte, zu betrügen. Meine kleine Schwester weinte dicke Tränen, doch ich konnte mich nicht zurückhalten und schimpfte sie meinerseits aus, weil sie meinen Plan verdorben hatte. Ingrid verklagte mich daheim, und Mutter machte aus dieser Geschichte eine Staatsaffäre. Ich schwor mir, nie wieder ein Wort mit ihr zu reden. Noch bevor der Schwur in Kraft trat, sagte ich ihr, dass sie uns auch schelte, wenn wir in der falschen Schlange stünden oder nicht schnell genug zum nächsten Laden rannten, in dem es angeblich Lebensmittel zu kaufen gab. Ich sagte ihr, dass sie sich verwandelt habe – von einer Mutter, die versuchte, etwas Freude in unser Leben zu bringen, in eine Mutter, die sich ständig über irgendetwas aufregte. Obendrein erinnerte ich sie noch daran, dass sie nach ihren eigenen Erzählungen als kleines Mädchen Bücher unter dem Tisch versteckt habe, die sie heimlich las, anstatt für Großmutter den Fußboden zu putzen. Und dennoch ließ sie mich Die Rosenkette nicht fertig lesen, mein absolutes Lieblingsbuch, das ich einer Freundin zurückgeben musste – ja sie zerriss es sogar. »Das verzeihe ich dir nie!«, schrie ich, knallte die Küchentür hinter mir zu und rannte in mein Zimmer, um dort Trost zu suchen.

Doch auch in jenen Tagen bestand das Leben nicht nur aus Arbeit. Hitler selbst bot uns die Gelegenheit, einmal pro Woche in seiner Theaterhalle auf dem Obersalzberg kostenlos einen Film zu sehen. Dr. Goebbels, der Filme und Filmstars liebte, sorgte für eine reiche Auswahl von alten und neuen Filmen – Liebesgeschichten, Familiendramen, Opern und Operetten –, die natürlich alle von nicht jüdischen Filmemachern stammen mussten. Das Filmtheater stand der Öffentlichkeit an Samstagnachmittagen offen, und wenn Mutter den angebotenen Film für geeignet befand, machten wir den Ausflug auf den Berg. Wir kamen an den bedrückenden Unterkünften für ausländische Arbeiter, die inzwischen vielleicht an den unterirdischen Bunkern arbeiteten, und an den SS-Wachen vorbei in die spärlich beleuchtete, einfache Halle. Vor jedem Film wurde die Deutsche Wochenschau gezeigt, eine Zusammenfassung der Ereignisse der Woche. Sie begann immer mit einer kurzen, markanten Erkennungsmelodie, die mir bis heute in Erinnerung ist und stark verblasste aber dennoch reale Bilder von Soldaten und zerschossenen Schlachtfeldern erzeugt. Im Herbst 1944 war die Wochenschau zu einer endlosen Folge von Explosionen, brennenden Städten und grimmig dreinschauenden Soldaten mit Stahlhelmen geworden. Diese Männer kämpften, duckten sich oder rannten. Kampfflugzeuge hoben ab oder zogen am Himmel ihre Bahn auf dem Weg zu feindlichen Zielen. Oft schloss ich einfach die Augen und hielt mir die Ohren zu, bis der Lärm verebbte und der heitere, meist seichte Spielfilm begann, der stets ein äußerst glückliches Ende nahm.

Tante Susi kam täglich und zuverlässig nach dem Abendbrot herunter und brachte die neuesten Nachrichten und Gerüchte mit, die uns große Sorgen bereiteten. Die Amerikaner waren bis zur deutschen Westgrenze vorgedrungen, die Russen kamen ebenfalls immer näher, und in Italien hatten wir schwere Verluste erlitten. Tante Susi sagte, die zuverlässigsten Informationen über den russischen Vormarsch stammten von den russischen Kriegsgefangenen, die in deutschen Fabriken arbeiteten. Mutter meinte, es sei ein trauriger Zustand, wenn wir uns bei Fragen nach dem wahren Stand der Dinge nicht auf die Erkenntnisse der deutschen Behörden und Nachrichtendienste verlassen könnten.

Etwas später in diesem Herbst wurde der Apfel- und Kartoffelkeller unter dem Haus Linden als zu unsicher bewertet, deshalb musste der Vermieter etwa hundert Meter die Straße hinauf einen richtigen Bunker in die steil ansteigende Wiese bauen. Grob zugeschnittene, runde Baumstämme hielten die Decke, die in Übereinstimmung mit amtlichen Vorschriften aus mehreren Erd- und Sandschichten bestand. Der niedrige, feuchte und muffig riechende Bunkerraum war mir zuwider. Die schwarzen Spinnen, die ich über die Wände kriechen sah, sorgten für hysterische Anfälle, und Mutter bezeichnete mich wechselweise als übernervös oder kindisch. Fast jede Nacht heulten die Sirenen zumindest einmal los, und meine hartnäckigen Proteste gegen den Gang zum Bunker brachen schließlich den Widerstand meiner armen Mutter. Häufig duckten wir uns einfach nur in unseren trockenen Vorratskeller, in dem es intensiv nach Äpfeln und Kartoffeln roch.

Der Obersalzberg mochte ein verlockendes symbolisches Ziel für feindliche Flugzeuge sein – und schließlich kam es auch noch so weit –, doch Berchtesgaden lag nur in einer Überflugroute, war strategisch uninteressant und dank der umliegenden Berge auch keineswegs leicht anzufliegen. Das ganze Tal war zu »Deutschlands Luftschutzkeller« geworden. Tausende von Kindern, die aus den ausgebombten Städten evakuiert worden waren, fanden hier Unterkunft, wo immer sich ein Platz auftat. Zahllose Jungen und Mädchen aller Altersgruppen und unterschiedlichster Herkunft lebten jetzt in ehemaligen Privatvillen, Sanatorien, Hotels, Jugendherbergen, Sommerlagern und in den Häusern der ortsansässigen Familien. Die meisten der Neuankömmlinge besuchten unsere Schulen, die Klassen wurden auf Dauer größer, und es ging enger zu. Doch jedes Mal, wenn wir nach einem Fliegeralarm wieder aus unserem Keller kamen und ich den roten Feuerschein der brennenden Städte über den Bergketten sah, war ich plötzlich glücklich darüber, dass man die Stadtkinder hierher in Sicherheit gebracht hatte.

Die Beziehungen zwischen den heimatlosen Stadtkindern und uns Einheimischen waren im günstigsten Fall angespannt, manchmal herrschte auch offene Feindseligkeit. Nach einem nächtlichen Bombenangriff oder wenn ich ganz allein oder mit unserem Pflegebruder Hardi zusammen war, dachte ich über das harte Los dieser Kinder nach, und sie taten mir leid. Sie waren hier ganz auf sich gestellt und wussten nicht, was mit ihren Eltern geschah. Sobald ich jedoch mit anderen zusammen war – und unsere Jungen suchten ständig Streit –, teilte ich die Geringschätzung für die Evakuierten. Sie trugen alle die gleichen schlecht sitzenden marineblauen Trainingsanzüge, an denen sie sofort als »Fremde« zu erkennen waren, die von unseren Jungen (unabhängig vom tatsächlichen Herkunftsort) als »Saupreußen« beschimpft wurden. So etwas führte dann schnell zu handfesten Auseinandersetzungen. Im Winter mündete es in erbarmungslose Schneeballschlachten, bei denen die Verlierer grob »eingeseift« wurden. Wir Mädchen beschränkten uns aufs Zuschauen, feuerten die Kämpfer an und waren überrascht, wie zäh sich manche dieser mageren Stadtkinder wehrten. Auch wenn ihnen schon die Tränen über die Wangen liefen, kämpften sie mit finsterer Entschlossenheit und großem Zorn gegen ihre einheimischen Peiniger.

Aus den großen Städten kamen zahllose ausgebombte Familien, bei denen der Mann fehlte. Sie hielten die Bündel mit den geretteten Kleidungsstücken fest, wirkten teilnahmslos und desorientiert und warteten darauf, dass ihnen ein Quartier zugeteilt wurde. Frau Brummer, eine zierliche Frau aus Aachen, sollte mit ihren drei kleinen Kindern ein Zimmer im Haus von Frau Daibler beziehen, die in unserer Nachbarschaft wohnte. Frau Daibler war eine höchst exzentrische, wohlhabende Witwe, die einen Teil des Angererlehens bewohnte. Sie unterhielt einen höchst geheimnisvollen Garten mit seltenen italienischen Pflanzen. Seit dem Tod ihres Mannes hatte sie stets mehrere Schichten langer weißer Kleider getragen, einen weißen Turban und ausgefallene, lange Perlenhalsketten, die bis zur Hüfte reichten. Mit ihrer krächzenden Stimme erzählte sie allen Leuten, sie kleide sich zu Ehren ihres verstorbenen Mannes, dem der ägyptische Lebensstil gefallen habe, auf diese Weise. Sie hasste Kinder, Lärm und Störungen jeder Art. Deshalb fürchteten wir sie einerseits, zugleich aber ärgerten wir sie, wann immer sich die Gelegenheit dazu bot. Sie hasste auch Flüchtlinge und wurde einige Monate lang ins Gefängnis gesperrt, weil sie sich geweigert hatte, einer ihr zugewiesenen Familie Obdach zu gewähren.

Bei ihrer Freilassung wurde sie angewiesen, Frau Brummer und ihre Kinder aufzunehmen, doch anstatt jetzt einzulenken blieb sie so feindselig wie ein Skorpion. Sie verweigerte der Familie den Zugang zur Küche. Frau Brummer fragte in ihrer Not meine Mutter, ob sie nicht unseren Herd benutzen könne, um Milch aufzuwärmen und für ihre Kinder zu kochen. Zu Fuß brauchte man zehn Minuten vom Haus Linden bis zu Frau Daiblers Haus, aber Mutter bot Frau Brummer natürlich dennoch an, ihre Küche mitzubenutzen. Die einzige Bedingung war, dass die Brummer-Kinder beim Sammeln von Anzündholz halfen, denn dafür mussten wir in letzter Zeit immer weitere Wege gehen. Der Wald in unserer unmittelbaren Nachbarschaft sah inzwischen wie leergefegt aus.

Der Herbst entfaltete ein weiteres Mal seine herrliche, bunte Farbenpracht, ungeachtet der Not der Evakuierten und Flüchtlinge, des allgegenwärtigen Mangels, der düsteren Stimmung und der verbrecherischen Kriegsherren auf dem Obersalzberg. Ahorn, Esche, Birke und Lärche verwandelten die Landschaft in einen flammend hellen Farbenreigen. Noch vor dem ersten Frost wurden die braunweiß gefleckten Kühe von den hochgelegenen Almen ins Tal getrieben. Jedes Tier war mit farbenprächtigen Girlanden und Glocken geschmückt, die von einem Sommer ohne Unfall kündeten. Auf den Wiesen blühten Hunderte blasslilafarbene Herbstzeitlosen, und der eigentümliche Geruch von Frost und frühem Schnee lag bereits in der Luft.

Der Pöhlmann-Großvater kam überraschend zu Besuch. Er brachte eine kleine rostbraune Henne mit, die er im Zug in einem Holzkäfig als Handgepäck transportiert hatte. Auf seinen Vorschlag hin nannten wir das niedliche, flauschige Tier Madame Pimpernel – ich weiß nicht mehr, wie er darauf kam – und bauten im Holzschuppen eine bequeme Stange und eine Leiter für sie ein. Meine gewissenhafte Mutter meldete den Behörden, dass wir jetzt eine Legehenne hatten, denn das bedeutete, dass von unseren Rationen Eier abgezogen werden mussten. Madame Pimpernel war eine gute Spielkameradin, die unsere Kartoffelschalen fraß, tagsüber gemeinsam mit den Hühnern aus der Nachbarschaft in den Wäldern nach Futter suchte und jeden Morgen ein kleines, braunes Ei legte. Wir hatten sie viele Jahre lang. Ich weiß nicht mehr, wann sie schließlich im Suppentopf endete, doch ich weiß genau, dass wir sie sehr gern hatten, solange sie lebte. In unserem Alltag gab es viele solche unzusammenhängende, unbedeutende, für uns dennoch bedeutsame Ereignisse und Vorfälle, doch alles stand unter einem übergeordneten, alles verbindenden Thema: unser sechster Kriegswinter stand bevor.

Wir erwarteten nur schlechte Nachrichten, als Joseph Goebbels im Oktober zwei Radioansprachen hielt. Sie entsprachen unseren Erwartungen. Alle Männer zwischen sechzehn und sechzig Jahren sollten zum »Volkssturm« eingezogen werden. Das bedeutete, dass auch Großvater und Herr Puff noch in den Krieg ziehen mussten. Etwa eine Woche später versprach Goebbels abermals den Sieg, und Mutter schrieb mit unverhülltem Zynismus in ihr Notizbuch: »Alle unsere Städte sind zerstört, und trotzdem gewinnen wir den Krieg!« Der nächste Satz zeigte dann, wo ihre Prioritäten lagen, denn sogleich hielt sie fest, dass Kühe in den zweiten Garten eingedrungen waren und alles zertrampelt hatten, was dort wuchs. Mutter hatte große Zweifel am Wahrheitsgehalt der Propaganda, doch sie hörte und las auch die Nachrichten von den pausenlosen Bombardements auf deutsche Städte, die Berichte von der Verstümmelung, vom Feuer- und Bombentod Tausender deutscher Frauen und Kinder, und das bestärkte sie in ihrer Entschlossenheit, den Krieg nach besten Kräften zu unterstützen. Nach einem schweren Luftangriff auf München schrieb sie: »Ich wünschte, ich könnte selbst in den Kampf ziehen.«

Über die Leiden der Frauen und Kinder in den Ländern, die wir erobert hatten, sprachen wir nie und hörten wir auch nichts, von den Opfern des Völkermords und der Konzentrationslager ganz zu schweigen. Mutter schrieb kein einziges Wort über die Juden in ihr Tagebuch oder über die Frauen und Kinder in London, die schon länger das Ziel von V1-Raketen waren. Ihr fehlgeleiteter Patriotismus und ständig bestärkter Nationalismus kannte nur Mitleid und Mitgefühl für das eigene Volk. Sie seufzte oft in tiefer Sorge und sagte nur: »Die armen, armen Leute.«

Meine Begeisterung für die Hitlerjugend hatte mittlerweile nachgelassen. Nach einiger Zeit war das Marschieren nur noch langweilig, und die Reden und einseitigen Gespräche hörte ich mit wachsenden Zweifeln. Seit Mutters Zusammenstoß mit Hans Schuster dachte ich immer wieder, die Nazis seien meine Feinde, nicht meine Freunde. Diese aufmüpfigen Gedanken verriet ich weder Mutter noch sonst jemandem, aber innerlich war ich bereit für etwas, das mich davon überzeugte, wir würden nur benutzt und irregeleitet.

Es kamen auch immer weniger zu den Übungen der Hitlerjugend, und das brachte unsere Anführer auf den Gedanken, das Problem durch Gruppendruck zu lösen. Sie beschlossen, dass alle Teilnehmer eines Appells hinterher bei den Abwesenden vorbeischauen und deren Mütter an ihre Pflicht erinnern mussten, ihre Kinder zu den obligatorischen wöchentlichen Treffen zu schicken. Einige von uns wurden zu den Häusern und Bauernhöfen von Ilsank geschickt. Den ersten Schwänzer trafen wir auf dem elterlichen Hof an, wo er, kraftstrotzend und bei bester Gesundheit, mit Holzhacken beschäftigt war – uns hatte er ausrichten lassen, er sei krank. Als er uns sah, legte er die Axt weg und verschwand im Stall. Wenig später erschien seine energische, grimmig dreinschauende Mutter und fragte, was wir wollten. Mein Selbstvertrauen war geschwunden, ich wurde rot, sah auf den Boden und zwang mich dennoch zu sagen: »Wir sind hier, um Ihnen zu sagen, dass die Teilnahme bei der Hitlerjugend eine Pflicht ist und dass Sie Ihren Sohn nächste Woche hinschicken müssen.« Wortlos wandte sie sich um und ließ uns stehen.

Von diesem Fehlschlag entmutigt gingen wir zum nächsten Haus, dann zum übernächsten. Schließlich quälte ich mich mit schmerzenden Füßen den Obersalzberg hinauf und dachte, ich würde selbst lieber schwänzen als weiter mitzumachen. Doch ich beschloss, es mir noch einmal zu überlegen, falls Wiebke im Frühling 1945 beitreten würde. Als ich sie auf das Thema ansprach, nahm sie sofort diesen schüchternen, zurückhaltenden Gesichtsausdruck an und sagte, sie werde der Hitlerjugend nicht beitreten. Das schockierte mich, obwohl mein eigenes Interesse an dieser Organisation schwand, und ich antwortete, ohne weiter nachzudenken, dass jedes deutsche Kind beitreten müsse. Sie schwieg, und ich ließ das Thema fallen und beschloss, selbst nicht mehr hinzugehen. Niemand kam oder schickte irgend jemand vorbei, als ich diesen Entschluss in die Tat umsetzte. Selbst Mutter sagte kein Wort.

Eines Tages kam Hardis Mutter aus Berlin, um ihn abzuholen, und Mutter war sehr erleichtert. Sie sagte, der rasch heranwachsende Junge sei ein kleiner Problemfall geworden, und sie habe Frau Schulz so weit gebracht, dass sie eine andere Pflegefamilie für ihn suchte. Ich weiß nicht genau, warum Mutter wollte, dass Hardi wegging, doch sie war in jener Zeit ständig müde, erschöpft und leicht reizbar. Leider muss ich sagen, dass ich Hardis Abreise kaum bemerkte. Herr Schulz, der Nebelsoldat, war in unserem Familienalltag dafür zu einer festen Größe geworden. Er, Tante Susi und Mutter spielten abends öfters zusammen Karten oder plauderten bei einem Glas Wein. Manchmal schaute er nach dem Abendessen einfach vorbei, um zu sehen, wie es uns ging. Er war ein großer Mann, nach meinem

Eindruck im mittleren Alter – zumindest jedoch Mitte dreißig –, hatte eine Knollennase und pockennarbige Haut und machte einen freundlichen Eindruck. Wenn er zu Besuch kam, rechneten wir Mädchen stets mit einem Geschenk, mit einem Stück Räucherspeck oder Hausmacherwurst aus den Esspaketen, die ihm seine Frau aus ihrem kleinen ostpreußischen Bauernhof zukommen ließ. Er hatte selbst drei Kinder und verstand es, Ingrid, die sich überhaupt nicht mehr an ihren Vater erinnerte, auf den Knien zu schaukeln. Er sang ihr Kinderreime vor und brachte sie zum Kichern, wenn er in seinem ostpreußischen Dialekt »Marielken, slepperd di?« (Bist du müde, kleine Mariel?) sagte. In besorgtem Ton erzählte er uns vom Alltagsleben in seinem kleinen ostpreußischen Dorf, dem die sowjetischen Truppen zu jener Zeit schon nahegekommen sein mussten oder das sie vielleicht schon überrannt hatten.

Zu Weihnachten nahm Mutter zwei Naturkundebücher aus Vaters Bücherregal und schenkte sie uns, weil sie nichts anderes hatte. Die einzige Neuerung war der »Lichtbogen«, etwas vermeintlich Nordisches, das Mutter aus Tannenzweigen und Kerzen bastelte und in einem Ausbildungskurs für die Kindergruppe kennengelernt hatte. Außerdem hatte sie im Wald eine kleine Fichte gefällt und mit Herrn Schulz' Hilfe auch noch ein paar fehlende Zweige ergänzt, bevor sie den Baum in den Ständer stellte. Wir besaßen einen neuen Vorrat an glitzerndem Lametta. Es war bei einem Überflug feindlicher Flugzeuge einfach vom Himmel gefallen, und wir hatten es eingesammelt und bis zur Weihnachtszeit aufbewahrt. (Das Rätsel um das vom Himmel gefallene Lametta löste ich erst nach dem Krieg. Ein amerikanischer Pilot erzählte mir, dass man es benutzt habe, um die Radarortung zu stören.) An Heiligabend gingen wir im Gedenken an Vater nach draußen, wie wir es in den letzten Jahren immer gehalten hatten. Ich erinnerte mich nicht mehr daran, wie er aussah, und musste Fotos zu Hilfe nehmen. Seine äußere Erscheinung verblasste allmählich in der Erinnerung, und dennoch fehlte er mir nach wie vor.

Herr Schulz kam spät am Abend noch zu uns, nach der SS-Pflichtveranstaltung auf dem Obersalzberg. Mutter berichtete in ihrem Tagebuch, dass sie es geschafft hatte, Knödel, Sauerkraut und einen schönen Braten aufzutreiben. »Es war sehr gemütlich. Nur die Frage nach der Zukunft bedrückte uns.«

Ende Januar wurden in diesem letzten Kriegswinter wegen der bitteren Kälte und gleichzeitigen Kohlenmangels die Schulen geschlossen. Zweimal pro Woche fuhr ich mit dem Schlitten die Obersalzbergstraße hinunter, um meine Hausaufgaben abzugeben und neue Aufgaben und korrigierte Arbeiten abzuholen. Der große gusseiserne Ofen in einer Ecke des Klassenzimmers war eiskalt, an den Wänden glitzerte Reif, und auf den Fenstern blühten Eisblumen in allerlei grauweiß-silbernen Platinfarbtönen. Wir legten die Hände ineinander und bliesen unseren warmen Atem in den Hohlraum, bis die Finger warm genug waren, um die neuen Hausaufgaben aufs Papier zu kritzeln. Ich konnte es kaum erwarten, wieder nach draußen in den Schnee zu kommen, wo ich mich auf andere Weise warm hielt: durch Laufen, indem ich Schneebällen auswich; oder unsere Schlitten den Berg hinaufzog. Mutter erkundigte sich nach unseren Hausaufgaben, und allzu oft konnte ich die Buchstaben selbst nicht mehr lesen, die meine kalten Finger hingekritzelt hatten. Doch Mutter sorgte mit großer Konsequenz dafür, dass sämtliche englischen Vokabeln oder mathematischen Formeln, die ich lernen und üben musste, in mein Gedächtnis eingingen und dass alle schriftlichen Aufgaben tadellos erledigt wurden. Oft verlor sie die Geduld, weil Ingrids Lesefertigkeiten sich so langsam entwickelten. An solchen Nachmittagen weinten wir beide. Mir kam nichts anderes mehr in den Sinn als Hassgefühle gegen die Schule, Hass auf Hausaufgaben, ja sogar Hass auf alle und alles um mich herum.

Mutters Tagebuch endet mit dem Eintrag zu Weihnachten 1944. Unmittelbar danach scheinen einige Seiten zu fehlen. Vielleicht wurden sie herausgerissen. Danach ist das Büchlein gefüllt mit den Kleidermaßen von Dutzenden ihrer Kundinnen. Zwischen diesen Notizen versteckt findet sich ein allerletzter Eintrag vom 10. Januar 1946: »Wir sind schon über ein halbes Jahr unter amerikanischer Besatzung. Irmgard geht in die Oberschule. Es hat sich viel ereignet.«

Diese letzten Worte, »Es hat sich viel ereignet«, die den Zeitraum vom Frühling 1945 bis zum Januar 1946 zusammenfassen, stehen für die größten Umwälzungen in meinem ganzen Leben.

Dreizehntes Kapitel

Der Krieg kommt nach Berchtesgaden

Am 25. April 1945, einem trügerisch schönen Frühlingstag, flogen britische Kampfflugzeuge einen Überraschungsangriff. Es war wie ein letzter Donnerschlag nach einem heftigen Sturm. Zuerst versuchten sie; das Kehlsteinhaus zu treffen, doch dann leerten sie ihre Bombenschächte über dem Obersalzberg. Die Sirenen schickten uns nach Hause – das war falsch, wie sich schon bald herausstellen sollte – und nicht in den Luftschutzbunker im Ort, in dem wir schon unzählige Stunden verbracht hatten. Allein seit Januar hatte es achtundvierzigmal Fliegeralarm gegeben. Wir verließen die Schule, und wenige Augenblicke später hörten wir bereits das Brummen der Bomber über uns. Der SS-Fahrer, der die Kinder der Naziführer zu den komfortablen Luftschutzkellern auf dem Obersalzberg brachte, hielt auf der Brücke neben uns und rief: »Steigt schnell ein, ich lasse euch an der Abzweigung wieder aussteigen.« Else, Wiebke, Bärbel und ich zwängten uns in den schwarzen Mercedes, Ingrid, die die Letzte gewesen war, stand auf dem Trittbrett und hielt sich am Fensterrahmen fest. Wenige Minuten später ließ uns der Fahrer an der Einmündung des Sandwegs, der zum Haus Linden führte, aussteigen.

»Lasst uns zu meinem Haus rennen, das ist am nächsten!«, schrie ich in den ohrenbetäubenden Lärm der Detonationen hinein. Sie kamen genau aus der Richtung, in die das Auto soeben gefahren war. Auf die mächtigen Explosionen folgte ein gewaltiger, einem Sturm ähnlicher Luftzug, der mich von den Beinen geholt hätte, wenn ich mich nicht an der rauen Rinde der nächsten Tanne festgekrallt und gegen den Stamm gedrückt hätte. Niemand hatte uns davor gewarnt, dass die Explosionen der 600-Kilo-Bomben, die an jenem Tag von rund 300 britischen Flugzeugen abgeworfen wurden, einen heftigen Luftzug erzeugen würden. Nach jeder Explosion warteten wir auf eine Atempause und rannten dann zum nächsten Baum, bevor uns der Sturmwind wieder traf. Die siebenjährige Ingrid, die mit uns Zehnjährigen nicht mithalten konnte, rief, wir sollten auf sie warten. Else und ich fassten sie bei den Händen und zogen sie mit. Die Erde bebte, und in der Luft waren das Dröhnen der Flugzeugmotoren, das pfeifende Geräusch der fallenden Bomben, die Detonationen und der anschließende heftige Wind.

Ich spürte keine Angst, nur die unbedingte Entschlossenheit, von Baum zu Baum voranzukommen, bis ich zu Hause war, wo Mutter auf uns warten würde. Sie hatte sich in unseren Keller geflüchtet, nicht in den Bunker des Vermieters. Sie glaubte uns im Luftschutzkeller im Ort in Sicherheit und vermutete Einbrecher in der Wohnung, als sie über sich unsere Schritte hörte. Mutter war verblüfft, als sie uns sah, ihre Kinder, die außer Atem waren und immer noch nicht ganz verstanden, was da draußen geschah. Dann begriff sie, in welcher Gefahr wir gewesen waren, die Angst überwältigte sie, Tränen schossen ihr in die Augen. Erst in diesem Augenblick überkam die Angst auch mich, und ich fing an zu zittern.

Die Piloten brauchten nur fünfundvierzig Minuten, um ihre Ladung abzuwerfen, doch unser Tal war recht klein, und aus den fürchterlichen Geräuschen, die uns auch im Keller erreichten, schlossen wir, dass das ganze Tal jetzt in Schutt und Asche lag. Wo blieb das Tack, Tack, Tack der Flakgeschütze, und warum war der Obersalzberg nicht in den gewohnten beißenden

Nebel gehüllt? Die Antwort war einfach: Die Chemikalien für den Nebel waren schon vor Wochen ausgegangen. Es gab keine Munition für die Geschütze mehr, vielleicht auch keine Soldaten, die sie bedienten. Doch als alles vorbei war, stellten wir fest, dass es zumindest in unserer unmittelbaren Umgebung keine Schäden gegeben hatte. Der fehlende Tarnnebel hatte den feindlichen Piloten äußerst präzise Treffer ermöglicht. Die Bomben hatten den größten Teil der Nazibauwerke auf dem Berg zerstört, doch uns wie auch den Ort Berchtesgadeen verschont. Es gab Menschen, die dies für ein Wunder hielten. Gott selbst hatte uns beschützt, was durch ein Kreuzeszeichen belegt wurde, das sie am Himmel gesehen haben wollten. Ich war dagegen nur verwirrt, und das würde auch längere Zeit so bleiben. Warum sollte der Herr seine Hand ausgerechnet über Berchtesgaden halten, wenn ganz Europa in Trümmern lag?

Am Nachmittag heulten die Sirenen erneut, und wir flüchteten in den Bunker des Vermieters. Dieses Mal fielen die Bomben in größerer Entfernung. Wie wir später erfuhren, trafen sie die benachbarte Kurstadt Bad Reichenhall, wobei zweihundert Menschen ums Leben kamen. Zur Abendessenszeit verließen wir den Bunker und gingen heim. Wir schliefen tief und fest, als Mutter uns gegen Mitternacht weckte, die Mäntel über unsere Nachthemden legte, mir mein kleines Notfallköfferchen in die Hand drückte und in den Keller voranging. Ingrid weinte und sagte, sie wolle nicht gehen, doch sie schlief in ihrem Bettchen im Keller sofort wieder ein. Mutter und Tante Susi waren zu müde für eine Unterhaltung. Sie hofften nur, dass wir am Leben bleiben würden, während Bombentreffer in einer anderen Kleinstadt die Erde erzittern ließen.

Plünderer am »Führersperrgebiet« nach dem Bombenangriff vom 25. April 1945.

Am nächsten Morgen gingen Ingrid und ich gemeinsam mit unseren Freundinnen zur Schule. Unsere Gesichter waren gewaschen, die Haare zu Zöpfen geflochten, als ob dies ein ganz normaler Tag wäre. Die Schule hatte zu dieser Jahreszeit ihren normalen Betrieb wieder aufgenommen. Auch Mutter war zum Gehen bereit und nahm Einkaufskorb und Rucksack mit. Sie sagte uns, dass sie sich zu den Folgen des Bombenangriffs umhören und außerdem noch vor dem nächsten Alarm beim Bäcker anstehen wolle. Wir rannten unsere Abkürzung zur Ache hinunter, gingen über die Brücke, wo uns die SS-Wache wie jeden Tag zuwinkte, und eilten auf der anderen Seite wieder den Berg hinauf. Und dann, als der Obersalzberg ins Blickfeld kam, sahen wir die Zerstörungen. Die Hochfläche war in ein schwarzbraunes Chaos verwandelt. Es bestand aus verkohlten Baumstümpfen, die abgebrannten Streichhölzern glichen, aus unregelmäßig verteilten, dunklen Bombentrichtern und Häuserruinen, aus denen immer noch Rauch aufstieg. »Es ist alles weg«, murmelte ich vor mich hin.

Unsere Lehrer schickten uns bis auf Weiteres nach Hause. Wir unterdrückten ein unwillkürlich einsetzendes Gefühl der Angst und taten, was Kinder tun, wenn eine unerwartete Katastrophe die Schulzeit unterbricht: Wir hielten uns für Glückspilze und verabredeten uns für den Nachmittag, bevor wir nach Hause eilten. Und dennoch spürte ich, dass dies mehr als nur eine vorübergehende Schließung war, spürte, wie sich die letzten Reste einer mehr oder weniger fest gefügten Ordnung, in der wir uns eingerichtet hatten, so gut es ging, auflösten. Ich hatte keine Vorstellung von der Zukunft, vermutete aber, dass wir jetzt keine Schulvormittage mehr in den feuchten, dunklen Luftschutzkellern zubringen mussten und die Nachmittage nicht mehr mit hastig verkündeten Hausaufgaben ausgefüllt sein würden.

Selbst das gewohnte, alltägliche Hören der Abendnachrichten war jetzt fast nicht mehr möglich. Atmosphärische Störungen überdeckten die Stimmen aus dem Äther. Selbst wenn wir unsere Ohren ganz dicht an die mit Stoff bespannte Vorderseite des Radios hielten, verstanden wir kaum noch, was da gesprochen wurde. Schon in wenigen Tagen sollte vollkommene Stille herrschen.

Gerüchte waren allerdings nicht aufzuhalten. Die Menschen erzählten sich zahllose Geschichten über die enorme Zahl von Bombenopfern auf dem Obersalzberg. Das Tallehen und einige weitere Bauernhöfe waren tatsächlich zerstört worden. Es gab rund vierzig Todesopfer, unter ihnen waren SS-Männer sowie einheimische wie auch ausländische Arbeiter. Katholische und evangelische Geistliche bestatteten siebzehn oder achtzehn Menschen in einem Massengrab, und die Nazipartei ließ für die »gefallenen Helden« einen Gedenkgottesdienst mit militärischen Ehren abhalten.

Am folgenden Tag kam Tante Susi in ihrem burgunderroten Brokatmorgenrock, den sie sich aus einem Hotelvorhang geschneidert hatte, zu uns herunter, um uns den Bericht der Lokalzeitung über den Gedenkgottesdienst vorzulesen: »Wir hatten die Hoffung, dass es hier, in der hohen, erhabenen Schönheit der Schöpfung der Natur, eine Grenze für teuflische Untaten geben würde, ... [doch] der Terror der feindlichen Bomben ist bis in unsere heilige Bergwelt vorgedrungen«, stand im Leitartikel zu lesen. Herr Schellmoser, der örtliche Parteichef, hielt eine Ansprache – er hatte an Hitlers Geburtstag stets zu uns gesprochen –, bei der er erklärte, diese Helden seien gestorben, damit Deutschland lebe, und sie hätten unser Wort, dass wir hart arbeiten und tapfer kämpfen würden, um ihren Auftrag fortzuführen. Der Führer leide Seite an Seite mit allen Deutschen, versprach der Redner. Tante Susi hörte zu lesen auf und schüttelte den Kopf. Keine zehn Tage vor dem Ende und nur wenige Tage vor Hitlers Selbstmord erwarteten diese Leute immer noch, dass wir jeden Unsinn aus dem Mund eines offiziellen Regimevertreters hinnahmen. Mutter rang mit ihrem Zorn und ihrer Enttäuschung und war in einer düsteren, mürrischen Stimmung.

Hartnäckig hielt sich das Gerücht, dass sie – die Nazis – vorhätten, die »Alpenfestung« Berchtesgaden zu verteidigen und vom Obersalzberg aus eine schreckliche neue Geheimwaffe einsetzen würden. Hitler war zu seinem Geburtstag aus Berlin zurückerwartet worden – vielleicht auch, weil man damit rechnete, dass er von hier aus den Endkampf leiten würde –, aber er hatte beschlossen, in Berlin zu bleiben. Dennoch gab es nach wie vor Menschen, die glaubten, Hitler würde von hier aus seine letzte Offensive starten. Die Verlautbarungen vom Obersalzberg wurden von Tag zu Tag bizarrer. Sollten wir glauben, Deutschland und die Alliierten stünden kurz vor einem Abkommen und würden dann gemeinsame Sache gegen die Sowjetunion machen? Dass Hitler ganz Deutschland von den eigenen Soldaten zerstört sehen wollte, bevor es in Feindeshand fiel? Dass unsere berühmten Generäle Jodl, Keitel, Kesselring und von Rundstedt unseren Soldaten immer noch befahlen, standzuhalten? Oder hatten sie den Rückzug befohlen? Und stimmte es denn, dass Göring in seinem eigenen Bunker auf dem Obersalzberg gefangengehalten wurde und Großadmiral

Dönitz nach Hitlers »Heldentod« im Berliner Führerbunker zum Nachfolger bestimmt war?

Eine selten deutliche Stimme aus dem Radio bestätigte Hitlers Tod. Mutter war zutiefst schockiert, als sie die Nachricht hörte, weniger, weil sie Hitler betrauerte, sondern weil sie sich so schrecklich verraten fühlte. Jetzt blieb uns nur noch die Hoffnung, dass der Selbstmord des Führers das Ende beschleunigen und dem Blutvergießen Einhalt gebieten würde.

Der Tonfall der Alltagsgespräche änderte sich, und das brachte mich ganz durcheinander. Mein Kopf war nach wie vor voller Nazipropaganda, die uns allen den sicheren Tod verhieß, falls der Feind den Krieg gewann. Ich wollte mich gerne vom Gegenteil überzeugen lassen und hätte Tante Susi umarmen können, als sie sagte, dass wir jetzt vielleicht alle überleben würden.

Wie immer beunruhigten uns die Nachrichten aus der nächsten Umgebung am meisten. Wir hörten – und dieses Gerücht sollte sich später als wahr erweisen –, dass die beiden jungen Söhne eines Nachbarn, der auf halbem Weg ins Tal wohnte, versucht hatten, zu desertieren. Sie wurden per Standgericht zum Tode verurteilt und erschossen – so kurz vor dem Ende des Krieges.

Die wichtigste Frage war, welche Flagge die Hakenkreuzfahne auf dem Obersalzberg ersetzen würde. Sowjets, Bolschewiken, Kommunisten, Stalinisten und Marxisten bezeichneten wir insgesamt nur als »die Russen«, und sie fürchteten wir am meisten. Flüchtlinge von der Ostfront strömten zu Tausenden in unsere Berge und Täler und nährten diese Furcht. Die frühere Ruth und jetzige Ingrid, meine alte Spielkameradin, war mit ihrer Familie aus Österreich ausgewiesen worden und auf den Salzberg zurückgekehrt, wo sie alle in einer kleinen Behelfswohnung Zuflucht gefunden hatten. Ingrid schloss sich Wiebke, Else und mir an und erweiterte den Kreis der Freundinnen zum Quartett. Sie hatte ein recht stoisches Gemüt und hielt einmal mitten im Spielen ein, um uns zu erzählen, dass ihre Großmutter auf der Flucht aus Ostpreußen von einem russischen Soldaten mit einer Mistgabel an einer Scheunentür aufgespießt worden sei. Er hatte sie dort so lange festgehalten, bis sie tot war. Wir unterbrachen unser Spiel nur kurz, um uns diese fürchterliche Geschichte vorstellen zu können, und dann versuchten wir das Bild so schnell wie möglich aus unserem Gedächtnis zu verbannen. Doch es blieb gegenwärtig, so wie das nahezu mythische und schreckliche Wort Stalingrad. Unsere Furcht wuchs, als wir hörten, dass sich die Russen aus Richtung Wien in fast demselben Tempo näherten wie die amerikanischen Truppen aus Nordwesten.

Tagsüber gelang es mir, die schrecklichen Erlebnisse auf Distanz zu halten, doch bei Nacht war es fast unmöglich, die Furcht zu bändigen. Der Alptraum kehrte wieder, und jetzt war das schwarze Ungeheuer riesengroß und drauf und dran, mich in Stücke zu reißen. Auch Wiebke hatte Alpträume, in denen sie von einem russischen Soldaten gestellt wurde, der ihr in gebrochenem Deutsch zurief, schon bald sei sie an der Reihe, zu sterben. Ich erzählte niemandem von meinem geheimen Tagtraum, in dem ich einem russischen Kriegsgefangenen zur Flucht vor den Deutschen und zur Rückkehr in seine Heimat verhalf. Jetzt würde er zu den Besatzungssoldaten gehören, und ich würde verschont werden, weil ich ihn gerettet hatte.

Im Fall einer sowjetischen Besatzung wollten sich die jungen Frauen von Berchtesgaden in den Bergen verstecken. Ingrid war für solche Vorsichtsmaßnahmen ganz bestimmt noch zu klein, aber mir gab Mutter einen winzigen, hellgelben Papierumschlag, der einen Teelöffel voll Pfeffer enthielt, und wies mich an, ihn stets in meiner Schürzentasche bei mir zu tragen. Falls ein feindlicher Soldat versuchte, mir etwas anzutun, sollte ich ihm den Pfeffer in die Augen streuen. Ich sagte, ich würde es versuchen, aber ich würde sowieso entwischen, weil ich eine flinke Läuferin sei. Pfeffer war damals übrigens nur schwer zu beschaffen. Tante Susi hatte eine geheime Bezugsquelle, und Mutter nahm eine gewisse Menge des kostbaren Gewürzes zu unserem Schutz an, obwohl sie den Schwarzmarkt ablehnte.

Einige Tage nach den Bombenangriffen wachte ich mitten in der Nacht auf, weil ich ein leises Klopfen an der Tür und die Stimme eines Mannes hörte. Ich stand rasch auf, weil ich wissen wollte, wer da so spät in der Nacht zu meiner Mutter kam. Die Nächte waren immer noch kühl, deshalb trug ich meinen orangefarbenen Winterschlafanzug. Er war aus Flanell und hatte auf der Rückseite eine rechteckige Öffnung, die mit Knöpfen verschlossen wurde. Meine Paul-Großmutter hatte für jede von uns einen dieser lächerlichen (wenn auch zugegebenermaßen praktischen) Schlafanzüge genäht. Sie hatte meiner Mutter erzählt, dass sie aus einem fast neuwertigen Stoffrest gemacht seien und dass sie nur mit viel Glück die Knöpfe aufgetrieben habe. Ich stand also in diesem Aufzug hinter meiner Mutter und erwartete einen Nachbarn, der die jüngsten Neuigkeiten brachte. Waren die feindlichen Soldaten jetzt da?

Nein, in der Dunkelheit dort draußen vor der Tür stand ein junger SS-Mann und bat meine Mutter um Zivilkleidung. Er wollte seine Uniform ausziehen und sich davonmachen. Mutter scheuchte mich ins Bett zurück und gab dem Mann eine von Vaters Tweedhosen, ein Hemd und eine Jacke. Es klopfte noch einmal in jener Nacht und dann noch einmal, und weitere Jacken und Hosen verschwanden. Ich belauschte den wiederholten Kleiderwechsel und die Großzügigkeit meiner Mutter mit den Sachen meines toten Vaters mit wachsendem Unmut. Außerdem fragte ich mich, ob ihr bewusst war, dass Beihilfe zur Desertion auch jetzt noch als Verrat galt. Mehrmals bedrängte ich Mutter mit Fragen nach dem, was uns ihrer Ansicht nach in den nächsten Wochen, Monaten und Jahren erwartete. Würde es wieder so werden wie in den zwanziger Jahren, über die sie mir so viel erzählt hatte? Sie seufzte und wusste keine Antwort, hatte kein Lächeln und, das war das Schlimmste, auch kein aufmunterndes Lied für uns parat.

Zu den Soldaten, die in jener Nacht verschwanden, gehörte auch der Nebelsoldat Schulz. An einem herrlichen, sonnigen Maientag, an dem allerdings niemand nach Feiern zumute war, dem Tag vor seinem Verschwinden, war Herr Schulz mit uns dreien zur alten Alpenvereinshütte auf der Ligeretalm hinaufspaziert, dem Ort so vieler glücklicher Spiele und Vergnügungen in der Zeit vor dem Krieg. Wir waren lange nicht mehr dort oben gewesen, doch die Hütte war noch da, ruhig, friedlich und unbeschädigt stand sie, von der Sonne beschienen, unterhalb des Kehlsteinhauses. Der klare, kühle Bach floss wie immer in den Trog vor dem Haus, etwas weiter bergab dann durch das frische Grün der Almwiese und die Butterblumen. Herr Schulz und Mutter spazierten auf einem Weg in der Nähe der Hütte langsam dahin. Sie führten ein langes, ernsthaftes Gespräch, und ich wusste: Sie wollten nicht, dass ich mithöre. Dennoch schloss ich zu den beiden auf, weil mich dieses intime Gespräch neugierig und misstrauisch machte. Mutter war ungehalten und bat Ingrid und mich, loszurennen und Kiefernzapfen zum

Feuermachen zu holen. Zu diesem Zweck nahmen wir immer unsere Rucksäcke mit, und wir huschten in den Wald, um unter den Nadelbäumen und zwischen den weichen, gefiederten Blättern der Schneerosen Kiefernzapfen zu sammeln.

In jener Nacht verschwand Herr Schulz. Wir sahen ihn niemals wieder. Mutter verlor kein einziges Wort über sein Verschwinden, doch sie strahlte eine gewisse Nachdenklichkeit, ja sogar Fröhlichkeit aus, die ich mir nicht erklären konnte. Ich war mir sicher gewesen, dass er ihr fehlen würde.

Zuweilen gewann der zwanghafte deutsche Ordnungssinn die Oberhand, selbst in jenen chaotischen letzten Tagen des Dritten Reiches in Berchtesgaden. Es stellte sich heraus, dass die SS auf dem Obersalzberg Tausende Meter schwarzen und graugrünen Uniformstoffs gelagert hatte, außerdem blauweiß karierten Baumwollstoff, der für die Vorhänge in den Kasernen und für Bettzeug verwendet wurde, und Hunderte Paare hoher, schwarzer Stiefel. Herr Jacob, der Landrat des Kreises Berchtesgaden, lag oft im Streit mit der örtlichen Parteiführung, und jetzt hatte er den SS-Kommandeur des Obersalzbergs dazu überredet, auf die Sprengung aller noch nutzbaren Güter zu verzichten und die gesamten Bestände stattdessen dem Bürgermeister von Berchtesgaden zu übergeben. Der sollte sie dann ordentlich und vor allem gerecht an die Bevölkerung verteilen. Die Panzer der Alliierten rollten bereits in Richtung Berchtesgaden, als meine Mutter und andere Frauen, die noch auf den Listen der Dienstpflichtigen standen, gebeten wurden, im Hof der Grundschule Salzberg bei der Verteilung von Stoffen und Stiefeln an einheimische sowie an Flüchtlingsfamilien zu helfen.

Die Frauen maßen den in schweren Ballen angelieferten Stoff auf einem ramponierten Holztisch ab und schnitten ihn mit Scheren zu, die sie auf Bitten der Verantwortlichen selbst mitgebracht hatten. Die Familien standen Schlange und erhielten rund sechs Meter von jedem Stoff und ein paar SS-Stiefel pro erwachsener Person. Die Erwachsenen waren natürlich allesamt Frauen. Die meisten von ihnen mussten die großen Männerstiefel vorne mit Papier ausstopfen. In jenem Sommer und noch Jahre danach besaßen alle Frauen Kleider, die aus dem grob gewirkten, haltbaren und blauweiß karierten Vorhang- und Bettzeug-Stoff geschneidert waren. Jahrelang trugen wir Mäntel, Kostüme, Skihosen und Parkas aus schwarzem

Soldaten der 101. US-Luftlandedivision ziehen unmittelbar nach dem 30. Infanterieregiment der 3. Division in Berchtesgaden ein.

oder graugrünem Uniformstoff und große, schwarze Stiefel, die dann schließlich zu Arbeitsschuhen umgewidmet und bei der Garten-, Feld- und Stallarbeit benutzt wurden. Manchmal fragte ich mich, was die Amerikaner wohl über all die Frauen dachten, die ein Einheitsdirndl und dazu noch diese kniehohen Stiefel trugen. Es war verboten, eine deutsche Uniform zu tragen, doch niemand nahm jemals Anstoß an meinen graugrünen Skihosen und dem dazu passenden Parka mit der Kapuze, deren Innenfutter Mutter aus irgendeinem rotkarierten Flanellstoff genäht hatte.

Ich weiß nicht mehr genau, an welchem Tag wir in jener chaotischen Zeit mit Wiebke, Bärbel und Frau Molsen zur SS-Kaserne auf dem Obersalzberg hinaufgingen. SS-Soldaten gaben dort Champagner, Zigarren und Delikatessen aus, die wir jahrelang nicht einmal aus der Ferne gesehen hatten, während im Hof eine Gruppe von Unverbesserlichen unter dem Kommando eines Offiziers den Stechschritt übte. Weiter hinten auf dem Hof boten uns Soldaten dick mit Butter bestrichene Brote an. Sie forderten uns auf, tüchtig zuzugreifen, weil wir alle so mager aussahen. Schließlich kamen wir mit einem Rucksack voller Champagner nach Hause, den Mutter in der Abfallecke vergrub, die aus Mangel an Abfall nicht benutzt wurde. Sie sagte, sie wolle keinen Alkohol im Haus haben, wenn die Besatzungstruppen kämen, wer immer das nun sein werde.

Als Mutter hörte, das gesamte »Führersperrgebiet« auf dem Obersalzberg sei jetzt frei zugänglich und die SS-Soldaten ständen zum Abmarsch bereit, rief sie uns vom Küchenfenster aus mit bebender, eindringlicher Stimme herbei. Sofort beendeten wir unser Spiel und rannten durch den Wald nach Hause. Mutter zog bereits die schweren, braunen Wanderstiefel an, die

Lieutenant Colonel Kenneth Wallace von der 3. Division der US-Armee erläutert dem Bürgermeister und Vertretern der Gemeindeverwaltung von Berchtesgaden die Verhaltensvorschriften für Zivilisten, 4. Mai 1945.

einst Vater gehört hatten. Sie band die abgenutzten, verknoteten Schnürsenkel über zwei Paar Socken. Diese Socken waren unförmig und kunterbunt, weil sie mit Stopfgarn in allen Farben geflickt worden waren. Wir gingen den Berg hinauf, unser Ziel war der Berghof.

Die schweren Eichentore zu Hitlers Sperrgebiet waren offen und schwangen hin und her. Wir kamen an dem leeren, demolierten Wachhäuschen vorbei, und ich fand ein schimmerndes, schwarzes Telefon, das von der Wand gerissen und in den Wald geworfen worden war. Auch in den kommenden zwölf Jahren sollten wir noch kein richtiges Telefon haben.

Zögernd führte uns meine Mutter durch das Tor, denn sie traute dem, was sie da sah, immer noch nicht so recht. Wir bogen von der Hauptstraße ab und gingen auf einem alten Fußweg, an den sie sich erinnerte, zwischen den Bäumen hindurch. Dieser Pfad wand sich bergan, auf das Haus Albert Speers und das Anwesen des gefürchteten Martin Bormann zu, des Mannes, der wenige Tage später spurlos aus dem Berliner Führerbunker verschwinden sollte. Zur Linken sahen wir zerstörte Villen, die nach Mutters Erinnerung einst Hermann Göring und Martin Bormann gehörten.

Meine Mutter weinte still vor sich hin. Das machte mich hilflos, ich fühlte mich unbehaglich. Sie tat mir leid und ich tat mir auch selbst leid. Ich hatte in meinem bisherigen Leben nichts anderes gesehen als Nazideutschland. Dieser äußerlich sichtbare Zusammenbruch machte mir Angst, und ich hatte nicht die geringste Ahnung, was auf dieses System folgen könnte – wenn es überhaupt eine Zukunft gab. Doch obwohl ich den Kloß in meinem Hals spürte, konnte ich nicht mit meiner Mutter weinen. Statt dessen spannte ich meine Nackenmuskeln und schluckte heftig. Mutter fasste sich schließlich wieder. Sie sagte, es sei sehr traurig, dass ganz Deutschland jetzt in Trümmern liege und all die schrecklichen Opfer umsonst gewesen seien.

Auf einem gut gepflegten, unzerstörten Kiesweg gingen wir weiter bergauf, und meine Besorgnis nahm zu, während wir immer tiefer auf das jetzt so ruhige Nazigelände vordrangen. Ich fragte Mutter noch einmal, was mit uns geschehen werde, wenn der Krieg zu Ende sei. Sie antwortete nicht. Wie konnte sie das auch, wenn sie selbst keine Antwort wusste? Plötzlich wich meine Angst einem heftigem Zorn über ihre Unwissenheit, Machtlosigkeit und Traurigkeit. Sie hätte dies alles niemals zulassen dürfen. Wer hatte überhaupt damit angefangen? Warum hatte sie von Anfang an an Hitler, warum so lange an seinen Krieg geglaubt? Ich hatte keine Ahnung, was sie gegen all dies hätte tun können oder sollen, gegen das Töten und gegen das Opfern so vieler Menschenleben. Doch sie war schließlich die Erwachsene, das Familienoberhaupt, die Mutter ihrer Kinder, und ich war nur ein mageres, noch nicht ganz elf Jahre altes, vaterloses Kind. Die Ruinen des Obersalzbergs umgaben mich, und ich spürte, wie mich der Wunsch, verantwortliche Personen zu finden, anzuklagen, ihnen Schuld zuzuweisen, förmlich überwältigte. Mutter war nun einmal bei mir, und deshalb wurde sie mein erstes Zielobjekt. Doch ich sagte nichts zu ihr, denn ich wusste nach wie vor nichts über die Grausamkeiten, die das Naziregime begangen hatte. Ich fühlte nur das Leid, das meinem Land und mir selbst angetan wurde.

Einige Minuten später erreichten wir Speers völlig unversehrtes »Kinderheim«, ein Tagesheim für die Kinder der Obersalzberger Nazielite. Die Türen des schlichten, einstöckigen Gebäudes mit dem niedrigen, überhängenden Dach waren verschlossen, und die Kinder, die dort noch vor ein paar Tagen gespielt hatten, waren fort. War Frau Bormann wirklich mit einer großen Gruppe von Kindern, zu der auch einige ihrer eigenen neun Kinder gehörten, aus dem Heim verschwunden? Uns konnte nichts mehr überraschen. Wir waren nur passive Zuschauer, waren verwirrt, betrogen und – wie schon zuvor – machtlos.

Mutter, Ingrid und ich gingen weiter und lauschten auf das Geräusch unserer Schritte auf der befestigten Straße, die zu Speers Villa führte. Bormann hatte das alte Haus dem Maler Waltenberger abgekauft. Das Gebäude wurde nicht abgerissen, sondern der Familie Speer übertragen, samt den Geldmitteln zur Renovierung, die aus der Parteikasse stammten. Es hatte den Bombenangriff unbeschädigt überstanden, doch es war niemand mehr zu sehen. Ich empfand eine seltsame Mischung aus Angst und Abenteuerlust, und meiner Mutter ging es wohl genauso. Vorsichtig stieß sie die Haustür auf und hielt dabei Ingrid und mich hinter sich. Wir traten zögernd ein und horchten zugleich auf Stimmen oder Schritte. Es war völlig still im Haus, aber ich hörte mein Herz klopfen, denn hier sah es aus, als ob die Eigentümer jederzeit zurückkehren und sich am Küchentisch zum Mittagessen niedersetzen könnten – oder am Klavier, um dort ein Frühlingslied zu spielen. Mir war klar, dass ich in tödliche Verlegenheit geraten würde, sollte der kleine Albert Speer, mein Schulkamerad aus der dritten Klasse, plötzlich hereinkommen und mich und meine Familie, die so unverschämt gewesen war, hier einzudringen, auf frischer Tat ertappen. Doch es kam niemand. Wie im Traum gingen wir durch die hellen, unversehrt gebliebenen Räume, in denen die Topfpflanzen immer noch genügend Wasser hatten und die gewirkten Vorhänge nach dem Sonnenlicht der letzten paar Tage ausgerichtet waren. Wir fuhren mit der Hand über dieses, berührten jenes, aber wir nahmen nichts mit, nicht einmal die paar Zitronen auf der Anrichte in der Küche.

Nachdem wir das Speer-Haus besichtigt hatten, sahen wir uns noch an, was von einigen der anderen Häuser übriggeblieben war. Dann hatte meine Mutter an diesem Nachmittag genug gesehen. Mit leeren Händen gingen wir schweigend zum Haus Linden zurück, von dem schwarzen Telefon einmal abgesehen. Wir waren erschöpft von diesem denkwürdigen Rundgang. Schließlich hatten wir uns auf bis vor kurzem noch verbotenes, ja verehrtes Gebiet gewagt, waren ohne Aufforderung in die Häuser – oder das, was davon übrig war – von Nazigrößen eingedrungen und hatten mit eigenen Augen gesehen, dass das Machtzentrum des Dritten Reiches endgültig zerschlagen war.

Schon bald sollte ich bedauern, dass sich meine Mutter von ihrer meiner Ansicht nach törichten »deutschen Ehrlichkeit« leiten ließ, die es ihr nicht gestattete, die Situation auszunützen und sich am Eigentum eines führenden Vertreters des Dritten Reiches zu bereichern. Diese vielbeschworene Ehrlichkeit sollte sich später als sehr entbehrlich erweisen. Das galt für den Zusammenbruch nach dem Ende des Krieges ebenso wie für die Auseinandersetzung mit der Vergangenheit. Die braven Bürger von Berchtesgaden, die nach uns das Haus betraten, nahmen alles mit, was nicht niet- und nagelfest war, ohne auch nur einen Augenblick lang zu zögern. Ich wurde neidisch, als ich die Möbel, die wir stehen gelassen hatten, in den Häusern unserer Nachbarn sah. Bei diesen Nachbarn hingen jetzt auch Gemälde, standen Bücher in Regalen, füllten Silberbesteck und Porzellan die Vitrinen, und das alles stammte aus den Häusern, Hotels und Bunkern des Obersalzbergs. Die Plünderer tauschten noch jahrelang viele ihrer Beutestücke gegen Nahrungsmittel und Zigaretten.

Ein paar Tage später ging ich dann heimlich und ganz allein noch einmal los, getrieben von Neid, Gier und dem Wunsch, auch etwas Wertvolles, das vom Berg stammte, zu besitzen. Das Speer-Haus war völlig leergeräumt. Ich fand nur noch ein großes Buch, das irgendwo in einer Ecke auf dem blanken Boden lag. Es hatte einen schweren, roten Ledereinband, das Pergamentpapier war mit einem Goldschnitt versehen, die Seiten waren leer und weiß, unbeschrieben. Ich fand das Buch wunderschön und steckte es, unbeeindruckt vom Gewicht, in meinen Rucksack. Jahre später benutzten wir es in der neu eröffneten Frühstückspension meiner Mutter und meines Stiefvaters, die gegenüber von Haus Linden an der Straße zum Obersalzberg lag, als erstes Gästebuch. Außer mir wusste niemand, woher das Buch stammte, doch mich erinnerte es stets an jene letzten Kriegstage. Die leeren Seiten waren für mich ein Symbol des Neuanfangs. Schließlich füllten sich die Seiten mit den Namen von Urlaubern. Diese Menschen kamen aus der neuen Bundesrepublik Deutschland, die sich aus den Trümmern des Krieges erhob.

Vierzehntes Kapitel

Das Ende

Ein Bote des Bürgermeisteramts ging am 3. Mai 1945 von Haus zu Haus. Er wies uns an, ein weißes Leintuch über den Balkon oder aus dem Fenster zu hängen, im Haus zu bleiben und jedem fremden Soldaten, der Einlass begehrte, widerstandslos die Tür zu öffnen. Er sagte Mutter auch, dass nach seinem Wissen die Amerikaner Berchtesgaden einnehmen würden. Tante Susi holte sofort mehrere große weiße Leintücher und hängte sie über den Balkon von Haus Linden. Ich stand unten und achtete darauf, dass sie auch gerade hingen.

In unserer Wohnung nahm Mutter das Hitlerporträt von der Wand, wo es seit 1933 gehangen hatte. Es war das kleinformatige, dunkelrote Schego-Wachsrelief. Noch in derselben Nacht schmolzen wir es ein. Hitlers Gesicht löste sich in der heißen Aluminiumpfanne wie eine Luftspiegelung auf. Aus dem Wachs drehten wir später einige dringend benötigte Kerzen.

Am nächsten Morgen lag ich wach im Bett und grübelte darüber nach, was das wohl für ein Tag werden würde, als ich plötzlich den Geruch des morgendlichen Holzfeuers vermisste. Es überraschte mich, dass Mutter an einem so schicksalhaften Tag noch nicht aufgestanden war und unseren Haferbrei zubereitete. Statt dessen bat sie mich, je eine Scheibe Brot für Ingrid und mich selbst abzuschneiden. »Und nehmt nicht zu viel Marmelade«, fügte sie noch hinzu, obwohl es ihr sehr schlecht zu gehen schien. Da lag sie, mit ihrem langärmeligen Nachthemd und den lockeren, unordentlichen Zöpfen, und sah blass und irgendwie niedergeschlagen aus. Auch ihre Hände, die noch nicht von der Sommersonne gebräunt waren, lagen bleich und schlaff auf dem schneeweißen Federbett. »Lauft los«, sagte sie, und Ingrid und ich rannten zu Tante Susi hoch und klopften an die Tür.

Zu meiner Freude war Trudi da. Sie war aus dem Krankenhaus in Erlangen zurückgekehrt, wo sie eine Ausbildung als Kinderkrankenschwester begonnen hatte. Tante Susi sah müde und erschöpft aus; sie sagte, dass sie die ganze Nacht nicht geschlafen habe, und fragte, ob ich etwas mitbekommen hätte. Ich antwortete, auch ich hätte nicht geschlafen, aber nichts gehört. Sie sah mich skeptisch an und sagte so etwas ähnliches wie: »Du musst ziemlich tief geschlafen haben, sonst hättest du den ganzen Aufruhr gehört, Trudis Heimkehr und dass es deiner Mutter nicht gut ging und wir nach Hilfe suchten.« Mutter ging es nicht gut, sie brauchte Hilfe? Was meinte Tante Susi damit? Als die beiden meine Angst wahrnahmen, versuchten sie, mich zu beruhigen und versicherten mir, alles werde wieder in Ordnung kommen.

Trudi und die anderen Schwesternschülerinnen waren aus der Erlanger Kinderklinik mit der Anweisung entlassen worden, sich jetzt auf eigene Faust nach Hause durchzuschlagen. Sie hatte sich ein klappriges altes Fahrrad geliehen und war auf Landstraßen und der leergefegten Autobahn rund drei Tage lang in Richtung Berchtesgaden geradelt, ohne auch nur einmal den vorrückenden amerikanischen Truppen zu begegnen. Sie hatte sich mehrmals verfahren und das Rad einmal wegen eines platten Reifens sogar stundenlang geschoben. In Dörfern hatte sie Hilfe, Essen und Unterkunft gefunden und war zu Tante Susis ungeheurer Erleichterung in dieser Nacht nach Hause gekommen.

Doch Trudi hatte Tante Susi in großer Sorge angetroffen, denn meine Mutter lag mit starken Magenschmerzen im Bett und schien krank zu sein. Als eine Art Delirium einsetzte, ging Trudi kurzentschlossen wieder in die Nacht hinaus, um einen Arzt zu holen. Das war jedoch gerade in dieser Nacht ganz unmöglich, und sie fand niemanden, der wegen eines verdorbenen Magens den Gang auf den Salzberg auf sich nehmen wollte. »Weißt du nicht, dass die Amerikaner jeden Augenblick hier eintreffen können? Gebt der Frau Kamillentee, damit sich der Magen beruhigt«, hielt man ihr entgegen.

Am nächsten Morgen, einem jener kühlen, kristallklaren Morgen im Gebirge, die die Menschen tief durchatmen lassen und ihnen ein Gefühl von innerer Sauberkeit und Frische geben, nahm ein weiteres Drama seinen Lauf. Landrat Jacob fuhr im Auto der vorrückenden amerikanischen 101. Luftlandedivision entgegen. Zum Zeichen der Kapitulation von Berchtesgaden schwenkte er eine weiße Fahne. Jacob hatte gemeinsam mit dem Bürgermeister und ein paar anderen Unterhändlern, die über gute Beziehungen verfügten, General Kesselring in langen und schwierigen Verhandlungen soweit gebracht, dass er kapitulierte. Kesselring war der Oberbefehlshaber West der deutschen Truppen und hatte sein Hauptquartier in Königssee bei Berchtesgaden aufgeschlagen. Selbst der SS-Kommandant auf dem Obersalzberg war mit der Räumung des Berges einverstanden, um einen Kampf mit den vorrückenden amerikanischen Streitkräften zu vermeiden. Landrat Jacob hatte sich während des ganzen Krieges sehr umsichtig gegen die Herstellung von Munition in unserem Gebiet gewehrt und statt dessen überall zivile und militärische Krankenhäuser, Fachkliniken, Kinderheime und Kinderlandverschickungs-Lager einrichten lassen. Die Schonung Tausender evakuierter Kinder und Patienten ermöglichte es General Kesselring, sein Gesicht zu wahren und aus »humanitären Gründen« auf weitere Gegenwehr zu verzichten, obwohl er einen solchen Schritt nach wie vor als Hochverrat ansah.

Der feige Tod Hitlers am 30. April in Berlin – ein Selbstmord, nicht gerade ein »Heldentod« – und der Selbstmord des äußerst gefürchteten bayerischen Gauleiters Giesler brachten die Offiziere schließlich so weit, dass sie auf die verzweifelte, zum Scheitern verurteilte und gänzlich symbolische Verteidigung dieser letzten noch nicht besetzten Ecke Deutschlands verzichteten. Sogar die Berchtesgadener Lokalzeitung, die so lange ein Werkzeug der Nazipropaganda gewesen war, verweigerte sich zuletzt dem Regime, bevor sie ihr Erscheinen einstellte. Sie verzögerte absichtlich den Druck eines Flugblatts von Kreisleiter Stredele, einem fanatischen Nazi, der die Bevölkerung zum Widerstand bis zum bitteren Ende aufrief. Statt dessen druckte und verteilte das Blatt einen Aufruf von Landrat Jacob, zu kapitulieren und Berchtesgaden einen letzten Kampf und die sichere Zerstörung zu ersparen. Die Offiziere in der Gebirgsjägerkaserne mussten die Jungen, die dort für den Volkssturm ausgebildet wurden, nicht lange überreden, die Waffen niederzulegen und nach Hause zu gehen. Die SS hatte schließlich den Obersalzberg im letzten Moment und in aller Stille geräumt, vor dem Rückzug aber noch Hitlers beim Bombenangriff schwer beschädigten Berghof angezündet.

Manchmal hatte ich versucht, mir vorzustellen, wie die amerikanischen Soldaten wohl aussehen und wie sie sich verhalten würden. Mein Wissen über Amerikaner stammte aus drei Quellen. Eine dieser Quellen war die Nazipropaganda, die behauptete, die Vereinigten Staaten seien ein Werkzeug der Juden, die Deutschland zerstören wollten, und die weißen Bewohner des Landes seien unkultivierte Barbaren, die aus Konservendosen äßen. Die zweite Quelle waren die Bücher von Karl May.

Hitler war ein großer Bewunderer von Karl May, der noch nie in Amerika gewesen war, als er seine Reiseerzählungen schrieb, aber Indianer als edle Wilde und Helden schilderte.

Meine dritte Quelle waren zwei viel gelesene Exemplare von Tom Sawyer und Die Abenteuer des Huckleberry Finn von Mark Twain, die ich in Tante Susis Bücherregal entdeckte. Ich liebte diese beiden amerikanischen Jungen, ganz besonders Huck, und stellte mir, während ich meine Lieblingsstellen immer wieder las, ein Leben mit ihm auf dem Mississippi vor. Doch diese Bilder nützten mir überhaupt nichts, wenn ich mir eine siegreiche Armee vorstellen wollte. Am Nachmittag des 4. Mai 1945 saß ich auf meinem weißen Bett in meinem Zimmer und war ganz in meine heimlichen Tagträumereien versunken. Plötzlich hörte ich ein dumpfes Rumpeln von der Straße her, das näher kam und mich sofort an Panzer denken ließ, und in diesem Augenblick siegte meine Neugier über alle Vorsicht. Ich beschloss, dass ich die ersten Amerikaner mit eigenen Augen sehen musste.

Mutter schlief, und Ingrid war bei Tante Susi im ersten Stock, als ich aus dem Haus schlich. Trotz des herrlichen Sonnenscheins war kein Mensch zu sehen, bis auf das unheilvolle Brummen war es totenstill. Ich eilte rasch von Baum zu Baum, bis ich an der Obersalzbergstraße war. Dort suchte ich mir ein Versteck hinter einer ausladenden alten Fichte und einem Farnbüschel. Mir blieb kaum Zeit, mich zu ducken, da kam auch schon der erste amerikanische Panzer langsam auf mich zu. Mein Herz klopfte laut und schnell. Ich schluckte heftig und meine Hände fühlten sich feucht an. Ich wünschte mir, ich wäre zu Hause. Dort oben, hoch über mir, rasselte der riesige Panzer vorbei, so nah, dass ich einen Augenblick lang die Gesichter der Soldaten sehen konnte. Sie trugen Stahlhelme und Kampfanzüge, und trotz all meiner Angst fiel mir auf, dass die Tarnfarben ihrer Ausrüstung und ihrer Uniformen anders gemustert waren. Das Grün war nicht so auffallend wie bei unseren Uniformen. Die Soldaten saßen an feuerbereiten Maschinengewehren, die sie langsam hin und her schwenkten. Sie waren konzentriert und wachsam, als ob sie jeden Augenblick mit einem Hinterhalt oder überraschendem Widerstand rechneten, und sie sahen sehr ernst aus. Doch zu meiner Überraschung waren sie genauso jung und gutaussehend wie unsere eigenen Soldaten. Es war nur ein flüchtiger Eindruck, dennoch sahen die Amerikaner nach meinem Empfinden menschlicher aus, als ich es für möglich gehalten hätte, und ganz bestimmt nicht wie eine Bande von Grobianen. Eigentlich konnte ich kaum einen klaren Gedanken fassen, als ich so erstarrt dasaß und mich noch tiefer in den Farn duckte und noch enger an den Baum drückte, bis das letzte gepanzerte Fahrzeug an mir vorbeigerollt war, in Richtung Obersalzberg.

Ich wusste nicht, wie lange ich mich so versteckt hatte oder wie viele Panzer vorbeigerollt waren. Ich wusste nur, dass die Erde gebebt und die Welt sich verändert hatte. Dann dämmerte mir, dass die Waffen schweigen und keine Bomben mehr fallen würden, und dass ich in eine Welt hineinwachsen würde, die so ganz anders war als die, von der uns Hitler mit allen Mitteln zu überzeugen versucht hatte. Meine jugendliche Zuversicht und mein tiefes Vertrauen in die Überlebenskünste meiner Mutter machten sich bemerkbar. Ich empfand eine leise Hoffnung, dass der Untergang Hitlerdeutschlands nicht auch noch mein eigener Untergang sein würde. Wie benommen ging ich nach Hause und sagte niemandem, wo ich gewesen war.

Am nächsten Tag ließ uns Mutter nach draußen, doch sie ermahnte uns, vorsichtig zu sein und sofort nach Hause zu laufen, wenn wir amerikanische Soldaten herankommen sahen. Ich zuckte mit den Schultern und ging aus dem Haus, denn ich wollte unbedingt Wiebke von meiner heimlichen Heldentat erzählen und dann besprechen, was wir an einem solchen Tag unternehmen könnten, dem ersten Tag »nach dem Krieg«. Wir trafen uns auf der Straße, auf halbem Weg zwischen den beiden Häusern, und sahen einander an. Das Ende war da – dieser Gedanke kam uns beiden zugleich in den Sinn. Spontan fassten wir uns an den überkreuzten Händen, wirbelten auf der Schotterstraße im Kreis herum und sangen und riefen: »Der Krieg ist aus! Der Krieg ist aus!« Wir waren wie benommen vor Glück und setzten unseren wirbelnden Tanz fort, bis wir zu Boden sanken. Einige Nachbarn teilten und billigten unsere Freude überhaupt nicht, sondern beschwerten sich bei meiner Mutter über mein unziemliches Betragen in der Stunde von Deutschlands größter Niederlage und Schande. In den Augen dieser Leute gab es nichts zu feiern.

Wir wussten nicht, was wir von der siegreichen Armee zu erwarten hatten, und als wir hörten, dass fast zeitgleich mit den Amerikanern auch eine Abteilung französisch-marokkanischer Soldaten in Berchtesgaden eingetroffen war, waren wir beunruhigt und, was unsere eigene Sicherheit betraf, weniger zuversichtlich. Weil dies Berchtesgaden war, ließen die Sieger den

Soldaten beider Armeen nach der Kapitulation einige Tage lang freie Hand beim Plündern. Die Konsequenz waren erschütternde Berichte von Raub und Vergewaltigung. Die meisten Vergewaltigungen begingen die französisch-marokkanischen Truppen. Ein Augenzeuge überlieferte jedoch, dass einige amerikanische Soldaten, die mehrere Verwaltungsgebäude im Berchtesgadener Ortsteil Stanggaß besetzt hielten, den Angestellten dort ihre Ringe, Uhren und Pässe abnahmen und nach Schnaps und Frauen verlangten. Niemand sagte später, woher die junge Frau kam, doch Alois Hamm, ein Verwaltungsangestellter, beharrte auf seiner Darstellung, ein sechzehnjähriges Mädchen sei »beigebracht« und von den amerikanischen Soldaten der Reihe nach vergewaltigt worden. Meine Mutter versuchte diese Geschichten natürlich von uns fernzuhalten. Ich hörte aber mit, wie Tante Susi erzählte, die Ärzte, auch diejenigen, die gegen Abtreibung waren, hätten die Schwangerschaften junger Frauen, die Anfang Mai 1945 vergewaltigt worden waren, ohne weitere Fragen stillschweigend beendet.

In den folgenden Tagen durchsuchten amerikanische GIs jedes Haus und jede Wohnung nach Waffen. Zwei Soldaten mit umgehängten Gewehren kamen auch in unser Haus. Sie bestanden darauf, auch Mutters Wäscheschubladen zu durchsuchen, was sie nur mit großem Widerwillen zuließ. In dem gebrochenen Englisch, das ihr von den Abendkursen der zwanziger Jahre noch geblieben war, fragte sie die Soldaten gereizt, ob sie denn wirklich glaubten, eine Witwe mit zwei Kindern könnte zwischen ihrer Unterwäsche Waffen verbergen. Ich fürchtete mich vor den Gewehren der GIs und hoffte, dass Mutter sie mit ihrem Hochmut nicht gegen uns aufbringen würde. Wenn ich ein amerikanischer Soldat wäre, so dachte ich, dann

Amerikanische Soldaten hissen am Eckerbichl am Obersalzberg die Fahne.

würde ich auch nach Waffen suchen. Insgeheim hoffte ich, dass sie Onkel Peppis Gewehre mitnehmen würden, sodass er nach seiner Heimkehr keine Zielübungen mehr vom Balkon aus veranstalten konnte.

Nach den ersten Tagen der Besatzung fühlten wir uns bei unseren Gängen außerhalb der Ausgangssperre sicher. Sobald die Kirchenglocken das Ende des nächtlichen Ausgehverbots verkündeten, wurden Ingrid und ich ein aktiver Teil der in diesen Tagen herrschenden rechtlosen Zustände. Wir schlossen uns den Plünderern an, die sich das nahmen, was von den riesigen Beständen an Nahrungsmitteln und Luxusgütern, die die Nazis in Berchtesgaden gehortet hatten, noch übrig war. Der größte Teil davon befand sich in den verschiedenen Lagerstätten auf dem Obersalzberg, in den Kellern der SS-Kaserne, auf dem Gutshof, im Hotel Platterhof und sogar im Salzbergwerk.

Den Gerüchten nach hätten die Verteidiger Berchtesgadens mit diesen Beständen noch jahrelang durchhalten können.

Meine Mutter war immer noch nicht ganz gesund, also gingen Ingrid und ich zu zweit los und nahmen unsere Rucksäcke und, das war ein Einfall von mir, einige sorgfältig gebügelte Kissenbezüge aus dem Wäscheschrank mit. Sie sollten als Taschen dienen. Es war schon Mai, deshalb rannten wir barfuß den Berg hinauf, mit Freunden und Nachbarn, um unseren Anteil an der Beute wie Reis, Bohnen, Linsen, Mehl und Hafer zu bekommen. Wir füllten unsere Kissenbezüge, und das Mehl brachte uns zum Niesen. Ich war enttäuscht von den geringen Mengen, die Ingrid und ich tragen konnten, ohne unter der Last in die Knie zu gehen. Die Bauern kamen mit Heuwagen, die von einem Ochsen oder einer Kuh gezogen wurden. Sie schafften die noch verbliebenen Möbel weg, nahmen sich Säcke voller Getreide und ganze Kartons mit Honig- und Marmeladengläsern. Andere wiederum kamen mit Schubkarren, Handwagen, Wäschekörben und Rucksäcken.

Der Gutshof, ein von Bormann eingerichteter Musterbauernhof, stand auf der linken Seite, etwas abseits der Straße und unterhalb der zerstörten Naziwohnhäuser. Warum er gerade hier auf dem Berg angelegt wurde, wo kaum genug Gras wuchs, um ein paar Kühe zu ernähren, blieb ein ungelöstes Rätsel. An jenem Tag sah ich den Gutshof zum ersten Mal aus der Nähe. Meine Schwester und ich traten in eine geräumige Halle eines scheunenähnlichen Gebäudes. Dort standen riesige, aus unserer Sicht haushohe Holzfässer mit Rotwein, Weißwein und Apfelwein. Ein alter Mann öffnete zunächst einen, danach einen zweiten Zapfhahn mit dem Hammer und füllte je eine Glasflasche mit Rot- und Apfelwein. Doch Als er dann versuchte, die

Hähne wieder zu schließen, gelang dies weder ihm noch einer der Frauen, die ihm zur Seite standen. Ein paar Leute hatten Flaschen oder Milchkannen mitgebracht, die sie an den sprudelnden Hähnen füllten, doch der intensiv riechende rote und goldene Saft strömte ungehindert weiter. Die beiden Flüssigkeiten vermischten sich auf dem Zementboden und drangen in den Hof hinaus, wo sich rasch ein berauschend duftender See bildete. Ingrid und ich wateten durch die tiefe Pfütze. Wir liebten das Gefühl an unseren bloßen Füßen, den Anblick unserer rotgeränderten Zehennägel und die angenehm benebelnde Wirkung, die von den Dämpfen ausging.

Eine Zeitlang dachten wir überhaupt nicht mehr ans Plündern und Auffüllen unserer Kissenbezüge. Im Aufschauen bemerkte ich ein paar mit Maschinenpistolen bewaffnete amerikanische Soldaten, die sich auf einem Patrouillengang befanden. Sie waren überrascht und verblüfft, schüttelten die Köpfe und wussten offensichtlich nicht, was sie von diesen Deutschen halten sollten, die da im Wein wateten und an den offenen Zapfhähnen haushoher Fässer ihre kleinen Milchkannen füllten. Wir gingen zum weiß getünchten, sauberen Lagerraum für das Getreide zurück. Dort nahmen sich kräftige Frauen ganze Säcke der nahrhaften Beute und trugen sie auf dem Rücken davon. Auch wir schleppten unsere gefüllten Kissenbezüge heim, zeigten Mutter unser Beutegut und rannten schnell wieder fort, um noch mehr zu holen. Wir hatten keine Ahnung, wie kostbar jedes einzelne Getreidekorn und jedes Gramm von allem, was wir nach Hause brachten, in den nächsten Monaten werden sollten.

Erstaunlicherweise hatte weder ich noch irgendjemand sonst die geringsten Schuldgefühle, als wir die Besitztümer unserer

Amerikanische Soldaten in der »Kleinen Reichskanzlei« bei Bischofswiesen/Strub.

eben erst verschwundenen Herren plünderten, die wir noch vor wenigen Tagen mit unserem mechanischen »Heil Hitler«, oder der Kurzform »l'itler«, respektvoll gegrüßt hatten. Mutter sagte, dass der Nazibesitz nun niemandem gehöre. Die meisten Leute, die ich kannte, stürzten sich beinahe ausgelassen in diese Diebstahlsorgie. Vielleicht waren sie getrieben von lange aufgestauten Hassgefühlen, vom eigenen Selbsterhaltungstrieb und von dem Wunsch, alles zu beseitigen, was vom Dritten Reich noch übriggeblieben war.

Der Obersalzberg war nicht der einzige Ort, der den Plünderern überlassen wurde. Hermann Görings Privatzug stand noch in dem unvollendeten Tunnel, dem ersten Teilstück von

Hitlers Zugverbindung nach Salzburg. Während wir uns auf den Obersalzberg konzentrierten, hielten sich die Leute vom Tal an diesen Zug, der voller Luxusgüter war. Angeblich befanden sich dort auch gestohlene Kunstwerke, aber die Leute, die wir kannten, redeten nur von edlen Zigarren, Champagner, Cognac, feinen Ölen, Oliven, Trüffeln, Schokolade, Kakao und anderen begehrten Waren, mit denen sie dann jahrelang Tauschhandel trieben.

Einige der Beutestücke aus Hitlers Haus wurden im ganzen Tal bekannt. Maxl, Besitzer der Frühstückspension Erika, war einer unserer Nachbarn. Die Leute schätzten ihn nicht sehr, denn er hatte es fertiggebracht, sich während des gesamten Krieges vor dem Militärdienst zu drücken. Er war zu Hause, als das Plündern begann, und kam so frühzeitig beim Berghof an, dass er sich dort Hitlers Tafelsilber schnappen konnte. Meine Mutter, Ingrid und ich arbeiteten im Spätsommer im Gemüsegarten auf dem Feld beim Haus Erika, als B. vorbeischaute, um sich mit Mutter zu unterhalten. Plötzlich bückte er sich und hob eine silberne Gabel vom Boden auf. Eher ungehalten als peinlich berührt sagte er, er müsse das Stück wohl verloren haben, als er Hitlers Silber in einem halbfertigen Bunker auf der anderen Seite der Straße versteckt habe.

Unser schlauer alter Milchbauer vom Schiedlehen, der Hüter des dörflichen Zuchtbullen und Besitzer mehrerer kräftiger Ochsen, benutzte zum Plündern seinen Heuwagen, und man erzählte sich, dass er mindestens eine Garnitur von Hitlers Tafelservice in seiner Scheune versteckt hielt. Als sich die US-Militärbehörden dann um die Wiederherstellung der öffentlichen Ordnung bemühten, erging die Aufforderung, die Plünderer sollten diese bedeutenden und wertvollen Gegenstände zurückgeben. Ein paar Scheunen und Wohnhäuser wurden durchsucht, doch ich weiß nicht, ob bei diesen Aktionen irgendetwas ans Tageslicht kam. Die amerikanischen Soldaten waren selbst passionierte Souvenirjäger und nahmen alles an sich, was ihnen in die Hände fiel.

Manche Ereignisse aus dem Durcheinander jener Tage gerieten leicht in Vergessenheit, doch einiges blieb mir in Erinnerung. An einem dieser ersten Nachkriegstage saß ich untätig auf meinem Bett und beobachtete die sandige Straße, auf der selbst jetzt so gut wie nichts passierte. Da trottete ein schwerfälliger brauner Ochse daher, der einen flachen Holzwagen bergab zog. Neben dem polternden Gefährt gingen ein Bauer und zwei Frauen, und als sie mich sahen, sagte jemand aus der kleinen Gruppe, ich solle meiner Mutter ausrichten, Frau Penzig habe sich an einer Strebe ihres Balkons erhängt. Jetzt begriff ich, dass die längliche, bedeckte Gestalt auf dem Ochsenwagen der Leichnam Frau Penzigs lag. Ich rannte zur Tür hinaus, weil ich sehen wollte, wie der Tod dieses Gesicht verändert hatte, den schmalen Mund, die spitze Nase und die lederne, runzlige Haut. Mutter kam heraus, wies mich an, den Zipfel des Tuches, das ich angehoben hatte, fallen zu lassen, und schickte mich ins Haus zurück. Der Ochse zog wieder an, und auch der Bauer setzte seinen Weg fort, ohne eine Miene zu verziehen. Vielleicht waren wir alle nach sechs Jahren Krieg einfach abgestumpft. Mutter nahm Frau Penzigs Tod jedenfalls nur zur Kenntnis und verlor kein einziges Wort über diesen Selbstmord.

Hitlers Ideologie hatte hier auf unserem Berg großen Anklang gefunden. Der Wunsch, dass die Folgen einfach nur verschwinden würden, war natürlich ein Hirngespinst. Die Alliierten sprachen von mindestens zwanzig Jahren Besatzungszeit und verweigerten die Unterzeichnung eines Friedensvertrags. Mutter und Tante Susi seufzten und litten unter diesen Zukunftsaussichten, denn ihnen war klar, dass dies den größten Teil ihrer restlichen Lebenszeit umfassen könnte, sofern wir überhaupt die Notzeit der kommenden Jahre überlebten. Doch das Wichtigste und Schlimmste von allem war, dass wir und die ganze Welt nach und nach das Ausmaß der Verbrechen von Hitlers »Endlösung« erfuhren. Wir mussten erkennen, dass alle Deutschen vielleicht bis in alle Ewigkeit mit Schuld, Schande und Unehre belastet sein würden, und dabei spielte es keine Rolle, was sie selbst erlitten hatten oder ob sie in irgendeiner Weise an den Grausamkeiten aktiv beteiligt waren.

Im Mai 1945 zogen keine dunklen, grauen Wolken über Abermillionen zerstörter Menschenleben und über grausame Untaten zusammen, statt dessen strahlte die Sonne von einem samtenen, tiefblauen Himmel. Die Bergwiesen sonnten sich wieder in einer unendlichen Vielfalt von Knospen und Blüten aller Farben, Zeichen der Wiedergeburt, doch meine Mutter sang keine Frühlingslieder. Ich versuchte, allein zu singen, fühlte mich aber traurig und leer dabei, denn unweigerlich kamen mir die Lieblingslieder meines Vaters in den Sinn. Noch bevor ich zu »Und auf den Wiesen blühen die Blümlein rot und blau« kam, musste ich mich verstecken und weinen. Er war irgendwo in Frankreich beerdigt, und ich war mir sicher, dass niemand auf seiner letzten Ruhestätte eine Blume gepflanzt hatte. Wer hätte das auch tun sollen, im Gedenken an einen Soldaten, der für Hitler gekämpft hatte?

VIERTER TEIL: 1945 – 1948

Bittere Gerechtigkeit oder
Wird die Gerechtigkeit siegen?
Eine Exekution in Nürnberg

Dr. Imma Krumm, unsere neue Deutschlehrerin, kam am 17. Oktober 1946 in unsere Klasse, einen Tag, nachdem zehn der vierundzwanzig in Nürnberg angeklagten führenden Nazis gehängt worden waren.

Vor ihrem üblichen »Guten Morgen, bitte setzen« sagte sie: »Ihr alle wisst vielleicht, dass gestern in Nürnberg Gott sei Dank die Gerechtigkeit siegte und die Naziverbrecher den verdienten Tod fanden.« Ich nickte, doch dann sah ich plötzlich, dass Bernhard Sauckel, der ein paar Bänke vor mir saß, ohnmächtig geworden war. Berndi war der Sohn von Fritz Sauckel, dem berüchtigten Gauleiter von Thüringen und »Generalbevollmächtigten für den Arbeitseinsatz«, der für die Lebens- und Arbeitsbedingungen von Kriegsgefangenen und Zwangsarbeitern zuständig und damit für die Sklavenarbeit unmittelbar verantwortlich war. Bernhard war am Tag zuvor aus Nürnberg zurückgekehrt, wo er sich, ohne dass wir das mitbekommen hätten, von seinem Vater verabschiedet hatte. Frau Dr. Krumm sah ihn vom Stuhl rutschen, erkannte den Grund und ging zu ihm, um ihm aufzuhelfen.

Die meisten von uns mochten Berndi Sauckel, einen lustigen kleinen Kerl mit einem ausgeprägt sächsischen Akzent. Auf den Vorfall folgte eine schreckliche Stille, und in unserer völligen Verwirrung versuchten wir, den Berndi, den wir kannten, von den Verbrechen seines Vaters zu trennen. Wir waren freundlich zu ihm, und er erwies sich im Gegenzug als stoisch und tapfer. Kein anderer Lehrer sprach im Unterricht die Nürnberger Kriegsverbrecherprozesse und deren Bedeutung an.

Fünfzehntes Kapitel

Überleben unter dem Sternenbanner

Ich erwachte in einem besiegten Land, und das war etwas ganz anderes als das, was ich mir einst unter »nach dem Krieg« vorgestellt hatte, in einer Zeit, in der dieser Ausdruck für ein siegreiches Deutschland stand, in dem Vater wieder nach Hause kommen würde. Vor uns lag eine dunkle und ungewisse Zukunft. Ich war mir nicht sicher, ob es einen Weg geben würde – auch nur den Ansatz eines Weges –, der uns in eine gute Zukunft führte. Alles, was hinter uns lag, war falsch gewesen, und vor uns lag nur völlig unerforschtes Gebiet. Welchen Preis würde ich zahlen müssen, um in eine normale Kindheit zurückzufinden? War das überhaupt noch möglich?

Natürlich nicht. Meine Kindheit ging zu Ende, und der Krieg hatte mir sechs Jahre dieser Lebensphase genommen. Erst vor kurzem hatten Wiebke und ich bemerkt, dass sich bei uns erste Wölbungen gebildet hatten, die sich zu Brüsten weiterentwickeln würden, und wir verglichen uns und gaben ihnen eine Codebezeichnung: Neumond. Die Erregung der letzten Kriegstage hatte sich inzwischen fast in Erstarrung verwandelt. Wir hatten keine Schule mehr, und daran sollte sich monatelang nichts ändern. Nach den täglichen Pflichten streunten wir durch das Stadlerlehen und frischten unsere alten Spiele auf. Wundersamerweise konnten wir sie jetzt spielen, wann immer wir das wollten, ohne Angst vor den Russen oder vor Luftangriffen.

An einem sonnigen Nachmittag machten wir große Augen, als einige amerikanische Soldaten eine Wiese heruntergeritten kamen und auf Frau Villnows Haus zusteuerten. Wir zogen uns vorsichtshalber in den Wald zurück und beobachteten, wie sie abstiegen und ins Haus gingen. Am nächsten Tag erhielt Frau Villnow die Anweisung, das Haus zu räumen, und fand Zuflucht in zwei Zimmern eines benachbarten Hauses, das bis vor kurzem von Nebelsoldaten bewohnt war. Sieben amerikanische Stabsoffiziere des Berchtesgadener Hauptquartiers zogen in Frau Villnows Haus. Schon nach wenigen Tagen nutzte eine ganze Kinderbande aus unserer Nachbarschaft die Gelegenheit, echte Amerikaner unter Nachkriegsbedingungen zu beobachten – zunächst einmal aus sicherer Entfernung. Diese Männer hatten einen festen Tagesablauf. Am frühen Abend fuhren sie mit dem Jeep vor, gingen ins Haus, zogen die Uniform aus und waren sofort wieder draußen. Sie hatten einen kleinen weißen Ball mit bogenförmigen Nähten und einen großen Lederhandschuh dabei und spielten ein Spiel, das sie »Catch« nannten. Eigentlich warfen sie dabei nur den Ball in ihrer Gruppe hin und her. Wir waren verwirrt, als uns einer der Männer erzählte, diese Übung sei Teil eines Spiel namens Baseball, und uns dann das Spiel zu erklären versuchte. Wir alle durften auch einmal Handschuh und Ball erproben.

Mit pantomimischen Darstellungen und Zeichensprache überwanden wir wie in einer Scharade die Sprachbarriere und unsere Schüchternheit und suchten Kontakt zu den amerikanischen Soldaten. Die schienen sich über unsere Versuche, sechs Monate gymnasialen Englischunterrichts in die Praxis umzusetzen, gut zu amüsieren. Eines Tages sagten uns die Offiziere, »Präsident Roosevelt is kaputt« und sie seien sehr traurig über seinen Tod. »Kaputt« war eines der wenigen deutschen Wörter, die sie kannten.

Ich wollte witzig sein und sagte, wir seien nicht wegen Roosevelt traurig, sondern weil Hitler »kaputt« sei. Alle verstanden den Scherz und lachten, mit Ausnahme eines der Offiziere. Er war ein großer, ernster Mann mit schwarzen Haaren und dunklen Augen, ein Mann, der noch nie ein Wort mit uns gewechselt und niemals gelächelt hatte. Wir hatten ihm den Spitznamen »Stalin« gegeben, denn er hatte zornig protestiert, als einer der Offiziere Ingrid einen himmlischen »Butterfinger«-Schokoriegel gab, von dem sie mich probieren ließ. Einige Jahre später kam mir der Gedanke, dass uns dieser Mann vielleicht nicht mochte, weil er jüdischen Glaubens war und wusste, was mit den Juden geschehen war. Das war jedoch eine reine Vermutung, ein Zeichen der Schuld, die wir als Deutsche zu tragen hatten, als gebrandmarktes und verachtetes Volk. Frau Molsen hatte eine niederländische Flagge aus dem Fenster gehängt, als die Amerikaner kamen, und damit einige ihrer Nachbarn irritiert – unter anderem meine Mutter –, zugleich aber sofort auch das Interesse der Offiziere erregt. Zumindest einen dieser Männer, den weißblonden Captain Bowles, hielt sie für einen akzeptablen Umgang und bat ihn zum Kaffee in ihr Holzhaus. Mutter hegte durchaus gemischte Gefühle, wenn es um das »Fraternisieren« mit den Siegern ging, doch auch ihr gefielen die Amerikaner, und sie hatte offensichtlich nichts gegen unsere Kontaktfreudigkeit mit den Amerikanern.

Ganz unabsichtlich verhalfen uns die Offiziere auch noch zu etwas Schadenfreude. Frau Villnow hatte ihr Tafelsilber in der Asche des unbenutzten Heißwassertanks im Badezimmer versteckt. Natürlich befahlen die Amerikaner sofort, den Dusch- und Badeofen ordentlich zu heizen, damit sie heißes Wasser hatten. Herr Dehmel war nach seiner Zeit beim Volkssturm wieder als Hausmeister zu Frau Villnow zurückgekehrt. Nach ein paar Tagen musste er ihr melden, dass ihr Tafelsilber, das vor vielen Jahren mit eingravierten Familienwappen in Berlin hergestellt worden war, zu einem mit Ruß vermischten Metallklumpen zusammengeschmolzen war. Frau Villnow nahm den Verlust mit stoischem Gleichmut hin. Die Nachbarn erinnerten sich, dass sie genauso reagiert hatte, als ihre Pferde auf dem Schlachtfeld getötet, ihre wunderschönen Hunde Goldi und Senta im Schlachthof versehentlich erschossen wurden, und auch, als ihr einziger Sohn Hans-Jürgen zu Beginn des Krieges an Diphterie starb. »Typisch preußisch«, sagte meine Mutter.

Ich erinnere mich nicht daran, wie wir meinen elften Geburtstag feierten, auch nicht an die tiefen Seufzer, die Mutters gute Wünsche für meine Zukunft stets begleiteten. Doch zur allgemeinen Erleichterung waren meine Alpträume zu jener Zeit wohl bereits verschwunden. Dankbar nahmen wir zur Kenntnis, dass auch Selb in amerikanischer Hand war und der russischen Besatzung nur um wenige Kilometer entgangen war. Onkel Hans war auf einem letzten Evakuierungstransport mit knapper Not aus Norwegen entkommen und saß in einem französischen Kriegsgefangenenlager. Deutschland war in vier unabhängig voneinander funktionierende Besatzungszonen aufgeteilt: eine amerikanische, britische, französische und eine Sowjet-Zone. Jede dieser vier Militärregierungen entwickelte nach dem Waffenstillstand ihren eigenen Stil im Umgang mit Deutschland und den Deutschen.

Die Beute vom Berg war schon längst aufgebraucht, und wir waren meistens hungrig. Oft schlich ich mich in unseren Garten gleich neben dem Haus und holte mir ein paar fingerlange

Karotten oder einen Rettich – Gemüse, mit dem mein leerer Magen kaum zu füllen war.

Auf dem Obersalzberg wehte jetzt das Sternenbanner, und die Jeeps und Lastwagen der US-Armee parkten dort, wo bis vor kurzem noch SS-Fahrzeuge standen. Im Platterhof war das militärische Hauptquartier der Amerikaner untergebracht. (Das Gebäude sollte später zum Hotel General Walker werden, das der US-Armee als Erholungszentrum für Soldaten diente.) Meine Freundinnen Else und Gisela zeigten mir die Überreste eines kleinen Hershey-Mandelschokoladeriegels, den ihnen ein Soldat dort gegeben hatte. Die beiden Mädchen hatten sich rasch (und ohne sich dessen bewusst zu sein) die Grundsätze des freien Unternehmertums zueigen gemacht und den souvenirhungrigen GIs alte Postkarten von Berchtesgaden verkauft. Mutter und Frau Molsen verboten uns streng, zu den Soldaten hinaufzugehen und dort um Süßigkeiten zu betteln. Mutter tat das, weil sie es für eine Erniedrigung deutscher Kinder hielt, bei den Siegern zu betteln; Frau Molsen sprach das Verbot aus, weil sich ein solches Verhalten in ihren Kreisen nicht schickte. Sie konnte es sich in dieser Hinsicht auch einfach machen, denn mittlerweile erhielten die Molsens Lebensmittelpakete aus dem Ausland. Wiebke gehorchte ihrer Mutter, ich nicht.

Einmal entwischte ich meiner Aufsichtspflicht für Ingrid, und ein eiliger Spaziergang die Obersalzbergstraße hinauf führte mich direkt zu dem Parkplatz, auf dem die Armeelastwagen nebeneinander abgestellt waren. Kaugummi kauende Soldaten beugten sich aus den Fahrzeugfenstern – ich hatte damals keine Ahnung, was sie da kauten – und rauchten das, was schon bald unsere Währung sein sollte: Zigaretten der Marken Lucky Strike, Camel oder Chesterfield. Einige der Männer hantierten an ihren Fahrzeugen herum, ein paar lächelten, und einer winkte mir zu. Ich fühlte mich überhaupt nicht mutig, winkte aber zurück, lächelte, traute mich ein bisschen näher heran und fragte in meinem besten Schulenglisch mit britisch-bayerischem Akzent: »How do you do?« Der Soldat hatte den typischen Bürstenhaarschnitt aller Amerikanischen Soldaten, an den ich mich inzwischen gewohnt hatte. Er grinste und antwortete, ohne im Kauen innezuhalten: »Just fine, and how're you?« Das klang, als hätte er einen Knödel im Mund. Ich fasste mir ein Herz und ging zu dem Lastwagen hin. Er fragte mich, wo ich denn wohnte, und ich beschrieb ihm mit Händen und Füßen und dem bisschen Englisch, das mir zur Verfügung stand, die Lage von Haus Linden. Nach einem kurzen Geplänkel fragte er mich, ob ich ihn denn zum Abendessen bei mir zu Hause einladen würde. Ich zögerte einen Augenblick lang, wollte aber nicht unhöflich sein und lud ihn ein, wobei mir im selben Augenblick bewusst wurde, dass Mutter nichts hatte, was sie ihm auftischen konnte. Und außerdem: Wie konnte ich ihr wohl erklären, dass ich diesem Soldaten oben auf dem Berg begegnet war? Sie würde sich sehr wahrscheinlich von ihm abwenden und mir vor seinen Augen eine Tracht Prügel verabreichen. Ich sah mich um und dachte dabei angestrengt nach, wie ich jetzt wohl mein Gesicht wahren konnte. Dabei muss ich ein besorgtes Gesicht gemacht haben, denn der Soldat lachte und sagte, er habe für so etwas wirklich keine Zeit, aber vielleicht würden mir ein Hershey-Riegel und ein Päckchen Kaugummi schmecken? Ich errötete und kam mir plötzlich wie eine Bettlerin vor. Doch dann fasste ich dieses Angebot als Geschenk meines neuen amerikanischen Freundes auf, das ich nicht ablehnen konnte, ohne sehr unhöflich zu wirken. Ich streckte meinen Arm aus, sagte »Thank you very much«, knickste und lief weg.

Noch ein weiteres Mal schlich ich zum Parkplatz hinauf, und als ich von dort wieder wegging, waren meine Schürzentaschen mit Sahnebonbons gefüllt, die an den Zähnen kleben blieben und dort zur köstlichsten Süße verschmolzen, die ich bis dahin je genossen hatte. Doch diesmal war das Betteln schwieriger gewesen. Meine unschuldige Neugier war weg, der Auftritt war mir peinlich, und ich empfand mich selbst als berechnend und schamlos. Danach ging ich nie wieder hinauf zu den Amis.

Mutters Liste der Dinge, die zu tun waren – sie existierte natürlich nur in ihrem Kopf –, wuchs schneller, als wir reagieren konnten. In den Pausen zwischen diesen Pflichten tat ich mich mit Wiebke zusammen. Wir sprachen nicht nur über unsere knospenden Brüste, sondern auch über andere brennend interessante Fragen: Woher die kleinen Kinder kamen, was das Wort Vergewaltigung bedeutete und welche Rollen Männer und Frauen bei all diesen Vorgängen spielten. Die Natur kannte kein Innehalten, weder bei unseren heranreifenden jugendlichen Körpern noch bei den Bergwiesen in ihrer sommerlichen Pracht, wo die Bienen einen Ansatz für Erklärungen bieten sollten. Es gab für mich jedoch keinerlei Möglichkeit, Mutter zu Fragen der Sexualität anzusprechen, und auch in umgekehrter Richtung ging dies nicht. Falls Wiebke mehr wusste als ich, verriet sie es mir nicht. Abermals betrat ich völliges Neuland.

Es war immer noch nicht klar, ob die Schulen im Herbst wieder geöffnet würden. Unsere Mütter entschlossen sich deshalb zur Eigeninitiative, denn sie waren sich sicher, dass wir ansonsten als Analphabetinnen enden, zumindest aber nicht in der Lage sein würden, dem Stoff der nächsten Gymnasialklasse zu folgen. Sie informierten sich deshalb über die verschiedenen Qualifikationen, die in ihren eigenen Reihen und unter den Flüchtlingen, die Tag für Tag aus dem Osten kamen, vorhanden waren. Wir kamen kaum noch dazu, Protest einzulegen, da erhielten wir bereits zweimal pro Woche Englischunterricht von Wiebkes alter Tante Paula, die ein Zimmer im gleichen Haus gemietet hatte, in dem jetzt auch Frau Villnow wohnte. Else, Wiebke, Ingrid (die frühere Ruth) und ich saßen auf Tante Paulas Bett oder Fußboden, legten die Zunge behutsam zwischen die Zähne und übten ein korrektes englisches »th«, einen Laut, den die Deutschen gerne in ein scharfes »s« verwandeln. Herr Kutzner gab uns Mathematikunterricht am Küchentisch des Hauses, in dem er mit seiner aus Schlesien stammenden Familie zwei Zimmer zugewiesen bekam. Vor der Vertreibung aus Breslau hatte er dort an einem Gymnasium Mathematik unterrichtet, und er war froh, dass er mit seinen Bemühungen, unseren Geist in Schwung zu halten, auch noch etwas Geld verdienen konnte.

Trotz der Unterrichtsstunden fühlte ich mich nach dem Zusammenbruch des nationalsozialistischen Wertesystems geistig entwurzelt. Ich wollte mich irgendwo zugehörig fühlen, vielleicht auch einen Ansatz finden, mit dessen Hilfe ich mir erklären konnte, was in diesen Jahren geschehen war und warum. Zumindest jedoch suchte ich nach einer Wegweisung für die Zukunft. Pfarrer Kraus und Pfarrer Nauschütz, zwei junge Geistliche, die eben erst aus dem Krieg heimgekehrt waren, hatten inzwischen ihren Dienst in der evangelischen Gemeinde Berchtesgadens aufgenommen, und nachdem Mutter für beide ein paar Näharbeiten ausgeführt hatte, freundeten wir uns an. Mutter war begeistert, als Pfarrer Nauschütz eines Tages mit einer großen braunen Papiertüte voller Haferflocken erschien, aus denen man einen Brei zubereiten konnte. Leider waren die Haferkörner nur gemahlen, aber nicht von der Spreu getrennt worden. Wir versuchten uns an die genießbaren Teile des heißen Breis zu halten und spuckten die spitzen, stacheligen Spelzenstücke beim Essen aus. Es war eine große Enttäuschung, unsere Mägen wurden eher gereizt als gefüllt, aber Mutter kochte weiter Haferbrei. Bei einer anderen Gelegenheit brachten die Pfarrer von den Behörden an die Bevölkerung verteilte Flocken mit, die aus Buchenrinde hergestellt waren. Nicht einmal Mutter gelang es, diesen Ersatzstoff in ein essbares Gericht zu verwandeln, ob sie nun Milch oder Wasser verwendete. Auch heftigstes Kauen führte nur zu harten Klumpen, die man unmöglich schlucken und schon gar nicht verdauen konnte. Die Regierung stellte die Ausgabe von Buchenrindenflocken schon nach kurzer Zeit wieder ein.

Die beiden Pfarrer zogen mich nicht mit den seltsamen Nahrungsmitteln, die sie gelegentlich vorbeibrachten, in ihren Bann. Interessanter war für mich ihr Versuch, die Evangelische Jugend hier in der bayerischen Diaspora wieder aufzubauen. Das Gymnasium hatte im Januar 1946 den Unterricht wieder aufgenommen, und ich ging in die zweite Klasse. Die Zahl der evangelischen Schüler hatte auf allen Klassenstufen sprunghaft zugenommen. Das lag an dem Zustrom der überwiegend evangelischen Flüchtlinge und Vertriebenen aus den deutschen Ostgebieten. Wie viele andere meiner Klassenkameraden wollte ich mich unbedingt der Evangelischen Jugend anschließen, doch meine Mutter hatte nicht die Absicht, in die evangelische Kirche zurückzukehren, so sehr sich die beiden Pfarrer auch um das abtrünnige Mitglied bemühten. Niemals würde sie Gott ihr Schicksal verzeihen – die beiden Kriege, die Notzeiten und an erster Stelle den Tod des Ehemannes –, doch sie ließ Ingrid taufen und erlaubte auch, dass wir den Kindergottesdienst besuchten.

Die Kirche war eine Zuflucht für viele Menschen, wenn auch häufig nur aus zweifelhaften Gründen. Sofort nach der Kapitulation wollten so viele Menschen zur katholischen Kirche zurückkehren, dass Pfarrer Schüller eine Wartezeit für die Rückkehrer verfügte. Allzu viele von ihnen versuchten ihre Nazivergangenheit unter dem Deckmantel der Religion zu verbergen, und allzu offensichtlich motiviert waren die auffälligen Wiedereintritte zahlreicher fanatischer Anhänger und Zuträger des Regimes, die Freunde und Wohltäter verraten hatten. So wie Ruths, natürlich jetzt Ingrids Eltern, hatten einige Leute die alttestamentarischen Vornamen ihrer Kinder durch germanische Namen ersetzt, und es wiederholte sich das in umgekehrter Richtung. Unmittelbar nach dem Krieg wurde meine Klassenkameradin Gotelinde, deren Name dem Stamm der Goten huldigte, zur Gottlinde. Ihre Eltern waren berüchtigte Nazis gewesen, die – wie der ganze Ort wusste – einen wohlhabenden Mitbürger denunziert hatten, was diesem Mann gegen Ende des Krieges ein Todesurteil wegen »Schwarzseherei« einbrachte. Der Angeklagte, Dr. Kriss, überlebte das Ende im Gefängnis und wurde der erste Bürgermeister der Nachkriegszeit in Berchtesgaden. Die Denunzianten kehrten 1945 dann rasch in den Schoß der katholischen Kirche zurück und ließen den Namen ihrer Tochter ändern. Letztlich erhielt sie von uns allen dann den Kosenamen Linde, nach dem Baum, der in der deutschen Mythologie eine so bedeutende Rolle spielte und in gefühlvoll-romantischen Volksliedern besungen wurde. Linde hatte eine spitze Nase und einen affektierten, hochmütigen Gesichtsausdruck. Sie wurde tief religiös, und ihr Bruder führte einige Zeit lang sogar das Leben eines Mönches. Die eilfertige Konversion der Familie stieß mich und viele andere Leute ab. Diesem Gesinnungswandel haftete etwas Unehrliches an, und natürlich war es auch eine eilige Verleugnung der eigenen Nazivergangenheit.

Schlaue Erwachsene lernten rasch, welche politisch korrekten Dinge man zu sagen hatte, aber für die jüngeren Jahrgänge – zum Beispiel für meine Schwester, die noch nichts anderes erlebt hatte als eine Kindheit im Dritten Reich – waren der Regimewechsel und der neue politische Umgangston nicht so einfach nachzuvollziehen. An einem Sonntagmorgen saß ich mit der seit kurzem sieben Jahre alten Ingrid unter Freunden in einer der vordersten Bankreihen unserer kleinen neugotischen Kirche. Über uns hing ein großformatiges Ölgemälde, eine Darstellung von Christi Himmelfahrt mit einem strahlend blauen Himmel und einer Christusgestalt, die ein leuchtend rosafarbenes Lenden- und Schultertuch trug. Pfarrer Nauschütz erklärte uns, dass der »böse Feind« – in erster Linie der Teufel – uns stets in Versuchung bringe und zu Sünden verführe. Er fragte, wer ihm sagen könne, was der böse Feind im Schilde führe. Sofort hob Ingrid ihr Händchen und antwortete mit lauter, hoher Stimme: »Der böse Feind will, dass unser Führer tot ist.« Für mich war das zu viel der Peinlichkeit, und ich wollte am liebsten im Boden versinken. Doch Pfarrer Nauschütz bedankte sich nur bei Ingrid, wandte sich rasch ab, um ein Lächeln zu verbergen, und schickte uns nicht aus der Kirche fort, womit ich fest gerechnet hatte. Ich dankte Gott und betete, dass er Ingrid erleuchten möge.

Mein neu entdeckter evangelischer Glaube war eine tiefe und bewegende Erfahrung, so tief und bewegend, wie es einem Teenager nur möglich war. Viele Jahre lang gab er mir Trost und Hoffnung und diente mir als Leuchtturm, mit dessen Hilfe ich in der neuen, sich öffnenden Welt meinen Kurs zu halten versuchte. Es war ein echtes Geschenk, einer großen Gruppe junger Menschen anzugehören, deren wichtigster moralischer Leitsatz nach all dieser Zerstörung »Nie wieder Krieg lautete« und die sich um eine Heilung der Kriegswunden bemühte. Die wöchentlichen Treffen und der Gottesdienst am Sonntag waren die tröstlichen Höhepunkte in meinem Alltag, vor allem nach den Nürnberger Prozessen.

Jeden Dienstag Abend saßen zwanzig oder dreißig Mitglieder unserer Jugendgruppe auf einer Holzbank an einem großen, quadratischen Eichentisch im Gemeinschaftsraum des Pfarrhauses. Wir lasen und besprachen Texte aus der Bibel, manchmal ein Gleichnis oder eine zeitgenössische Anekdote. Zur Aufmunterung hielten wir uns wie selbstverständlich an die Musik. Wir sangen die Choräle, Kantaten und Reformationslieder unseres geliebten Thomaskantors Johann Sebastian Bach. Die vertonten Texte von Matthias Claudius, Paul Gerhardt, Johann Wolfgang von Goethe und vielen anderen, unbekannten Dichtern öffneten mir von neuem die Augen für die Schönheit des Sommers und des Winters und für die Möglichkeit, meinen eigenen Weg zu finden.

Geh aus, mein Herz, und suche Freud
In dieser lieben Sommerzeit
An deines Gottes Gaben;
Schau an der schönen Gärten Zier
Und siehe, wie sie dir und mir
Sich ausgeschmücket haben.

Bei diesen Treffen sprachen wir selten über die Nazijahre. Das war vielleicht eine verpasste Gelegenheit, aber viele Mitglieder dieser Gruppe, vor allem die Flüchtlingskinder, waren so stark traumatisiert und von so viel alltäglichem Elend umgeben, dass uns der Trost im Herrn und die Erbauung der Seelen als allerwichtigste und nächstliegende Aufgabe galt. Diese Dinge hatten Vorrang neben den Bemühungen, denen zu helfen, die am meisten zu leiden hatten: den Flüchtlingen in den Lagern. Die großen Städte waren zerstört, viele der zwölf bis dreizehn Millionen Deutschen, die aus den Siedlungsgebieten im Osten vertrieben wurden – einschließlich des Baltikums, Polens, der Tschechoslowakei und Ostpreußens –, und viele Menschen, die vor der sowjetischen Armee oder aus der sowjetischen Besatzungszone geflüchtet waren, suchten Zuflucht im ländlichen Bayern.

Der kürzeste Weg zur Schule führte mich durch das Flüchtlingslager Anzenbach. Das Lager war mit einfachsten Mitteln aus dem Boden gestampft worden, als die privaten Unterbringungsmöglichkeiten zur Neige gingen. Es stand auf ungeschütztem, freiem Feld, in der Nähe des Eingangs zum Salzbergwerk, und seine trostlose Atmosphäre bedrückte mich Tag für Tag. In den langgestreckten, braunen, einstöckigen Holzbauten wimmelte es von teilnahmslosen, mageren und bleichen Menschen, die niemals lächelten und von denen nur wenige meinen Gruß beantworteten. An Regentagen sah ich blasse Frauen- und Kindergesichter, die sich an die Fensterscheiben pressten. Unsere Pfarrer organisierten ein Hilfsprojekt für das Lager, und ich meldete mich sofort freiwillig, weil ich davon überzeugt war, dass meine Taten viel bewirken und mir große Dankbarkeit einbringen würden. Ich wurde gemeinsam mit Claudia Hepke, der Tochter von Flüchtlingen aus Königsberg in Ostpreußen, die einen Teil des ehemaligen Speer-Hauses bewohnten, losgeschickt. Wir sollten eine Familie betreuen. An einem regnerischen Nachmittag steuerten wir zwischen tiefen Pfützen durch den Matsch des Lagers auf die Tür »unserer« Flüchtlinge zu. Eine gebeugte alte Frau, deren ausdrucksloses, hageres Gesicht von einem schwarzen Kopftuch eingerahmt war, öffnete die Tür und ließ uns zögernd ein. Ihr Mann saß auf dem einzigen Stuhl im Raum. Ein Hosenbein hatte er hochgesteckt, denn es wurde nicht mehr benötigt. Der Raum war düster, und es dauerte eine Zeitlang, bis wir ein etwa vier Jahre altes Mädchen entdeckten, das schweigend auf der unbezogenen Matratze des unteren Stockbetts saß. Sie starrte uns an, und dieser Blick war noch ausdrucksloser als die Augen der Großmutter.

Die beiden alten Leute musterten uns apathisch, und als sie schließlich begriffen, dass wir gekommen waren, um mit ihnen zu sprechen und ihnen vielleicht auch zu helfen, nickten sie und zuckten zugleich mit den Schultern. Das kleine Mädchen hatte strähniges, ungekämmtes Haar und trug ein zerlumptes Kleid. Es saß in dem düsteren Raum und bewegte den Oberkörper langsam vor und zurück – so wie Hildegard. Als wir zu sprechen begannen, fing sie sofort an zu jammern. Sie brauchte ein Kleid, einen Kamm und eine Entlausungskur. Alle drei brauchten umfassende Hilfe, am dringendsten jedoch einen Kammerjäger, der die großen Küchenschaben vertrieb, die sie bei Nacht heimsuchten. Der alte Mann schaffte es nachts nicht bis zur Außentoilette, also benötigten sie leere Blechbüchsen oder einen Nachttopf. Sobald sie einmal ins Erzählen gekommen waren, war es, als ob sich eine Schleuse aufgetan hätte. Sie berichteten uns in ihrem markanten schlesischen Dialekt, dass die Mutter des kleinen Mädchens auf der Flucht aus Polen in Richtung Westen vor den Augen des Kindes von russischen Soldaten vergewaltigt und getötet worden war. Der alte Mann war Bergmann gewesen. Er verfluchte Hitler und die ganze Welt, denn er verstand nicht, womit er dieses Schicksal verdient hatte. Claudia und ich waren schockiert, und auf dem Heimweg überlegten wir, wie wir diesen Menschen helfen konnten.

Mutter fand in ihren Vorräten noch den Rest eines netten Baumwollstoffes, und mit ihrer Hilfe nähte ich daraus ein Kleid für das kleine Mädchen. Wir sammelten noch ein paar dürftige Kleidungsstücke ein, einen Schurz und ein Paar ordentlich geflickte lange Unterhosen, aber niemand hatte irgendwelche Kleidung zu verschenken. Wir besuchten unsere Familie noch ein paar Mal, dann fanden die drei mit Hilfe der Pfarrer ein neues Zuhause im Lager Winkl. Ich konnte den Schmutz und die Verzweiflung nur mit großer Mühe ertragen, und die Enttäuschung darüber, dass wir nur so wenig tun konnten, überwältigte mich. Im nächsten Frühjahr gab es zu meiner großen Erleichterung einen Hoffnungsschimmer: Einige der Flüchtlinge hatten Vorhänge aus kleinen Stofffetzen an die Fenster gehängt, an den Türen der Unterkünfte sah ich ein paar Geranienableger in Blechbüchsen und direkt daneben kleine Beete mit Gemüsesetzlingen. Die Männer füllten die Schlaglöcher auf den Wegen und reparierten die Türen und die undichten Dächer, und zugleich wurde an neuen, besseren Unterkünften gearbeitet.

Die endlosen Radiosendungen, bei denen eine Litanei der Namen von Verschwundenen und Vermissten heruntergelesen wurden, mehrten eher die Verzweiflung als die Hoffnung. Die Stimme des Ansagers klang immer gleich, ebenso wie das, was er vortrug: Name, Alter, Adresse, Einheit oder Dienstgrad und das Datum, an dem dieser Mensch zuletzt gesehen worden war. Hunderttausende Namen wurden auf diese Art verlesen, Namen von Männern, Frauen und Kindern, von Flüchtlingen, Evakuierten, ehemaligen Gefangenen der Nazis, von Kriegsgefangenen, möglichen Opfern der Konzentrationslager und im Kampf Vermissten. Alle Zuhörer, die irgend etwas zu einer der genannten Personen sagen konnten, wurden gebeten, den Suchdienst zu benachrichtigen. Sobald wir im Haus waren, hörten wir auch Radio, für den Fall, dass dort ein bekannter Name genannt wurde, zu dem wir etwas Hilfreiches sagen konnten.

Die Medien in der amerikanischen Besatzungszone standen unter der Zensur der US-Militärregierung. Bekanntmachungen zu neuen Verhaltensregeln und Vorschriften sowie Nachrichtensendungen, bei denen wir uns stets fragten, was denn nun wirklich vor sich ging, nahmen den größten Teil des Radioprogramms ein. Die vier Zonen waren zu klein für eine wirtschaftliche Gesundung des Landes, doch die Alliierten waren sich noch nicht sicher, ob sie ein größeres, einheitlich verwaltetes Deutschland schaffen sollten, und unter welchen Rahmenbedingungen dies zu geschehen hatte.

Solange sich nichts änderte, hielten amerikanische Zigaretten unsere bescheidene Binnenwirtschaft in der amerikanischen

Zone in Gang. Für die nikotinsüchtige Tante Susi gab es nichts Wichtigeres als eine kleine Prise Tabak, die mit geübten Fingern zu einer Zigarette gerollt und dann tief inhaliert wurde. Schon in den frühen Tagen der Besatzung zog ich morgens gleich nach dem Ende der Ausgangssperre los, sammelte die Zigarettenstummel ein, die die GIs weggeworfen hatten, und überreichte sie stolz der dankbaren Tante. Zigaretten der Marken Lucky Strike, Camel oder Chesterfield wurden angesichts der hohen Nachfrage zur einzigen gültigen Währung im Land. Wer auf dem blühenden Schwarzmarkt mit amerikanischen Zigaretten zahlte, bekam fast alles, vor allem Lebensmittel. Amerikanische Soldaten wurden beim Kauf von Souvenirs um Bezahlung in Zigaretten gebeten, die wertlose deutsche Reichsmark wollte niemand mehr. Die Anzahl der Zigaretten, die man im Tausch für Essbares auf den Tisch legen musste, schwankte nach den Regeln von Angebot und Nachfrage. Für ein Päckchen bekam man unter Umständen zwei Pfund Butter. War der Markt überschwemmt, gab es nur ein Pfund. Doch wo bekam man Zigaretten? Das war Mutters ständige Sorge

Die Antwort fanden wir mit Hilfe unseres unbeliebten Nachbarn Maxl. Eines Tages fragte er Mutter, ob sie malen könne. Schließlich war ihr Ehemann Max Porzellanmaler gewesen. Mutter war inzwischen selbst zu einer verzweifelten Opportunistin geworden und bejahte die Frage, ohne zu zögern. Darauf bot ihr Max eine Teilzeitarbeit in seinem neuen Betrieb an. Er ließ Holzschachteln mit kleinen Blumenmustern im Stil der bayerischen Volkskunst bemalen, und das Ergebnis wurde dann in den Andenkenläden in Berchtesgaden verkauft. Maxl sagte, er werde mit Zigaretten bezahlen. Mutter legte nach und sagte, wir beiden Mädchen könnten auch ganz gut malen, man könne den Einfluss des Vaters erkennen. Am nächsten Tag saßen wir drei in großen, alten Schürzen gemeinsam mit einigen anderen Frauen in Maxls Werkstatt, dem ehemaligen Frühstücksraum für Gäste, und schmückten farbige Holzschachteln mit Hilfe von Pappschablonen mit roten, blauen, gelben und orangefarbenen Blumen. Jede hatte fünf Blütenblätter und einen grünen Stengel. Maxl kam am Abend, um unsere Arbeit zu prüfen. Manchmal rümpfte er beim Blick auf unsere Produkte die Nase und meinte, diese Schachteln würden wohl kaum mehr als ein paar Zigaretten einbringen. Doch zumindest eine Zeitlang verkaufte sich alles: Die GIs konnten in Berchtesgaden sonst nicht viel kaufen, nicht einmal mit ihrer starken Währung. Den Zugang zu Zigaretten fanden wir gerade noch rechtzeitig, denn Mutter hatte bereits den größten Teil des entbehrlichen Porzellans und der Bettwäsche, die aus ihrer Aussteuer noch übrig war, eingetauscht und wusste oft nicht mehr, wo sie das Essen für uns auftreiben sollte.

Unsere Aussichten auf ein Zigaretteneinkommen verbesserten sich dramatisch und auf eine Art, mit der ich am allerwenigsten gerechnet hatte, als meine Mutter uns im Frühsommer 1946 ankündigte, dass wir ins Haus Pfeilbrand umziehen würden, das auf der anderen Seite der Obersalzbergstraße lag. Ich war verblüfft. Das wunderschöne, ziemlich neu aussehende Haus, von dem sie sprach, kannte ich recht gut, denn ich war öfters dort gewesen, um etwas für Frau Deil abzugeben, die die beiden oberen Stockwerke gemietet hatte. Wir kamen auch an diesem Haus vorbei, wenn wir zu unserem Garten in der Nähe des Salzbergwerks gingen. Wenn der Besitzer draußen vor der Tür stand, gestützt auf den unvermeidlichen Spazierstock mit der Gummispitze, fragte ihn Mutter, ob wir etwas Löwenzahn für die beiden Hasen pflücken dürften, die sich inzwischen mit Madame Pimpernel, der Henne, den Holzschuppen teilten. Er antwortete stets mit einem »Natürlich, bedient euch« und erzählte dann etwas stockend von Maulwürfen und dem Rotwild, das vom Waldrand herüberkomme und sich an dem mageren Gemüse, ja sogar an den Rosen gütlich tue.

Sebastian Pfnür – der Pfeil Wasti, wie er genannt wurde – hustete viel und schrieb das dem beißenden Qualm zu, den seine Tabakpflanzen entwickelten, ganz egal, wie er die Blätter nun trocknete und vorbereitete. Wir erfuhren, dass er ein Holzschnitzer war, der eben erst mit dem Verkauf seiner geschnitzten Elche, Hirsche, Rehe und bayerischen Tänzer an die Amerikaner angefangen hatte. Die bezahlten mit Zigaretten. Mir schien das kein ausreichender Grund für den Auszug aus Haus Linden zu sein. Doch der Hausherr, der die Wohnung für seine Tochter und deren Familie brauchte, setzte Mutter unter Druck. Ich weiß nicht, ob Wasti Mutter schon vor unserem Umzug einen Heiratsantrag gemacht hatte, doch jetzt gab es mit Sicherheit einen neuen Mann in unserem Leben.

Wasti stammte aus der Pfnür-Sippe, die schon seit Jahrhunderten das Gebiet der jetzigen zwei Pfeillehen gerodet und bewirtschaftet hatte. Er war an der Berchtesgadener Holzschnitzerschule ausgebildet worden. Anfang der dreißiger Jahre war er jedoch arbeitslos und später zum Arbeitsdienst für Hitlers gewaltiges Straßenbauprojekt verpflichtet worden, das München mit Berchtesgaden verbinden würde. Eines Tages zerschmetterte ihm ein ins Rutschen geratener großer Steinblock ein Bein. Ich zuckte stets zusammen, wenn uns Wasti erzählte, wie seine Arbeitskollegen seinen Stiefel zu retten versuchten.

Er hatte wahnsinnige Schmerzen, und dennoch versuchten sie, den Stiefel von seinem blutenden, anschwellenden Bein abzuziehen, ohne ihn zu zerschneiden. Mehrere Operationen im Lauf von zwei Jahren retteten ihm zumindest einen Teil des Beins, und schließlich wurde er aus der Münchener Klinik entlassen und kehrte nach Hause zurück, gestützt auf einen Stock und mit einer klobigen, aus Leder und Metall gefertigten Schiene. Zusammen mit seinem Vater hatte er einige Jahre vor dem Krieg auf einem Grundstück der Familie Haus Pfeilbrand gebaut, in dem sie eine Pension eröffnen wollten. Doch das unsichere, auf eine kurze Saison begrenzte Einkommen, mit dem eine hohe Hypothek beglichen werden musste, hatte Wasti schließlich zur Vermietung einer ganzjährigen Wohnung gezwungen. Sie vermieteten die beiden oberen Stockwerke des Hauses an die reiche, seit kurzem verwitwete Frau Deil aus

Haus Pfeilbrand, das Haus meines Stiefvaters und unser neues Zuhause.

Dresden. Sie war eine glühende Hitlerverehrerin und wollte in dessen Nähe leben.

Wasti war wegen seiner Behinderung Junggeselle geblieben, und er war einer der wenigen Männer, die nicht einmal zum Volkssturm eingezogen werden konnten. Er war ein paar Jahre älter als Mutter und lebte mit seinem Vater Pfeil Muchei im Erdgeschoss von Haus Pfeilbrand. Muchei war ein lebhafter und zugleich strenger Mann, ein frommer Katholik von sechsundachtzig Jahren, was damals als sehr hohes Alter galt. Er hatte das Pfeillehen bewirtschaftet und tagsüber als Wagnermeister im Salzbergwerk gearbeitet. Als sein ältester Sohn die Landwirtschaft übernahm, zog er mit dem jüngeren Sohn Wasti ins Haus Pfeilbrand.

Für mich war Mutters Entscheidung, im Haus Pfeilbrand einzuziehen, wie ein großer Verrat an meinem Vater. Noch bevor ein Hochzeitsdatum festgelegt war, grübelte ich vor dem Einschlafen nach, ob Wasti die Kleidung meines Vaters tragen werde? Würde er mit Mutter in einem Bett schlafen? Und die größte aller meiner Sorgen: wird er von uns verlangen, ihn »Vati« zu nennen? Vielleicht hatte Mutter ein Gespür für die Reaktionen einer heranwachsenden Tochter auf die Nachricht ihrer Wiederheirat. Aber sie zeigte es nicht. Wie üblich sprachen wir weder über ihre noch über meine Gefühle, sondern beschränkten uns statt dessen auf die zahllosen praktischen Fragen, die mit dem Umzug verbunden waren. Ich machte wohl die meiste Zeit eine ziemlich saure Miene, denn einmal hielt Mutter in ihrer Arbeit inne und sagte zu mir, im Haus Pfeilbrand werde es mir viel besser gehen, und Wasti sei ein sehr freundlicher, gutmütiger Mann. Sie hätte mir auch sagen können, dass sie jetzt sehr einsam sei, in einer Zeit, in der einige Ehemänner heim kamen vom Krieg und die enge Gemeinschaft von Frauen, der sie angehört hatte, auseinanderfiel und keine große Hilfe mehr war. Jede Familie musste ihre Beziehungen neu ordnen und sich auf ein noch unbekanntes Nachkriegsleben einstellen. Auch Mutter musste anfangen, jetzt ihr eigenes Leben zu leben.

Der Tag des Umzugs kam, und da Privatpersonen weder über einen Lastwagen noch über Benzin verfügten, schafften wir unsere Möbel und sonstigen Habseligkeiten mit einem von Haflingern gezogenen Heuwagen in zwei Fuhren zum Haus Pfeilbrand. Findele, meine schöne, schwarz-weiß-rotbraun gefleckte Katze, trug ich selbst über die Obersalzbergstraße ins neue Zuhause. Und Mutter ließ natürlich den im Abfallhaufen vergrabenen Champagner, der für die Siegesfeier geplant war, nicht zurück. Sie transportierte ihn im Rucksack und hoffte dabei, dass es in der Zukunft auch einen Grund zum Feiern gäbe.

Die unglaublichste Tatsache im Haus Pfeilbrand war, dass es in Küche, Speisekammer und Keller keinerlei Vorräte gab, von einem braunen, halbvollen Salzfass abgesehen: keinen einzigen Bissen, nichts. Die Haushälterin, eine ausgebombte Malerin von Ludwigshafen, die als Gegenleistung für ihr Zimmer die beiden Männer versorgt hatte, war in ihre Heimatstadt zurückgekehrt. Falls sie irgend etwas Essbares zurückgelassen hatte, war es bis zu unserer Ankunft verschwunden. Mutter war verblüfft, konnte nicht glauben, was sie vorfand, und durchsuchte mehrmals das ganze Haus, doch es blieb dabei: Bis zur Ausgabe der nächsten Lebensmittelmarken war nichts zu essen da. Wir mussten das teilen, was wir mitgebracht hatten: einen Laib Brot, einen halbvollen Topf mit ausgelassenem Hühnerfett und ein paar Eier aus der Produktion von Madame Pimpernel. Am nächsten Tag schafften wir unter den wachsamen Augen des

Großvaters die hässlichen, ockergelben Pfnür-Küchenmöbel in den Keller und ersetzten sie durch das, was aus Mutters weißer Küchengarnitur in die neue Küche passte. Ich konnte es an Mutters Gesicht ablesen, dass unter ihrer Aufsicht in diesem Haushalt Ordnung herrschen würde. Ich sah es auch Wastis leicht besorgtem Gesichtsausdruck an. Er hatte begriffen, dass seine Frage, ob Mutter mit ihren beiden Töchtern in sein Leben treten wolle, schnelle und durchgreifende Konsequenzen hatte. Auch sein Leben würde sich ändern.

Die Entfernung zwischen Haus Linden und Haus Pfeilbrand war minimal, und dennoch fühlte ich mich so entwurzelt, als wäre ich auf einen anderen Planeten umgezogen. Ich war mir sicher, dass Mutter nicht nur Vater, sondern auch mich durch diesen fremden Mann ersetzt hatte, einen Invaliden und Katholiken obendrein, der aber, wie sich herausstellen sollte, nicht fromm war. Muchei war dagegen ein gläubiger Katholik, doch in diesen Zeiten hatte sich der Pragmatismus vermutlich auf allen Ebenen durchgesetzt. Die beiden brauchten eine Frau im Haus, und wenn der Sohn jetzt eine Frau gefunden hatte, die er liebte, dann sollte es eben so sein, auch wenn sie evangelisch war. Nichts von alledem beruhigte mich. Ich war mir sicher, dass Trudi, Tante Susi, Onkel Peppi, ja selbst meine Spielkameraden von der anderen Seite der Straße für immer verloren waren. Ich war gereizt und fühlte mich ganz und gar verlassen. So ging ich zurück, über die Straße, die meine Welt jetzt teilte, versteckte mich wie ein kleines Kind im Wald hinter Haus Linden und weinte voller Selbstmitleid. Wieder einmal war ich ins Ungewisse unterwegs, diesmal in das Leben einer Stieftochter.

Sechzehntes Kapitel

Der Fluch der Vergangenheit

Im Sommer 1946 saßen wir ständig neben dem großen, schwarzen Radio im Haus Pfeilbrand. Wir hörten uns die Übertragungen vom Nürnberger Prozess des Internationalen Militärgerichtshofs gegen die Hauptkriegsverbrecher an. Zweiundzwanzig unserer ehemals führenden Persönlichkeiten waren dort angeklagt. Neben den für uns fast unglaublichen Enthüllungen, die die täglichen Berichte aus Nürnberg enthielten, verblassten unsere Alltagssorgen und Familiendramen. Ich versuchte, alles in voller Länge anzuhören, aber die Berichte direkt vom Gerichtsaal waren zu lang und oft schwierig zu verstehen, also beschränkte ich mich mit dem Rest der Familie auf die täglichen Zusammenfassungen und am Ende des Prozesses auf die Schlussworte der Verurteilten.

Mutter bezweifelte, dass diese Männer einen fairen Prozess bekommen hatten, und teilte die Ansicht derer, die sagten, die Mehrzahl der Beschuldigten habe »nur Befehle ausgeführt« und im besten deutschen Interesse nur das getan, was Hitler von ihnen verlangte. Diese lächerliche Ansicht brachte mich in Rage. Heftige Gefühlsausbrüche schienen jetzt mein persönliches Merkmal zu sein, sobald ich anderer Meinung war als meine Mutter. Mit leidenschaftlichem Zorn vertrat ich die These, diese Männer seien in der Tat fair behandelt worden und verdienten nichts anderes als das Todesurteil. Ich sagte sogar, es tue mir leid, dass sie nur ein Leben zu verlieren hätten. Es empörte mich, dass Göring mit Hilfe einer Giftampulle dem Strang entging. Zum ersten Mal erfuhr die große Mehrheit der deutschen Öffentlichkeit von den unvorstellbaren Verbrechen, die die Nazis – und damit ganz Deutschland – verübt hatten. Wir lernten das Wort Holocaust und seinen Schrecken kennen. Albert Speer, der seltsamerweise nur eine Gefängnisstrafe erhielt, gab der Hoffnung Ausdruck, der Prozess gegen die »wirklichen« Verbrecher könne eine pauschale Verurteilung des deutschen Volkes verhindern. Er war nicht der einzige, der so naiv dachte.

Die Schuld des Völkermords würde über Generationen hinweg auf uns lasten. Was geschehen war, konnte nicht rückgängig gemacht werden. Die Opfer würden nicht wieder lebendig werden, die Überlebenden würden niemals vergessen, vielleicht auch niemals vergeben, und ich würde nie eine Erklärung für das Geschehene finden. Was war unter dem Naziregime aus uns geworden, und wie würden wir das bewältigen? Meine Mutter zu fragen war sinnlos. Sie hatte niemals über die Gefahr nachgedacht, die von Hitler ausging, war in Gedanken nie über die großen, unmittelbaren Bedürfnisse des täglichen Lebens hinausgekommen, das sie und alle anderen empfanden, die ein Ende von Inflation und Arbeitslosigkeit, von allgegenwärtiger Unruhe und Gewalt herbeiwünschten. Dieser intensive Notzustand wurde unter der Weimarer Republik nicht beendet. Es gab viele Gründe dafür, aber es führte direkt zu Hitler, seiner Endlösung, und dem Zweiten Weltkrieg, in dem mindestens 50 Millionen Menschen den Tod fanden. Ich war ratlos und flüchtete mich immer intensiver in unseren evangelischen Glauben. Allmählich formte sich in mir die Idee, dass ich Weltbürger werden wollte und niemals einem giftigen Nationalpatriotismus wie dem der Nazizeit zum Opfer fallen würde.

Ich fragte Mutter, ob sie *Mein Kampf* gelesen habe. »Nicht richtig«, antwortete sie. Ich hatte das Buch natürlich auch nicht gelesen und in keinem der Haushalte, den ich kannte, ein Exemplar davon gesehen. Aber sie hatte bereitwillig an den Mythos von der großen Bestimmung der Deutschen und vom Recht auf Lebensraum im Osten geglaubt, der von der Propagandamaschinerie der Nazis verbreitet wurde. Wusste sie von den Gaskammern? Nein. Und nein, sie hatte auch niemals jemanden denunziert, nie jemanden persönlich verletzt, sie hatte uns keinen Hass auf die Juden gepredigt, hatte keinen einzigen Juden persönlich gekannt. Zweifelte sie denn wenigstens an Hitler, als mein Vater um 1932 aus der Nazipartei austrat? Warum er das tat, weiß ich nicht und Mutter schwieg darüber. Nein, sie glaubte an Hitler, an das Versprechen, er werde Arbeit, Sicherheit, Würde und einen Lebenszweck für alle Deutschen schaffen. Erst als der Krieg begann, seien ihr und zahllosen anderen Zweifel gekommen, doch was hätten sie in Zeiten des Krieges anderes tun sollen, als das Vaterland zu unterstützen? Vaterlandsliebe, das missbrauchte Wort, an dem ich keinen Sinn mehr fand, diente als Entschuldigung für nahezu alles, was geschehen war. Hatte es sie nicht beunruhigt, in einer Diktatur zu leben, in der alle in der Weimarer Republik vertretenen demokratischen Grundsätze beseitigt worden waren? Sie antwortete, Hitler sei demokratisch gewählt worden, nachdem alle Deutschen gesehen hätten, dass eine Demokratie Weimarer Zuschnitts nicht funktionierte – Deutschland brauchte damals eine eiserne Faust. Ich war ärgerlich über sie, weil sie sich nicht festlegen ließ, keine Schuld einräumte und auch nicht zugab, dass meine neu gefundenen Überzeugungen besser waren als ihre alten. Ihre Antworten auf meine Fragen waren, um ehrlich zu sein, nicht entscheidend für mich. Mit großer Entschlossenheit, die nur ein unreifer, junger Mensch haben kann, versuchte ich meine Mutter für alles Elend das die Nazis über die Welt gebracht hatten, verantwortlich zu machen. Ganz besonders natürlich für mein eigenes Elend.

Erst als Bernhard Sauckel, ein Junge, den ich bis dahin kaum beachtet hatte, an jenem Oktobertag 1946 in Frau Dr. Krumms Unterricht ohnmächtig wurde, einen Tag, nachdem sein Vater in Nürnberg gehängt worden war, begriff ich, dass er der Sohn eines der schlimmsten Mörder des Dritten Reiches war. Ich hatte Mitleid mit ihm, mochte aber nicht so recht glauben, dass er seinen Vater geliebt haben könnte. Wir saßen zu zweit an einem Platz, und mehr als die Hälfte unserer Klasse bestand aus Flüchtlingen und Evakuierten. Berndi Sauckel war nicht der einzige unter uns, der aus einer Familie führender Nazis kam. Unter uns Mädchen saß die hübsche, unbezähmbare und witzige Gisela Schmundt, die Tochter von Generalleutnant Rudolf Schmundt, dem Chefadjutanten der Wehrmacht bei Hitler, der beim missglückten Attentat auf Hitler am 20. Juli 1944 von Stauffenbergs Bombe getötet worden war. Er gehörte nicht zu den Mördern, aber er hatte Hitler gedient. Ein paar Plätze von Gisela entfernt saßen die blasse, stille und wunderschöne Armgard von der Schulenburg und ihre Zwillingsschwester Renate. Sie waren die Nichten von Fritz-Dietlof von der Schulenburg, einem der Verschwörer des 20. Juli, der von den Nazis nach einem Schauprozess vor dem »Volksgerichtshof« hingerichtet worden war. Keines dieser Kinder sprach über die eigene Familie. Vielleicht waren ihnen genaue Informationen zur Rolle ihrer Eltern in den Tragödien dieser Zeit bewusst vorenthalten worden, so wie Mutter versucht hatte, beunruhigende Nachrichten von mir fernzuhalten. Bis zu dem Vorfall mit Berndi wusste ich nichts von den Verbindungen einzelner Familien zu Hitler oder ich beachtete sie nicht. Auch die Kinder von Flüchtlingen oder Evakuierten, die in meiner Klasse saßen, hatten ihre eigene Geschichte und versuchten sie zu verbergen, so gut es ging. Claudia Hepke sprach nicht über die Flucht ihrer Familie aus Ostpreußen; Gisela Fiebing, die stets barfuß ging und Erfrierungen an den Händen hatte, schwieg über ihre Vergangenheit ebenso wie über die Gegenwart. Irmgard Koll, meine beste Freundin, sagte nur, sie lebe mit ihren Geschwistern hier bei einer Tante, weil sie in Köln ausgebombt worden seien.

Die Nürnberger Prozesse gegen die Hauptkriegsverbrecher hatten sich auf die führenden Nazis konzentriert, und es gab noch eine ganze Reihe von Folgeprozessen. Jede der vier Mächte entwickelte eine eigene Methode des Umgangs mit ehemaligen Nazis. Die Amerikaner warfen mit dem Verfahren zur Entnazifizierung in ihrer Besatzungszone ein großes Netz aus, in dem sich auch die kleinsten Fische verfangen sollten, auch die passiven »Mitläufer«. Wir waren schließlich überzeugt, dass die wirklichen Schuldigen, die großen Tiere, allzu oft ungestraft davonkamen. Alle zwölf Millionen Erwachsenen unserer Besatzungszone mussten einen höchst detaillierten Fragebogen ausfüllen. Bei der von den amerikanischen Behörden überwachten Auswertung wurde nach fünf Kategorien der Schuld oder Nichtschuld unterschieden. Drei Millionen Menschen, die den Fragebogen ausgefüllt hatten, mussten vor den mit Deutschen besetzten Spruchkammern erscheinen. Die Verzweiflung über die endlose Papierflut, die uns überschwemmte, verwandelte sich schließlich in Gelächter, und wir scherzten, dass die ersten der 131 Fragen stets so lauteten: »Sind Sie noch am Leben? Wenn ja, warum?« Das wären passende Fragen gewesen. Warum waren wir eigentlich noch am Leben, wenn fünfzig Millionen Menschen umgekommen waren, davon allein sechs Millionen im Holocaust?

Mutter sagte eines Tages aus heiterem Himmel, sie habe einmal selbst von einer Jüdin gehört, der Frau eines Bankiers in Selb, die verschwunden sei. Man habe sich erzählt, der Mann sei darüber so verzweifelt gewesen, dass er möglicherweise Selbstmord begangen hatte. Sie sagte, damals habe sie nicht gewusst, was sie von diesen Gerüchten halten sollte, und ohnehin habe sich niemand mit solchen Dingen eingehender beschäftigt, weil man sich nicht in Gefahr bringen, ja nicht einmal Unannehmlichkeiten haben wollte. Das geschah zu einer Zeit, erzählte mir Mutter, in der man nicht mehr auf der Straße demonstrieren, einen Leserbrief an die Zeitung schreiben oder sich hilfesuchend an die Kirche wenden konnte. Ich glaubte ihr nicht, sondern war vielmehr davon überzeugt, dass eine der Hauptsünden der Generation meiner Eltern die bewusste Entscheidung gewesen sei, die verbrecherischen Seiten des Regimes zu ignorieren und den Führer konsequent zu entlasten. Was hätte ich an ihrer Stelle getan, wenn die Indoktrination, die ich selbst erfuhr, weitergegangen wäre? Was hätte ich getan, wenn Deutschland den Krieg gewonnen hätte? Hätte ich eine Adolf-Hitler-Schule besucht und später dann eine Führungsposition eingenommen? Hätte ich Häftlinge gefoltert, so wie Ilse Koch, die berüchtigte Ehefrau des Lagerkommandanten von Buchenwald, die aus der Haut von getöteten Juden Lampenschirme herstellen ließ? Solche Fragen peinigten mich. Ich wagte nicht, sie zu beantworten, weil ich wirklich keine Antwort wusste.

»Es geschieht mir recht, denn ich war ein Narr«, sagte mein Pöhlmann-Großvater, als er erfuhr, dass er sich dem ausführlichen Entnazifizierungsverfahren vor der Spruchkammer unterziehen musste. Dies verzögerte die Erteilung der Lizenz für die Wiedereröffnung seines Schreinereibetriebs. Er hatte Mutter nicht erzählt, dass er im Spätherbst 1944, gut vier Monate vor dem Ende, doch noch in die Nazipartei eingetreten war, nachdem er sich dem Regime so lange widersetzt hatte. Er war verzweifelt gewesen, denn zu diesem Zeitpunkt musste man Parteimitglied sein, um Aufträge und Materialzuteilungen zu erhalten. Jetzt, unmittelbar nach dem Krieg, mussten alle vor 1919 geborenen Parteimitglieder automatisch vor der Spruchkammer erscheinen. Wir waren schockiert, weil ausgerechnet ihm jetzt eine Bestrafung drohte, und die in dieser Entwicklung verborgene Ironie entging uns nicht. Ich stimmte ihm zu, wenn er sagte, er habe sich wie ein Narr verhalten, und war der Meinung, er hätte bis zum Schluss standhalten sollen. Doch gleichzeitig beeindruckte er mich mit seiner Einstellung zur eigenen »Entnazifizierung«. Er beklagte sich nicht und hielt sich auch nicht – wie die meisten unbedeutenden Nazis – für einen unschuldig Verfolgten, auch wenn es mehrere Monate dauerte, bis sein Verfahren stattfand und er schließlich als »Entlasteter« eingestuft wurde und seine Arbeit wieder aufnehmen konnte.

Wasti war mittlerweile in einen ganz besonderen Nachkriegsstreit verwickelt, der sein Motorrad betraf. Kurz vor Kriegsende hatte er eine Maschine mit Seitenwagen gekauft, um beweglicher zu sein, denn er war trotz seines lahmen Beins als Beitragssammler für das Winterhilfswerk verpflichtet worden und für den Salzberg zuständig. Nach dem Krieg stand das Gefährt ungenutzt und mit leerem Tank auf der betonierten Seitenveranda eher im Weg. Ingrid und ich spielten damit ab und zu Motorradfahren. Der ehemalige Besitzer des Motorrads, ein Kommunist, war aus dem Konzentrationslager zurückgekehrt und hatte einen Rachefeldzug gegen Wasti begonnen. Er wollte nicht nur sein Motorrad wiederhaben, sondern verlangte obendrein auch noch eine finanzielle Entschädigung von Wasti, der das Fahrzeug bei irgendeiner Behörde gekauft und bezahlt hatte. Der Konflikt wurde nach in einer langwierigen gerichtlichen Auseinandersetzung beigelegt. Wasti musste nichts bezahlen, doch er musste das Motorrad zurückgeben.

Mein zukünftiger Stiefvater war bei seinen Bemühungen, sich zu motorisieren, definitiv vom Pech verfolgt. Unmittelbar vor dem Krieg hatte er die letzte Rate für einen Volkswagen bezahlt, den Hitler jedem Deutschen zu einem erschwinglichen Preis versprochen hatte. Er sollte doch schließlich ein »Wagen für das Volk« sein. Doch mit dem Kriegsbeginn wurde das Volkswagenwerk auf Rüstungsproduktion umgestellt. Kein einziger Deutscher erhielt seinen bestellten Volkswagen. Nach dem Krieg schloss sich Wasti einer Sammelklage gegen die neue Volkswagen AG an. Erst Jahre später, nach der Entwertung der Reichsmark und nach der Währungsreform, erhielt er zehn Prozent seines Geldes zurück, abzüglich seines Kostenanteils für die Sammelklage. Doch die Volkswagen-Geschichte setzte ihm längst nicht so sehr zu wie der Angriff auf seine persönliche Integrität wegen des Motorrades.

Ein anderes schwieriges Thema dieser Nachkriegsjahre, von dem wir immer wieder hörten, war die Demontage, die Industriebetriebe in allen Zonen betraf, auch solche, die keine Rüstungsgüter produziert hatten. Wir sahen dies schließlich als reinen Racheakt und als Todesstoß, der eine wirtschaftliche

Erholung auf Generationen hinaus verhindern würde. Mutter schüttelte verzweifelt den Kopf, als sie hörte, dass die Anlagen eines bekannten Unternehmens – nach meiner Erinnerung ein Uhren- oder Schuhhersteller – komplett demontiert und ins Ausland geschafft wurden. Der größte Teil der demontierten Maschinen landete in sowjetischen Händen, denn Stalin hatte auf der Feststellung bestanden, dass sein Land am meisten unter dem Krieg gelitten habe. Die Demontagen wurden jahrelang fortgesetzt, vor allem in der britischen Besatzungszone.

Der Sommer 1946 war unbarmherzig heiß gewesen. Waldbrände an einigen großen und unzugänglichen Berghängen schickten beißende Rauchschwaden ins Tal. In der ganzen Ferienzeit hatten wir nicht eine einzige Wanderung gemacht, vom Beerensammeln an Berghängen und auf sonnenbeschienenen Lichtungen abgesehen. Der rasch näherrückende Herbst machte der Hitze ein Ende, und Mutter, Ingrid und ich brachen frühmorgens zu einer Wanderung auf den Kehlstein auf, wo wir das Kehlsteinhaus endlich aus der Nähe betrachten wollten. Von den alten Wanderwegen sahen wir auf die Ruinen des Obersalzbergs hinab und dann hinauf zum Hohen Göll und Hohen Brett, auf deren Gipfeln bereits Schnee lag. Vielleicht funktionierte damals der gewaltige Aufzug nicht, der Hitler und seine Begleitung vom Endpunkt der Kehlsteinstraße direkt ins Haus auf dem Gipfelplateau gebracht hatte, oder er war für uns nicht zugänglich. Jedenfalls gingen wir das letzte Stück auf einem schmalen, asphaltierten Pfad. Eine bergab kommende Gruppe amerikanischer Zivilisten hielt an, um uns vorbeizulassen. Die Wanderer lächelten, und einer von ihnen, der einen sehr heiteren, selbstzufriedenen Eindruck machte, sagte: »Wir sind bis zum Spitz spaziert.« Mutters Gesichtsausdruck wandelte sich von finsterer Reserviertheit zu einem Lächeln. Vielleicht amüsierte sie sich auch über diesen ungewöhnlichen deutschen Satz, doch der Hauptgrund für das Lächeln war wohl, dass es hier etwas sehr Einfaches gab, das man miteinander teilen konnte: die Freuden des Bergwanderns. Sie wies ins Tal hinaus und sagte in ihrem besten Englisch: »It is very beautiful. Yes?« Ich gab mir alle Mühe, das Gefühl der Peinlichkeit zu unterdrücken, das ich wegen ihrer Aussprache empfand. Und doch hatten wir jetzt noch einen Grund zum Lächeln, bevor wir uns Lebewohl sagten.

Unser Lächeln verschwand, als wir uns der pompösen, abstoßenden Fassade des Kehlsteinhauses näherten. Drinnen sahen wir dann, dass die meisten beweglichen Gegenstände entfernt worden waren, bis auf ein paar schwere Polstersessel und einen riesigen Orientteppich, der im großen Wohnraum lag. Amerikanische Soldaten hatten mit ihren Taschenmessern Blumen und exotische Tiere als Souvenirs aus dem Teppich und den Sesseln geschnitten. Einige entrüstete Deutsche bezeichneten dies als »barbarisches Benehmen«. Mutter sagte laut, dass wir andere Sorgen hätten, als Hitlers Teppich in unbeschädigtem Zustand zu erhalten. An dem Tag war sie in einer großartigen Verfassung.

Als wir gut gelaunt nach Hause zurückkehrten, erkannte ich, dass das am Fuß des Obersalzbergs und des Kehlsteins gelegene Haus Pfeilbrand eine besonders großartige, offene Aussicht in alle Richtungen zu bieten hatte. Es war ein stattliches Haus mit breiten Balkonen und grünen Fensterläden, und die oberen beiden Stockwerke waren mit stabilem, rötlichem Holz verkleidet. Wasti hatte ein mit einem Alpenblumenkranz geschmücktes Haus Pfeilbrand-Schild geschnitzt, das zu diesem Zeitpunkt von Frau Deils Begonien, die immer noch in voller Blüte standen, fast verdeckt wurde. Niemand hätte von außen vermutet, dass Haus Pfeilbrand mit Flüchtlingen und Evakuierten überfüllt war.

Im Erdgeschoss, wo wir lebten, gab es nur zwei Zimmer, eine Küche und ein Ess- und Wohnzimmer. Großvater Muchei und Wasti bewohnten das Zimmer, von dem man einen Blick auf den Untersberg und auf das Motorrad auf der Veranda hatte. Mutter hatte bis zur Hochzeit ihr eigenes Zimmer, das sie bereits mit der alten, flammenfarbenen Schlafzimmergarnitur aus Haus Linden eingerichtet hatte. Sie hatte das Wohnungsamt davon überzeugt, dass Ingrid und ich ein eigenes Zimmer brauchten. Es lag im zweiten Stock, in dem auch Frau Deil wohnte, und was die Räumlichkeiten dieser Dame auf ein Zimmer reduzierte. Wir betraten unser Zimmer über den Balkon und bemühten uns aus Höflichkeit, sehr leise zu sein, denn von Frau Deil trennte uns nur eine verschlossene Verbindungstür. Die anderen neuen Bewohner von Haus Pfeilbrand waren zwei ältere Ehepaare aus München, die ausgebombt waren und je ein Zimmer im Oberstock bewohnten. Dann noch ein unverheiratetes Paar aus Breslau und eine junge Frau von Pommern, die auch Zimmer von Frau Deils Wohnung zugewiesen bekamen. Einige von ihnen kamen mit dieser Wohnsituation zurecht, andere nicht. Es war Frau Deil, die die Hauptlast der Invasion in ihr zu tragen hatte. Es gab endlosen Kummer, aber ich hatte kein Mitleid mit ihr.

Die Ernte fiel auf den ungedüngten, zerstörten Feldern des Herbstes 1946 mager aus, und es fehlte an Männern, Trakto-

Kehlstein und Kehlsteinhaus, Sommer 1946.

ren, Lastwagen und Benzin, um sie vollständig einzubringen. Nachdem schon von einer drohenden großen Hungersnot die Rede war, stellte die US-Armee Lastwagen und Erntehelfer zur Verfügung, damit wenigstens die lebenswichtige Kartoffelernte gesichert werden konnte. Ich las in der Lokalzeitung von der Hilfsaktion und war so beeindruckt, ja sogar gerührt, dass ich einen Schulaufsatz zu diesem Thema schrieb. Dieser Aufsatz war besonders denkwürdig, weil mir der zuständige Studienrat die Frage, wie man das Wort Katastrophe schreibe, mit der Empfehlung beantwortete, statt dessen das deutsche Wort Unglück zu verwenden. Ich akzeptierte den Rat, ohne mein Auskunftsbedürfnis zu verteidigen, obwohl er meinen Satz unsinnig machte. Meine Furcht vor dem Widerstand gegen jedwede

Autorität war noch ebenso gegenwärtig wie das Nazidiktum, nur Wörter deutschen Ursprungs zu verwenden.

Die Amerikaner versorgten die Schulkinder auch mit einer täglichen warmen Mahlzeit. Dieser dringend benötigte und dankbar aufgenommene Akt der Nächstenliebe hieß bei uns Schulspeisung, doch Mutter bezeichnete ihn als Quäkerspeisung, in Erinnerung an die Hilfsaktion amerikanischer Quäker nach dem Ersten Weltkrieg. Armeelastwagen brachten die großen Behälter mit nahrhafter, heißer Suppe oder heißer Schokolade und Semmeln ins zentral gelegene Hofbräuhaus in der Ortsmitte, wo sie die älteren Jungen des Gymnasiums abholten. Sie wechselten sich ab, wenn sie die weithin nach Essen riechenden Behälter, die wie Mülleimer aussahen, über die steilen Treppenstufen zu unserer Schule hochschafften. Sie gaben auch die Essensportionen aus, was ihnen eine gewisse Macht verlieh, und immer wieder war von Günstlingswirtschaft die Rede. Max Sagaster, Rolf Weinberger und einige andere Jungen füllten meine Tasse stets bis zum Rand oder gaben mir sogar eine zusätzliche Semmel. Max saß im Klassenzimmer neben mir, und immer wieder ragten seine langen Arme und breiten Ellenbogen in meine Tischhälfte hinein. Vielleicht wollte er sich mit einem Extralöffel Suppe für diese Übergriffe entschuldigen und gleichzeitig auch mein Genörgel abstellen. So einfach funktionierte Bestechung. Nach dem Essen spülten wir unsere Emailletassen mit kaltem Wasser aus und hängten sie für die nächste Mahlzeit griffbereit an einen Haken.

Die einzige Möglichkeit, Wastis sauer verdiente Zigaretten gegen Lebensmittel einzutauschen, war eine Fahrt mit dem Frühzug, der uns aus den Bergen ins Alpenvorland brachte. Mutter, Ingrid und ich stiegen in Dörfern wie Dingolfing aus, holten unseren Leiterwagen aus dem Gepäckwagen und gingen zu den Bauernhöfen hinaus. Nach Möglichkeit schlossen wir uns nicht den anderen Hamsterern, wie man uns nannte, an, sondern gingen genau in die entgegengesetzte Richtung. Wir Kinder waren barfuß und trugen kurze Sommerkleider mit ausgelassenem Saum. Zaghaft folgten wir unserer Mutter, denn ich hatte Angst vor den Wachhunden, die auf den meisten Höfen anzutreffen waren. Man ließ sie zwar nicht auf uns los, aber schon ihr Bellen schüchterte mich gründlich ein, während sich Ingrid meist ebenso schnell mit ihnen anfreundete wie mit dem jeweiligen Katzenbestand.

Wir baten den Bauern oder seine Frau um einen Schluck Wasser und hofften dabei auf ein Glas Milch, dann fragte Mutter, ob es Butter, Eier, Mehl oder Äpfel im Tausch gegen Zigaretten gebe. Manchmal hatte der Bauer schon einen großen Zigarettenvorrat und schickte uns weiter. Einmal bot uns eine Bauersfrau zur Mittagszeit in ihrer Küche einen Teller Suppe an. Ich sah zunächst, wie Ingrid angewidert die Nase rümpfte, dann bemerkte ich, dass ein ganzer Schwarm schwarzer Küchenfliegen bereits in dieser Suppe ertrunken war. seht besser zu, dass ihr weiterkommt.« Wir gingen weiter, und ich betete, dass ich zum guten Schluss Suppe ertrunken war oder noch ums Überleben kämpfte. »Wenn ihr meine Suppe nicht essen wollt, könnt ihr nicht sehr hungrig sein«, sagte die Frau, als sie unsere Zurückhaltung bemerkte. »Schaut zu, dass ihr weiterkommt.« Wir gingen weiter, und ich betete, dass ich zum guten Schluss nicht doch noch tote Fliegen essen musste.

Später kamen wir an einem wunderschönen, eingezäunten Obstgarten vorbei, wo außerhalb unserer Reichweite Hunderte von Äpfeln reiften. Der einzige Mensch, der auf dieser holprigen Landstraße des Weges kam, war ein Radfahrer in abgetragener Arbeitskleidung. Er stieg von seinem Gefährt und fragte: »Wollt ihr ein paar Äpfel? Kommt, ich mache das Tor für euch auf, dann könnt ihr so viele Äpfel pflücken, wie ihr wollt.« Mutter fragte den Mann, ob die Äpfel ihm gehörten, und er bestätigte das. Wir brauchten diese günstige Wendung der Dinge, denn Ingrid und ich waren äußerst quengelig, und Mutter war nach diesem völlig unproduktiven Tag entmutigt. Der Bauer öffnete einen Durchschlupf im Zaun und half uns sogar, die Äpfel herunterzuschütteln. Plötzlich sah er sich um, rannte wie der Blitz davon, sprang auf sein Fahrrad und fuhr mit hoher Geschwindigkeit weg. Ein sehr wütender Mann kam angerannt und schimpfte, was zum Teufel uns einfalle, seine Äpfel zu stehlen. Mutter war ziemlich erschüttert und erzählte ihm die wahre Geschichte von dem Mann, der sich als Eigentümer ausgegeben hatte. Der rechtmäßige Besitzer beruhigte sich allmählich und erlaubte uns sogar, unseren kleinen Koffer mit Äpfeln zu füllen. Dann nahm er uns sogar zu seinem Hof mit, und wir traten die Heimreise mit vollen Rucksäcken an.

Immer häufiger wurde in den Zügen das Gepäck überprüft, denn es galt, den blühenden Schwarzmarkt einzudämmen. Wenn das Gepäck bei einer Hamsterreise durchsucht wurde, konnte man schnell den ganzen Schatz verlieren, den man im Lauf eines harten Arbeitstages eingesammelt hatte. Und tatsächlich, an jenem Abend beäugte der Kontrolleur misstrauisch unseren Koffer und die Rucksäcke und fragte Mutter nach dem Inhalt. Ohne zu zögern und ohne jede Spur von deutscher Ehrlichkeit antwortete sie: »Die Kleider der Kinder.« Er sah uns an, nickte wissend und ging weiter. Ich war mir sicher, dass ich kurz vor einer Art Nervenzusammenbruch stand, nach all diesen Erniedrigungen und kritischen Situationen. Doch als wir dann nach Hause kamen, unsere Beute auspackten und Wasti und Muchei mit unseren Abenteuern unterhielten, lachten wir schließlich über die Absurditäten dieses Tages und die Ironie des Schicksals. Dieses Lachen gab mir den Mut für eine weitere Hamsterreise.

Unser Gesundheitszustand war miserabel, denn es fehlte nicht nur an Nahrung, sondern auch an Kleidung und medizinischer Versorgung, und der allgemeine Angstzustand, in dem wir lebten, tat ein übriges. Ingrid war mager, klein und litt an Magenbeschwerden. Mutter hatte einen lebensbedrohenden Karbunkel am Bein, die Geschwüre an meinem Kopf waren mit Läusen infiziert, und bereits im vergangenen Sommer war bei mir Tuberkulose diagnostiziert worden. Jedes dieser Leiden führte zu einer kleinen Krise, denn wir hatten keine Medikamente, vor allem aber – das war der größte Mangel – immer noch kein Penicillin. Dr. Oberndörfer, der zu Fuß von Patient zu Patient eilte, öffnete Mutters Karbunkel gerade noch rechtzeitig. Mein Kopf wurde zur Hälfte kahlrasiert, die verkrusteten Infektionsherde wurden geöffnet und gereinigt. Ich fiel während der Behandlung in Ohnmacht, nicht wegen der Schmerzen, sondern beim Gedanken an die Geschwüre und die Läuse, die endlich unter Kontrolle gebracht wurden. Meine Tuberkulose war ein leichterer Fall, die Therapieanweisung lautete: Ruhe und bessere Ernährung. Wir freuten uns wie die Narren über das »gütige« Schicksal dieser Diagnose, die mich zu kleinen Zusatzrationen von Weißbrot, Milch und Butter berechtigte. Wir dachten, wenn die Tuberkulose heilbar ist, dann wird sie ganz bestimmt hier geheilt, an einem Ort, an den viele Jahre lang Menschen aus aller Welt kamen, um in der frischen

Gebirgsluft ihre Lungen zu kurieren. Einige Jahre später sagten mir die Ärzte, die Infektion habe sich jetzt eingekapselt und sei nur noch als Schatten auf der Lunge zu erkennen.

Auf den mageren Körpern der beiden Männer im Haushalt hatte sich die Krätze entwickelt, ein schlimmer Hautausschlag auch auf schlechter Ernährung begründet. Der Juckreiz davon quälte sie den ganzen Tag. Der fest in der katholischen Tradition verwurzelte Muchei bestand darauf, dass Wasti vor und nach dem Mittagessen mit ihm zusammen betete. Nach einer Reihe von Vaterunsern und Ave-Marias begann die Krätze zu jucken, und die beiden rieben sich die Hände und die ineinander geschlungenen Finger, um den Juckreiz zu lindern. Wir saßen ruhig da und warteten ab, während die Männer beteten, und dann sah ich zu, wie sich der tägliche Kampf der Frömmigkeit mit der Krätze entwickelte. Muchei war stoischer und konnte den Juckreiz offensichtlich besser ertragen als Wasti. Nach einer gewissen Zeit fasste sich der alte Mann wieder und hielt still. Doch dann wurde er zornig, weil sein Sohn unaufhörlich die gefalteten Hände gegeneinanderrieb, und wenn er ihn nicht mit Gesten zum Aufhören bewegen konnte, stieß er seinen Gehstock fest auf den Boden. Währenddessen murmelten sie unaufhörlich ihre Gebete. Nach dem letzten Amen war die Suppe kalt, und wir setzten uns und fingen an zu essen.

Eines Tages stand ein amerikanischer Soldat vor der Tür, um einige Angaben und Unterschriften auf einem der Fragebogen zu überprüfen. Das geschah kurz bevor Mutter und Wasti nach der Prüfung ihrer Fragebogen als bloße »Mitläufer« eingestuft wurden. Kurz nachdem der Mann gegangen war, bemerkten wir, dass er seinen wunderschönen Parker-Füllfederhalter vergessen hatte. Er war burgunderrot, hatte eine goldene Kappe und war im Vergleich zu unseren alten Schreibgeräten, die nicht mehr funktionierten, wunderschön geformt. Wir verwahrten den Füller vorsichtig eine Zeitlang, aber als der Soldat nicht zurückkehrte, um danach zu fragen, durfte ich ihn in der Schule benutzen. An einem eiskalten, verschneiten Tag setzte ich mich auf meinen Schulranzen, um das ungestreute, steile und vereiste Stück der Obersalzbergstraße hinunterzurutschen. Dabei verlor ich meinen Füller. Hinter mir war eine junge Nachbarsfrau bergab gerutscht, und ich war mir sicher, dass sie ihn gefunden und behalten hatte.

Diesen Füller werde ich niemals vergessen. Er war das Schönste, was ich je besaß, und schien aus einem unermesslich reichen Land gekommen zu sein, dessen Straßen mit Gold gepflastert sein mussten.

Siebzehntes Kapitel

Der Finsternis entrinnen

So wollen wir gemeinsam ans Werk gehen, gebeugt, tief gebeugt, aber – meine Damen und Herren – nicht gebrochen!

Oberbürgermeister Konrad Adenauer am 1. Oktober 1945 bei der ersten Nachkriegssitzung des von der britischen Militärregierung eingesetzten Kölner Stadtrats.

Ich weiß nicht, wie der alte Muchei Pfnür mit der Tatsache fertig wurde, dass sein Sohn eine evangelische Witwe heiraten wollte, die obendrein noch zwei Kinder mit in die Ehe brachte. Doch ab dem Tag im Mai 1946, an dem wir ins Haus Pfeilbrand zogen, war er so freundlich und herzlich zu uns, wie man es von einem wortkargen Bergbauern fast nicht erwarten konnte. Meine Mutter andererseits ließ sich nach katholischem Ritus trauen und gelobte, die Kinder, die aus dieser Verbindung hervorgehen würden, im katholischen Glauben zu erziehen. Vermutlich war ihr beides gleichgültig.

Ich dagegen war immer noch sehr stark in der Evangelischen Jugend engagiert, war stolz darauf, in der Nachfolge Luthers in der Diaspora zu leben, und war deshalb von der Trauung meiner Mutter in der Stiftskirche Berchtesgaden sehr verletzt. Ich war fest entschlossen, der kirchlichen Trauung fernzubleiben, wegzulaufen oder meiner Mutter, der Verräterin, der Abtrünnigen, der untreuen Frau meines Vaters, auf andere Weise weh zu tun. Meine Stimmung verdüsterte sich noch mehr, als Trudi mit einem jungen Mann Verlobung feierte, der sich in Berchtesgaden von einer Lungenverletzung erholte und ihre ganze

Aufmerksamkeit in Anspruch zu nehmen schien. Besuche bei Tante Susi waren jetzt kein rascher Gang in den ersten Stock mehr, sondern mit einem kleinen Spaziergang verbunden, und wegen meiner häuslichen und schulischen Pflichten wurden sie immer seltener. Onkel Peppi hatte nach seiner Rückkehr aus Fürstenfeldbruck in einem unbewohnten winzigen Häuschen an der Obersalzbergstraße eine Werkstatt eingerichtet, wo er am Fenster saß und Holzfiguren schnitzte. Sie lag an der ersten Kurve, dort wo die Straße steiler wurde, und wir nannten sie das Schnitzer Häusel . Schon bald verkaufte er so viele Holzfiguren, wie er nur schnitzen konnte. Er saß am Fenster, wo ihm alle Vorüberkommenden bei der Arbeit zusehen konnten, was in erster Linie die Amerikaner interessierte. Tante Susi brauchte jetzt natürlich keine Zigarettenstummel mehr. Meine Sammeltouren am frühen Morgen waren überflüssig geworden.

Auch die Freundschaft mit Wiebke war abgekühlt, seit wir auf die andere Straßenseite gewechselt waren. Schon zuvor hatte ich mich von ihr missachtet gefühlt, als sie mit einem Onkel, der die Familie besuchte, in dessen Kabrio – dem ersten Auto in Privatbesitz, das ich zu sehen bekam – bergauf gefahren war und mir nicht einmal zugewunken hatte. Schon gar nicht hatten die beiden angehalten, um mich mitzunehmen. Wiebke war das erste Mädchen aus meinem Bekanntenkreis, das eines Tages zum Spielen keinen Rock trug, sondern blassblaue, seidig glänzende lange Hosen. Sie waren vielleicht mit einem Care-Paket angekommen, und ich sah diesen offensichtlichen Wechsel zur amerikanischen Kleidermode mit kritischem Blick. Der Übergang vom deutschen Naziprovinzialismus zu einer freizügigeren Lebenseinstellung, die sich auch auf Fragen der Mode, Frisur und Kosmetik erstreckte, gelang nicht von alleine, und das galt auch für eine rebellische Jugendliche wie mich. Natürlich hatte ich neue gute Freundinnen gefunden, die meinen Alltag mit neuen Sichtweisen und Interessen belebten. Doch Wiebke fehlte mir immer noch, die im Stadlerlehenpark gemeinsam verbrachte Zeit, unser geheimer Garten, ja unsere Geheimnisse überhaupt.

Ingrid schien sich rasch mit unserem künftigen Stiefvater und dem alten Großvater anzufreunden und ignorierte meinen schwesterlichen Rat, kühle Distanz zu wahren. Sie war sogar willens, Wasti Vater zu nennen, oder, mit bayerischem Zungenschlag, »Vadda«. Ich tröstete mich damit, dass sie wenigstens nicht »Vati« sagte, denn das hätte mir den Rest gegeben.

Onkel Peppi bei der Holzschnitzerarbeit, für die er mit amerikanischen Zigaretten bezahlt wurde.

Die Hochzeit wurde für November 1946 geplant, obwohl die Chancen für ein rauschendes Fest in dieser Zeit des extremen Mangels nicht gut standen. Mit Zigaretten konnte man in Berchtesgaden nicht viel kaufen, und Wasti konnte seine wunderschöne Holzfiguren-Produktion nicht weiter steigern. Mutter musste mit den wenigen übriggebliebenen schönen Porzellanstücken von Laden zu Laden ziehen und die Besitzer von Geschäften bitten, uns doch winzige Extraportionen Butter und ausgelassenes Fett, ein Stück Käse, etwas Zucker und ein paar Eier für einen Kuchen zu geben. Schnaps war das einzige, was problemlos zu beschaffen war, und Mutter besaß natürlich immer noch die Champagnerflaschen, die die SS durch die Kellerfenster der Kaserne auf dem Obersalzberg verteilt hatte. Das Berchtesgadener Hofbräuhaus war geöffnet und in Betrieb, und am meisten freute das vielleicht die amerikanischen Soldaten, die das frisch gebraute Bier sehr genossen. An Brautagen lag der süßliche Geruch von Hopfen und gemälzter Gerste in der Luft, und das bedeutete, dass ich in den Markt gehen musste, um dort einen Eimer voller Getreideabfälle zu holen, die wir als Hühnerfutter verwendeten.

Für das Hochzeitsmahl sollte der fetteste unserer zahlreichen Hasen geschlachtet werden. Nach der letzten Heuernte im Herbst ließen wir die Hasen jeden Morgen aus den Käfigen. Sie durften auf der Wiese fressen, und abends brachten wir sie wieder in die Käfige zurück. Doch kurz vor der Hochzeit verschwand ausgerechnet der fetteste, für die Festtafel bestimmte Hase, und Mutter geriet bei der Vorstellung, anstelle des verschwundenen zwei kleine Hasen schlachten zu müssen, in helle Aufregung. Am Tag vor der Hochzeit entdeckte Ingrid das gesuchte Tier im frischen Schnee unter einem Fliederbusch. Von ihrem hungrigen Magen getrieben, berichtete sie Mutter sofort von ihrer Entdeckung, doch als das Tier gefangen, geschlachtet und aufgetischt wurde, weinte sie bitterlich.

Onkel Hans und Tante Emma waren aus Selb gekommen. Zu besonderen familiären Anlässen gab es eine Reiseerlaubnis, die über die verhängten Einschränkungen hinausging. Onkel Hans war im Juni 1946 aus französischer Gefangenschaft entlassen worden, doch wir hatten ihn seit dem Tod meiner Großmutter nicht mehr gesehen. Wir wussten, dass die beiden einen Koffer voll mit weggeworfenem Bruchporzellan von den Abfallhaufen der Fabriken mitbringen würden, sodass wir selbst in diesen Zeiten einen traditionellen Selber Polterabend veranstalten konnten. Am Abend vor der Hochzeit beteiligte ich mich zusammen mit Ingrid an diesem geräuschvollen Brauch, bei dem vor der Küchentür altes Porzellan zerschlagen wird. Braut und Bräutigam mussten dann die Scherben gemeinsam zusammenfegen, was meiner Vermutung nach Zusammenhalt und Einigkeit symbolisieren sollte, einen Umgang miteinander, mit dem man auch im größten Durcheinander und in schwierigen Lebenslagen bestehen konnte. Außerdem sollten die Scherben dem Paar nach einem alten Aberglauben Glück bringen.

Wastis Freunde und Verwandte kamen, um die späte Hochzeit gemeinsam zu feiern. Die meisten von den Männern waren selbst erst vor kurzem aus dem Krieg zurückgekommen. Sie kamen mit Flaschen, die sie unter ihren Jacketts versteckt hatten, einer brachte ein riesiges Akkordeon mit, und alle waren sie fest entschlossen, dieses Fest ausgelassen zu feiern. Niemand sagte ein Wort über den Krieg oder die gegenwärtigen harten Zeiten, und niemand ging, bevor am folgenden Morgen um sechs Uhr früh die nächtliche Ausgangssperre endete. Rottl Sepp, der Akkordeonspieler, trug an diesem Abend und in dieser Nacht alles vor, was sein Gedächtnis hergab, und Onkel Hans tanzte und flirtete schamlos mit der ehemaligen Haushälterin von Haus Pfeilbrand, die es geschafft hatte, aus Ludwigshafen anzureisen.

Ich versuchte zu schlafen, doch immer und immer wieder hörte ich Onkel Hans mit seinem Lieblingstrinklied: »Drum Brüder, wir trinken noch eins, wir sind ja noch so jung«, und alle fielen mit weinseligen Stimmen in seinen Gesang ein. Endlich wurde es still im Haus, bis auf die Würgelaute der sich Erbrechenden und bis auf die Schnarchgeräusche der Schläfer, die sich auf Sofas oder, mit einem Kissen versehen, einfach auf den Fußboden gelegt hatten. Die Hochzeit meiner Mutter empörte und verbitterte mich in zweierlei Hinsicht. Dies war ganz offensichtlich ein Ausverkauf, bei dem nicht nur die religiöse Gesinnung, sondern auch Grundüberzeugungen unserer Familie verschleudert wurden.

Kurz nach sechs Uhr früh platzten laute Explosionen in die Novembermorgenstille. Die Kameraden meines künftigen Stiefvaters hatten sich draußen vor der Tür mit ihren alten, hölzernen Böllern eingefunden, die sie auch jetzt wieder benutzen durften, diesmal mit Erlaubnis der amerikanischen Militärbehörden. Sie schossen den traditionellen Salut für Braut und Bräutigam am Hochzeitsmorgen, und irgend jemand belohnte sie für diesen Auftritt mit einem Morgenschnaps. Wasti und einige seiner Gäste verschliefen den ganzen Aufruhr. Muchei, der einzige, der am vergangenen Abend stocknüchtern geblieben war, bekam einen Wutanfall und schlug mit dem Stock heftig auf das Federbett seines Sohnes, um ihn aufzuwecken. Wasti fuhr hoch und zog sich rasch an. Mutter hatte bereits ihr schwarzes Hochzeitskleid angelegt, das Wasti nach eigenem Eingeständnis nicht ausstehen konnte. Sie hatte es aus zwei Trauerkleidern genäht, eines war aus Crêpe de Chine, das andere aus glänzender Seide. Das traurig-schöne, schmale Gesicht meiner Mutter war so weiß wie ein Leintuch. Sie trug eine Blumenbrosche aus gelbem Bernstein, die Vater ihr zur Verlobung geschenkt hatte, und den in Norwegen gestohlenen Silberfuchs.

Die ungewohnte Alkoholmenge, mit der die unterernährten Erwachsenen ein mageres Essen begossen hatten, hatte ihren Tribut gefordert. Wasti war gerade eben fertig geworden, als schon die schwarze Hochzeitskutsche vorfuhr, die von zwei sparsam geschmückten Pferden gezogen wurde. In seinem Anzug sah Wasti krank und schwach aus. Diese Kombination war etwa vier Nummern zu groß, doch sie gehörte zumindest nicht meinem Vater. Ich hatte geschworen, der Hochzeit fernzubleiben, doch am Morgen änderte ich meine Meinung und nahm an der Zeremonie teil, allerdings nur, um zu zeigen, dass mir das Geschehen so oder so gleichgültig war.

Über dem Tal stand unbeweglicher, hellgrauer Nebel, aus dem die schneeweißen Berggipfel herausragten. Großvater Muchei, Ingrid und ich fuhren auf dem Weg bergab mit dem Brautpaar in der offenen Kutsche. Wir zitterten vor Kälte auf dieser Fahrt, trotz der Decke über unseren Knien. Tante Emma, Onkel Hans und die Pfnür-Verwandtschaft vom Hof hatten sich in ihrer besten traditionellen Festkleidung bereits auf den Fußmarsch zur Kirche gemacht. Die Glocken der Stiftskirche läuteten die Hochzeitsmesse ein, als wir auf dem Schlossplatz ankamen. Mutter und Wasti gingen in die Sakristei, um sich ins Kirchenbuch einzutragen. Man überreichte ihnen kein Familienstammbuch. Niemand fragte nach, welcher Rasse sie angehörten. Wir betraten das hohe, kalte Kirchenschiff durch den Torbogen das Hauptportals, und unsere Schritte hallten auf dem roten Marmorboden wider. Eine große Gemeinde versammelte sich hier. Mir war zum Weinen zumute, und ich setzte mich in der düsteren Kirche nach hinten und hing meinen finsteren Gedanken nach.

Das Hochamt, das zur Hochzeit meiner Mutter und meines Stiefvaters zelebriert wurde, schien kein Ende zu nehmen. Endlich wandte sich das frisch vermählte Ehepaar vom Altar ab und ging die Stufen hinunter, um die reservierten Plätze in der ersten Reihe einzunehmen, doch mein offensichtlich noch nicht ganz ausgenüchterter Stiefvater fand den richtigen Tritt nicht und schritt zügig hinaus in die Luft. Meine Mutter griff rasch zu, zog ihn am Arm und verhinderte so, dass er die Altarstufen hinunterfiel. Ich fand diesen Auftritt demütigend und hoffte, dass niemand sonst den Vorfall bemerkt hatte.

Bei der Heimfahrt durfte nur Großvater Muchei auf den steilen Straßenstücken in der Kutsche sitzen bleiben, während der Kutscher, das Brautpaar, Ingrid und ich zu Fuß gingen und die mageren Pferde durch Schieben unterstützten. Eine kleine Gruppe von Gästen versammelte sich zum Mittagessen im Haus Pfeilbrand, und die Frauen, auch Mutter, eilten in die Küche, um das Hochzeitsmahl zuzubereiten. Es gab Kartoffelknödel, Sauerkraut und Hasenbraten. Den ganzen Nachmittag lang schauten Gratulanten mit kleinen Geschenken vorbei, brachten Myrrhe und Rosmarinpflanzen, ein Stück kunstvoll geformte Butter, das mit einem grünen Zweig dekoriert war, einen kleinen Umschlag mit schwarzem Pfeffer oder Paprika. Wastis Schwester Lisi schenkte eine Speckseite und ein Pfund echten Kaffee. Der Kaffee war eine Sensation. Er war durch die Salzstollen geschmuggelt worden, die von österreichischem Gebiet nach Deutschland führten. Die Besucher brachten mit einem Schnaps Trinksprüche auf das Brautpaar aus, und der Tag ende-

Meine Mutter heiratet am 23. November 1946 Sebastian (Wasti) Pfnür.

te ruhig und friedlich. Trudi holte ihre Zither hervor, und von ihr begleitet sangen die Frauen »Fein sein, beinander bleiben« und andere alte bayerische Hochzeitslieder. Onkel Hans sah missmutig aus. Er wagte nicht, seine Trinklieder anzustimmen, und schon gar nicht traute er sich zu trinken. Nach dem, was ich so mitbekommen hatte, war sein Flirt mit der Tanzpartnerin aus Ludwigshafen etwas zu heftig ausgefallen und die Frauen hielten alle zu der beleidigten Tante Emma.

Mutter hatte ein großformatiges Porträtfoto von Vati, das über ihrem Ehebett im Haus Linden hing, mitgebracht und hing es jetzt wiederum über das Flammen gemusterte Bett, welches sie jetzt mit Wasti teilen würde. Wasti war zu gutmütig, um ihr irgendeinen Wunsch abzuschlagen. Aber, wenn er ein paar Flaschen Bier getrunken hatte, erzählte er dennoch jedem, der ihm gerade zuhörte, dass er und seine Frau unter dem Bild seines Vorgängers schlafen müssten. Vaters Bild hing immer noch an seinem Platz, als Wasti in eben diesem Bett viele Jahre später an Lungenkrebs starb. Diese zweite Ehe war für Mutter weniger ein hoffnungsvoller Neubeginn, sondern eher der Versuch, in einer gründlich veränderten Welt wieder irgendwie Fuß zu fassen. Sie muss glücklich gewesen sein, weil sie einen Mann gefunden hatte, der sie innig liebte und ihr ganz und gar ergeben war.

Im Sommer 1947 bemerkte ich, dass Mutter schwanger war. Es muss ihr klar gewesen sein, was ich in einer solchen Situation empfinden würde, denn sie versuchte monatelang, den runder werdenden Bauch unter den Schürzen ihrer abgetragenen Dirndlkleider zu verbergen. Mit meinen dreizehn Jahren war ich wegen des neuen Geschwisterchens, für das Mutter meiner

Meinung nach weder genug Kleider noch Essen haben würde, peinlich berührt und auch unglücklich.

Tante Emilie kam aus Kassel mit dem Zug angereist, um meiner Mutter bei der Geburt ihrer dritten Tochter beizustehen. Mutters Wehen begannen am 4. November 1947 gegen zwei Uhr morgens. Vater – auch ich nannte ihn inzwischen so – ging über das verschneite Feld, so schnell es sein schlimmes Bein erlaubte, denn auf einem benachbarten Hof gab es inzwischen ein Telefon. das für Notfälle zur Verfügung stand. Man sagte ihm, dass Frau von Stetten, die Hebamme, schon bei einer anderen Geburt half und in dieser unwirtlichen Nacht, in der immer noch Ausgangssperre galt, auch niemand sonst bereit sein werde, ohne offizielle Erlaubnis und ohne Kenntnisse in Geburtshilfe meiner Mutter beizustehen.

Der verzweifelte Vater kam gerade rechtzeitig nach Hause, um Tante Emilie beim Anheizen des gusseisernen Ofens im Wohnzimmer zu helfen, damit es etwas Wärme und heißes Wasser gab. In diesem Augenblick fiel der Strom aus. Meine Mutter versuchte, das Baby zurückzuhalten, half sogar mit der Hand nach und bat: »Wart halt noch ein bisserl, mein Muckele.« Ohne Erfolg. Meine kleine Schwester drängte ans Licht der Welt und sah es zunächst, trotz der Bitten ihrer Mutter um Aufschub, in Form einer brennenden Kerze, die wir selbst aus Hitlers Wachsportrait gezogen hatten. Es gab keine Eulenrufe. Vielleicht war das ein gutes Zeichen.

Mutter war nach der Geburt stark geschwächt und ernstlich krank. Sie erholte sich nur langsam, und ihre Milch kam spät. Aber Vater und Großvater Muchei freuten sich sehr über das Neugeborene. Am Tag der Geburt fügte Muchei dem Gebet vor dem Essen noch ein zusätzliches Ave-Maria und Vaterunser für das Baby hinzu, und wir mussten noch länger auf unser Mittagessen warten.

Das Kind wurde in der katholischen Kirche getauft, wie Mutter gelobt hatte. Es erhielt den guten alten Namen Elisabeth, den Großvater Muchei zu Lisl verkürzte. Ich nannte es Lumpenkind, wegen des lächerlichen Kleidersortiments, in das es aus Mangel an richtiger Babykleidung gehüllt wurde. Tante Emilie fand den Spitznamen sehr lustig und der Zeit angemessen, doch zum Glück blieb er nicht an meiner Schwester hängen. Sie vergaß jedoch nie den Namen, den ich ihr gegeben hatte. Monate später war ich schließlich bereit, Elisabeth auf den Arm zu nehmen und ihr die Flasche zu geben. Das Ereignis war Mutter so wichtig, dass sie Tante Emilie in einem Brief davon berichtete, in dem zu lesen war, wie glücklich sie dies mache.

Der Winter 1947/48 war für Mutter, von der Freude über das Neugeborene abgesehen, eine Zeit des Überlebens unter widrigsten Bedingungen, und wir fragten uns, wie lange wir in diesem Elend noch durchhalten konnten. Die komplizierten Vorgänge der alliierten Machtpolitik und der Strategien, die den Umgang mit dem besiegten Deutschland und den anderen vom Krieg schwer gezeichneten europäischen Staaten bestimmten, entgingen uns weitgehend. Im Herbst 1946 begrüßten wir die Vereinigung der amerikanischen und der britischen Besatzungszone zur sogenannten Bizone. Dies war ein »Vereinigtes Wirtschaftsgebiet«, das es Deutschland schneller ermöglichen würde, sich selbst zu versorgen. Die französische und die sowjetische Zone blieben aus unterschiedlichen Gründen davon getrennt.

Meine Mutter mit meiner etwa ein Jahr alten Halbschwester Elisabeth.

Im Frühling 1948 hörten wir durch Gerüchte und in Radioberichten zum ersten Mal vom Marshallplan und fragten uns, was dieser Plan wohl für uns bedeuten könnte. Wir ahnten nicht, dass dieses von den USA finanzierte Vorhaben das umfassendste und teuerste Wiederaufbau- und Hilfsprogramm werden sollte, das die Welt je gesehen hatte. Er stellte Kredite für den Wiederaufbau der zerstörten europäischen Industrie bereit, auch der deutschen. Die Skeptiker fragten nur, was uns das kosten würde. Aber wir spürten, dass grundlegende Änderungen in der Luft lagen und uns Ereignisse bevorstanden, die für unsere Zukunft so dramatisch und bedeutsam sein würden wie das Kriegsende selbst.

Im Mai 1948 feierte ich meinen vierzehnten Geburtstag. Zu diesem Zeitpunkt spielte die Schule in meinem Leben nur noch eine untergeordnete Rolle. Ich rebellierte pausenlos gegen die Kontrolle und den Einfluss meiner Mutter und bewunderte die amerikanischen Frauen, die auf der Straße rauchten und auffälligen Lippenstift und Nagellack benutzten. Am meisten liebte ich die Musik der Bigbands der US Army, die auf dem Berchtesgadener Schlossplatz oder im Radio zu hören waren. Einmal stahl ich eine Schachtel Lucky Strikes aus dem geheimen Vorrat meiner Mutter und rauchte heimlich mit einigen Freundinnen im Wald hinter Haus Pfeilbrand. Bei diesem ersten Versuch zu rauchen, wurde mir furchtbar schlecht, und ich beschloss, es künftig bleiben zu lassen.

Trotz all dieser Aufsässigkeit blieb ich eine gläubige evangelische Christin. Meine Konfirmation am Palmsonntag in der evangelischen Kirche von Berchtesgaden war eine tiefe religiöse Erfahrung für mich gewesen. Ich trug ein schwarzes Kleid, das meine Mutter aus dem Hochzeitsanzug meines Pöhlmann-Großvaters genäht hatte. Meine Patentante Frieda war aus Selb gekommen, und da sie mir nicht die erste eigene Armbanduhr überreichen konnte – das traditionelle Geschenk zu diesem Anlass –, gab sie mir eine Handtasche aus hellgrünem Kunstleder. Diese Tasche fand ich furchtbar hässlich und benutzte sie nie. Trudi, Tante Susi und ein paar andere Erwachsene, die mich schon von klein auf kannten, kamen zu Kaffee und Kuchen zu uns. Mutter hatte ein Tischtuch aufgelegt und das gedeckt, was von ihrem besten Kaffeegeschirr noch übrig geblieben war.

Einige Monate später stimmten die Franzosen schließlich der Vereinigung ihrer Zone mit der Bizone zu. Am 20. Juni 1948 kam der historische Tag: Die wertlose Reichsmark hatte ausgedient, und in den drei Westzonen wurde die deutsche Mark als Zahlungsmittel eingeführt. Dieser Vorgang nahm Stalin jede Hoffnung auf ein schwaches und neutrales Deutschland. Er reagierte mit einer separaten Währungsreform in der sowjetischen Besatzungszone und mit der Blockade aller Zufahrtswege nach Berlin.

Mutter weinte bittere Tränen. Bis zu diesem Zeitpunkt waren die verzweifelten Ostdeutschen in hellen Scharen aus der sowjetischen Zone nach Westen geflüchtet, doch jetzt wurde die Grenze nahezu unüberwindlich. Dennoch floh Ilse Höfig, die Witwe des Porzellanmalers Walter Höfig der auch gefallen war, eine alte Freundin meiner Mutter, mit ihren beiden Töchtern Inge und Ursel aus Dresden und riskierte dabei ihr Leben. In Berchtesgaden fand sie eine bescheidene aber sichere Unterkunft. Sie erzählte von Menschen, die über Nacht verschwunden waren, von Hunger und unsäglichen Lebensbedingungen, die nach ihren Worten viel schlimmer waren als in den Kriegs-

Meine Mutter pflückt im Garten von Haus Pfeilbrand Dahlien für die Gästezimmer, Sommer 1948.

jahren unter den Nazis. Das machte uns zwar noch dankbarer für die Tatsache, dass wir unter amerikanische Herrschaft gekommen waren, doch zugleich sorgten wir uns um unsere Freunde und Verwandten in der sowjetischen Zone.

Am Tag der Währungsreform gingen Mutter und Vater in den Markt, um die nagelneuen, frisch gedruckten Banknoten abzuholen. Es gab vierzig Deutsche Mark pro Person – nicht mehr und nicht weniger. Die Währungsreform zeitigte verblüffende Konsequenzen. Über Nacht wurden die Bretter, die die Schaufenster der Geschäfte verhüllt hatten, entfernt, und zum Vorschein kam eine Warenfülle, wie ich sie noch niemals zuvor gesehen hatte. Meine Freude über den plötzlichen Überfluss vermischte sich mit dem Ärger über die Geschäftsleute, die diese dringend benötigten Waren über Monate hinweg gehortet hatten, um von der neuen Währung profitieren zu können, von der alle Leute redeten. Immerhin hatte unsere Familie jetzt 240 DM auszugeben, die aber reichen mussten, bis das erste eigene Einkommen da war, zu dem dann noch unsere Waisenrente in der neuen Währung kam. Nicht nur in unserer Familie galt jetzt eine von der Sachlage fast vorherbestimmte Prioritätenliste für den Einkauf mit dem neuen Geld. Ganz oben standen für alle die Lebensmittel – sie waren natürlich nach wie vor rationiert, doch plötzlich konnte man sie kaufen –, dann folgten Schuhe, Socken, Unterwäsche, die als Meterware eingekauften verschiedenen Stoffe und Wolle zum Stricken. Konfektionskleidung sollte es erst in einigen Jahren geben, doch die Damen- und Herrenschneider, auch unsere Mutter, konnten sich vor Kundschaft kaum retten. Die Währungsreform gab allen Menschen neue Hoffnung und ein neues Leben, doch für Ostdeutschland galt das leider nicht.

Die politischen Spannungen zwischen Ost und West, die schon bald als Kalter Krieg bezeichnet werden sollten, ließen nicht nach. Die Vereinigten Staaten trotzten Stalins Blockade der Landverbindungen nach Berlin mit einer bis dahin noch nie gesehenen Luftbrücke, mit der sie buchstäblich alle zum Überleben benötigten Güter in die drei Westsektoren der Stadt schafften. Die Deutschen sollten dieses entschlossene Handeln nicht so schnell vergessen.

Ich war natürlich zum Wählen noch zu jung, doch die Erwachsenen konnten mit Erlaubnis der Militärregierung bereits im Herbst 1945 bei Kommunalwahlen wieder ihre Stimme abgeben. Die Wahlbeteiligung war hoch, und selbst Vater war jedes Mal in den Markt gehumpelt, wenn die Bürgermeister-, Stadt- oder Kreisratswahl anstand. Es war höchst einleuchtend, mit dem Wiederaufbau der Demokratie auf lokaler Ebene zu beginnen. Das gab uns im unmittelbaren Lebensumfeld auch ein kleines Stück Eigenverantwortung zurück. Die ersten Wahlen in den zur Trizone vereinigten amerikanischen, britischen und französischen Besatzungszonen, die von da an als Bundesrepublik Deutschland bezeichnet werden sollten, fanden jedoch erst im Jahr 1949 statt. Die ersten Kandidaten für das Amt des Bundeskanzlers waren Konrad Adenauer, der die Christlich-Demokratische Union in den Westzonen mitbegründet hatte, und Kurt Schumacher, einer der führenden Köpfe bei der Wiedergründung der Sozialdemokratischen Partei.

Konrad Adenauer gewann die Wahl knapp und wurde der erste Nachkriegskanzler der neuen, westdeutschen Republik. Er hatte maßgeblichen Anteil daran, dass der Parlamentarische Rat und schließlich der erste Deutsche Bundestag im Jahr 1949 Bonn zur vorläufigen Bundeshauptstadt wählten. Mir gefiel es, dass dieser kleine, unauffällige Ort am Rhein den Neuanfang und die Demokratie symbolisieren sollte.

Mit enormen Fleiß und großer Hoffnung auf eine bessere Zukunft half jeder der konnte am Wiederaufbau und Ankurbeln der Wirtschaft. In den Städten entstanden neue Häuser und Wohnungen, und in der sich erholenden Industrie gab es (vor allem in Norddeutschland) wieder Arbeit, sodass die Flüchtlinge das Haus Pfeilbrand nach und nach verlassen konnten, um anderswo ein neues Zuhause und Arbeit zu finden. Mutter und Vater verwandelten die Zimmer in Gästezimmer und fingen an Sommergäste aufzunehmen. Viele von ihnen kamen zu einem kurzen Wiedersehen mit Verwandten nach Berchtesgaden, die sie zum Beispiel im Purtschellerhaus trafen, einer Berghütte am Hohen Göll, direkt an der deutsch-österreichischen Grenze. Wir baten unsere Gäste, ihre Namen und Kommentare auf das weiße Pergamentpapier des in rotes Leder gebundenen Buches zu schreiben, das ich im Speer-Haus auf dem Obersalzberg gefunden hatte. Ich konnte mir keinen besseren Verwendungszweck vorstellen. Von jetzt an gingen Mutter, Ingrid und ich in den Ferien nicht mehr auf die Suche nach Lebensmitteln, sondern transportierten die Koffer unserer Gäste bergauf und zurück ins Tal, halfen bei der Zubereitung des Frühstücks, machten Betten und putzten die Zimmer.

Die ganze Familie arbeitete wirklich schwer, aber mein Lebensmut und neuer Optimismus regten sich, und ich war selbst überrascht, wenn ich mit Freuden in jedes Gästezimmer frische Sommersträuße aus Mutters Garten stellte. In der zweiten Hälfte des Jahres 1948 spürte ich immer deutlicher, dass meine Nazikindheit wirklich und wahrhaftig ein Ende gefunden hatte. Mit jugendlicher Begeisterung genoss ich das Glücksgefühl, in einem freien und sich erholenden Land zu leben, in dem man so viele Hoffnungen und Träume hegen konnte. Damals konnte ich noch nichts wissen von den düsteren Schatten der Vergangenheit, vom fortwirkenden, unauslöschlichen Vermächtnis des Dritten Reiches. Meine Gedanken kreisten nur darum, mich am Aufbau einer demokratischen Zukunft zu beteiligen, ich wollte sicher sein, dass es in Deutschland nie wieder eine Diktatur und Faschismus gab, und vor allem dass es niemals wieder Krieg gäbe. Wir würden für unsere Schuld einstehen und neue Freundschaften mit den Völkern der Welt würden geschlossen werden. Mit vierzehn Jahren sah die Welt so einfach aus. Es musste so sein.

NEUER ANFANG

Im Oktober 1963 war ich mit meinem zweiten Kind im neunten Monat schwanger, stand im Hafen von New York und wartete dort in einer Menschenmenge, in der hauptsächlich Deutsch gesprochen wurde, auf die Ankunft meiner Mutter. Sie war mit der Bremen, dem größten deutschen Passagierschiff, zu ihrer ersten Reise in die Vereinigten Staaten aufgebrochen. Ich lebte mit meinem Ehemann, einem Psychoanalytiker der Freudschen Schule, in Manhattan in einer sehr behaglichen, großen Altbauwohnung am Central Park West. Als das Schiff am Kai festmachte, gingen mir Bilder meiner eigenen Ankunft in den Vereinigten Staaten, die erst fünf Jahre zurücklag, durch den Kopf.

Ein schwerfälliger Turbojet hatte mich von München bis nach San Francisco gebracht, wo mein zukünftiger Ehemann sein ärztliches Praktikum beendete. Ich hatte den jungen amerikanischen Arzt bei einem Frühlingsurlaub in Rom kennengelernt. Von dort war er mir nach Berchtesgaden nachgereist und hatte mir wenig später einen Heiratsantrag gemacht. Meine anschließende Auswanderung in die Vereinigten Staaten hatte meine Mutter zutiefst unglücklich gemacht und meine Bergwander-Freunde zu der Überzeugung kommen lassen, dass ich ziemlich verrückt sei. Ich selbst versprach mir durch die Flucht vor den Schatten meiner Jugend auf dem Berg, zu denen auch der Einfluss meiner Mutter gehörte, ganz neue, große Perspektiven und nie gekannte Freiheiten. Dennoch regten sich während der langen Wartezeit immer wieder Ängste vor meiner ungewissen Zukunft, Ängste, die aber von der Abenteuerlust, dem Zauber des fremden Landes und natürlich auch von der Überzeugung beschwichtigt wurden, dass ich den idealen Partner gefunden hatte.

Als ich Deutschland verließ, befand sich das Wirtschaftswunder, für das Wirtschaftsminister Ludwig Erhard mit seinem Prinzip der sozialen Marktwirtschaft und Bundeskanzler Konrad Adenauer verantwortlich waren, in voller Blüte. Haus Pfeilbrand war zu der florierenden Pension geworden, die meinen Eltern vorgeschwebt hatte. Der Betrieb hielt während der kurzen, aber lukrativen Sommersaison die ganze Familie auf Trab. Zum Ärger meiner Mutter wurde das Haus alle paar Jahre durch immer neue Modernisierungen auf den Kopf gestellt. Es wurden Heißwasserleitungen verlegt, eine Ölheizung ersetzte die Holz- und Kohleöfen und neue Stromleitungen verschafften Mutter die Anschlüsse für ihre ersten Elektrogeräte. Schließlich traten ein Anbau mit neuen Zimmern und der unglaubliche Luxus eines komplett ausgestatteten Badezimmers, in dem es auch eine Handbrause gab, an die Stelle des Holzschuppens, in dem einst der Hasen- und der Hühnerstall untergebracht waren.

Auf meinem ersten Flug in die Vereinigten Staaten gab es 1958 eine Zwischenlandung in London, der Stadt, in der ich ein Jahr als Au-pair-Mädchen verbracht und meine Englischkenntnisse vertieft hatte. Zwei meiner neuseeländischen Freundinnen aus jener Zeit kamen zum Flughafen, um mir alles Gute zu wünschen. Sie erinnerten mich daran, dass ich in einer ganz persönlichen Friedensmission nach England gekommen war, bei der die Freundschaft zwischen zwei Völkern, die im Zweiten Weltkrieg Feinde gewesen waren, im Vordergrund stand.

Als die Bundesrepublik Deutschland unter Konrad Adenauer in jenem Jahr 1955 der NATO beitrat, stimmte ich mit der SPD überein, die sich der deutschen Wiederbewaffnung heftig widersetzte. Die Vorstellung, erneut junge deutsche Männer in Uniform zu sehen, machte mich krank. Hatte die Welt nicht genug unter dem deutschen Militär gelitten? Hatten die jungen Männer nicht die Nase voll gehabt vom Soldatenleben? War ihr Leben nicht nach wie vor von den schrecklichen Verbrechen überschattet, zu denen die Elterngeneration angestiftet worden war oder die sie aus eigenem Antrieb verübt hatte? In gewisser Weise beruhigte mich die Tatsache, dass die deutsche Flagge, jetzt in den Farben Schwarz-Rot-Gold, neben den Flaggen anderer Nationen wehen würde, anders als zu jener Zeit, als das schwarze Hakenkreuz im weißen Kreis auf feuerrotem Hintergrund einen uneingeschränkten Herrschaftsanspruch und totalitäre Gewalt symbolisierte.

Hier stand ich also in meinem zeltähnlichen Umstandskleid und wartete darauf, dass die Bremen ihre Passagiere ausspuckte. Dabei kam mir in den Sinn, meine Mutter zu warnen, dass ich viele jüdische Freunde hatte, und sie sollte keine gedankenlosen antisemitischen Bemerkungen machen, obwohl sie das sonst auch nicht tat.

Bei meiner Ankunft in den Vereinigten Staaten hatte ich mich selbst besorgt gefragt, wie die Amerikaner wohl eine deutsche Immigrantin empfangen würden, und meine Bedenken wuchsen, als ich entdeckte, dass die meisten Freunde und Kollegen meines Mannes Juden waren. Ich war damals vierundzwanzig Jahre alt und hatte meines Wissens noch nie zuvor mit einem Menschen jüdischen Glaubens zu tun gehabt. Ich staunte, als sich die meisten Juden im Umgang mit mir großzügig und wohlwollend zeigten, und das galt auch für diejenigen, die im Holocaust Familienangehörige verloren hatten oder selbst Flüchtlinge waren. Etliche von ihnen reagierten allerdings unfreundlich, wenn sie hörten, dass ich aus Berchtesgaden stammte, und ich entschloss mich, Fragen nach meiner Heimatstadt mit »südlich von München« zu beantworten. Erst nach dem Vietnamkrieg sahen viele Amerikaner ein, dass sogar Demokratie nicht vor einem verfehlten Krieg schützen konnte trotz großem Widerstand in der Bevölkerung. Ich selbst habe umsonst an vielen Protestmärschen teilgenommen, mit Kleinkind an den Händen, aber die Soldaten wurden wie immer eingezogen und starben den sogenannten Heldentod.

Meine ersten Jahre in den Vereinigten Staaten waren nicht leicht. Ich hatte großes Heimweh nach den Bergen und dem vertrauten Leben in Berchtesgaden. Ich hatte eine sehr gute Stellung bei Time & Life in Manhattan gefunden, wo ich blieb, bis 1961 unser Sohn Peter geboren wurde. Aber oft fehlten mir die praktischen Ratschläge von Mutter, Tanten, Freundinnen. Peter machte mir sehr viel Freude, aber mit meiner Abneigung gegen Strenge und Zwang einerseits und den neuesten Erziehungstheorien meines Mannes andererseits war ich oft nicht sicher, was richtig war in manchen Situationen. Aber das Baby selbst war ein Anziehungspunkt für andere junge Mütter (auch vieler eingewanderter) und schnell formte sich ein Freundeskreis, der bis heute besteht.

Mit meinen Kriegserinnerungen und dem, was ich in Deutschland erlitten hatte, blieb ich allein, denn es gab niemanden, der mir bei diesen Themen zuhörte, nicht einmal mein Mann zeigte Interesse. Niemand verstand, dass mich ein New Yorker Brandalarm an die Schrecken der Fliegeralarme erinnerte oder dass ich während der Kubakrise vor Furcht wie gelähmt war und mir die Atomraketen bildlich vorstellte, die in Richtung Manhattan fliegen und alles zerstören würden, was ich liebte.

Endlich erschien meine Mutter. Die ergrauenden Zöpfe hatte sie hübsch aufgesteckt, und ihr von der Sonne gebräuntes, faltiges Gesicht brachte einen Hauch der alten Heimat und des eben erst vergangenen Gebirgssommers mit. Unter Tränen gaben wir uns zunächst die Hand, dann verschaffte ich ihr die erste amerikanische Erfahrung, als ich sie umarmte und mein Gesicht an ihres drückte. Es dauerte nur wenige Tage, bis sie sich recht unerwartet in die große Stadt und ihre Menschen verliebte. Peter und meiner bald darauf geborenen Tochter Karen Ingrid war sie eine tatkräftige und hilfreiche Großmutter, und mit großem Eifer erkundete sie die Stadt. Mit ihren praktischen braunen Wanderschuhen und im maßgeschneiderten hellgrauen Tweedkostüm durchstreifte sie die Straßen Manhattans vom Battery Park bis zum Cloisters-Museum. Schon bald zeigte sie uns, ihren vermeintlichen Fremdenführern, eine Synagoge, eine Kirche, einen Brunnen, ein kleines Museum oder einen kleinen Park, der uns noch nie aufgefallen war. »Hätte ich doch nur in dieses Land auswandern können, als ich noch jung war«, sagte sie.

Wir sprachen über die Familie, über Freunde, die politischen Spannungen des Kalten Krieges und das Elend in Ostdeutschland, doch kaum über den Krieg oder die Nazizeit. Elisabeth war inzwischen zu einer hübschen, sechzehnjährigen Gymnasiastin herangewachsen und kümmerte sich während Mutters Abwesenheit um Wasti. Ingrid, die fließend Französisch und

Englisch sprach, arbeitete in München für die Rosenthal-Porzellanfabrik und betreute ausländische Kunden. Mein Pöhlmann-Großvater war tragischerweise ums Leben gekommen, als er auf dem Fahrrad mit einem Lastwagen zusammenstieß. Dieses Unglück geschah lange vor dem Ende der schlimmsten Nachkriegszeit. Wir waren uns alle einig, dass er es von allen Menschen, die wir kannten, am meisten verdient hätte, ein bisschen zuzunehmen und ein friedliches Alter zu genießen. Er sollte es nicht mehr erleben, wie ihn die Kredite aus dem Marshallplan und das Bedürfnis der westlichen Alliierten, eine

Meine Mutter in New York. Mit ihrem Enkel Peter und der erst wenige Tage alten Enkelin Ingrid ist sie auf dem Weg zu einem Spielplatz im Central Park, Herbst 1963.

starke Pufferzone zum stalinistisch beherrschten Osten zu errichten, vor einer Wiederkehr der schlimmen zwanziger Jahre hätten bewahren können. Er erlebte auch den langsamen Wiederaufbau, die Gesundung und das Aufblühen Westdeutschlands nicht mehr, ebenso wenig wie die Entwicklung der Sozialdemokraten, seiner Partei, zu einer starken, bedeutenden politischen Kraft in der jungen deutschen Demokratie.

Ich hätte mir wegen eventueller antisemitischer Äußerungen meiner Mutter keine Sorgen machen müssen, denn inzwischen wusste sie, dass jeglicher Rassismus, auch der nur in Worten geäußerte, inakzeptabel war. »Wir können das, was geschehen ist, nicht mehr rückgängig machen«, sagte Mutter bei einem unserer seltenen offenen Gespräche über dieses Thema, »ich kann nur meinen Beitrag zur finanziellen Wiedergutmachung leisten.« Und die belaufe sich, so erklärte sie mir, auf insgesamt neunzig Milliarden Mark. »Ich hoffe, dass sie an die Leute gehen wird, die gelitten haben, und nicht an diejenigen, die uns nur ausnutzen wollen.« Ein vages Misstrauen gegenüber den Juden blieb. Es schien Mutter nicht möglich zu sein, für die deutschen Verbrechen so etwas wie persönliche Verantwortung zu empfinden, doch sie akzeptierte die Kollektivschuld, die sie mit allen Deutschen teilte, die Hitler zur Macht verholfen hatten, ohne auf seine tödlichen Pläne zu achten.

Sie glaubte auch, dass es ihre ernste Pflicht sei, an Kommunal- wie auch an Bundestagswahlen des neuen deutschen Rechtsstaates teilzunehmen und außerdem darauf zu achten, dass die Regierung ihres Landes nie wieder ein Verbrechen wie den Holocaust möglich werden ließ. Ich begriff, dass sie nach wie vor zu den Führungspersönlichkeiten aufsah, zur Regierung, und weniger auf ihre persönliche Verantwortlichkeit setzte (von außerparlamentarischem Engagement ganz zu schweigen), wenn es um die Bewahrung von Freiheit und um politische Leitlinien für die neue Republik ging. So etwas blieb Ingrid überlassen, einer Angehörigen der nächsten Generation, die sich Jahrzehnte später auf der Liste der Grünen um einen Sitz im Gemeinderat von Berchtesgaden bewarb – ein tapferes Eintreten für eine politische Minderheit im konservativ geprägten Bayern.

Mutter war jetzt eine durchschnittliche, nicht mehr ganz junge und wohlhabende Deutsche. Sie verachtete die deutsche Presse wegen deren Sensationsberichterstattung über Skandale und Korruptionsaffären und wegen des öffentlichen »Waschens schmutziger Wäsche« als Teil der politischen Auseinandersetzung. Am meisten ärgerte sie der vulgäre Kommerzialismus der Anzeigen, über die sich die Zeitungen und Zeitschriften finanzierten. »Sie sollten das nicht zulassen«, sagte sie, und meinte damit eine imaginäre Behörde, die ihrer Ansicht nach alles, was gedruckt wurde, beaufsichtigen sollte. Wir gehörten verschiedenen Generationen an und hatten sehr unterschiedliche Lebenserfahrungen. Ich lebte in den Vereinigten Staaten und hatte meine Freude an den vielfältigen Meinungen und Angeboten, an der Meinungsfreiheit und den vielen Gelegenheiten, sich in Umweltfragen oder auf anderen Gebieten von öffentlichem Interesse persönlich auf vielerlei Ebenen zu engagieren. Ich bemerkte große Fehler in der Lebenseinstellung meiner Mutter, und in meiner Selbstgerechtigkeit sagte ich ihr das auch.

»Könnten die USA jemals eine Diktatur werden?«, fragte meine Mutter. »Niemals«, antwortete ich und versuchte, ihr den Grund dafür zu erklären. »Dies ist die älteste Demokratie der Welt. Selbst in Krisenzeiten gibt es freie und faire Wahlen und eine ordentliche Übergabe der Amtsgeschäfte an die neue Regierung.« Ich bemerkte selbst, wie sehr ich es genoss, meiner Mutter einen Vortrag zu halten. Mit der kategorischen Verneinung möglicher Bedrohungen für die amerikanische Demokratie begab ich mich auf dünnes Eis. Ich musste nur an die Macht denken, die die Industrie und die Superreichen in Fragen der politischen Willensbildung hatten; oder an die McCarthy-Ära, die ich knapp verpasst hatte; oder an den furchtbaren Rassismus. Mutter hatte genau zugehört. »In einer schweren Wirtschaftskrise oder bei einem Krieg gegen die Sowjets würden vielleicht auch die Amerikaner einen Anführer akzeptieren, der ihnen und dem Vaterland die Rettung verspricht. Wir ahnten nicht, wie schnell Hitler das ganze Land nach seinen Vorstellungen verändern würde, wenn er erst einmal Reichskanzler war. Doch genau das tat er.« Wie schon vor Jahren in Berchtesgaden sagte ich ihr, es gebe keine Rechtfertigung für das, was Deutschland getan habe, und wir beendeten unser Gespräch.

Meine Mutter war jedoch, trotz aller fortdauernden Meinungsverschiedenheiten zwischen uns, immer für eine Überraschung gut. Am 22. November 1963, dem Tag an dem Präsident Kennedy ermordet wurde, war sie bei uns in New York. Sie war tief erschüttert vom Tod dieses jugendlichen Präsidenten, der für sie und viele andere Deutsche in den politischen Spannungen des Kalten Krieges Hoffnung und Stärke verkörperte. Sie zog die dunkelste Kleidung an, die ihr Koffer hergab, und nahm den Überlandbus nach Washington, um der Beerdigung beizuwohnen. Der Anblick von Jackie Kennedy und ihren beiden Kindern, die dem Sarg folgten, muss sie an ihre eigene Witwenschaft erinnert und ihre Anteilnahme verstärkt haben.

1999, viele Jahre nach Mutters Tod, besuchte ich Berchtesgaden in Begleitung von Mike Shor, meinem Lebensgefährten, mit dem ich damals seit zwölf Jahren zusammenlebte. In meinem Leben hatte sich vieles geändert. Ich war geschieden, hatte zwei erwachsene Kinder, einen Bachelor-Abschluss der New Yorker Columbia University und einen Harvard-Magistertitel in Public Administration. Jetzt wollte ich Mike, einem Juden, den Ort meiner Kindheit zeigen. Elisabeth und ihre Familie, die in Barcelona lebten, hatten Haus Pfeilbrand inzwischen zu ihrem Sommerwohnsitz gemacht. Es roch dort immer noch nach Bohnerwachs, feuchten Lodenmänteln und deutscher Küche, so wie damals, als Mutter und mein Stiefvater noch lebten. Mit Mike wanderte ich noch einmal die Obersalzbergstraße hinauf, dorthin, wo einst Hitlers Berg gewesen war. Die Nazibauwerke waren inzwischen vollkommen dem Erdboden gleichgemacht. Auch von der Anwesenheit der US-Armee war nichts mehr zu erkennen. Dort, wo einst der Berghof gestanden hatte, wuchsen inzwischen Bäume. Statt der Nazianwesen sah man jetzt einen großen Golfplatz, ein paar Gästehäuser und Parkplätze für Touristen, die den Bus zum Kehlsteinhaus nahmen. Erst vor kurzem hatte der bayerische Staat das Hotel Platterhof – das von der US-Armee in Hotel General Walker umbenannt worden war – abreißen lassen. Beim Gang über das Abbruchgelände entdeckte Mike ein Schild, das untersagte, auch nur einen Stein des Bauwerks mitzunehmen. Dies stand für die Besorgnis der deutschen Behörden, jedes Mitbringsel von diesem Ort könnte zu einer Nazi-Devotionalie werden.

Ohne die Wegweiser hätte ich das kurz zuvor in der Nähe des ehemaligen Berghofs errichtete kleine und sehr moderne Dokumentationszentrum gar nicht gefunden. Dieses Zentrum, dessen Einrichtung und Inhalt für emotionsgeladene Debatten gesorgt hatte, bietet eine durch Fotos dokumentierte Geschichte des Berges vor und während der Nazizeit. Es werden auch Bilder von Naziopfern gezeigt und von Verbrechen, die zwar nicht direkt mit dem Berg verbunden waren, aber dort geplant und von dort aus befehligt wurden. Viele ernst dreinschauende junge Deutsche gingen langsam durch die Ausstellung und schüttelten ungläubig den Kopf, als sie einen kleinen Teil von Hitlers Bunker betraten, der in die Ausstellung mit einbezogen ist.

Mike und ich fuhren mit dem Bus in den Markt zurück und aßen dort mit Ingrid zu Abend, der einzigen von uns drei Schwestern, die in Berchtesgaden geblieben war und dort mit ihrem Mann und ihren beiden Söhnen lebte. Ingrid hatte das Dokumentationszentrum noch nicht besucht, auch mein Schwager nicht, und beide waren der Ansicht, dass dort die schöne, unverfängliche Zeit vor Hitler zu kurz abgehandelt werde und Hitlers zwölf Jahre auf dem Berg am besten in Vergessenheit geraten sollten. Wir besuchten auch die bereits über siebzigjährige Trudi – die alten Reitlechners waren schon lange tot –, die nicht bei bester Gesundheit war. Sie fasste ihre Gefühle bei der Erinnerung an Nazideutschland auf ähnliche Art zusammen wie viele andere Menschen auch: »Die Deutschen waren alle verrückt damals.« Die Spielarten der Verdrängung oder der Aussöhnung mit der Vergangenheit waren vielfältig, stets unangemessen und oft kläglich.

Im Dezember des folgenden Jahres besuchte ich die fast vierundneunzig Jahre alte Tante Emilie. Sie war schon lange Rentnerin und lebte in der Nähe von Kassel in einem gemütlichen, hellen Zimmer. Wenn man eine Schiebetür öffnete, stand man

Mike Shor genießt den Blick auf die Berchtesgadener Bergwelt (Sommer 2000).

in einem kleinen, sorgfältig gepflegten Garten. Über den Flur hatte Emilie Zugang zu einer sehr kalten Küche und zum Badezimmer, wo sie sich täglich mit dem Schwamm und kaltem Wasser wusch. Auf ihrem Gästesofa war Platz für mich. Emilie war schlecht zu Fuß, deshalb kam jeden Morgen ein Zivildienstleistender vorbei, der ihr half, das Bett zu machen, und sich um den kleinen Haushalt und den Einkauf kümmerte.

Tante Emilie lachte immer noch gern, erzählte alte Geschichten und plauderte über die Geheimnisse meiner Familie, an denen sie über drei Generationen, hin und wieder auch aktiv, teilgehabt hatte. Es war Weihnachtszeit, deshalb hatte ich ihr ein Gesteck aus immergrünen Zweigen und roten Kerzen mitgebracht, die wir anzündeten und eine Zeitlang schweigend betrachteten. Dann sangen wir zusammen ein paar alte Weihnachtslieder, bevor wir über die Vergangenheit sprachen. Tante Emilie war stolz darauf, dass sie keine Nationalsozialistin gewesen war, doch auch sie musste sich mit dem, was damals geschehen war, auseinandersetzen. Sie bestritt oder beschönigte nichts, wenn wir über die Konzentrations- und Todeslager sprachen, aber selbst für sie war es schwierig, nicht in eine Abwehrhaltung zu verfallen, mit der man das Gespräch über dieses schmerzhafte Thema abwenden und beenden konnte. Nach einer kurzen Pause erzählte sie mir von zwei furchtbaren Wochen, in denen Kassel fast pausenlos bombardiert worden war. Als sie danach den Luftschutzbunker verließ, war der größte Teil der Stadt dem Erdboden gleichgemacht und verbrannt. Es hatte den Anschein, als ob sie hoffte, die eigenen Leiden könnten auf irgendeine Weise die Schuldgefühle verringern, die sie wegen der Verbrechen der Nazis empfand. Und immer noch bedauerte sie, dass sie einst den Arm zum Hitlergruß erhoben hatte, als der Diktator auf der Obersalzbergstraße an uns vorübergefahren war, und dass sie in der Einrichtung, in der sie damals angestellt war, an den wöchentlichen politischen Pflichtveranstaltungen teilgenommen hatte, um ihren Arbeitsplatz zu erhalten. Nach einiger Zeit bemerkte ich, dass ihre Suche nach Antworten sie zu Gott geführt hatte. Sie war tief gläubig geworden und fand in ihrem christlichen Glauben Trost, seelische Erneuerung und Hoffnung für die Zukunft. Sie erzählte in liebevollem Ton von den Diakonissinnen in dem Freizeitheim, in dem sie jedes Jahr mehrere Wochen verbrachte, um neue Kraft zu sammeln, und von dem Pfarrer, der zu ihr kam, um mit ihr zu sprechen und zu beten, wenn sie zu krank war, um zur Kirche zu gehen.

Die vierundneunzigjährige Tante Emilie erzählt aus der Vergangenheit. Dezember 2000.

Mit meiner Schwester Ingrid besuche ich die Orte unserer Kindheit. Im Hintergrund: Kehlstein, Hoher Göll und Hohes Brett.

Die Nazijahre haben ihre Spuren bei allen Menschen hinterlassen, die sie durchlebt haben, unabhängig vom politischen Standpunkt und der ganz persönlichen Art der Vergangenheitsbewältigung. Ein Teil meiner Nazierbschaft war, dass ich mich sehr lange Zeit vor Amtspersonen jeglicher Art instinktiv fürchtete – vor Lehrern, Polizisten, sämtlichen Uniformträgern – und ganz bewusst daran arbeiten musste, mich von solchen Menschen nicht über Gebühr beeindrucken zu lassen. Andererseits war ich zu dem Schluss gekommen, dass das, was unter Hitler geschehen war, niemals mehr geschehen durfte. Ich nahm mir fest vor, wachsam zu sein gegenüber Bedrohungen der Demokratie in meinem neuen Heimatland. Ich würde meine demokratischen Rechte in Anspruch nehmen und verteidigen und gegen Sexismus, Rassismus und für den Frieden demonstrieren. Ich würde mit anderen Menschen offen über meine Ansichten sprechen und eine kritische und furchtlose Haltung gegenüber meinem Heimatland und dessen Regierung entwickeln. Im Lauf der Zeit bin ich von meiner kompromisslosen pazifistischen Position der Nachkriegsjahre abgerückt, denn ich habe erkannt, dass freiheitliche Staaten auf Angriffe in angemessener Form antworten müssen, doch ich bin fest davon überzeugt, dass zivilisierte Nationen keine unrechten aggressiven Angriffskriege mehr führen dürfen.

Als Erwachsener waren mir das Glück und der Luxus vergönnt, in Deutschland und den Vereinigten Staaten in Freiheit zu leben, meine Kinder wohlgenährt, gut gekleidet und gut ausgebildet aufwachsen zu sehen, fern von Terror oder Krieg. Ich konnte auf einem Gebiet arbeiten, das mir sehr viel bedeutet: dem der Bewahrung unserer Natur, ihres sensiblen Gleichgewichts und ihrer Schönheit. Hierzu war ich zunächst in den Vereinigten Staaten tätig und im letzten Jahrzehnt sogar in Osteuropa. Ganz langsam ist das Stigma, eine Deutsche zu sein, in den Hintergrund getreten, und ich komme zurecht mit den Erinnerungen an meine Mädchenjahre auf dem Berg, der eine kurze, finstere Zeit lang Hitlers Berg war.

DANK

Während des Schreibprozesses dieser Erinnerungen haben mich meine Familie und Freunde ermutigt und unterstützt. Ohne drei außergewöhnliche Frauen, denen ich zu tiefem Dank verpflichtet bin, wäre dieses Buch dennoch nie entstanden: Joyce Seltzer riet mir vor Jahren als erste, meine Geschichte zu erzählen, und als ich schließlich mit der Niederschrift begann, half sie mir großzügig, liebevoll und mit großem professionellen Wissen. Susan Heath las, gab kritische Anmerkungen und half bei der Verbesserung des Manuskripts über mehrere Entwurfsstadien hinweg. Susan Clampitt, die mir stets zur Seite stand, stellte wichtige Fragen zur Situation von Frauen in Kriegszeiten, zur Mutter-Tochter-Beziehung unter großer Belastung und zu der Frage, wie Kinder Erfahrungen mit Gewalt verarbeiten.

Außerordentlich dankbar bin ich den Familienmitgliedern, deren Wohlwollen und Hilfe von entscheidender Bedeutung waren. Mein Sohn Peter Hunt interessierte sich stets für den Fortgang der Arbeit, zu dem er mit scharfsinnigen Anmerkungen und gelegentlichen Ermahnungen, härter zu arbeiten, beitrug. Meine Tochter Ingrid sah es mir nach, wenn ich schrieb, während ich eigentlich als Babysitterin für meine Enkelkinder Leah und Jodi engagiert war. Mein ganz besonderer Dank gilt meiner Schwester Ingrid Königer (geborene Paul), die mich bei meinen Forschungsreisen in Berchtesgaden bewirtete und meine Erinnerungen an unsere Kindheit bestätigte und ergänzte. Ingrid und ihr Mann Albrecht leisteten unschätzbare Beiträge zu diesem Buch, indem sie Tage und Wochen mit dem Aufstöbern, Kopieren und Verschicken von Familienfotos und Dokumenten verbrachten. Ein Dank geht auch an meine in Barcelona lebende Schwester Elisabeth Herrero-Pfnür für ihre standhafte Unterstützung. Meine vier Pöhlmann-Cousins und Cousinen in Selb – zwei waren nach dem Krieg geboren – beherbergten mich großzügig und unterzogen sich Interviews, die aufgezeichnet wurden. Meine Cousine Ingrid Hofmann (geborene Pöhlmann) durchsuchte freundlicherweise ihren Dachboden nach Dokumenten und Fotos.

Leider war meine Mutter schon tot, als ich zu schreiben begann. Mein Dank gilt Emilie Graupner, Tante Emilie, Mutters Freundin, die mir in ihrem sehr hohen Alter eine herzliche Gastgeberin und wunderbare Geschichtenerzählerin war. Sie klärte mich über viele Aspekte meiner Familiengeschichte auf und gab ein anschauliches Zeugnis zum Leben in den zwanziger Jahren, ebenso zum Leben unter der Nazidiktatur, die sie verabscheute.

Es ist zu spät für einen Dank an Edeltraud Martin (geborene Trudi Reitlechner) – sie starb 2003 – für ihre Bereitschaft, mit mir über das Leben im Haus Linden zu sprechen, über meinen Vater, die Witwenjahre meiner Mutter und ihren eigenen Lebensweg während Hitlers Krieg und der Nachkriegszeit. Ihre Beiträge zu diesem Buch werde ich nie vergessen. Zu den Jugendfreundinnen und -freunden, die ihre Erinnerungen an die Nazizeit mit mir teilten, gehörten Gertraud Keyler (geborene Oberndörfer), Else Dehmel, Annemarie Richter und Gerd Moors. Ohne die Ermutigung durch zahlreiche Freundinnen aus heutiger Zeit hätte ich vielleicht an manchen kritischen Punkten dieses langen Weges aufgegeben. Besonderer Dank gilt daher Maury Devine, Claudia Dissel, Helen Nienhueser, meinen guten Freundinnen von der Kennedy School for Government in Harvard (Jahrgang 1985); mit Marianne Ginsburg vom German Marshall Fund, Eliza Klose von der »Initiative for Social Action and Renewal« (ISAR) in Eurasien, mit Hillary Maddox, Gwen Moore, Isadore Seltzer, Terry Waltz, Robbie Ross-Tisch und Sigrid Thomas, die selbst ein Kind der Nazizeit ist.

Und schließlich gilt mein grenzenloser Dank meinem Lebensgefährten Mike Shor (2008 verstorben). Er hegte niemals die geringsten Zweifel an meinem Unternehmen. Er las zwar das Manuskript nicht, während ich noch schrieb – darauf hatten wir uns geeinigt –, doch er pflegte den Garten, kaufte ein, kochte, verzichtete auf Wanderungen und Spaziergänge und blieb stets ruhig und gelassen. Er investierte unglaublich viel Arbeit in die Fotorecherchen im Nationalarchiv und leistete auf diese Weise einen unschätzbaren Beitrag zum Buch. Seine Liebe und Geduld gaben mir Kraft.

LEBENSLAUF

Irmgard A. Hunt, geborene Paul, wurde 1934 in Berchtesgaden geboren und verbrachte dort ihre Kindheit und Jugend. 1958 wanderte sie in die Vereinigten Staaten aus. Sie studierte in Harvard und arbeitete danach für internationale Umweltschutzorganisationen. Heute lebt sie in Colorado.